SONJA ULLRICH

Fummelbunker

FALSCHES SPIEL Esther Roloff, 34-jährige Versicherungsdetektivin auf Probe bei der dubiosen Detektivklitsche ›Tozduman Securities‹ in Wattenscheid, wird von ihrem Bruder Olaf um Hilfe gebeten. Sein Arbeitskollege Boris Bäcker ist seit einem Besuch im neuen Spielcasino in Lütgendortmund wie vom Erdboden verschluckt.

Olaf glaubt, dass die Spielbank damit zu tun hat, und auch der Schuldenberg, den der Lokalreporter hinterlässt, spricht eine deutliche Sprache. Doch bald wird Esther misstrauisch: Nicht nur, dass Bäckers Spielschulden vor seinem Verschwinden getilgt wurden. Er arbeitete außerdem an einem Dossier über einen Mann, der einen Mord begangen haben soll. Zu ihrem Erstaunen findet Esther heraus, dass es sich um einen alten Bekannten handelt: Gregor Pankowiak, ein kettenrauchender Mittvierziger mit fragwürdigen Tätowierungen und einem Alkoholproblem …

Sonja Ullrich wurde 1977 in Lünen geboren. Heute lebt sie mit ihrer Familie in Bochum. Hauptberuflich arbeitet sie als Sachbearbeiterin für die Rechtsabteilung eines globalen Chemie-Unternehmens. Die Tochter eines Bergmannes ist Mitglied bei den »Mörderischen Schwestern«, dem »SYNDIKAT« und dem »Literaturbüro Ruhr e. V.«. Mit dem Krimi »Fummelbunker« setzt sie ihren überaus erfolgreichen Debütroman »Teppichporsche« fort.

Bisherige Veröffentlichungen im Gmeiner-Verlag:
Teppichporsche (2010)

SONJA ULLRICH

Fummelbunker

Kriminalroman

GMEINER *Original*

Personen und Handlung sind frei erfunden.
Ähnlichkeiten mit lebenden oder toten Personen
sind rein zufällig und nicht beabsichtigt.

Besuchen Sie uns im Internet:
www.gmeiner-verlag.de

Im Ehnried 5, 88605 Meßkirch
Telefon 07575/2095-0
info@gmeiner-verlag.de

1. Auflage 2011

Lektorat: Katja Ernst, Sigmaringen
Herstellung: Julia Franze
Korrekturen: Doreen Fröhlich
Umschlaggestaltung: U.O.R.G. Lutz Eberle, Stuttgart
unter Verwendung eines Fotos von: © cecile k / sxc.hu
Druck: Fuldaer Verlagsanstalt, Fulda
Printed in Germany
ISBN 978-3-8392-1119-9

Für Stephan.

1.

Ich war ungefähr neun, als ich meine erste Fliege sezierte. Sie war dick und wulstig, ihre Facettenaugen rostbraun. Eine klassische Scheißhausfliege also. Sie starb einen äußerst langsamen Erstickungstod unter Muttis Butterdose. Vielleicht war sie auch verhungert oder verdurstet, das ließ sich durch meine Obduktion nicht einwandfrei feststellen; genauso wenig wie ich in Erfahrung bringen konnte, ob Fliegen überhaupt über Hirn, Herz oder Nasennebenhöhlen verfügen. Wahrscheinlich war ich einfach noch zu jung, um Fliegenmatsch in Organe und Muskelmasse zu klassifizieren.

Mein Name ist Esther Roloff. Ich bin 34 Jahre alt und Privatermittlerin in Probezeit. Mittlerweile sezierte ich keine Insekten mehr, aber für rechtsmedizinische Leichenöffnungen hat es in Ermangelung eines Fachhochschulabschlusses wiederum auch nicht gereicht. Seit vier Monaten engagierte ich mich als Versicherungsdetektivin bei Tozduman Securities in der klassischen Verbrechensbekämpfung: Ich spürte schulpflichtige Blaumacher auf, vereitelte Arztbesuche von Scheininvaliden und jagte irgendwelchen Mördern hinterher, sofern mein Chef und die Polizei nicht Wind davon bekamen. Da aber Letzteres so gut wie nie vorkam, war es nicht der spannendste Job auf Erden, den ich da ausübte. Aber er war im Augenblick der einzige, der mir eine Glock 38 in der Handtasche erlaubte; auch wenn ich sie wegen eines nicht vorhandenen Waffenscheins nicht durchladen durfte. Das Gefühl war vergleichbar mit dem D&W-Sportauspuff vom Typ ›King Kong‹, den sich der Macker unter den Daihatsu Charade schnallt, wohl wissend, dass die Karre trotzdem nicht schneller fuhr. Man fühlt sich einfach besser damit.

Es war Ende Juni und die große runde Glühbirne, die selbstherrlich über dem Planeten baumelte, schien in Leuchtstoffqualität auf meinen Skalp hernieder. Flach wie ein Kuhfladen lag ich zwischen zwei Brombeersträuchern, während mir der dröge Duft ausgetrockneter Gräser in der Nase hing. Die Observation eines Friedhofes aus der Kuhfladenperspektive hatte etwas Unnachahmliches. Bemooste Grabsteine, die mir stehend kaum bis zu den Knien reichten, ragten plötzlich wie Hermannsdenkmäler über meinen Kopf empor; ihre in Goldlack gemeißelten Namen und Rechenaufgaben flimmerten dabei prunkvoll in der Mittagssonne. Dann begann es, in meinem Bein zu kribbeln, und ich riss mir an einem Dorn die Wange auf, als ich mich wie eine halbherzig angebratene Roulade von der einen auf die andere Seite drehte. Ich stieß einen kaum hörbaren Fluch aus, doch es muss hauptsächlich das Geraschel und Gewackel des Beerenstrauches gewesen sein, das den Jagdinstinkt einer vorbeiziehenden alten Schachtel mit Gehstock weckte. Der Stock war zweifingerdick, wahrscheinlich Esche oder Hasel, und mit wappenartigem Zierrat tapeziert. Nicht zu vergessen der metallene Sporn am Fuße des Stockes, den Oma energisch durch die Äste schob. Die Spitze traf mich an der Schulter und spießte mich beinahe am Kehlkopf auf. Also sprang ich auf die Füße, hechtete durch das Gebüsch und imitierte einen wilden Puma, indem ich wie ein leerlaufender Wasserschlauch fauchte. Mit einem Kampfschrei parierte die alte Dame und prügelte mir auf den Kopf, bis ich einen Kniefall machte und meine Arme schützend über dem Nacken kreuzte.

»Ich werd Ihnen geben, wehrlose alte Leute hinterrücks zu überfallen!« Sie drohte mir mit dem Stock.

»Hey! Sie haben mich angegriffen!«

»Ich musste mich schützen.«

»Was?« Ich stand auf. »Aber ich hab Ihnen doch gar nichts getan! Ich habe niemandem etwas getan.«

»Und warum liegen Sie dann da rum?«

Ich rieb mir den pochenden Hinterkopf. »Probe liegen.«

»Wollen Sie mich verkackeiern?«

Schotter wurde aufgewirbelt und ein klobiger Körper tauchte in meinem Rücken auf. »Ja, will sie!«

Die Alte starrte den Mann mit tellerrunden Augen an, ihre Falten auf der Stirn bekamen allmählich Junge.

»Und jetzt machen Sie gefälligst den Flattermann. Oder möchten Sie sich auch mal lang machen?«

Sie zog ihre Mundwinkel herunter und krächzte: »Blödes junges Pack.« Endlich stakste sie davon.

»Scheiß Rheumaliga«, knirschte Metin.

Ich glotzte ihn an. »Was machst du denn hier?«

Metin Tozduman war mein Chef. Er war acht Jahre älter als ich und befand sich immer noch in postpubertärer Hockstellung. Sein Körper war gedrungen, das Fleisch im mittleren Bereich eher lose. Seine Stirn war ein Kontinent, der durch den androgenetischen Haarausfall bis weit über den normalen Haaransatz hinaus wucherte. Metin war Detektiv auf dem Papier sowie Ladeninhaber der Detektei Tozduman Securities in Wattenscheid und verbrachte die meiste Zeit damit, seinen abgegriffenen weißen Ledersessel im Laden bis aufs Metallgestänge durchzusitzen. Wir kamen miteinander klar, solange er seine Griffel von meinem Wagen ließ und ich ihm nicht die Staatsmacht ins Haus schleppte. Er hasste die Schmier. Und er hasste meinen Wagen.

»Hast wohl jemand anderes erwartet, was?« Er sah zu mir auf. »Mann, du siehst mal wieder richtig scheiße aus.«

Ich war mit Grashalmen besudelt, Schmutzflecken prangten auf meinen Knien. Meine Wange war aufgekratzt und ich fürchtete, ich hatte eine Beule am Kopf. »Ich lag zwischen den Brombeersträuchern«, erklärte ich.

Metin warf die Arme hoch, als würde es ihm wie Schuppen von den Augen fallen. »Stimmt. Hatte ganz vergessen, dass du dir noch eine Kugel in den Kopf jagen lassen wolltest.« Mit Wucht schlug er mir seine flache Hand gegen die Stirn.

»Hey!« Ich taumelte und nölte: »Übertreib nicht.«

»Was glaubst du, was er macht, wenn er dich dabei erwischt, wie du ihn beschattest?«

»Wir sind gut befreundet. Er tut mir schon nichts.«

»Dönekes. Du kennst ihn gerade mal einen Monat.

Ich kenne ihn seit zehn Jahren und trotzdem suche ich auf dem Parkplatz nach seinem Heizöl-Ferrari, ehe ich hier reingehe.«

Wir machten ein paar Schritte über die Wiese. Der Geruch von Torf und Schnittblumen, die in ihren Plastikvasen verfaulten, machte die Luft sämig. Wie Grieß blieb sie mir im Halse stecken, als wir an Julias Urnengrab herantraten. Ihr Grabstein war nicht größer als das Blatt eines Zeichenblockes. Eine flache Buchsbaumhecke umsäumte das unscheinbare Rechteck, in welchem hauptsächlich Erde und Efeu wohnten. In Gedenken an den Tag, an dem sie starb – heute vor fünf Jahren – bekleideten außerdem ein Strauß roter Rosen sowie zahlreiche Grabkerzen die Parzelle. Im August wäre sie 37 Jahre alt geworden.

»Du bist umsonst gekommen. Panko ist gerade außer Landes«, erläuterte Metin.

Mein Kopf warf einen kugeligen Schatten auf das Grab. »Kanntest du sie?«

»Nein«, antwortete Metin.

Eine alte Frau schlich mit einem befremdlichen Blick an uns vorbei und zögerte, als sie auf unserer Höhe war. Ihr silbernes Haar war dauergewellt und ihre rosafarbene Kopfhaut schimmerte durch. Offenbar kam es in Bochum-Linden nicht alle Tage vor, dass ein Muslim auf dem katholischen Friedhof einer Toten huldigte.

»Warum kommst du überhaupt hierher?«, fragte ich ihn.

»Weil Karim mein Bruder war.«

»Aber Karim liegt nicht hier.«

Er guckte mich an. »Weiß ich doch. Aber ich hab keinen Bock, jedes Jahr nach Istanbul zu fliegen.« Wie ein Gaul scharrte er mit dem Fuß. »Außerdem ist es bei den Katholiken viel schöner. Guck, allein der Stein und die Blümchen überall. Wirklich schnuckelig.« Er zwinkerte. »Bevor ich den Löffel abgebe, konvertiere ich. Ich schwöre.«

Dass er keinen Bock auf Istanbul hatte, kaufte ich ihm nicht so recht ab. Eher glaubte ich, dass ihn Schuldgefühle plagten. »Hat Karim dir jemals gesagt, dass er es getan hat?«

Metins kontinentale Stirn legte sich in Falten, was aufgrund des Speckgehaltes äußerst anstrengend aussah. »Nein. Aber für ihn gab es keine weißen Trauben im Jenseits, so viel ist sicher.« Er stupste mich aufmunternd an. »Komm, lass uns die Biege machen. Wo steht dein Kugelporsche?«

Damit war mein Renault Twingo Baujahr 93 gemeint. Vor sechs Wochen hatte ein Türke mit Pferdeschwanz eine Packung Haushaltslack über mein Auto gerollt. Der Lack war asphaltgrau, matt und gefurcht. Auf der Motorhaube warf er Blasen, über den Radkästen zeigte er erste Risse. Auf frisch geteerten Straßen würde sich der Wagen einfügen wie die Camouflage der Bundeswehr im Weitmarer Holz. In Wattenscheid und Bochum gab es allerdings keinen Teer, sondern nur alten Asphalt mit Schlaglöchern, die so groß waren, dass Igel ihren Winterschlaf darin verbringen konnten.

»Er steht auf dem Parkplatz des Autohauses gegenüber. Auf dem Friedhofsparkplatz wäre er nur aufgefallen.«

Metin tätschelte meinen Kopf. »Kluge Blondette. Du lernst dazu.«

Nach einem ordentlichen Fußmarsch schwang ich mich auf den Fahrersitz meines Twingos und stieß mir die Birne an der Dachsäule. Ich befuhr die Hattinger, ließ das Kruppviertel links liegen und parkte den Wagen fünf Minuten später auf dem Seitenstreifen der Dorstener Straße Nummer 100 und irgendwas. Ich lebte in Bochum-Hamme, einem gewachsenen Viertel nordwestlich der Innenstadt, wo sich Türke und Russe gute Nacht sagen. Seit vier Jahren bewohnte ich das Dachgeschoss eines Mehrfamilienhauses und bereute es jeden Tag. Im Erdgeschoss war das Adolfo's zu Hause, ein griechisch-indisch geführtes Restaurant mit italienischer Küche. Mit Anastasios, dem Ranghöchsten der drei Inhaber, war ich seit meinem Einzug per Du und wir verstanden uns bisweilen sehr gut. Das Verhältnis hatte sich jedoch ein wenig abgekühlt, seit er sich im letzten Monat mit einer Leiche konfrontiert gesehen hatte. Sie hatte in meinem Flur gelegen und war, wenn man es genauer betrachtete, auch nicht die einzige tote Gestalt in meiner Wohnung gewesen. Aber ich wollte weder seine Nerven noch unsere Freundschaft überstrapazieren und ihn nachträglich darüber aufklären.

Ich stiefelte die Treppen hinauf. Auf Höhe der zweiten Etage wurde daraus ein Kriechen und im Dachgeschoss hing ich mit der Brust über dem Treppengeländer. Ich steckte den Schlüssel ins Schloss, stieß die Tür auf und nahm einen tiefen Atemzug schattiger Luft. Sämtliche Rollläden waren heruntergelassen und ich schaltete das Flurlicht ein, ehe ich ins Bad ging. Ein Drittel des grob eineinhalb Quadratmeter messenden Raumes beanspruchte bereits die Wanne. Es reichte, um sich nach der Dusche zum Wandspiegel zu drehen oder sich im Anschluss an die Toilette die Hände zu waschen. Die Keramik war rosa, die Decke mit weißen Holzpaneelen verkleidet. Wahrscheinlich schimmelte es darunter wie in der Obstschublade meines Kühlschranks, aber solange ich keine Sporen an den Rändern sah, wähnte ich mich in Sicherheit. Ich machte einen kurzen Check-up im Spiegel, puderte meinen Kratzer auf der Wange und klopfte mir noch einmal den Dreck von den Klamotten. Dann sammelte ich jene Sachen zusammen, für die ich noch einmal heimgefahren war, schulterte die Tasche und verließ das Haus.

Als ich die Haustür öffnete, kippte mir ein Stapel schwüler Luft über den Kopf. In Hamme war sie breiiger als in Linden. Sie war geschichtet wie Lasagne, roch je nach Körpergröße nach Abgasen, Frittierfett oder Bier, und der Duft von Knoblauch und Pizza, der aus dem Türspalt des Adolfo's drang, tat sein Übriges. Eigentlich mochte ich dieses Odeur. Es war der Geruch der Heimat. Aber im Sommer lag er schwer in den Lungen und machte mich müde.

Ich riss die Fahrertür meines Twingos auf und ließ den abgestandenen Brodem aus dem Innenraum über meine Füße fließen. Mit zwei Fingern machte ich an der Kurbel herum und öffnete die Fenster. Dann drehte ich den Motor auf, um mir auf dem Ruhrschnellweg den Fahrtwind ordentlich durch die Haare blasen zu lassen. Bis nach Dortmund-Eving brauchte ich eine halbe Stunde und ich lag gut in der Zeit. Eine Schneckentour auf der Sauerlandlinie bei offenen Fenstern dürfte also allemal drin sein. Ich sah erneut auf die Uhr, es war Viertel nach zwölf. Olaf hatte einen Plausch um eins veranschlagt.

Olaf war mein Bruder. Er war drei Jahre älter als ich, nach seiner Scheidung alleinstehend und arbeitete als Lokalreporter in der Dortmunder Redaktion der Westdeutschen Allgemeinen Zeitung. Da er in Lünen ohne Garten wohnte, bevorzugte er ein Treffen auf dem Rasen unserer Eltern. Dadurch konnte er seinen Töchtern etwas Auslauf gönnen. Mir war es recht, solange ich mit meinem Vater nicht die verquere Debatte über Unfallversicherungsentschädigungen fortsetzen musste.

Vor zwei Jahren hatte Paps eine Unfallversicherung abgeschlossen in der Hoffnung, mit der Ungeschicklichkeit meiner Mutter ein paar Euro dazuzuverdienen. Doch zum wiederholten Male hatte sich die Versicherung geweigert, eine Entschädigung zu zahlen, mit der Begründung, dass Mutti zum Zeitpunkt des Unfalls zwar unstrittig ungeschickt, aber vornehmlich auch hackenstramm gewesen war. Daher wurde ich, die Versicherungsdetektivin, wieder einmal zum Aderlass herangerufen in der Erwartung, eine adäquate Lösung zu finden. Doch da die erste legale Lösung, die mir einfiel – nämlich die, dass Mutti mit dem Trinken aufhörte – nicht debattierfähig war, wurde das Thema bis auf Weiteres aufgeschoben.

Olaf versprach, dass Paps gegen eins nicht zu Hause

sein würde. Ich hoffte trotzdem, sein Anliegen würde mich nicht allzu lange in Anspruch nehmen.

Meine Eltern wohnten in einer denkmalgeschützten Zechenkolonie in Dortmund-Eving. Das Haus war ein 100-jähriger Bau, geviertelt und aufgeteilt wie Omas Streuselkuchen mit eigenem Tellerrand in Form von Hof und Garten, der so weit reichte wie der Kuchen hoch war. Der Rasen vor dem Haus war an exponierten Stellen kahl oder gelb, je nachdem, ob eine Platane den Bereich überschattete oder eine Katze das Gebiet exzessiv bewässerte. Die Hausfassade war in der unteren Hälfte geziegelt, der Putz darauf erinnerte an nass geregneten Sandstein. Mein Bruder und ich sind hier aufgewachsen und mich erfüllte jedes Mal das unerquickliche Gefühl von Nostalgie, wenn ich hierhin zurückkehrte. Seit meinem Auszug 94 hatte sich hier nichts verändert. Selbst die kleine Elektroheizung stand noch im Bad: Sie war kaum größer als zwei gestapelte Toaster und fraß so viel Strom, dass man sie bei laufender Waschmaschine nicht aufdrehen durfte, weil sonst die Sicherung durchknallte.

Ich parkte den Twingo im gerahmten Rechteck auf der Straße, kurbelte die Seitenfenster hoch und hievte meinen Hintern aus dem Wagen. Betont leise ließ ich das Gartentor über die Steine rollen, doch es half nichts. Mit einem spitzen Schrei kamen meine Nichten bereits angefegt. Melissa, die Fünfjährige und Ältere, hing mir zuerst am Bein. Ihr schulterlanges Haar war in ihrem Nacken zu einem Zopf gebunden, ihr Pony mit unzähligen bunten Haarspangen am Ansatz festgeklemmt.

»Ey, Tante, hast du uns was mitgebracht?«, fragte sie sofort.

Rabiat zerrte wenige Sekunden später die Jüngere, Vanessa, an meinen Klamotten. Sie hatte ein dunkel umrandetes Engelsgesicht mit großen blauen Augen, Püppchenwangen und einer Zahnlücke. Wenn sie lachte, lockte sie spendable Omas und Opas im Umkreis von 500 Metern an. Sollte ihr allerdings ein Wunsch versagt bleiben, mutierte die Brummsuse zu einem zähnefletschenden Terrier. Sie war erst drei, doch ihre Trotzwut, insbesondere ihr rechter Haken, entsagte jeder uneingeschränkten Altersfreigabe. Schnell fischte ich zwei Tüten Gummibärchen aus meiner Handtasche und ließ sie beidhändig über ihren Köpfen baumeln. Wie zwei ausgehungerte Frettchen rissen sie mir den Süßkram aus den Händen und flüchteten damit ins Dickicht hinter der Gartenlaube. Die Erfüllung anderer Pflichten, denen ich als Tante nachgehen müsste, wurde augenscheinlich von mir nicht erwartet.

Ich ging ein paar Schritte über den Hof, als mir Olaf entgegenkam. Mühselig stieg er die fünf Steintreppen vor der Haustür hinunter und schleppte sich vorwärts. Er sah ziemlich erschöpft aus.

»Was ist denn mit dir los?«, fragte ich.

»Heuschnupfen.«

Seine Augen waren blutunterlaufen, seine Nase rot und geschwollen. Schultern und Kopf erlagen der Schwerkraft, sodass er Mühe hatte, meinen Blick zu erwidern.

»So schlimm?«

»Du hast ja keine Ahnung.« Olaf holte ein zerfleddertes Taschentuch aus seiner Hosentasche. Als er tief einatmete, um hineinzuschnäuzen, machte ich einen Sprung zur Seite. Die Rotzfahne schlotterte zwischen seinen Fingern. Er stopfte sie zurück in die Hose und strich sich mit der flachen Hand über den Kopf, als wollte er fliegende Strähnen bändigen. Dabei war sein dunkles Haar nicht einmal lang genug, um überhaupt in irgendeine Richtung zu fallen. Dann trat ich ihm wieder vor die Linse. Er war mir noch etwas schuldig.

»Und? Hast du etwas für mich?«

Olaf nickte angestrengt und kehrte mir den Rücken zu. Ich folgte ihm aufgeregt, während er zurück ins Haus ging. Mein Blick flog noch einmal über den Garten, doch die Mädchen schienen wie vom Erdboden verschluckt. Wahrscheinlich warfen sie sich gerade gegenseitig die Gummibärchen in den Rachen. Ich bekam ein schlechtes Gewissen. Womöglich hatte ich es mit den beiden Haribo-Tüten zu gut gemeint, doch ich wollte meinen angeschlagenen Bruder mit solchen Lappalien nicht belasten.

Olaf führte mich in die Küche. Das war Tradition, denn das Leben der Roloffs spielte sich seit 40 Jahren in der Küche ab. Im Sommer war es der hellste Raum des Hauses sowie bester Aussichtspunkt, um die Kinder durch die undichten Fenster im Auge zu behalten. Im Winter hingegen lief der Kohleherd auf vollen Touren und es gab immer mindestens einen Roloff, der seinen Hintern gegen die weiße Blechkarosserie des Ofens drückte, dessen Abluft durch die Schächte zog, um das ganze Haus zu beheizen.

Olafs Rucksack hing an der Türklinke. Mutti saß auf

ihrem Lieblingsstuhl und quarzte. Ihre blassen Beine, die die Farbe gar gekochter Garnelenschwänze hatten, hatte sie übereinandergeschlagen. Ihre kantigen Zehen lugten aus den offenen Hausschlappen heraus.

»Joachim ist tot«, sagte sie, ohne uns anzusehen, und blies den Qualm senkrecht in ihre Dauerwelle, die seit drei Wochen bioblond war, wie ihr Friseur es nannte. Graue Striche prangten wie verdreckte Spurstreifen einer Autobahn auf ihren Lidern, die Farbbrocken auf ihren Lippen waren wahrscheinlich noch von gestern. Sie ließ die Mundwinkel hängen und stellte damit ihre Mundfalten unansehnlich ins Rampenlicht. Mutti war alt, 70, fünf Jahre älter als Paps. Als gute Tochter hätte ich ihr die Falten schönreden müssen. Aber in solchen Sachen war ich Egozentrikerin. Ich dachte an mich; und an die Falten, die bei mir noch kommen mögen.

»Wer ist Joachim?«, fragte ich.

»Mein Bruder.«

Ich schüttelte fragend den Kopf.

»Na, Onkel Rosi«, half sie nach.

»Der Dicke aus Recklinghausen?«, fragte ich.

Mutti rollte mit den Augen. »Nein. Der Lulatsch aus Oer-Erkenschwick.«

Ich dachte angestrengt nach, kam aber zu dem Schluss, dass ich noch nie in Oer-Erkenschwick gewesen war. »Kenn ich nicht.«

Diesmal war sie es, die mit dem Kopf schüttelte. »Aber klar kennst du den. Onkel Rosi mit dem Appelbaum, von dem du immer heruntergefallen bist, wenn wir ihn besucht haben.«

»Ich bin noch nie von irgendeinem Baum gefallen!«, erboste ich mich.

»Blödsinn!« Sie setzte sich auf. »Natürlich bist du das. Was meinst du, warum unser Flieder so mickrig ist? Bist immer raufgekraxelt und – zack – ist ein Ast abgebrochen. Noch einer. Und du lagst auf dem Rasen. Mann.« Sie schob sich die Fluppe zwischen die Lippen. »Der schöne Flieder.«

Ich schnappte nach Luft. »Ich bin nie unseren Flieder hoch! Das war Anna-Jacqueline, die Tochter vom Stacho.«

Mutti runzelte die Stirn. Qualm trieb langsam aus ihren Mundwinkeln. »Wer ist Stacho?«

»Papas Kumpel von der Zeche. Fuhr nichts außer Volkswagen. Und Anna-Jacqueline war eine lange, blonde Achtjährige mit einer Hakennase. Kam immer unangemeldet zu uns rein, weil es bei denen nichts zu essen gab. Das sagte zumindest Paps. Ein Spinnewipp war sie.«

Mutti überlegte kurz. Dann legte sie ihr Kinn an und den Hals in Falten. »Welch normaler Mensch nennt seinen Jungen bloß Stacho?«

Olaf tippelte ungeduldig hinter mir. Er schritt ein: »Das ist nur ein Spitzname, Mutti. Nicht anders als ›Onkel Rosi‹.«

»Und wie heißt der bürgerlich?«

Ich hatte keine Ahnung und sah Olaf an. Aber auch der zuckte nur mit den Schultern.

Mutti bohrte munter weiter: »War der im Krieg?«

»Nein, so alt ist der nicht«, gab Olaf Auskunft. »Warum?«

»Klingt irgendwie russisch«, sagte sie. »Wie so ein Russe

aus dem Weltkrieg, der es sich hier heimelig gemacht hat, nachdem er gemerkt hat, dass es bei uns auch Bananen gibt. Bestimmt heißt der Stanislaus oder Stacholski. Oder beides.« Sie setzte wieder die Kippe an.

Ich war mir sicher, dass Stacho kein Russe war. Stacho hasste Alkohol, wählte treu Die Grünen und war Vater einer Tochter, die auf den Namen Anna-Jacqueline hörte. Er hatte noch einen Sohn, Rudolf Franz, benannt nach dem Kronprinzen Rudolf von Österreich-Ungarn. Stachos Frau war ein pulsierender Sisi-Fan. Warum Anna-Jacqueline nicht Elisabeth oder Sisi hieß, entzog sich meiner Kenntnis, was mich allerdings nicht im Geringsten störte. Im Gegensatz zu meiner Ahnungslosigkeit, was Onkel Joachim betraf. »Und wo kommt der Spitzname ›Rosi‹ her?«, fragte ich.

Meine Mutter guckte ungläubig zu mir hoch. »Na, wegen der Rosenhecke von unserer Mämken. Wollte Fahrradfahren lernen, der Joachim, und ist immer in die Rosenhecke gebremst. Der sah aus, sag ich dir.« Sie lachte. »Mann, der Joachim. Das war mir einer.«

»Und was ist mit ihm passiert?«

Ihre Miene verdüsterte sich. »Sollte aus dem Krankenhaus entlassen werden. Hatte eine Spritze gekriegt und ist kurze Zeit später auf dem Klo tot umgefallen. Margot wollte ihn nicht aufschneiden lassen, um nachzugucken, was mit ihm los war. Er hat am Ende ganz schön dünn ausgesehen.« Sie zog an ihrer HB. »Die hätten es machen sollen. Ich bin auch so dünn geworden in letzter Zeit. Wer weiß, vielleicht hab ich ja das Gleiche und falle auch irgendwann tot vom Klo.«

Wir taten so, als hätten wir nicht zugehört und nahmen den Faden unseres letzten Gesprächs wieder auf. Olaf reichte mir einen Stapel Papiere. »Das ist alles, was ich im Archiv finden konnte. Es wurde nicht viel darüber geschrieben. Wahrscheinlich hielt die Polizei den Daumen drauf. Immerhin gehörte dein Bekannter zum MEK.«

Ich riss die Augen auf. »Mobiles Einsatzkommando?«

»Wusstest du das nicht?«

Ich schüttelte den Kopf und Olaf nieste auf seine Schulter. Ich nahm ihm die Dokumente ab und drückte sie fest an meine Brust. Ich wollte keine Zeile lesen, ehe ich nicht zu Hause war.

Klammheimlich ließen wir Mutti mit ihrer Fluppe allein. Olaf begleitete mich zum Twingo, indem er mühselig einen Fuß vor den anderen schubste, sein Kopf hing tief zwischen den Schultern. Er war schon immer der wehleidigere von uns beiden gewesen.

»Du wolltest mich um etwas bitten«, sagte ich, als wir das Gartentor erreichten.

Olafs Kopf zuckte und ich nahm an, dass es ein Nicken war.

»Es geht um einen Arbeitskollegen«, begann er. »Boris Bäcker.«

»Boris Becker, wie der Tennisspieler?«

»Nein, Boris Bäcker. Mit ä.« Er holte ein Foto aus der Tasche. »Wir haben seit Freitag nichts mehr von ihm gehört.«

Ich warf einen Blick auf die Aufnahme. Sie zeigte einen Mann in seinen 50ern mit einem schmalen Gesicht sowie einer lang gezogenen, herabsinkenden Nase. Seine

Augen standen eng beieinander. Er trug einen Dreitagebart, ein paar braune Strähnen fielen ihm in die Stirn. Tiefe Falten schmückten sein Gesicht. Seiner Kopfform zufolge tippte ich auf einen schlanken Körper unterhalb der Schnittkante.

»Inwiefern habt ihr nichts von ihm gehört?«

Olaf sah hoch und blinzelte gegen die Sonne. »Er ist am Freitag nicht mehr nach Hause gekommen. Er öffnet die Tür nicht, geht nichts ans Telefon oder ans Handy. Sein Auto ist weder zu Hause noch bei der Redaktion. Seine Freundin hat auch nichts von ihm gehört.«

»Das hört sich nicht gut an«, beschied ich.

Er nickte traurig.

»Gibt es jemanden, der ihm etwas antun möchte?«

Olafs Lider klappten hoch und seine Pupillen verengten sich. Es hatte den Anschein, als ob er mit so einer Frage nicht gerechnet hätte.

»Zuletzt hat er an einem Bericht über den neuen Fummelbunker in Lütgendortmund gearbeitet. Er war der festen Überzeugung, dass dieses Casino alles andere als zimperlich mit seinen säumigen Schuldnern umgeht.«

Ich kannte das Casino. Vor drei Jahren war es gegenüber der alten Ritterbrauerei am Hellweg erbaut worden, in puncto Größe und Laufkundschaft steht es dem Casino Hohensyburg in nichts nach.

»War Boris schon einmal dort?«

»Sehr häufig sogar. Ich habe ihn hin und wieder begleitet.«

»Du warst in einem Casino?« Ich runzelte die Stirn. Olaf hat schon immer einen großen Bogen um alles gemacht, was in irgendeiner Weise zu einer Abhängigkeit führen konnte. Dazu gehörten Nikotin, Alkohol und Medikamente, aber auch Süßigkeiten, Internet und Fast-Food-Restaurants. Olaf lebte ein langweiliges Leben.

»Ich habe dort aber kaum mehr als 50 Euro gelassen – ihm zuliebe«, fügte er schnell hinzu.

»Und woher hat Boris diese Informationen über das Casino und ihre Schuldner?«

»Ein Typ wollte Klage wegen Körperverletzung gegen das Casino einreichen, weil irgendwelche Türsteher ihn rausgeprügelt hätten. Aber es gab nie eine Anklage. Irgendwann ging er zu Boris, um den Vorfall medienpräsent zu machen.«

»Dazu ist es aber nicht mehr gekommen«, schloss ich ab.

Olaf guckte mich sparsam an.

»Ich werde mich mal umschauen.« Ich drückte seinen Arm. »Was sagt denn die Polizei dazu?«

»Boris' Freundin hat in Dortmund am Samstag die Vermisstenanzeige gestellt. Ich glaube nicht, dass sie etwas von seinen Recherchen weiß. Bei uns in der Redaktion hat die Polizei auch nur die obligatorischen Fragen gestellt, wo er wann zuletzt gesehen wurde. Kann sein, dass sie früher oder später nach seiner Arbeit fragen, aber ich hoffe, die lassen sich damit noch etwas Zeit.«

»Warum?«

»Boris hat an sehr vielen schäbigen Dingen gearbeitet. Auch freiberuflich für irgendwelche Käseblätter. Es wäre besser, wenn seine Familie nichts davon erfährt.«

Sein Ton wurde barsch, was mir signalisierte, dass er nicht vorhatte, über ›schäbige Dinge‹ mit mir zu sprechen. Daher tat ich seinen Satz mit einem Nicken ab. Vorerst.

Ein glockenhelles, beinahe irres Lachen störte unsere Unterhaltung. Olaf blickte an meiner Schulter vorbei. Ich drehte mich um und sah die Mädchen; sie hoppelten in rasender Geschwindigkeit auf uns zu. Ihre Haare flogen in alle Himmelsrichtungen, ein Grinsen war auf ihre Gesichter gemeißelt. Als sie uns erreichten, keuchten und lachten sie, hüpften wie aufgedrehte Schoßhündchen, ihre Wangen puterrot.

»Was ist denn mit denen los?« Olaf begutachtete die Kinder mit einem scharfen Blick. »Die sind ja total überzuckert.«

»Ich habe ihnen ein paar Gummibärchen mitgebracht«, erwähnte ich eher beiläufig.

»Oh Mann. In dem Zustand bekomme ich die doch nie ins Auto. In einer halben Stunde muss ich sie zurückbringen. Heike wird mir eine Szene machen.«

Heike war Olafs Exfrau. Die beiden teilten sich das Sorgerecht und Olaf durfte die Mädchen fast jedes Wochenende zu sich nehmen. Sie genossen die Zeit. Insbesondere wenn ihre komische Tante kiloweise Süßkram anschleppte, damit die Kleinere nicht zum Terrier wurde.

»Wir telefonieren heute Abend noch einmal«, schloss ich unsere Unterhaltung ab, umrundete meinen Twingo und ließ Olaf mit seinen überzuckerten Töchtern am Gartentor zurück. Die Verzweiflung stand ihm ins Gesicht geschrieben, doch ich konnte ihm nicht helfen. Was Kinder betraf, reichten meine Kompetenzen nur von Gummibärchen bis hin zum klassischen Schokoriegel. Doch das war das Letzte, was er augenblicklich brauchte.

Ich setzte mich hinters Lenkrad, warf das Papier auf den Beifahrersitz und machte mich aus dem Staub.

2.

Der warme Wind pfiff durch das gekippte Fenster ins Wohnzimmer und blies die Vorhänge auf. Spärliche Sonnenstrahlen stahlen sich durch die Ritzen der halb hoch gelassenen Rollläden und schlugen in sattem Gelb auf den dunklen Parkettboden auf. Es war gerade mal drei, aber bei mir zu Hause herrschte bereits Geisterstimmung. Ich fläzte quer über meinem Zweisitzer. Der Korpus war aus Holz, mit Schaumstoff und Mikrofaser überzogen. Wulstige Nähte zierten den Stoff der beiden Rückenkissen. Sie waren letzten Monat mit einem Jagdmesser aufgeschlitzt und von meiner Mutter wieder zusammengenäht worden. Mittlerweile machte mir ihr Anblick keine Angst mehr. Genauso wenig wie ich einen Gedanken daran verlor, dass einige Tage nach dem Vorfall eine Leiche auf dem Sofa gesessen hatte. Damals hatte ich gedacht, ich könnte mich hier nie wieder wohlfühlen. Aber es war wohl eher eine Sache der Gewohnheit als der Überwindung, obschon ich nicht behaupten konnte, dass Leichen in meiner Wohnung zur Gewohnheit wurden.

Ich blätterte durch die Archivunterlagen der WAZ, die Olaf mir gegeben hatte. Ein mulmiges Gefühl begleitete mich dabei, denn ich hatte bereits eine leise Ahnung von dem, was mir zwischen den Zeilen auffallen sollte.

Vor mehr als einem Monat hatte mich Metin einer Schattengestalt ohne bürgerlichen Namen vorgestellt.

Gregor, auch Panko genannt, war Anfang 40, maß meine Körpergröße und schmückte seine grünen Augen mit einer wuchernden schwarzen Kopf- und Gesichtsbehaarung. Sein Körper war drahtig, sein Geist jähzornig. Einige Tage nach unserem Kennenlernen hatte er gleich zweimal eine geladene Waffe auf mich gerichtet und mir ein Veilchen verpasst. An schlechten Tagen trank er sich die Sonne eckig. Er hatte rechtsextremistische Tätowierungen auf der Haut und inhalierte mehr Teer, als es die Schlaglöcher der Stadt vertragen konnten. Trotzdem hatte ich ihn gemocht und mich in seiner Gegenwart eine Zeit lang sicherer als anderswo gefühlt. Das alles änderte sich schlagartig, als ich seinen bürgerlichen Namen aufschnappte und mich durch seine Vergangenheit googelte. Von da an ging es mit unserer Freundschaft rapide bergab, bis er letzten Endes in den Tiefen des Ruhrgebiets verschwand, ohne sich von mir zu verabschieden. Seit drei Wochen gab es kein Lebenszeichen mehr von ihm und hätte Metin mir nicht die Sache mit dem Auslandsaufenthalt zugesteckt, hätte ich früher oder später angenommen, er sei tot.

Ich sortierte die Artikel chronologisch und begann mit einem Auszug aus der Sonntagsausgabe im März 1999. Julia Pankowiak war 27 Jahre alt, als sie sich wegen eines BePo-Einsatzes beim G8-Gipfel in Köln aufhielt. In einem Nachruf beschrieb ein Reporter sie als eine hoch motivierte Polizistin, die in die Fußstapfen ihres Vaters treten und Zugführerin einer Einsatzhundertschaft werden wollte. In der Zwischenzeit lebte sie für den Streifen- und Bereitschaftsdienst und suchte gezielt den Kontakt zu den Bürgern. Ein Kontakt, der ihr in Köln zum Verhängnis werden sollte.

Alles hatte nach einem harmlosen Streit zwischen drei Männern ausgesehen. Sie waren teilweise alkoholisiert und von den Schimpfwörtern, die sie sich unentwegt an die Köpfe warfen, angespitzt. Julia hatte sich von ihrem Zug mit der Absicht entfernt, den Streit zu schlichten. Zwar hatte sie Erfahrung darin, Kloppereien zwischen Teenagern zu unterbinden. Doch diese reichte nicht annähernd aus, um es mit einem aggressiven 29-Jährigen mit ausgebildeten Bizeps und Möchtegern-Schlagstock aufzunehmen. Zeugen zufolge agierten die Streithähne gemeinschaftlich, fixierten die Polizistin und rissen ihr den Schutzhelm vom Kopf, den sie sich wegen wundgescheuerter Kieferknochen nicht festgeschnallt hatte. Wer ihr den verheerenden Schlag gegen die Stirn versetzt hatte, konnte von keinem Zeugen eindeutig aufgeklärt werden, doch wenige Auserlesene wollten Julias Schlagstock in der Hand des Türken gesehen haben. Die jungen Männer flohen, Gaffer eilten zu Hilfe und zahllose Anrufe gingen bei der Polizei, dem Rettungsdienst und der Feuerwehr ein, obwohl ihre Kollegen nur einen Steinwurf entfernt und ineinander verkeilt ein paar Pöbel in Schach hielten. Die vermeintlichen Täter wurden einige Stunden später gestellt. Julia fiel unterdessen in ein Wachkoma.

Ich fand einen Entwurfsbericht über die Verhandlung der drei Verdächtigen, die einige Monate später angesetzt wurde. Die Männer Karim T., Christoph R. und Michael N. wurden der schweren Körperverletzung sowie Beihilfe zur Körperverletzung beschuldigt. Der

Entwurf, den ich las, war lückenhaft und bestand vornehmlich aus Randnotizen. Demnach wurde der Prozess mit dem Vorwurf umstrittener Verhörmethoden, die angeblich bei Karim T. während des Polizeigewahrsams angewendet wurden, eröffnet. Der Schreiberling des Rapports mit dem Kürzel ›chp‹ ging sogar noch weiter und spekulierte darauf, dass der Prozess wegen der ausländerfeindlichen und gewalttätigen Neigungen eines einzelnen Polizisten zu platzen drohte.

Der übrige Inhalt entsprach in etwa dem, was ich im Internet zu lesen bekam: Karim T., Christoph R. und Michael N. wurden dem Haftrichter vorgeführt, welcher trotz der Schwere des Verbrechens keine Veranlassung sah, die jungen Schläger in U-Haft zu nehmen. Als Begründung nannte er fehlende Flucht- und Verdunkelungsgefahr. Also wurden sie erst einmal auf freien Fuß gesetzt. Daneben erkannte ich Olafs Handschrift: Gregor wurde in der Zwischenzeit vom Dienst suspendiert. Weil er Karim nötigte, weil er befangen war und weil er als Beamter des PP Dortmund überhaupt nicht die Befugnis gehabt hatte, im PP Bochum Untersuchungen anzustellen.

PP Dortmund, dachte ich. Das war wohl Gregors Karriere beim MEK, die da durchschimmerte.

Chronologisch gesehen war dann zunächst Zapfenstreich und es ging erst Monate später mit einem Hintergrunddossier über die Verhandlung von Gregor P. weiter: Demnach stellte Gregor Karim nach dessen Entlassung auf offener Straße nach. Es kam zu einem handfesten Streit und Gregor stach Karim mit dessen eigenem Messer in den Bauch. Der Türke starb zwei Stunden später im Krankenhaus und Gregor wurde dem Haftrichter vorgeführt. Seine Strafverteidigung plädierte auf Notwehr mit der Begründung, dass es Karims Messer war und er Gregor damit bedroht habe. Die Staatsanwaltschaft allerdings warf Gregor vor, er hätte mit seinen Ju-Jutsu-Fähigkeiten den Angriff lediglich abwehren und nicht selbst zustechen dürfen. Also wurde er wegen Totschlags angeklagt und verurteilt, Gregor bekam sieben Jahre und wurde nach fünf Jahren entlassen. Vom MEK war in den ganzen Dokumenten nicht die Rede und ich fragte mich, woher Olaf davon wusste.

Nach diesem Rapport kam nichts mehr. Julia starb nach jahrelangem Wachkoma im gleichen Zeitraum, in dem Gregor aus der Haft entlassen wurde; zwei Monate vor ihrem 32. Geburtstag.

Übersättigt warf ich das Papier auf den Tisch. Ich nahm einen tiefen Atemzug und rubbelte mir mit den Handflächen das Gesicht rot, die Augen zusammengekniffen. Mir war, als wäre ich sehr viel tiefer in meinem Sofa versackt. Ich rief Olaf auf dem Handy an.

»Harter Tobak, was?«, sagte er sofort. Seine Stimme klang nasal.

»Du hast ja keine Ahnung«, erwiderte ich.

»Ich wusste von Anfang an, dass der Typ Dreck am Stecken hat.«

»Er hat sich geändert«, verteidigte ich ihn. »Er hat mir das Leben gerettet.«

Olaf rotzte weitab vom Hörer, hoffentlich in irgendein Taschentuch. »So wie ich dich damals verstanden habe, war dieser Typ überhaupt erst schuld daran, dass dieser Killer bei dir zu Hause auflief.«

Dieser Killer hieß Bolker und hatte die Aufgabe gehabt, Gregor und mich zum Schweigen zu bringen. Und tragischerweise war es Gregor selbst gewesen, der Bolkers Auftraggeber mit den prekären Informationen, die niemand wissen sollte, versorgte. Er hatte die Lage falsch eingeschätzt. Genau wie ich; ansonsten hätte ich meine Wohnung nicht mehr betreten und wäre Bolker dadurch nicht in die Arme gelaufen.

»Ich verstehe einfach nicht, warum du ihn in Schutz nimmst«, nölte Olaf.

»Er hat seine Strafe abgesessen.«

»Er hat einen Menschen getötet!«, platzte es aus meinem Bruder heraus. Dann wurde es kurz still. »Entschuldige.«

Ich seufzte. »Danke, dass du mich daran erinnerst.«

»Bei dir war es Notwehr«, fügte er schnell hinzu.

»Komm. Lass gut sein. Eigentlich wollte ich mit dir über Boris sprechen. Und über den Fummelbunker. Ich dachte, ich könnte morgen Abend diesen Laden genauer unter die Lupe nehmen.«

»Boris und ich saßen immer am gleichen Tisch. Wir haben Roulette gespielt. Ich komme mit, dann zeige ich es dir.« Mit einem Augenrollen legte ich auf. Das konnte ja heiter werden.

Es war irgendwann nach zehn Uhr morgens, als ich am nächsten Tag das Büro von Tozduman Securities betrat. Die Detektei war in einem klassischen Ladenlokal auf der Voedestraße in Wattenscheid untergebracht. Es war eingepfercht zwischen einem molchgrünen Wohnreihenhaus und einem Tabak- und Zeitschriftenladen mit Schlüsseldienst und Schuhreparaturservice. Die Räumlichkeiten bestanden aus einem hellen Quader mit ausladenden Schaufenstern, die bis unter die Decke reichten. Letzte Woche hatte Metin weiße Lamellenvorhänge vor den Fenstern anbringen lassen, damit er, wie er sagte, ungestört seine Fußnägel schneiden konnte. Seitdem lungerten zahllose alte Leute vor den Fenstern herum in der Erwartung, dort auf einen jungen unverbrauchten Allgemeinmediziner zu treffen. Im Büro standen drei Schreibtische, ein Computer und ein debiles Klimagerät aus dem Zeitalter, in dem man FCKW noch für die beste Entdeckung nach dem Cholesterinspiegel hielt. Nebenan befanden sich ein winziges Unisex-Klo sowie ein Nebenraum mit Pantryküche und Metins patinagrünem Waffenschrank, für den nur er einen Schlüssel hatte.

Die Lamellenvorhänge flatterten im waagerechten Wind der Klimaanlage. Metins gedrungener Körper war über die Tastatur gebeugt, seine Topflappenstirn reflektierte das Bildschirmflackern. Corinna Gläser, unsere Auszubildende und Sekretärin, war wie jeden Montag in der Berufsschule.

»Moin«, begrüßte ich meinen Chef. »Ich brauche Urlaub.«

Wie eine Sprungfeder schnellte sein Körper hoch. »Warum?«

»Mein Onkel ist gestorben.«
»Was ist mit ihm passiert?«
»Er ist tot vom Klo gefallen.«
Misstrauisch kniff er die Augen zusammen. »Du willst mich verscheißern.«
»Nein, wirklich!«
Mit gerunzelter Stirn stellte er sich vor dem Klimagerät auf. Er trug eine knielange schwarze Hose und ein halbärmeliges schwarzes Hemd. Der Wind preschte gegen seine Waden und seine schwarzen Körperhärchen flatterten wie tote Fliegenbeine.
»Wie lange?«
»Zwei Wochen.«
Er starrte mich an. »Vergiss es. So viel würde ich dir nicht mal geben, wenn deine Mama höchstpersönlich den Löffel abgegeben hätte.« Er verschränkte seine dicklichen Arme vor der Brust und musterte mich. »Was sehe ich denn da? Rote Bäckchen?«
Ich drehte meine Birne weg.
»Du lügst doch! Was geht da wirklich bei dir ab?«
Ich stöhnte: »Es ist was Familiäres.«
»Wer?«
»Mein Bruder.«
Metin nahm einen tiefen Atemzug und sein bulliger Bauch blähte sich zu einem strammen Ballon auf. »Der Zeitungsjunge? Mann, Rollo. Mach mir keinen Kummer. Wenn ihr beiden zusammenhängt, kommen immer nur Fisimatenten raus.«
»Kein Foto von mir in der Zeitung, kein Artikel über die Detektei. Versprochen.«
Er kratzte sich am Kopf. »Du kriegst eine Woche.

Kommt mir ganz recht, so kannst du dich auch gleich für mich auf die Lauer legen. Nur ein Stündchen am Tag.«

»Worum geht's?«

Metin kehrte mir den Rücken zu, beugte sich über die Tischplatte und öffnete die Schublade. Er gab mir ein Schwarz-Weiß-Foto. Auf dem Bild war ein Mann mittleren Alters zu sehen, wahrscheinlich Ende 30. Er war gut gepolstert, über seiner Oberlippe wuchs eine dichte Schnodderbremse. Seine Augenbrauen waren zusammengewachsen, seine Locken auf dem Kopf ähnelten der einschlägigen Flippers-Schlagersängerfrisur. Auf seinem Schoß saß ein schlaksiger Schuljunge mit wahrscheinlich selbst geschnittenem dunklem Pony. Seine Augen stierten intensiv durch die windschiefen Haarspitzen. Anhand der Frisuren und Klamotten mutmaßte ich, dass das Bild in den 70ern aufgenommen worden war.

»Wer ist das?«

»Mein Vater. Ich bin der Junge auf seinem Schoß.«

»Mann, du warst ja mal richtig dünn«, staunte ich.

»Und eine ordentliche Matte auf dem Kopf hatte ich auch.«

»Warum zeigst du mir das Foto?«

»Ich möchte, dass du meinen Papi beschattest.«

Ich gaffte Metin an. »Du willst mich veräppeln.«

»Seit ein paar Tagen verdrückt er sich nachmittags aus dem Haus und trudelt nach einer Stunde wieder ein. Meine Mama kriegt die Pimpernellen. Die muss seit Monaten die Bettkante stempeln und kann nicht mal aufstehen und ihm die Pfanne auf den Kopp hauen, damit er zur Vernunft kommt.«

»Zur Vernunft? Er ist doch nur für eine Stunde weg.

Wahrscheinlich braucht er mal eine Atempause, trinkt eine Limo oder besucht einen Freund.«

»Red kein Tinnef. Ich schwöre, der geht zum Eierberg.«

Der Eierberg war ein Rotlichtviertel am Rande der Innenstadt. Die einschlägige Straße war eine Sackgasse und unterhielt zahlreiche Bordelle, ein Laufhaus sowie eine Art Kontakthof auf Höhe der Einmündung zur Gußstahlstraße. Die Reihenhäuser waren erd- bis sonnenfarben, die Gasse mit faustgroßen Steinen bepflastert. Jeder Mann kannte den Eierberg und wusste, wie es dort aussah, ohne persönlich jemals da gewesen zu sein.

»Wie alt ist dein Paps?«

»69.«

Ich rümpfte die Nase. Ich wusste nicht, was anstößiger war: Ein Sohn, der seinen klapprigen alten Vater verdächtigte, eine Bordsteinschwalbe aufzugabeln, oder die Vorstellung, dass der Klepperhannes tatsächlich mit ebensolchen kopulierte.

»Hast du kein aktuelleres Foto von ihm?«

»Es wird nicht schwer sein, ihn zu entdecken. Er ist der einzige Mann mit Cordmütze, der das Haus gegen halb drei verlässt. Die Adresse steht auf der Rückseite.«

Ich drehte das Foto um. Die benannte Straße lag in Stahlhausen in der alten Wohnsiedlung des Bochumer Vereins. Daraus schloss ich, dass Metins Vater früher als Stahlarbeiter für die Krupp Hüttenwerke geschuftet haben musste.

»Ich werde sehen, was sich machen lässt«, sagte ich. »Werde ich denn dafür bezahlt?«

»Dafür bekommst du doch schon eine Woche bezahlten Urlaub«, wiederholte Metin. Als ich mit den Zähnen knirschte, grinste er. »Vielleicht ist ja ein Bonus drin, wenn du gute Nachrichten bringst.«

»Und wie könnte so eine gute Nachricht aussehen?«

»Kann sein, dass er schwarz irgendwelche Klamotten in der Nordstadt verscherbelt. Das hat er in den 60ern schon öfter gemacht.«

Ich rollte die Augen zur Decke.

»Also.« Metin sah auf die Uhr. »Das Beste ist, du fängst gleich damit an.«

Ich fing gleich damit an. Der Mittag verabschiedete sich gerade, als ich nach Stahlhausen fuhr, um Metins Papa auf die Schliche zu kommen. Das Haus von Yusuf Tozduman stand an der mehrspurigen Alleestraße, auch L654 genannt. Die sandfarbenen Häuser waren in Dreierreihen aneinandergeklatscht. In den Tälern der rot geziegelten Spitzdächer wucherten die stark beblätterten Äste hochstämmiger Platanen hinein. Der Bürgersteig vor den Hauseingängen war gerade mal einen Meter breit und erlaubte nicht mehr als zwei Schritte vorwärts, da man ansonsten auf der zehn Mal so großen Hauptstraße landete. Auf insgesamt drei Etagen ließen jeweils drei hohe schmale Fenster das Sonnenlicht hinein, der Lack der Fensterrahmen war flügge wie loses Vogelgefieder.

Ich setzte den Twingo auf dem Schotter zwischen zwei Baumstämmen ab und musste 50 Meter bis zum Haus zurücklaufen. Es war mittlerweile zwei Uhr und ich hatte keine Lust, mich tagelang mit Metins Erzeuger zu beschäftigen oder ihm auf irgendwelchen verstaubten Baustellen aufzulauern. Ich wollte der Sache kurzfristig auf den Grund gehen. Daher drückte ich auf die Klingel, deren Ton wie eine getretene Krähe durch die im Erdgeschoss liegende Wohnung leierte. Ich lehnte mich gegen die Haustür in der Erwartung, der Summer würde gleich das Schloss entriegeln. Stattdessen schlich eine krumme, durch die milchige Glasscheibe verschwommen erscheinende Gestalt durch den Flur und schloss mit einem klappernden Schlüsselbund die Tür auf. Ein eingefallenes, gebräuntes Gesicht erschien im Türspalt. Ich schätzte den Mann zwischen 90 und scheintot. Er konnte unmöglich Metins Vater sein. Seine rattengrauen Augenbrauen waren mit den Jahren karg geworden, seine Tränensäcke überlappten die gut ausgebildeten Wangenknochen. Im Kontrast dazu stand die schwarze und füllige Matte auf seinem Kopf. Es bestand kein Zweifel, dass er eine Perücke trug. Er sah mich an, sagte aber kein Wort.

»Ich möchte mit Herrn Yusuf Tozduman sprechen.«

Die braunen, von Krähenfüßen umrandeten Augen des Alten sahen mich eine Weile an. Dann drehte er mir den gekrümmten Rücken zu und verschwand in der vordersten Wohnung des Mehrfamilienhauses. Ich folgte ihm, schloss die Haustür hinter mir und kündigte mich mit einem Klopfzeichen an der Wohnungstür an. Keine Antwort. Also zog ich mir die Sandaletten von den Füßen und trat, so wie ich es von meinen türkischen Nachbarn gewohnt war, barfuß ein. Es roch nach alten Leuten: Muffige Luft, abgetragene Kleidung, Mottenkugeln und Waschpulver. Der Teppich im Flur war orange und durchgelaufen, die Tapeten mindestens 30 Jahre alt. Der Flur war ein langer Schlauch. Die Türen der angrenzenden Räume standen offen. Das Licht, das durch deren Fenster drang, besprenkelte wie getrocknete Milch den Boden. Ich lugte nacheinander in die Zimmer, durchquerte den Flur und fand mich zuletzt im Wohnzimmer wieder, wo mein Blick zuerst auf das Sofa fiel. Auf ihm lag eine ältere und unverkennbar dicke Frau. Ihr Körper war komplett in eine Wolldecke gehüllt, lediglich ihr Kopf und die bestrumpften Füße waren an der Luft. Sie lag auf dem Rücken, auf ihrem Oberkörper türmte sich ein enormer Vorderbau. Ihr ergrautes Haar war kurz geschnitten und brachte ihre kantigen Ohren zur Geltung. Sie hatte eine gewisse Ähnlichkeit mit Metin, insbesondere ihre Nase und ihre schmalen Lippen glichen den seinen. Die Topflappenstirn hatte er definitiv von seinem Vater, der seiner Ehefrau im Sessel gegenübersaß. Seine ehemals schwarzbraunen Flipperslocken waren hellgrau, sein Gesicht glatt rasiert. Er kam mir ein wenig dünner vor als auf dem Foto.

Von dem uralten Mann, der mir die Tür geöffnet hatte, fehlte jede Spur.

»Guten Tag«, begrüßte mich Herr Tozduman und stand auf. Er reichte mir die Hand, als wäre es ganz normal, dass wildfremde Leute in sein Wohnzimmer spazierten. Metins Mutter lächelte und wackelte mit ihren Zehen.

»Guten Tag«, sagte ich und räusperte mich. »Ich bin gekommen, um mit Ihnen über Gott zu sprechen.« Bei dem Wort ›Gott‹ breitete ich meine Hände aus wie

Moses, als er gerade das Meer spaltete. Anschließend faltete ich die Hände vor meinem Bauch zusammen und die beiden sahen sich verdutzt an. Zu guter Letzt warf Yusuf Tozduman den Kopf in den Nacken und fing laut an zu lachen. »Nur zu«, verkündete er und setzte sich wieder hin.

Das war nicht, was ich hören wollte. Ich wollte hochkant wieder rausgeworfen werden – so wie es sich gehörte. Mein Plan war, mich nicht länger als nötig aufzuhalten und mir nur ein kurzes Bild über die Wohn- und Lebenssituation der Tozdumans zu verschaffen. Nur so zum Spaß; und in der Hoffnung, es würde mir Aufschluss über die merkwürdigen Abstecher zwischen zwei und drei geben. Und mit welcher Taktik konnte man sich schneller aus einem türkischen Haushalt verdünnisieren, wenn nicht mit Geschichten über den Heiligen Geist? Es war ein guter Plan. Doch er funzte nicht. Ganz im Gegenteil: Tozduman Senior schien ein ehrliches Interesse für meine Vorträge zu haben. Doch dann beäugte er seine Uhr. Glück für mich.

»In fünf Minuten muss ich aber gehen«, sagte er schließlich.

»Wohin musst du wieder gehen?«, keifte seine Frau sofort los.

»Ich muss nur kurz etwas erledigen.« Er sah sie nicht an, sondern schien direkt mit mir zu sprechen.

»Ja, ja. Das sagst du immer! Was hast du zu erledigen?«, löcherte sie weiter. Ihre Stimme war harsch und er antwortete etwas auf Türkisch.

Sie schnaubte verächtlich. »Jeden Tag verschwindest du. Und ich bin ans Sofa gefesselt. Guck mich an, ich verende im Liegen! Wie kannst du deine kranke Frau einfach so allein herumliegen lassen?«

Es war eine schaurige Vorführung und während Frau Tozduman sich vergaß, kamen meine Zehen auf dem Hochflor ordentlich ins Schwitzen. Mir war nicht wohl bei dem Gezeter. Nicht nur wegen ihrer Stimme, die der eines penetranten Kläffers glich. Sondern vor allem, weil ich anderes gewohnt war. Als Zechenkind wuchs ich zwischen den Häusern türkischer Kumpels auf, mit denen mein Vater unter Tage fuhr. Ich spielte in türkischen Kinderzimmern, aß von türkischen Tellern und riss dem einen oder anderen Türken im Streit auch einmal eine Locke aus. Ich war mit den kulturellen und sozialen Bauplänen muslimischer Familien vertraut; und in denen stand, dass nie, aber auch niemals, die Ehefrau ihrem Mann vor Fremden die Leviten lesen durfte. Bei Metin war die Sachlage anders. Er wurde in Deutschland geboren, war mit einer Latino-Christin verheiratet und flog nur in die Türkei, um sich am Sandstrand die Sonne auf den Schädel brutzeln zu lassen. Seine Überintegration lag in der Natur der Sache. Seine Eltern allerdings waren für Liberalität, religiöse Toleranz und feministische Selbstverwirklichung einfach der falsche Jahrgang. Vielleicht lag es an mir. Womöglich pflegte ich verstaubte Vorurteile. Vielleicht integrierten sich türkische Stahlarbeiter aber auch einfach anders als die Türken, die sich an der Seite von Deutschen, Polen und Italienern unter der Erde durchschlagen mussten. Von der Stahlindustrie um Krupp und den damaligen Bochumer Verein, für den Metins Papa geackert haben musste, hatte ich wenig Ahnung.

Yusuf Tozduman atmete angestrengt durch. »Es dauert keine Stunde. Wie immer. Eine Stunde am Tag. Was soll in einer Stunde schon passieren?«

»Ich könnte vom Sofa fallen und mir den Hals brechen. Es könnte ein Feuer ausbrechen oder ein Wasserrohr platzen. Ein Einbrecher könnte unsere schönen Sachen mitnehmen und irgendetwas mit mir anstellen.«

Yusuf Tozduman stieß einen kurzen Schrei aus. »Schluss jetzt, ich gehe.«

Er stand auf und ich war in Alarmbereitschaft. Ich drängte mich zur Mutter, streckte meinen Arm aus und lächelte zum Abschied. Sie nahm meine Hand, umfasste sie mit ihren dicklichen Griffeln und drückte zu. Und sie ließ sie nicht mehr los. Ihre Augen durchbohrten mich.

»Erzählen Sie mir etwas über Gott, bitte.«

Sie flehte und wanderte mit einer Hand bis zu meinem Handgelenk. Ihre Finger konnten es mühelos umfassen. Prompt begann meine Pulsader unter dem Druck zu klopfen. Im Hintergrund hörte ich währenddessen die Wohnungstür zuschlagen.

»Wirklich, Frau Tozduman. Ich muss jetzt wieder gehen.« Ich versuchte, mich aus ihrem Griff zu winden, doch es gelang mir nicht. Ihre Hand um meine Finger zog den Sack zu und meine Fingerspitzen begannen dunkelrot anzulaufen.

»Bleiben Sie hier, bitte. Lassen Sie mich nicht allein! Ich sterbe, wenn ich allein bin.«

Ihre Augäpfel quollen wie Tischtennisbälle hervor und ich konnte die Äderchen an den Seiten sehen.

Als dann auch noch ihre Lippen zu beben begannen, schwante mir Schreckliches.

»Bitte, nicht weinen«, flehte ich und sah mich um. »Wo ist der andere Mann, der mir die Tür geöffnet hat?«

Wie von Sinnen schüttelte sie ihren Kopf und ließ mich dabei nicht aus den Augen. Ein Schweißfilm hatte sich bereits auf ihrem ganzen Gesicht gebildet und ein quengeliger Ton sickerte durch ihre Lippen. »Der taugt zu nichts mehr. Er ist fast taub und spricht kein Deutsch. Wenn etwas passiert, könnte er nicht einmal den Notruf wählen.«

Ich machte eine Krokodilsträne auf ihrer Wange aus und mir wurde übel. Ich konnte nicht mit heulenden Leuten umgehen. Schon gar nicht, wenn sie alt und ans Bett gefesselt waren.

»Bitte, hören Sie auf damit.«

»Gehen Sie nicht! Ich werde verrückt, ich werde wahnsinnig. Plemplem«, wiederholte sie leise und zerquetschte förmlich meine Hand. Ihre Fingerknöchel traten weiß hervor, während meine abgeklemmten Fingerspitzen erkalteten. Ein dicker Kloß bildete sich in meinem Hals.

»Hören Sie auf zu weinen«, winselte ich zurück.

»Bleiben Sie hier?«, fragte sie.

Ich nickte aus der Not heraus. Schließlich waren meine Finger schon lila. Und sie ließ von mir ab. Ein Blutschwall schoss kribbelnd meinen Arm hinunter. Ich atmete auf, sie faltete ihre Hände entspannt auf ihrer Brust, schloss die Augen und schien wegschlafen zu wollen. Ich sprach sie an, aber sie reagierte nicht.

Das war meine Chance. Schnell sprang ich auf die Füße und flitzte aus dem Wohnzimmer.

»Sie wollten doch hier bleiben!«, brüllte sie mir hinterher, doch ich antwortete nicht.

Stattdessen hetzte ich durch den langen Flur, überrannte beinahe den uralten Mann und riss die Haustür auf. Von Yusuf Tozduman fehlte natürlich jede Spur.

Wundervoll.

Genervt ging ich die Straße hinunter. Die klobigen Platanenkronen warfen kugelige Schatten auf den Bürgersteig und die Häuserreihe. Ein 40-Tonner bretterte auf dem äußersten Fahrstreifen an mir vorbei und pustete mir den Straßendreck ins Gesicht.

Nie mehr würde ich einen Fuß in dieses Haus setzen, so viel war sicher.

3.

Um acht Uhr am Abend war die Sonne noch nicht untergegangen. Ich trug ein eng anliegendes schwarzes Kleid, das mir bis zu den Knien reichte und meiner ausladenden Hüfte schmeichelte. Die Absätze meiner Schuhe waren keine fünf Zentimeter hoch, ich war mir im Klaren darüber, dass eine Frau über 1,90 Verunsicherung bei den Männern verursachen konnte. Meine Glock ließ ich zu Hause.

Olaf holte mich ab. Es wäre für ihn günstiger gewesen, wenn er sich mit mir vor dem Casino getroffen hätte, aber er bestand darauf. Er fuhr einen schwarzen Passat Kombi. Auf der Rückbank waren zwei Kindersitze festgezurrt. Zwischen ihnen klemmte eine grüne Kiste mit diversen Spielzeugen und Büchern, quer darüber lag das Jackett für den Abend. Olaf trug eine schwarze Stoffhose und ein akzentloses weißes Hemd. Nach einer Viertelstunde verließ er die Autobahn und bog in den Lütgendortmunder Hellweg ein. Keine 600 Meter später sprang mir der prunkvolle gläserne Bau ins Auge.

Das Lütgen-Casino wurde vor drei Jahren auf dem Gelände gegenüber der alten Ritterbrauerei errichtet, nachdem sich die Radeberger Gruppe gegen einen Umbau der Ritterbieranlage durch die Spielbankvisionäre ausgesprochen hatte. Der Aufbau dauerte zwei Jahre und lief nicht ganz ohne Störungen ab, weil viele

Dortmunder glaubten, der Bunker vergifte die nostalgische Aura, die die Brauerei seit ihrer Schließung umgab. Doch nach der Eröffnung konnte sich die Spielbank vor Besuchern kaum retten und nach der angeknacksten Aura krähte bald kein Hahn mehr.

Olaf schwenkte den Passat auf den Parkplatz. Dieser machte etwa die Hälfte des Geländes aus und war von zwei Meter hohen Buchsbaumhecken umsäumt. Gartenlaternen flimmerten kniehoch die Durchfahrt entlang, die Inseln zwischen den Parkflächen waren mit sonnengelben Stiefmütterchen bewuchert. Während Olaf nach einer Lücke suchte, ließ ich meinen Blick über die Autodächer fliegen. Mittelklassewagen. Ich sah VW, Opel, Citroën und Nissan. Zwischendurch glaubte ich, einen Porsche zu erkennen. Olaf parkte seinen Passat zwischen einem VW Käfer und einem Audi Quattro. Als wir ausstiegen und losgingen, klapperten die Absätze unserer Ausgehschuhe auf dem glatten Steinboden. Außer uns war keine Menschenseele unterwegs.

Die Spielbank war ein halbrunder Komplex, die gerade Kante zum Hellweg gerichtet. Wir hatten uns dem Haupteingang zugewandt, der wie ein Relief in den runden Bau eingelassen war. Vor ihm ausgebreitet lag eine halbrunde graue Marmortreppe, in deren Stufen Treppenlichter eingelassen waren. Auf dem gläsernen Baldachin über der Flügeltür leuchteten die gelben Lettern des Lütgen-Casinos, ihr Licht reflektierte in den dahinterliegenden Fenstern. Über dem Erdgeschoss zählte ich zwei weitere Etagen, darüber ein penthouseartiger Anbau. Durch die Panoramafenster schimmerte das Licht runder Deckenleuchten, die ich vom Parkplatz aus sehen konnte.

Ich pfiff durch die Zähne. »Nicht von schlechten Eltern.«

Ein Türsteher im Smoking ließ uns hinein. Er ging mir bis zur Schulter und in seinen polierten Schuhkappen konnte ich mein Gesicht sehen. Vielleicht auch meine Unterhose, wenn er es darauf angelegt hätte. Gestenreich trieb er uns durch den gekachelten Vorraum. Als wir durch die zweite Tür traten, hörte ich meine Schuhe nicht mehr, weil sie in bordeauxrotem Hochflor versackten. Wir passierten einen Metalldetektor und ich kreuzte dankbar meine Finger, weil ich meine Glock zu Hause gelassen hatte. Dann mussten wir unsere Personalausweise vorzeigen. Die Augen des Sachbearbeiters pappten dabei derart konzentriert auf dem Bildschirm, dass ich glaubte, er würde gerade die internationalen Fahndungslisten nach unseren Gesichtern absuchen. Als er nicht fündig wurde, gab er uns mit einem Ausdruck unverhohlener Enttäuschung die Papiere zurück.

Wir betraten den ersten Raum. Hier ging es wie auf dem Wochenmarkt zu. Neuankömmlinge standen sich die Beine in die Bäuche und verarbeiteten glotzend die dargebotene Reizüberflutung. Mir erging es nicht anders: Ich wurde überrollt von Lichtern und Düften, Menschen brabbelten wild durcheinander und klassische Musik beschallte den Saal. Jeder brachte sein eigenes Odeur mit: Zu meiner Rechten roch es nach Moschus, während sich an meiner linken Flanke blumiges Flair entlanghangelte. Hinzu kam das Ensemble schwarzer Jacketts und Abendkleider, geschmückt von Ketten und Ohrringen, die in dem künstlichen Licht funkelten und blitzten. Genauso stellte ich mir eine Oscar-Verleihung vor.

»Möchtest du Geld wechseln?«

Olaf war ganz nah an mein Ohr herangetreten und ich nickte, als ich seine Frage registrierte. Er nahm mich an die Hand und führte mich zu einer ernüchternd schmucklosen Wechselkasse, die in eine Ecke neben dem Eingang gepfercht war. Hinter der Scheibe mit einer ovalen Durchreiche saß ein Rauschebart mit Rentneraugen. In seinem Rücken war in der Wand eine Tresortür eingelassen und ich war mir sicher, dass es eine Attrappe war. Olaf und ich wechselten jeweils 20 Euro in vier Jetons.

»Im Erdgeschoss wird Roulette und Black Jack gespielt. Hier hält sich die Mehrheit auf. Im Tiefgeschoss stehen die einarmigen Banditen.«

Während Olaf mit mir sprach, ließ ich meinen Blick über die Menge schweifen. Eine vorherrschende Altersgruppe konnte ich nicht ausmachen; ebenso wenig war erkennbar, ob es mehr Männer als Frauen in dem Saal gab.

»Oben fangen die Mindesteinsätze bei 20 Euro an. Dort wird Baccara und Poker gespielt. In der zweiten Etage gibt es ein Restaurant.«

Die Menschentraube öffnete sich und begann, sich in verschiedene Richtungen zu zerstreuen. Erst jetzt sah ich das Treppengeländer, das kreisrund in der Mitte des Saales klaffte. Von dort aus ging es nur hinab. Ich lehnte mich über das Gemäuer und verfolgte den Weg der breiten Wendeltreppe. Sie führte zu bunten Spielautomaten, die in Reih und Glied ihre Kunden mit klimpernden Münzen und Jingles bespaßten. Die Klientel an den Automaten war ausschließlich männlich.

»Und das Penthouse?«, fragte ich Olaf. »Ich habe es von draußen gesehen.«

Er zuckte mit den Schultern. »Da ist bestimmt die Verwaltung untergebracht. Komm mit.«

Olaf zerrte mich quer durch den Saal und ich sah, dass Schweißtropfen wie Morgentau in seinem Nacken perlten. Augenscheinlich war er dem Stress, dem er im Angesicht dieses Suchttempels erlegen war, immer noch nicht gewachsen.

»Boris und ich haben immer am gleichen Tisch gespielt. Französisches Roulette. Tisch vier.«

Olaf schob mich zu einem Roulettetisch, der sich am weitesten von der Wechselkasse und dem Foyer entfernt befand. Ein dreieckiger Kubus mit einer weiß leuchtenden Vier hing darüber; wie im Supermarkt. An Tisch vier bediente ein weiblicher Croupier, eine Croupière, die Spieler. Sie trug ein eng anliegendes schwarzes Jackett, eine weiße Bluse mit breitem Kragen und eine schwarze Fliege. Ihr nussfarbener Teint und die Schlupflider verrieten eine asiatische Herkunft. Ihr schwarzes dauergewelltes Haar umschmeichelte ihr ovales Gesicht, ihr glatter Pony war akkurat über ihren dünnen Augenbrauen geschnitten. Sie hatte einnehmende weiße Zähne und freute sich über die kleinen Siege der Gäste. Ihr Schildchen am Jackett verriet mir, dass sie Fräulein Vu hieß.

»Fräulein Vu«, wiederholte ich. »Klingt ein wenig nach Kung Fu.«

»Ein Künstlername«, erläuterte Olaf. »Die Croupiers hier haben alle Aliasse, damit sie nach Feierabend an der Wohnungstür keins auf die Stirn kriegen, wenn sie einem Spieler das Geld aus der Tasche gezogen haben.«

Wir stellten uns an den Tisch und Fräulein Vu begrüßte uns mit einem Lächeln. Der Stoff auf dem Tisch war Pariser Blau, das Tableau mit gelbem Siebdruck aufgetragen. Der Roulettekessel war riesig, größer als ich ihn mir vorgestellt hatte. Die Croupière gab dem vierarmigen Zylinder einen kleinen Schubs und die roten und schwarzen Zahlen flogen in Windeseile an meinen Augen vorbei. Fast kam es mir vor, als würde es gleich in den Weltraum abheben.

Ich registrierte eine Unruhe um mich herum. Schnell schoben die Spieler ihre Jetons auf das Spielfeld.

»Rien ne va plus.« Herrisch ließ Fräulein Vu ihre filigrane Hand über das Spielfeld gleiten und die Spieler beendeten abrupt ihre Aktivitäten. Die Kugel klapperte und hopste und fand einen Platz auf einem schwarzen Feld. Noch ehe ich sehen konnte, um welche Zahl es sich handelte, säuberten die Helfer mit langstieligen Rechen bereits das Feld.

»Fräulein Vu, erkennen Sie diesen Mann wieder?« Ich nahm das Foto von Boris Bäcker aus meiner Handtasche und zeigte es ihr. Fräulein Vu schwieg. Ihr Lächeln wurde sparsam und jedes gekonnte Detektivauge sah, dass sie sich an Bäcker erinnerte. Olaf wurde leicht rot.

»Erkennen Sie den hier auch wieder?«, fragte ich weiter und zeigte diesmal auf Olaf.

Fräulein Vu schwieg eisern und Olaf zeigte sich enttäuscht. »Ich habe ihn hin und wieder begleitet«, versuchte er ihr Gedächtnis aufzufrischen.

Ich guckte Olaf an. »Hin und wieder?« Er zog eine Grimasse.

Ein neues Spiel begann. Olaf warf einen Chip auf Rouge, einem großen Feld mit Verdoppelungschance, sofern die Kugel auf eine rote Zahl fiel. Wie zuvor stieß die Asiatin das Rad an, warf die Elfenbeinkugel in die Schüssel und motivierte mit einer Handbewegung die Gäste, ihr Plastikgeld auf das Tableau zu legen. In dem Gewusel zählte ich vier Personen, die ein Spiel machten: Eine kleinwüchsige Frau in ihren 50ern, ein junges Pärchen sowie ein Mann mit rosafarbener Krawatte und rosafarbenem Seidentüchlein in der vorderen Jacketttasche. Sein gebräunter Glatzkopf war auf Hochglanz poliert und er trug einen Brilli am Ohr. Eine Hand steckte in seiner Jackentasche und ließ die Jetons darin klimpern.

»Rien ne va plus!«

Die Kugel fiel auf ein schwarzes Feld und der böse Rechen fegte Olafs fünf Euro vom Tisch.

»Was meinst du mit ›hin und wieder‹?«, insistierte ich. »Warst du mit ihm öfter hier?«

Fräulein Vu schaute zu uns herüber und Olaf fühlte sich unter ihren Blicken sichtlich unwohl. Er schob mich vom Tisch fort. »Boris spielte immer zu ihren Schichten«, flüsterte er mir zu.

»Ihre Schichten«, wiederholte ich. »Und wann sind die?«

»Sonntags bis mittwochs von sieben bis Mitternacht.«

»Warst du da auch immer hier?«

»Nein, nur sonntags. Er hat es mir erzählt. Er hatte wohl eine Schwäche für sie.«

Ich sah zum Tisch herüber. Fräulein Vu begrüßte einen neuen Gast mit einem gewinnenden Lächeln. Ich ging noch einmal zu ihr. »Der Mann auf dem Foto. Boris Bäcker. Wie war er so drauf?«, fragte ich sie.

Sie guckte mich verdutzt an. »Wie bitte?«

»Wie hat er gespielt? Hat er gewonnen oder verloren?«

Stoisch starrte sie auf meine Stirn. »Darüber erteile ich keine Auskunft.«

Das war das Ende der Fahnenstange. Ihr Blick verriet mir, dass ich keinen weiteren Ton aus ihr herausbekommen würde. Die Roulettescheibe rotierte, die Kugel flog in das Cuvette und ich setzte einen Chip auf Schwarz.

»Rien ne va plus!«

Die Kugel rollte in entgegengesetzter Richtung über den Zahlenring und begann zu klimpern, als sie hinuntersackte und auf den eingelassenen Feldern hin und her hüpfte. Endlich blieb sie liegen. 25. Rot. Das Geld war futsch.

»Lass uns gehen«, sagte ich zu Olaf. »Für heute Abend habe ich genug gehört.«

Die Alleestraße in Stahlhausen war am Dienstagnachmittag wieder gut befahren. Autos schossen über die Kreuzung, überholten auf der inneren Spur und pflügten sich durch den Sicherheitsabstand der Lkws, um nur 200 Meter weiter wieder rechts abzubiegen. Die Zentimeterklopperei erinnerte mich an mein erstes eigenes Apartment im Dortmunder Stadtinneren. Ich hatte unweit der Handwerkermeile im Nordstadtviertel über dem Borsigplatz gewohnt. Der Platz war ein zyklopischer Kreisverkehr mit sechs Zufahrten, zwei bis drei Fahrspuren sowie einer blickdichten Baumwiese im Inneren des Kreisels. Gequert wurde das Ganze von einer Straßenbahn. Seinerzeit machte die Geschichte die Runde, eine Frau hätte im inneren Kreisel ihren Tank leer gefahren, weil sie es nicht schaffte, die Spur zu wechseln.

Es war Viertel nach zwei. Corinna, unsere Azubi, hatte in Ermangelung einer Beschäftigung auf meinem Beifahrersitz Platz genommen und leistete mir Gesellschaft, indem sie ihren Kopf zwischen die Knie klemmte und über die Heimtücke von Kinetose kakelte.

»An so etwas kann man sterben«, informierte sie mich.

»An der Reisekrankheit?« Ich bezweifelte dies.

Sie griff in ihr schwarzes Lackhandtäschchen und holte eine Handvoll Pflaster heraus. Nacheinander entfernte sie die Schutzstreifen, warf das Papier zum Fenster hinaus und fing an, sich die Pflaster an den unmöglichsten Stellen aufzukleben: Stirn, Nacken, Handrücken, quer über den Kehlkopf.

»Was wird das?«

»Transdermale Pflaster«, sagte sie nur. »Machen den Brechreiz beim Mitfahren weg.« Sie schielte zu mir herüber. »Wenn ich selbst fahre, hab ich das nicht.«

Als sie merkte, dass ich nicht vorhatte, darauf eine Antwort zu geben, legte sie ihren Hinterkopf auf der

Nackenstütze ab und schloss die Augen. Ihr schwarzes langes Haar fiel müde vom Scheitel, durch ihre kalkige Schminke schimmerte ein Grundton aus oliv und gelb. Sie sah nicht gesund aus. Aber das war noch lange kein Grund, sie mein Auto fahren zu lassen.

Corinna Gläser war siebzehn Jahre alt und stolze Besitzerin eines Führerscheins für begleitetes Fahren. Ihr Vater Rudolf hatte mit meinem Paps zusammen auf der Zeche Minister Stein und Hardenberg gedient. Als Obersteiger trug Gläser die Verantwortung für ausgewiesene Schächte, in denen unter anderem auch mein Vater unter Tage arbeitete. Gläser war seit seinem elften Lebensjahr ausgeprägter Stotterer. Er war keine von den angeknacksten Vinylplatten, die ihre Silben immer und immer wiederholten, bis sie sich nach einem hübschen kleinen Wort anhörten. Vielmehr wollte man ihm per Heimlichgriff das sperrige Wort am liebsten aus der Luftröhre katapultieren, da es den Anschein machte, er würde ansonsten an seinem Anliegen ersticken. Auf dem Pütt lernte Gläser schließlich jemand seinesgleichen kennen (eine gerissene Vinylplatte namens Heinrich), der ihm das Singen beibrachte. Der Rest war Geschichte und Heinz und Rudi beschallten in ihrem Amt als Obersteiger die Sohlen bis zu ihrer Schließung 1987.

Das sperrige Laub der Platanen raschelte und scharrte an den Dachziegeln der Mietshäuser. Ein lilafarbener Opel Corsa neueren Baujahrs schob sich einige Meter vor uns zwischen die Baumreihe und wartete dort bei laufendem Motor. Niemand stieg aus.

»Ich glaube, es geht los«, sagte ich leise, wohl

aus Angst, der Fahrer des Corsa könnte mich sonst hören.

Corinna fläzte weiter auf dem Beifahrersitz. Ihre Kinnlade war mittlerweile heruntergeklappt und ihre Brust hob sich gleichmäßig unter ihren verschränkten Armen. Mit einer Schnute, die ich mehr für mich als für Corinna zog, beugte ich mich zu ihr hinüber und holte den kleinen Feldstecher vom Hobbyladen an der Oststraße aus der Ablage, nicht ohne meinen Ellenbogen gegen ihre Schulter zu drücken..

Meine Beifahrerin zeigte sich unbeeindruckt. Ich warf einen Blick durch das Glas und erkannte einen langhaarigen Rotschopf auf dem Fahrersitz des Corsa. Das Rot war nicht echt. Es ging in Richtung lila und war ein sicheres Indiz dafür, dass eine Frau zwischen 18 und 88 hinter dem Steuer saß. Keine zwei Minuten später trat Yusuf Tozduman aus dem Haus. Und wie von Metin angekündigt, hockte eine dunkelbraune Prinz-Heinrich-Mütze auf seinem Kopf. Er nahm direkten Kurs auf den Corsa.

»Was soll das sein? Ein Prostituiertenabholdienst?«, fragte ich.

Corinna antwortete mit einem Schnarcher, aber ich war zu sehr auf die Rothaarige konzentriert, als dass ich darüber nachdenken könnte, ob er aus den Nebenhöhlen oder dem Rachen kam.

Tozduman stieg ein, schnallte sich an und ich startete den Motor.

»Corinna.«

»Hm.«

»Es geht los.«

Sie klappte ihren Unterkiefer hoch und schob ihre Lippen nach vorn, alles ohne die Augen zu öffnen. Der Corsa stürzte sich den Bürgersteig hinunter und ich nahm die Verfolgung auf. Als der Twingo den Bordstein herab ruckelte, wackelte Corinnas Kopf auf den Schultern hin und her. Ohne in den Spiegel zu schauen, segelte ich auf die Abbiegerspur, als der Corsa die Biege machte. Ein Auto hupte, ich hupte zurück.

»Hm«, sagte Corinna.

Ich folgte dem Corsa auf die Wattenscheider Straße. An der Kreuzung Am Bänksgen traf ich auf eine einen Quadratmeter große Baustelle, wechselte die Spur und überfuhr dabei ein fußballgroßes Schlagloch. Es knallte, als wäre ein Reifen geplatzt.

»Shit.« Ich trat auf die Bremse.

Corinnas Kopf flog nach vorn. »Hm«, raunte sie, während ich versuchte, mit meiner rechten Hand ihren Oberkörper zu stemmen.

»Aufwachen!«

Es klappte nicht und Corinnas Stirn prallte mit einem dumpfen Geräusch gegen das Armaturenbrett. Ich riss den Wagen zurück auf die rechte Spur und der Fliehkraft sei Dank begrüßte mich Corinnas Scheitel auf Höhe der Mittelkonsole.

»Ey!« Sie hielt sich die Stirn.

Ich lockerte meinen Gasfuß und schob sie gleichzeitig auf ihre Seite zurück. Als ich wieder nach vorn sah, war der Corsa verschwunden.

»Wir haben sie verloren.«

»Wen?«

»Die Frau in dem Corsa.«

»Welcher Corsa?« Sie gähnte.

»Was ist mit dir los? Hast du gestern durchgefeiert?« Ich ruderte den Twingo auf die Linksabbiegerspur und wendete.

»Ich feiere grundsätzlich nicht.«

»Warum nicht? Verwirren dich die bunten Klamotten der anderen?«

Giftig guckte sie mich an und ihre zusammengezogenen Augenbrauen warfen das Pflaster, das quer über ihrer Stirn pappte, in Falten. In meinem Kopf rasteten ein paar Zahnräder ein.

»Was, sagst du, sind das für Teile?«, fragte ich.

»Transdermale Pflaster. Da sind Wirkstoffe drin.«

Mit zwei Fingern zog ich an meiner Unterlippe. »Gib mir die Verpackung.«

Ich stellte den Twingo auf dem Seitenstreifen ab und hielt ihr meine offene Hand hin. Corinna gab mir die Packung. Der Beipackzettel breitete sich über die halbe Windschutzscheibe aus, was bei einem Twingo allerdings nicht schwierig war. Ich las eine Weile, ohne dass jemand etwas sagte. Dann rollte ich das Papier wieder ein und begann, die Pflaster nacheinander abzureißen.

»Au! Autsch!« Corinna kniff die Augen zusammen. »Was machst du da?«

»Wie oft nimmst du die Pflaster?«

Der Klebstoff ratschte, während ich die Streifen von der Haut zog.

»Immer, wenn ich unterwegs bin.«

»Im Auto?«

»Alles, was fährt, macht mich krank. Davon krieg ich Schweißausbrüche und muss kotzen.«

Ich schüttelte drohend die Packung. »Wie viele davon? Für wie lange?«

»Kommt drauf an.« Sie schmatzte.

»Mundtrockenheit«, stellte ich fest. »Eine von vielen Nebenwirkungen.«

»Welche Nebenwirkungen?« Ihre schläfrigen Augen blinzelten mir zu.

»Müdigkeit. Bei Überdosierung bis hin zur Apathie.«

»Aha.« Sie sah durch mich durch.

»Ist dir gar nicht aufgefallen, dass du mehr pennst als arbeitest?« Ich trat aufs Gaspedal und schwenkte den Wagen zurück auf die Straße.

»Nicht so richtig. Ich konnte schon immer gut einschlafen.« Sie guckte mich an. »Wie bist du auf den Trichter gekommen, dass es an den Klebedingern liegt?«

»Meine Oma ist vor ein paar Jahren nach einer Kombination aus ABC-Pflastern und Blutdruckmitteln in Ohnmacht gefallen. Seitdem traue ich keinem Pflaster mit Wirkstoffen mehr.«

4.

Das Lütgen-Casino war am Dienstagabend ähnlich gut besucht wie am Tag zuvor. Ich trug einen schwarzen Hosenanzug, den einzigen, den ich hatte, und eine schmucklose weiße Bluse. Seit einer halben Ewigkeit ging ich die Etage auf und ab und beobachtete die Leute. Dabei wollte das Las-Vegas-Feeling nicht so recht aufkommen: Es gab keinen Applaus für Gewinner, keine fleischwurstdicken Geldscheinrollen in Gummibändern und keine Babes, Bunnys oder Elvis-Imitatoren. Stattdessen krebsten die Gäste mit ihren fünf- bis 15-Euro-Einsätzen um die Tische herum und straften die Croupiers stundenlang mit Skepsis ab, ehe sie endlich spielten. Manche schienen die erste und wahrscheinlich letzte Krawatte in ihrem Leben zu tragen.

Der Hollywoodglanz, der dem Casino gestern noch anmutete, begann zu bröckeln.

Ich wurschtelte mich durch die Inseln plappernder Menschen und fand mich am Roulettetisch in der zweiten Reihe skeptischer Gaffer wieder. Fünf Leute machten ihr Spiel am Tisch vier, die Menge neigte die Köpfe zu einer gealterten John-Dillinger-Version mit gefurchtem Kinn, zurückgekämmten Haaren und einem Clark-Gable-Bart. Er war zweifelsohne eine Ausnahmeerscheinung zwischen den gestriegelten Bergmännern. Nicht nur, weil er mit 20-Euro-Jetons spielte. Er gewann außerdem am laufenden Band. Doch Siegertypen interessierten mich nicht. Ich war auf der Suche nach jenen Verlierern, denen das Casino habhaft werden wollte, um sie wieder hochkant aus dem Haus zu schmeißen.

Hinter dem Spieltisch präsentierte sich Fräulein Vu auf dem Drehstuhl. Ihr Blick glitt über das Tableau und über die Finger der Spieler, die die Jetons auf das Spielfeld schubsten. Dann starrte sie an meiner Stirn vorbei und verlor sich in den Locken der Brünetten unmittelbar hinter mir. Es war keine Überraschung, dass sie mich ignorierte.

Sie ließ die Schüssel rotieren, und ich wand mich von ihr ab. Der glatzköpfige Spieler von gestern trat ans andere Ende des Tisches heran. Sein schwarzes Sakko hing wie ein Bademantel von seinem Körper herunter und warf hässliche Falten unter den Achseln. Das Ende seiner Schanzennase glänzte schweinchenrosa, sein Brilli funkelte und auf seiner Platte spiegelte sich die Deckenbeleuchtung. Als er mich entdeckte, lächelte er kurz. Ich ging zu ihm hinüber.

»Sie sind öfters hier?«, fragte ich.

»Ich mag den Kaffee an der Bar.«

»Kann man sich den denn leisten?«

Er grinste. »Drei Euro die Tasse.«

»Nichts geht mehr!«, verkündete Fräulein Vu.

»Kennen Sie diesen Mann?« Ich zeigte ihm das Foto von Boris. Er sah es sich nicht lange an.

»Der war schon öfter hier.«

»Wann haben Sie ihn zuletzt gesehen?«

Der Glatzkopf überlegte kurz. »Am Freitag.«

»Wie war er da so drauf?«

Er sog die Luft zwischen den Zähnen hindurch. »Ich bin nicht hier, um mir die Leute anzugucken.«

Ich steckte das Foto wieder ein. »Aber Leute, die jeden Abend hier herumlungern, fallen doch immer irgendwie auf, oder?« Ich spendierte ihm ein zaghaftes Lächeln und er verzog die Unterlippe.

»Wie er so drauf war?«, wiederholte er. »Er hat es oft vergeigt.«

»Sie meinen, er hat Geld verloren?«

»Aber hallo.« Er neigte seinen Kopf. »Wer sind Sie eigentlich?«

»Ich bin eine Bekannte«, kam es wie aus der Pistole geschossen. Ich wurde leiser. »Denken Sie, er hat Schulden gemacht?«

Der Typ runzelte die Stirn. Dabei ragten die Falten bis oben in seine Glatze hinein. »Was ich denke?«, plapperte er wieder nach. »Ihr Bekannter war nicht ganz richtig im Kopf, das denke ich.«

»Wie meinen Sie das?«

»Hat sich Nachschlag von der Bank geben lassen. Schuldscheine! So was macht man nicht.«

»Warum nicht?«

Er sah mich an, als hätte ich ebenfalls nicht mehr alle Tassen im Schrank.

»Also gut«, sagte er mit einem Seufzen. »Was ist los mit Ihrem Bekannten? Ist er weg?«

Ich nickte. »Woher wissen Sie das?«

Er lachte so laut auf, dass sich ein paar Köpfe zu uns umdrehten. Einschließlich der von Fräulein Vu.

»Weil Sie mit mir reden, einem Fremden. Und nicht mit ihm.«

Seine Lider gingen auf Halbmast und ein Schatten fiel über seine Augen, als er sich abwandte. Er wusste mehr, als er zugab.

»Können wir uns nicht woanders darüber unterhalten?«, fragte ich ihn.

Er schüttelte vehement den Kopf und legte einen Jeton auf das Tableau. »Ich bin zum Spielen hier, große Lady. Ich gehe nirgendwo hin.«

Sein Rücken wurde steif und die Kiefermuskeln bäumten sich auf. Kein Zweifel, dass er es ernst meinte. Zudem warf mir Fräulein Vu inzwischen derart befremdliche Blicke zu, dass ich es vorzog, lieber die Biege zu machen, als mir Hausverbot erteilen und sämtliche Ermittlungschancen versauen zu lassen. Morgen Abend war Fräulein Vus letzter Schichtdienst in dieser Woche, und ich hielt es für klüger, bis dahin mit meinen Fragen am Tisch vier zu warten.

Im Adolfo's steppte der Bär, als ich nach Hause kam. Und ich musste dafür einen Fußmarsch von einem Viertelkilometer zurücklegen, da ich für den Twingo erst auf Höhe der Seilfahrt einen Parkplatz ergattern konnte, einer Rechtsabbiegerstraße jenseits der Glückauf-Bahn-Unterführung, die mal IKEA-Bahn hieß. Noch nie habe ich die Dorstener Straße derart zugeparkt erlebt und mir kam der Gedanke, dass es an der Veranstaltung im Adolfo's liegen musste: Vor den Toren des Restaurants stapelten sich Männer beim Zigarrenrauchen. Der Qualm ihrer Giftnudeln stieg vor ihren Nasen als wattebauschige Wolkenformation auf. Hinter ihnen tönte griechische Folklore aus dem Saal, Getöse und

Gelächter. Ich schielte im Vorbeigehen hinein und sah junge Frauen in makedonischen Trachten, die ihre weiß bestrumpften Beine wie Marionettenglieder in die Luft warfen. Die perzenden Männer vor dem Laden quäkten auf Griechisch und erschienen mir mehr importiert als immigriert. Von Anastasios und Tamino, den beiden griechischen Teilhabern des Restaurants, war nichts zu sehen.

Als im Dachgeschoss die Wohnungstür hinter mir ins Schloss fiel, war das Gejohle und Gelächter aus dem Erdgeschoss gedämpft, aber nicht wesentlich leiser zu vernehmen. Es war Viertel vor zehn und die Sonne legte sich bereits hinter den Häuserreihen der Straße schlafen. Meine Füße klopften in den Schuhen und die Blutzirkulation hatte unterhalb der Kniescheiben auf Notstrom gestellt. Ich ging ins Bad, drehte den Hahn über der Badewanne auf und schüttete eine Tasse voll Schaumbadkonzentrat für unvergleichliche Pfirsichhaut ins laufende Wasser. Groggy ließ ich mich ins Sofa fallen und schaltete den Fernseher ein. Auf dem Blockbusterkanal lief eine Adaption von Shakespeares ›Romeo und Julia‹ mit Leonardo DiCaprio als überbordender Revolverheld in der Hauptrolle. Ich mochte den Film. Er ist einer der wenigen auserwählten Streifen, für die ich in den 90ern ins Kino gegangen war. Aber dieses Mal konnte ich mich nicht auf die Handlung konzentrieren.

Wozu all die Schulden Bäckers? Etwa zu Recherchezwecken? Wohl kaum. Keine Redaktion, und schon gar nicht die Westdeutsche Allgemeine Zeitung, würde seinem Lokalredakteur eine Runde Schulden finanzieren, damit er sich von den Casinogorillas mit Prellungen und

Drohungen versorgen lassen konnte, um eine Story zu schreiben, die sich höchstens zwei bis drei Wochen in den Tageszeitungen halten würde. So verrückt konnte selbst der durchgeknallteste Reporter nicht sein.

Ich parkte meine Fersen auf der Couchtischplatte und glotzte auf meine Zehen. Ich stellte fest, dass die Nägel dringend geschnitten werden mussten. Und ich stellte fest, dass es zwei Erklärungen für Bäckers Jagd nach roten Zahlen gab. Entweder hatte er sich wirklich und unabsichtlich in die Pleite getrieben. Oder er war an etwas Größerem dran, wofür sich die Geldverschwendung lohnte.

Zehn Minuten später schaltete ich den Fernseher aus und ging ins Bad. Der Schaum quoll über den Badewannenrand und ich musste in den Bläschen wühlen, um den Wasserhahn zu finden. Gemächlich versackte ich in dem heißen Wasser und spürte die Vibrationen der griechischen Bässe, die durch die untere Etage hindurch bis gegen meinen Badewannenboden wummerten. Der Badeschaum knisterte wie Wunderkerzen in meinen Ohren und zerplatzte funkelnd über meinen Augen.

Ich musste dringend herausfinden, wie hoch Bäckers Schulden wirklich waren. Vielleicht wollte sich der Glatzkopf nur wichtig machen und mit genau den Anekdoten prahlen, die ich hören wollte. Denn was ich hören wollte, war offensichtlich. Dabei konnte ich nicht einmal sicher sein, dass er Bäcker tatsächlich gesehen hatte.

Ich wusch mir den Schaum aus dem Gesicht und entschied, diesen angeblichen Schulden auf den Grund zu gehen. Ein kleiner Plausch mit dem Glatzkopf dürfte allemal noch drin sein. Vielleicht wäre es sinnvoll, ein Gespräch mit der Buchhaltung des Casinos darüber zu führen, was es mit diesen Schuldscheinen auf sich hatte. Mit Glück würde ich die Leute sogar dazu bringen, Tacheles zu reden und mir die konkrete Summe zu nennen.

Krebsrot und mit angeschwollenen Adern kletterte ich aus der Wanne und wickelte mich in mein Handtuch. Auf halbem Wege zum Schlafzimmer fiel mir mein morgiges Observationsprogramm für kurz vor halb drei ein. Der Gedanke an Yusuf und seine phobische Ehefrau war nicht erbaulich.

Bässe brummten unter meinen Zehen, ich warf das Handtuch in den Flur und legte mich ins Bett. Die Decke war kühl und roch nach luftgetrockneten Tennissocken. Morgen würde ich das letzte Mal dem alten Tozduman auflauern. Danach konnte ich mich voll und ganz der anderen, wesentlich interessanteren Aufgabe widmen.

Um acht Uhr morgens war mein Kopf matschig und es fühlte sich an, als wären mir die mit Folklore besohlten Makedonier aus dem Erdgeschoss höchstpersönlich über Nacht aufs Dach gestiegen. Außerdem war ich schweißgebadet. Ich hatte einen Traum von Mama Tozduman in einem Sarg, der von Trauergästen umschwirrt wurde wie ein Hundehaufen von einem Schwarm schwarzer Fliegen. Doch Mama Tozduman war nicht tot und ich stand direkt vor ihrem Sarg, als sie ihren wohlbeleibten Oberkörper nach vorn wuchtete. Ich wich zurück, doch ich war nicht schnell genug und sie umklammerte meinen Arm, winselnd, ich solle nicht weggehen und irgendjemand möge ihre Grabstelle noch weiter ausgraben, damit ich meinen Platz an ihrer Seite einnehmen konnte.

Bis in alle Ewigkeit.

Ich schüttelte mich. Was für ein Albtraum.

Nachdem ich mir im Bad kurz den Schweiß abgeduscht hatte, stellte ich fest, dass mich im Kleiderschrank eine gähnende Leere erwartete. Ich zog eine verhältnismäßig saubere Jeanshose aus dem Wäscheberg, der sich zwischen Bad und Kleiderschrank kniehoch türmte, und hob mein weißes ›Rettet Opel!‹-T-Shirt vom Schrankboden auf, denn ich hatte Lust auf Solidarität.

Anschließend rief ich Olaf im Büro an.

»Hast du schon was Neues?«, fragte er sofort.

»Wie oft warst du insgesamt mit Boris im Casino?«

»Drei Mal. Die drei letzten Sonntage.«

»Wusstest du, dass er Schulden hatte?«

Er zögerte. »Viel gewonnen haben wir an diesen Sonntagen beide nicht.«

»Mit welchen Summen ist er an den Tisch gegangen?«, hakte ich weiter nach.

»Mit nicht viel mehr Geld als ich, höchstens 100 Euro.«

»Und er hat sich keinen Nachschlag am Geldautomaten geholt?«

»Nein. Warum fragst du das alles?« Mein Bruder klang ein wenig gereizt.

»Ich habe den Verdacht, dass sich Boris überschuldet hat.«

»Meinst du, er hat sich deswegen aus dem Staub gemacht?«

Daran hatte ich noch nicht gedacht. »Nein«, sagte ich nur.

»Hör zu«, fing er an. »Boris wollte Misshandlungen an Schuldnern recherchieren. Warum also nicht absichtlich einen auf verschuldeten Zocker machen?« Er klang beinahe überzeugt davon.

»Um sich verprügeln und rauswerfen zu lassen?«, fragte ich.

Es herrschte eine kleine Pause.

»Na ja. Komisch wär's schon.«

Ich hörte ihn durch den Hörer atmen, aber er sagte nichts weiter. Womöglich ging er gerade die gleichen Theorien durch, die ich vor dem Fernseher entwickelt hatte.

»Von wie vielen Schulden sprechen wir eigentlich?«, fragte er schließlich.

Bingo. »Das versuche ich gerade herauszufinden«, erklärte ich.

Er seufzte. »Also, mir ist an ihm nichts aufgefallen. Wir haben ein paar Euros verprasst und sind wieder gegangen.«

»Stellt sich nur die Frage, was er so getrieben hat, wenn du nicht dabei warst.«

Wieder entstand eine Pause.

»Kannst du für mich in eurer Lohnabteilung forschen und seine Kontodaten herausfinden? Vielleicht kann ich mir dann einen Kontoauszug oder den Kontostand besorgen.«

»Die Idee gefällt mir nicht. Klingt ziemlich illegal. Aber ich werde sehen, was ich tun kann. Ich kann jedoch nichts versprechen.«

Gegen zwei Uhr am Nachmittag brüteten Corinna und ich im Twingo imaginäre Eier aus. Ein Tross aus drei Lkws schlich gerade die Alleestraße entlang und hinterließ eine knöchelhoch treibende Schwade aus körnigem braunem Dreck. Die Sonne stand über uns und verbrühte langsam, aber sicher mein marodes Faltdach. Der Schweiß stand uns zentimeterdick auf der Stirn und im Nacken, aber die Schattenplätze waren bei unserer Ankunft bereits restlos ausgebucht. Tauben kreisten über meinem Wagen, quäkend und krächzend. Sie schienen sich zu streiten; wahrscheinlich darüber, wer im Gleitflug am treffsichersten auf meine Motorhaube kacken konnte.

Ich wartete hinter dem Steuer, meine Knie unter das Lenkrad gehakt. Corinna kaute auf der geschälten Ingwerwurzel herum, die ich ihr mitgebracht hatte.

»Und? Wie schmeckt es?«, fragte ich.

»Wie Spülmittel.« Sie zog eine Schnute.

»Eigentlich solltest du sie kauen, während wir fahren.«

»Hm«, sagte sie und nagte eine holzige Schicht ab.

Es dauerte keine weitere Minute, da krabbelte der lilafarbene Corsa mit aufgedrehtem Gashahn den Bordstein vor dem Haus hinauf und wartete dort wieder bei laufendem Motor. Ich brauchte keinen Feldstecher, um die roten Strähnen auf dem Fahrersitz auszumachen.

»Ist das der Corsa?«, fragte Corinna.

Ich nickte und starrte auf die hellgraue Abgaswolke,

die zwischen die Vorderachsen trieb und dort mit der stehenden Schwüle des Tages verschmolz.

Ich sah sie an. »Warum sitzt du eigentlich ständig bei mir im Auto? Gibt es im Büro nichts zu tun?«

»Ich brauche etwas Abstand.«

»Was? Warum?«

»Eine kleine Meinungsverschiedenheit.«

Mit einem dumpfen Knall landete der erste Flatschen Taubendreck auf dem Dach und wir rümpften unsere Nasen. Allmählich war es Zeit, die Biege zu machen. Der Konkurrenzdruck unter den Tauben war erfahrungsgemäß sehr hoch.

»Metin und ich haben ständig irgendwelche Meinungsverschiedenheiten«, sagte ich.

»Du schreibst aber nicht seine Rechnungen, oder?« Mit Falten auf der Stirn drehte Corinna ihren Kopf nach vorn und streckte ihren Zeigefinger aus. »Da.«

Yusuf Tozduman verließ mit seiner Cordmütze das Haus und stieg in den Corsa. Sofort drehte ich den Zündschlüssel um und schwenkte den Wagen auf die Hauptstraße. In gebührlichem Abstand fuhr ich dem Opel hinterher.

»Und, mal wieder was von Panko gehört?«, fragte Corinna.

»Er ist im Ausland.«

»Der Chef erzählt, du spionierst ihn aus.«

Ich rollte mit den Augen. »Ich habe mich von ihm bedroht gefühlt.«

»Warum? Weil er einen umgenietet hat?«

Ich sah aus den Augenwinkeln, dass sie grinste. Woher wusste sie davon?

»Unter anderem«, lenkte ich schließlich ein. »Ich wollte einfach wissen, ob ich ihm vertrauen kann.«

»Und?«, fragte sie. »Kannst du es?«

»Ich weiß es nicht.«

Die Wattenscheider Straße wurde zur Essener Straße, die Essener Straße wurde zum Wattenscheider Hellweg.

Corinna schüttelte den Kopf. »Warum gibt sich Metin bloß mit einem Fascho ab?«

»Es heißt nicht Fascho, sondern Neonazi. Und ich glaube, Gregor ist kein Nazi mehr.«

»Einmal Nazi, immer Nazi«, trotzte sie. »Und Fascho klingt viel uriger als Nazi.«

Das fand ich allerdings auch.

Der Verkehr wurde zähflüssiger und ich schaltete einen Gang runter. Irgendwann bog der Corsa hinter der Ampel nach links und ich folgte ihm auf die Höntroper Straße.

Bochum-Höntrop war ein größerer Ort aus der Wattenscheider Stadtteilsammlung und küsste Sevinghausen am Hellweg, dem Brutbereich der stillgelegten Zeche ›Fröhliche Morgensonne‹. Im Februar machten sich die Höntroper entweder für den Karneval stark, narrten sich entlang der Hauptstraße oder rissen alternativ toten Gänsen die geölten Hälse ab. Corinna lebte hier mit ihren Eltern in der ›Alte Post‹, einer kreiselähnlichen Zufahrt gegenüber der Eisdiele ›Adria‹, einer Eisbude mit eigener Fangemeinde im ›studiVZ‹. Aufgrund seiner äußeren Lage fährt man durch Höntrop selten einfach nur durch. Wer nach Höntrop fährt, hat ein Ziel. So auch Yusuf Tozduman und seine Chauffeuse. Denn die kamen noch auf der Höntroper Straße zum Stehen.

Ich hielt auf der anderen Seite und blickte über die Straße hinweg auf einen rund geputzten kürbisfarbenen Bau mit schiefergrauen Dächern, welche sich wie Pilzhüte über die Fassaden mümmelten. Junge Bäume wucherten entlang der Pflasterwege, Fahrräder versteckten sich zwischen den Hecken vor dem Eingang.

»Die Waldorfschule«, sagte Corinna und setzte sich auf. »Denkst du bei dem Anblick nicht auch an Schlümpfe?«

»Warum steigen die nicht aus?«, fragte ich zurück.

Sie sah auf die Uhr. »Gleich ist Schulschluss.«

»Ob die jemanden abholen?«

Corinna erwiderte nichts, sondern zuckte lustlos mit den Schultern. Ihre Augen wurden von den Lidern gequert, ihre Mundwinkel ragten gen Süden.

»Was ist los?«

»Mir ist schlecht.«

Ich stupste sie an. »Kau auf dem Ingwer. Der hilft.«

Sie schüttelte vorsichtig den Kopf. »Ich glaub, mir ist von dem Ingwer schlecht.«

Sie warf die Wurzel aus dem Fenster. Dann schrillte die Schulglocke und die ersten Schüler stoben aus dem Gebäude. Corinna griff nach dem Türöffner. »Mach du allein weiter. Ich geh nach Hause.«

Sie beugte sich vor und ihr Blick huschte über den vermeintlichen Schulhof, der mehr ein Parkplatz für Fahrräder war. Sie stieg nicht aus, sondern glotzte.

»Was ist?«, fragte ich.

»Den kenne ich doch.« Sie zeigte auf einen Türken, der mit anderen Schülern durch die nussbraune Flügeltür der Schule marschierte. Ein relativ großer Junge mit kurzem gegeltem Haar, zu einem Mittelscheitel gekämmt, das in der Sonne glänzte. Sein Rucksack baumelte wie totes Getier von seiner Schulter herab. Er trug ein hellblaues T-Shirt und eine sandfarbene Cargohose mit Taschen, die mehr Platz hatten als meine Nachttischschublade.

»Wer ist das?«, fragte ich.

»Tarek.«

Ich sah sie an.

»Metins Zweitältester«, erklärte sie weiter.

»Das ist Metins Sohn?«

Sie nickte.

»Metin schickt seinen Sohn auf eine Waldorfschule?« Vor Erstaunen stand mir der Mund offen.

»Die Schule ist schweineteuer.«

»Wieso? Haben die so eine Art islamischen Unterricht?«

Verdutzt musterte sie mich. »Du hast aber auch von nichts eine Ahnung, was?«

Tarek Tozduman ging ein paar Meter die Straße in Richtung Parkplatz hinunter und blieb vor einem silberfarbenen Motorroller stehen, auf dem eine karge Gestalt mit eng gezwirbelten Locken saß. Es war für mich nicht auszumachen, ob es Männlein oder Weiblein war, da sie unter der flatterigen Sportjacke und der weiten Hose kaum Konturen hatte. Tarek ließ seinen Kopf zur Begrüßung hin und her wackeln, seine Haare flogen auf und er nahm den bereitgelegten Helm von der

Rückbank. Zeitgleich stülpten sie sich die Helme über die Köpfe, Tarek schwang ein Bein über die Rückbank und der Fahrer ließ die Zündung an. Als er den Gashahn aufdrehte und das Gefährt den Bürgersteig hinunterknatterte, setzte sich der Corsa in Bewegung.

»Na toll«, sagte ich und legte den Gang ein. »Tarek wird von jemandem verfolgt, der von jemandem verfolgt wird.«

Wir schlichen hinter dem Corsa über die Kreuzung zum Wattenscheider Hellweg hinweg und auf die Westenfelder Straße. Während sich der Roller brüllend die Route entlangmühte, glitt ich im Leerlauf dem Tross hinterher. Es war nur eine Frage der Zeit, bis wir entdeckt werden würden.

Wir fuhren unter die A-40-Überführung hindurch und das Echo des Rollermotors schlug monoton gegen das Gemäuer. Dann verlor das Gefährt an Fahrt.

»Ich weiß, wo es hingeht«, sagte Corinna und rieb sich die blassen Augenlider.

Der Roller fuhr in die Graf-Adolf-Straße.

»Das gelbe Haus auf der linken Seite«, kündigte Corinna an.

Und tatsächlich schwenkte der Roller vor dem sonnengelben Haus auf den Bürgersteig. Der Corsa fuhr langsamer, hielt aber nicht an. Offensichtlich suchte die Chauffeurin eine günstige Parkmöglichkeit.

»Fahr weiter«, befahl Corinna.

»Wieso? Was ist dort?«

»Metins Haus«, gab sie nur knapp Auskunft und ich wäre beinahe in die Eisen gegangen.

»Da wohnt Metin?«

Sie nickte schwach und ich dirigierte die Nase meines Twingos in eine Hauseinfahrt.

»Was machst du?«

»Ich fahre zurück.«

»Warum?«

Ich sah sie an. »Weil Opi Tozduman da immer noch wartet. Das muss einen Grund haben.«

Corinna verdrehte die Augen, was ihr offenbar nicht gut bekam. Sie fasste sich an die Stirn. »Mir ist schlecht. Ich brauche meine Pflaster.«

Ich fuhr die Straße wieder hinunter. »Nein.«

»Doch!«, fuhr sie mich an und begann, das Ablagefach zu durchwühlen. Mein Feldstecher sauste hinunter in den Fußraum.

»Du hast doch bestimmt noch welche hier, oder?«

Ihre Finger popelten sich durch das raschelnde Papier. Dann warf sie den ganzen Kram auf den Boden. Ich war in irgendeiner Hauseinfahrt zum Stehen gekommen. Zwar waren wir weit genug weg, um von Opa Tozduman nicht erkannt zu werden, aber immer noch nah genug dran, um Aufsehen zu erregen.

»Hör auf, mein Auto zu verwüsten. Ich habe nichts hier.«

Corinna fletschte die Zähne. Das Papier auf dem Boden ließ sie einfach liegen. Sie drückte die Beifahrertür auf.

»Was machst du?«

»Ich gehe zur Arbeit. Mit dieser Familie bin ich fertig.« Sie knallte die Beifahrertür zu.

Ich rief ihr durch das offene Seitenfenster nach: »Warum bist du dann überhaupt mitgekommen?«

Aber sie ging einfach weiter und ließ mich ein wenig konsterniert zurück. Ich drückte meinen Rücken in den Sitz und überlegte, ob es nicht klüger wäre, einfach zu verschwinden, als der Corsa plötzlich Fersengeld gab und an mir vorbeischoss. Sofort richtete ich mich auf, drehte den Zündschlüssel um und beobachtete im Innenspiegel, wie die lilafarbene Karre einige Häuser weiter in einer Einfahrt wendete. Ich studierte die Uhr und es war für mich klar, dass der Corsa direkten Kurs auf die Alleestraße nehmen würde. Daher sah ich davon ab, den beiden noch einmal zu folgen und fuhr in die andere Richtung auf die Autobahn mit Kurs auf Hamme.

5.

Gegen acht Uhr abends hielt ich das Versprechen, das ich mir selbst gegeben hatte und machte im Lütgen-Casino einen hohen Bogen um Tisch vier. Stattdessen steuerte ich ohne Umschweife auf die Wechselkasse zu. Der Rauschbart trug die bessere Version eines Flanellhemdes und blinzelte mich mit hellen Murmelaugen an.

»Ich möchte gerne mit jemandem sprechen, der für die Schuldverschreibungen der Gäste zuständig ist.«

Der Kassenwart schluckte ausgelassen. Seine Lider flatterten. »Das macht Herr Dübel.« Prompt setzte er seine Füße auf und gab dem Steinboden einen Tritt. Der Drehstuhl rollte eine halbe Raumlänge ins andere Eck und der Mann drehte mir den Rücken zu, als er den Telefonhörer aufnahm. In der Zwischenzeit fiel mir auf, dass das weiße Haar des Mannes ausgesprochen dicht und voll war. Dann drehte er sich um und senkte kurz sein Kinn, als er mich sah. Ich nickte ihm zu, doch er hatte sich bereits dem Kunden hinter mir zugewandt. Dies sollte wohl bedeuten, dass ich auf Herrn Dübel zu warten hatte. Ich tat einen Schritt zur Seite und starrte in die Menge. Eine Gruppe junger Leute knapp unter 20 warf ihre Oberkörper wie nasse Handtücher über die Brüstung der Wendeltreppe und verfolgte mit geiferndem Kichern das Geschehen unter ihnen.

»Meine Dame?«

Ich drehte mich um und stand einem gefällten, gehobelten und Mensch gewordenen Baum gegenüber. Sein Körper war eckig, seine Schultern ausgesprochen waagerecht auseinandergefaltet. Auf seinem rechteckigen Kopf war ein platinblonder Teppich ausgelegt, der keine drei Millimeter hoch wucherte. Seine Lippen waren ausufernd und bildeten einen wulstigen Kontrast zu der markigen Gestalt, die aus schwarzen Augen zu mir herunter sah. Ich war 1,84. Und dieser Mann überragte mich um eine halbe Kopflänge.

»Mein Name ist Hans Dübel. Buchhaltung.«

Na toll. Der blonde Hans, dachte ich sofort und verkniff mir die Frage, ob sein Nachname ein Kunstgriff war; so wie Bobby der Hammer oder Mickey der Todmacher. Doch zugegebenermaßen hätten in diesem Fall zahlreiche andere Namen wesentlich besser gepasst: Hans Vorschlaghammer oder Hans Schlagbohrer – wenn es denn unbedingt ein Werkzeug sein musste.

»Mein Name ist …« Ich zögerte. Erst wollte ich sagen, ich sei Esther Bäcker, die Schwester von Boris. Doch rechtzeitig wurde ich mir wieder der Sicherheitsschleuse bewusst, die ich unter Vorlage des Personalausweises passiert hatte. Er hätte keine Mühe, meinen Namen herauszufinden. Und unsere Beziehung stünde unter keinem guten Stern, fände Hans Dübel bereits nach der ersten Unterredung heraus, dass ich ihn angelogen hatte.

»Esther Roloff«, sagte ich. »Ich bin gekommen, um Schulden zu begleichen.«

Argwöhnisch spreizte er seine Nasenflügel und sog die Luft ein. Offenbar brauchte er mehr Sauerstoff als andere zum Denken.

»Haben Sie Schulden gemacht, Frau Roloff?« Sein Blick strafte mich mit Abscheu.

»Nein, nicht ich.« Ich schüttelte den Kopf. »Ein Verwandter von mir.«

»Ein Verwandter?« Er hob die Augenbrauen, doch seine Stirn blieb starr wie eine Holzplanke.

»Angeheiratet, sozusagen«, präzisierte ich und schüttelte mir mit einer ruckartigen Bewegung die Röte aus dem Gesicht.

Er verzog keine Miene. »Folgen Sie mir.«

Der blonde Hans kehrte mir den Rücken und marschierte im Stechschritt den Saal hinab. Ich trabte ihm hinterher, mein Atem flatterte. Gleich würde er mich gekonnt im Nacken packen, ich würde vom Boden abheben und über den Asphalt einer dunklen Gasse fliegen, mitten in einen Haufen Müllsäcke. So, wie es die Gorillas in Las Vegas immer taten. Da war es wieder, das Las-Vegas-Feeling.

Dübel machte einen rechtwinkeligen Schlenker und wir gingen durch einen schmalen Flur, der in einer weißen Tür mündete. Seine riesige Faust griff nach dem Türknauf, die Tür sprang auf und alles, was ich erkennen konnte, war Papier. Kopierpapier, Lochpapier, Kassenrollenpapier. Papier, so weit das Auge reichte. Und ein Schreibtisch, an den sich Dübel setzte. Seine Knie stießen von unten gegen die Tischplatte.

»Nehmen Sie Platz.«

Er machte Witze, denn es gab keinen weiteren Stuhl, auf den ich mich hätte setzen können.

»Nein, danke. Ich möchte lieber stehen.«

»Auch gut.« Er öffnete eine Schublade und holte

einen Schnellhefter hervor. Die Deckfolie reflektierte das Licht der Röhren über mir und ich war kurz geblendet.

»Wie heißt Ihr angeheirateter Verwandter?«, fragte er mich und schlug den Hefter auf.

»Boris Bäcker.«

Er sah auf. Seine schwarzen Stecknadelpupillen durchbohrten mich.

»Bäcker mit ä. Nicht der Tennisspieler.« Ich machte eine Handbewegung und zog eine grienende Grimasse.

Er ließ sich nicht aufmuntern. »Bäcker«, wiederholte er.

Ich fächerte mir Luft zu. In diesem Büro gab es keine Lüftungsschlitze, durch die die Klimaanlage ihre Kaltluft hätte blasen können. Außerdem war ich nervös, hatte rote Wangen und merkte den Schweiß, der durch die Poren meiner Achselhöhlen trieb. Ich beobachtete den blonden Hans, als er eine Seite nach der anderen zwischen die Finger nahm. Seine Pupillen suchten die Zeilen ab, akkurat von links nach rechts, wie eine Schreibmaschine. Als er den Hefter mit einer ruckartigen Bewegung zuschlug, schrak ich zusammen.

»Meine Dame«, sagte er und fixierte mich. »Herr Boris Bäcker hat seine Schulden bereits beglichen.«

Ich fühlte, wie sich ein Kloß in meinem Hals bildete. Das Blut schoss mir in den Kopf und durchblutete mein Gesicht, aber ich musste es wissen. Ich musste es fragen. »Wie viel?«

Dübel presste seine Lippen zusammen, sodass ihnen jede Farbe entwich. Er war die Schlange. Und ich war das Kaninchen. Sprungbereit und in Alarmbereitschaft.

»Ich wüsste nicht, warum ich Ihnen das sagen sollte.«

Das wiederum hätte ich nicht beantworten können. Aber seit ich Metin kannte, wusste ich, womit man Leute ködern konnte: Mit der eigenen Blödheit. Ich brauchte eine Sekunde, um mich zu sammeln. Dann klatschte ich mir mit der flachen Hand gegen die Stirn, um zu demonstrieren, dass mir urplötzlich ein Licht aufgegangen war.

»Danke«, sagte ich nur.

Erwartungsgemäß wurde Dübel neugierig. »Ist bei Ihnen alles in Ordnung?«

»O nein. Bei mir ist überhaupt nichts in Ordnung«, plapperte ich los. »Ich bin nicht hier, um Schulden zu begleichen. Ich bin hier, weil ich wissen will, wo mein Geld geblieben ist!«

»Wie bitte?«

Ich rollte mit den Augen. »Boris hat mich beklaut. Und sich im Anschluss verpisst. Es war nicht das erste Mal.« Mit den Wimpern klimperte ich die imaginären Tränen weg. »Aber ich bin schon wieder auf seine Mitleidsmasche reingefallen. Er bettelte mal wieder um Geld, damit er seine Spielschulden begleichen kann. Doch anstatt mit mir die Rückzahlungsmodalitäten zu klären, setzt sich der Scheißkerl einfach ab!«

Dübel gab sich mitfühlend, was ihm aber nicht so recht gelang. »Sie wissen, dass ich Ihnen nicht weiterhelfen kann.«

»War es so viel? Wie ich ihm gegeben habe?«, fragte ich ihn.

Mein schauspielerischer Einsatz zeigte Wirkung und

Dübel sich einsichtig. »Es waren neun«, verkündete er.

»Neun?«, wiederholte ich.

Er nickte. »9.000 Euro.«

Ich war völlig perplex. »So viel hat er nicht von mir.«

Als ich keine Anstalten machte, das Büro zu verlassen, wurde Dübel ungeduldig. Er stand auf und seine Kniekehlen rückten den Stuhl zurück, bis er gegen einen Stapel Druckerpapier stieß.

»Sie können sich glücklich schätzen, dass er seine Schulden wenigstens bei Ihnen beglichen hat«, trotzte ich schnell weiter. »Das macht er beileibe nicht bei jedem.«

Der Buchhalter nickte erneut. »Bitte gehen Sie jetzt«, sagte er und starrte auf die Tür.

Ich machte auf dem Absatz kehrt.

»Haben Sie die Polizei eingeschaltet?«, fragte Dübel noch schnell.

Ich zögerte. »Nein. Der wird schon irgendwann wieder auftauchen.«

Mit tauben Füßen verließ ich das Casino und ein bleicher Vollmond, bekleidet mit dünnen Wolken, schien mir auf den Kopf. Ein paar Jugendliche folgten mir auf dem Fuße und ihren grauen Gesichtern nach zu urteilen, waren auch sie nicht vom Glück geküsst worden.

9.000 Euro. Das musste ich mir erst einmal auf der Zunge zergehen lassen. Für 9.000 Euro musste ein Mensch wie ich verdammt lange ackern. Oder er musste ausgesprochen viele Fragen beim Kreditsachbearbeiter beantworten. Nachdenklich lauschte ich dem Geleier der abgezehrten Motorkolben in meinem Twingo, als ich mit ihm über den Ruhrschnellweg rollte. Kaum war in Hamme die Wohnungstür hinter mir ins Schloss gefallen, rief ich, das Telefon in der einen und die Schuhe in der anderen Hand, meinen Bruder in Lünen an.

»9.000?« Olaf bekam eine Quäkstimme. »Heiliger Bimbam.«

»Hast du seine Kontodaten herausgefunden?«, keuchte ich und warf die Schuhe in die Ecke.

Olaf fauchte mir seinen Atem in den Hörer.

»Olaf?«

»Ja?«

»Die Kontodaten!«

Er seufzte. »Ich habe sie in den Lohnabrechnungen gefunden. Aber warum ist das noch wichtig? Er hat seine Schulden doch bezahlt!«

»Ich möchte wissen, wie.«

»Wie bitte?«

Ich verdrehte die Augen. »Olaf«, sagte ich langsam. »9.000 Euro bezahlt man nicht aus der Portokasse. Selbst wenn er am Ende eine Glückssträhne hatte. Etwas ist da faul.«

»Und was glaubst du zu finden?«

»Ich weiß nicht. Irgendetwas.«

Erneut war ein genervtes Aufstöhnen zu vernehmen. »Er hatte sein Konto bei der Sparkasse. Ich schicke dir eine E-Mail. Aber ich habe kein gutes Gefühl bei der Sache.«

Ich legte auf und warf die Beine über die Sofalehne.

Auf meinen nackten Fußrücken prangten die Abdrücke viel zu enger Riemchensandalen. Ich starrte auf meine Zehen, während ich sie wackeln ließ, und versuchte zu verstehen, wie man 9.000 Euro Schulden machen konnte. Wie man 9.000 Euro Schulden machen durfte. Und wie man es schaffte, sie mit einem Wimpernschlag wieder zu begleichen.

Plötzlich hatte ich einen Lichtblitz und ich rief Sascha auf dem Handy an. Sascha Richter war ein befreundeter Polizeiobermeister beim Polizeipräsidium in Bochum. Er saß im polizeilichen Innendienst und verließ den Dienststuhl nur für Kaffee und Gießwasser. Seit ein paar Wochen herrschte zwischen uns Funkstille. Zwar waren wir nicht im Streit auseinandergegangen, aber ich hatte eine gewisse Teilschuld daran, dass er seinerzeit vom Dezernatsleiter 11, Edgar Ansmann, einen Einlauf bekommen hatte, weil er mich ein paar Mal mit Informationen versorgte. Seiner Karriere hatte dies zum Glück nicht geschadet. Ganz im Gegenteil, wie ich gleich erfahren sollte.

»Hallo, Sascha«, begrüßte ich ihn.

»Fräulein Roloff. Lange nichts mehr von dir gehört. Wie komme ich zu der Ehre?«

»Ich brauche deinen Rat.«

»Ganz falscher Ansatz«, unterbrach er mich sofort. »Aber ich will dir unter die Arme greifen. Wie wäre es mit: ›Tut mir leid, Sascha, dass ich dich so in die Scheiße geritten habe.‹?«

»Tut mir leid, dass ich dich so in die Scheiße geritten habe.«

»Na, also. Geht doch.«

Ich blies mir den Pony aus der Stirn. »Und, wie geht es dir?«

»Gut«, sagte er. »Ich wurde befördert.«

»Was? Ist nicht dein Ernst!«

»Darf ich vorstellen? Polizeihauptmeister Richter beim Kriminalkommissariat 22.«

Ich setzte mich auf. »Polizeihauptmeister. Und du willst mir erzählen, ich hätte dich in die Scheiße geritten?«

Er lachte. »Also, warum rufst du an? Es geht doch hoffentlich nicht wieder um irgendeine Leiche.«

»Keine Leiche. Es geht um Computer.«

»Computer hört sich gut an.« Er schnalzte mit der Zunge.

»Genauer gesagt geht es um diese Software vom Finanzamt.«

»Du meinst Elster? Möchtest du deine Steuererklärung machen? Ist die Frist nicht seit einem Monat rum?«

»Nein«, unterbrach ich ihn. »Ich meine die Software, womit das Finanzamt die Kontodaten von jedermann einsehen kann.«

»Du meinst das automatisierte Kontoabfragesystem.« Seine Stimmlage sackte um einige Oktaven ab.

»Genau.«

Sein Atem rauschte durch den Lautsprecher. Offenbar ahnte er schon etwas.

»Habt ihr bei der Polizei auch diese Software?«

Er gab sich karg. »Frag die vom K 23.«

Ich räusperte mich. »Kannst du die nicht fragen?«

»Warum? Was willst du damit?«

Ich ging ans Fenster und sah als Erstes die Straßenbahn. Sie klapperte die Straße hinunter und begann nervös zu bimmeln, als ein Junge über die Schienen lief. »Ich will jemanden finden.«

»Aha. Und seine Kontoumsätze sollen dabei helfen?«

»Das hoffe ich.«

Es entstand eine kleine Pause.

»Bitte, Sascha«, flehte ich ihn an. »Es ist wichtig.«

»Hör auf, so zu jammern«, nörgelte er. »Das ist ja erbärmlich.« Ein Grunzen drang an mein Ohr. »Bei uns müsste das Programm auch irgendwo herumfliegen. Ich hab es noch nie benutzt und ich weiß nicht, wie das Teil funktioniert. Aber reinschnuppern und rumprobieren hat ja bislang niemandem wehgetan.«

Ich hielt den Atem an. »Danke!«

»Ja, Ja. Gib mir die Kontodaten. Ich überlege es mir.«

Am nächsten Morgen stand ich bereits um acht unter der Dusche, weil ich nicht schlafen konnte. Zu viele Gedanken hielten mich wach und hin und wieder ging die Fantasie mit mir durch. Wie lebt ein Mensch mit 9.000 Euro Spielschulden? Ich persönlich wäre am Stock gegangen. Letztes Jahr stand ich mit einer Monatsmiete im Rückstand und ich habe keine Nacht durchgeschlafen, ehe ich nicht endlich die Summe berappen konnte. Bei 9.000 Euro würde mein Hintern abends nicht einmal die Matratze berühren.

Irgendjemandem musste das doch aufgefallen sein.

Energisch rubbelte ich mir das Wasser von der

Haut und zog anschließend sämtliche Rollläden hoch. Grelle Sonnenstrahlen schlugen durch die Scheiben und erwärmten postwendend den Holzboden. Ich klemmte mir einen Haufen Klamotten unter den Arm, griff nach dem Telefon und rief Olaf im Büro an.

»Ich bin gerade erst hereingekommen«, hechelte er. »Was ist denn jetzt schon wieder?«

»Ich möchte mit Boris' Freundin sprechen«, sagte ich.

»Auf gar keinen Fall«, wehrte Olaf sofort ab.

»Warum nicht?«

»Sie braucht nicht zu wissen, dass ein Detektiv nach ihm sucht.«

»Warum nicht? Das ist in Anbetracht der Tatsache, dass ihr Kerl wie vom Erdboden verschluckt ist, doch nur lobenswert.«

»Die Frau hat andere Ansichten als du darüber, was lobenswert ist und was nicht.«

Das wiederum machte mich noch neugieriger.

»Frag nicht«, wiegelte er aber auf der Stelle ab. »Es gibt Dinge, die sollten im Untergrund verborgen bleiben.«

»Klingt so, als hättest du schon deine Erfahrungen mit ihr gemacht.«

Im Hintergrund plärrte Olafs Computer die Begrüßungsmelodie.

»Diese Frau ist ein emotionaler Tsunami.«

Er spannte mich ganz schön auf die Folter. »Wie heißt sie?«

»Nix da. Was willst du überhaupt von ihr?« Er klang ziemlich genervt. Dabei sollte er dankbar über meine Euphorie sein, mit der ich an die Sache heranging.

»Ich will wissen, wie sie Bäckers Schuldenberg erlebt hat.«

»Das kann ich dir auch beantworten«, hakte Olaf sofort ein. »Sie hat ihn gar nicht erlebt. So eng sind die beiden nicht miteinander, als dass Boris ihr von seinen Problemen erzählt hätte. Außerdem weiß er, dass ihrem Hirn der nötige Kontrastfilter fehlt, um solche Sachen richtig zu erfassen.«

Ich kannte diese Metapher nur zu gut. Er sagte es gerne über engstirnige Geschöpfe, in deren Welt kein Platz für Graustufen war. Es fing an, als unsere Mutter ihre Nachbarin als Alkoholikerin bezeichnete, weil sie ihren Jägermeister im Garten unter freiem Himmel trank. Mutti trank weder Jägermeister noch trank sie an der Luft, was sie nach eigener Einschätzung aus dem tiefschwarzen Sog des Alkoholismus rettete. Meine Mutter hatte einen sehr ausgeprägten Kontrastfilter.

Olaf beendete das Gespräch abrupt mit der Ausrede, ihm sei eine heiße Story auf den Tisch gesegelt. Ein wenig angesäuert legte ich das Telefon beiseite und zog mir die Klamotten über. An der Rolle des Auftraggebers musste mein Bruder noch dringend arbeiten – sollte es doch seine Aufgabe sein, mir zu helfen und nicht, mir im Wege zu stehen. Ich setzte mich aufs Sofa und warf den Laptop an. Wäre doch gelacht, wenn ich nicht selbst herausfinden würde, wer dieser emotionale Tsunami war. Ich stellte eine Internetverbindung her und gab Bäckers Namen im Eingabefeld der Suchmaschine ein. Es dauerte einige Ergebnisseiten, bis ich über die Korrekturvorschläge für den Tennisprofi hinweg war und endlich ein paar Hinweise auf einen Reporter aus Dortmund bekam. Es waren karge Notizen, drei Fotos aus jüngeren Tagen sowie eine spärliche Vita auf der Website seines Arbeitgebers. Boris stammte aus Köln, war bei der WAZ eine Zeitlang Dossierleiter gewesen. Das war interessant, aber nicht hilfreich. Nichtsdestotrotz erfuhr ich, dass Boris für einige andere Blätter schrieb und dafür ein Pseudonym benutzte: Christian Ponzo. Als ich diesen Namen googelte, fand ich weitere Ergebnisse, wenngleich sie weniger mit seiner Person als mit seiner Arbeit zu tun hatten. Mühselig klickte ich mich durch seine uralten Berichterstattungen und rollte das Mausrad rauf und runter. Dann plötzlich stieß ich auf etwas, das ich vor Tagen bereits zu Gesicht bekommen hatte. Und was mich nun äußerst irritierte. Es war das Kürzel in der Fußzeile. Es lautete chp.

Christian Ponzo. Boris Bäcker war chp.

Er hatte die Berichterstattung über den Übergriff auf Julia Pankowiak geführt. Er war es, der Gregor Pankowiaks Prozess in allen Einzelheiten dokumentiert hatte.

Mir blieb die Luft weg. Warum hatte Olaf mir das verschwiegen? Hatte er Angst, ich würde jemanden nicht finden wollen, der sich am Leid eines Bekannten eine goldene Nase verdiente?

Das musste ich erst einmal verdauen.

Zugegebenermaßen hatte ich von Bäckers Berichterstattung profitiert. Nur seiner Beharrlichkeit war es zu verdanken, dass ich heute überhaupt verstand, warum Gregor fünf Jahre im Knast verbrachte. Er kannte Gregors Vergangenheit wahrscheinlich besser als jeder andere, was ihn für mich zu einem begehrlichen Objekt machte. Doch dass dieser Blutsauger an seinem Leidensweg verdiente, stieß mir übel auf.

Meine Nerven schnurrten. Inzwischen hatte ich Olafs Herumgesülze mächtig satt und am liebsten hätte ich sämtliche Brocken hingeschmissen, wäre die Angelegenheit nicht so verdammt interessant gewesen. Längst hatte ich Blut geleckt und Olaf, dieser Mistkerl, wusste das. Er hatte es lang genug geschafft, den Rand zu halten, um mich zu ankern. Trotzdem würde er mir nicht so leicht davonkommen.

Langsam war es Zeit, Bäckers Wohnung einen Besuch abzustatten. Ich öffnete die Telefonbuchwebsite und fand allein in Dortmund 62 Einträge unter dem Namen Bäcker. Weder war irgendein Boris noch ein verräterisches B als Kürzel dabei. Dass ich unter dem Namen Ponzo ebenfalls nicht fündig wurde, überraschte mich nicht.

Dieser Weg war also eine Sackgasse.

Pünktlich vor dem Trennen der Internetverbindung verkündete mein E-Mail-Programm den Eingang einer neuen Nachricht. Keine zwei Sekunden später klingelte mein Handy. Ich musste quer durch das Zimmer hechten, um den singenden Koreaner aus der Handtasche zu holen.

»Ich habe dir eine E-Mail geschrieben«, kündigte Sascha großspurig an. »Schon reingeguckt?«

»Wie könnte ich, wenn du mich keine Sekunde später durch die Wohnung jagst, um ans Telefon zu gehen?«

»Werd jetzt bloß nicht pampig.« Er klang übellaunig. »Zwei geschlagene Stunden lang habe ich mit einem Kollegen an der Software herumgedoktert. Der hatte nicht unbedingt die Böcke dazu. Aber als ich deinen Namen erwähnte, wurde er ganz rührselig.«

»Was? Warum?«

»Die Leute auf dem Revier wollen mal wieder was von dir hören. Mit dir war es lustig. Vor allem, als du Ansmann vors Schienbein getreten und ihn einen korrupten Drecksack genannt hast. Die Geschichte ist heute noch der Renner.«

Ich verdrehte die Augen. »Danke, dass du mich daran erinnerst.« Nicht, dass ich es vergessen hätte.

»Keine Ursache. Und jetzt guck in die E-Mail.«

»Danke. Danke. Danke.«

Hibbelig huschte ich zum Laptop zurück und öffnete das Mailprogramm. Sascha, dieses kreative Schlitzohr, hatte diverse Screenshots in die E-Mail gepappt. Es war ein Puzzle von Kontobewegungen, die tabellarischen Darstellungen nicht vollständig verständlich. Sie waren durchzogen von internen Kürzeln, teilweise waren Texte in der Mitte einfach abgeschnitten. Es gab keine größeren Barabhebungen oder Überweisungen auf ein Konto, das dem Lütgen-Casino gehören könnte. Stattdessen gingen zahllose Buchungen zugunsten von Kreditbanken und Inkassounternehmen ab. Manches per Lastschrift, manches per Dauerauftrag. Unter dem Strich hing ein fettes Minus vor den Ziffern, sein Saldo war blutrot. Dass er durch die Bank verschuldet war, verschlug mir kein bisschen die Sprache. Doch die Tatsache, dass diverse Tilgungen beinahe wöchentlich arrangiert wurden, war für einen Otto Normalverbraucher wie mich ein grausiger Anblick.

Boris Bäcker war blank, insolvent, pleite.

Und das einzig Erfreuliche an dem Anblick war, dass ich nun seine Adresse hatte.

Kaum eine Stunde später fuhr ich über die A 40 in Richtung Dortmund. Und ich fuhr zu schnell. Das lose Gummi meines Scheibenwischers peitschte gegen das Glas und ein warmer Sturm, der durch das halb offene Seitenfenster stob, wütete in der Innenkabine. Der Wind war lauter als mein Radio, also drehte ich die Musik auf, immer und immer mehr, und es war anzunehmen, dass selbst die Passagiere der über mir gleitenden Boeing meine Version von Herbert Grönemeyers ›Mensch‹ hören konnten.

Boris Bäcker wohnte in Dortmund-Kley im Einzugsgebiet des Induparks. Mit 100 Stundenkilometern blinkte ich mich auf die rechte Fahrspur und gab dem Lenkrad einen Schubs, um die Karre von der Autobahn zu lotsen. Schwarze Lackfetzen flatterten auf der Motorhaube. Ein kreisrunder Bereich, größer als ein Spiegelei, war mit Taubendreck besudelt und begann wahrscheinlich bereits durch die Karosserie zu ätzen. Flache Fliegenleichen bluteten auf meiner Windschutzscheibe aus. Es gab gute Gründe, endlich den Wagen zu waschen. Aber viele andere Gründe sprachen dagegen; wie zum Beispiel der zerfurchte, spröde Lack, der sich unter den harten Waschbürsten in Kleinstpartikel verdünnisieren würde.

Ich fuhr über die Ampelkreuzung hinweg, ließ die schillernden Elektrogeschäfte links liegen und flog über eine Senke direkt in ein Wohngebiet hinein. Die breite Straße wurde schmaler, Spurstreifen verschwanden und die Bürgersteige breiteten sich zu bequemen Laufwegen aus. Ich wurde von Krefelder Kissen aufgehalten. Danach war für jeden Geschmack etwas dabei: Schmuckvolle Einfamilienhäuser in Reihe mit Kübelpflanzen auf dem Gehweg, konventionelle Mehrfamilienhäuser, die die Spitzdächer der Häuschen überragten und zum Schluss endlos übereinandergestapelte Betonbauten. Ihr weißer Anstrich war schmucklos, die Farbe ihrer bunten Betonbalkone ausgeblichen. Die aufgemalten Hausnummern vor den Türen waren kindsgroß, rasierte Buchsbäume wuchsen am Rande des Betonweges. Es war ein skurriler Anblick. Rechts frönte der Luxus, links ackerten die Sozialarbeiter ihre Außendienststunden ab. Ich las die Straßenschilder, folgte den Anweisungen meiner Notizen auf dem Beifahrersitz und stellte mit Erleichterung fest, dass ich mich von den Betonklötzen entfernte. Als ich Bäckers Straße befuhr, sah es nach gut situierten Mietern aus. Kein Haus hatte mehr als zwei Etagen und das Grünzeug wuchs übersichtlich an den Häusern entlang. Vor Bäckers Haus wucherten weiße Rosen. Es war verklinkert, die Haustür mit einer gläsernen Markise bedacht. Rein interessehalber drückte ich auf die Messingklingel mit seinem Namen und war kaum überrascht, dass niemand die Tür öffnete. Dann drückte ich auf die Klingel daneben, die zu Frau oder Herr Svenson gehören musste. Ein kaum hörbares Summen erklang, ich stieß die Haustür auf und ging die ersten Treppenstufen hinauf. Ein junger Mann Mitte 20 stand bereits in der Tür der linksseitigen Wohnung. Seine Haut war braun und geschmeidig wie Vollmilchschokolade, ein Knäuel aus schwarzem dickem Haar stand zwei bis drei Zentimeter von seinem markigen Kopf ab. Unter buschigen Brauen funkelten mir stahlblaue Augen entgegen. Ich konnte nicht eindeutig ausmachen, ob Herr Svenson ein Dauerurlauber oder ein Südländer war, aber ich hegte keine Zweifel, dass er in seiner Freizeit nichts lieber tat, als die Sonne aus seinem Hintern scheinen zu lassen. Er sah zu mir hinunter, führte eine Reihe makelloser Zähne vor und stemmte seine Hände in die Hüften, was seinen Bizeps gut zur Geltung brachte. Er trug ein Muskelshirt und eng anliegende Sporthosen, seine Füße waren nackt. Keine Frage, dass der Junge bei den Frauen eine gut gebutterte Schnitte hatte.

»Herr Svenson?«, fragte ich.

»Bjørn«, sagte er nur und grinste weiter.

»Björn«, wiederholte ich, doch er schüttelte den Kopf.

»Nicht Björn. Bjørn«, verbesserte er mich, stieß ein lustvolles ö aus seiner Kehle und seine Zunge zappelte, als wolle er mir mit ihr den färöischen Querstrich aufmalen. Das Spielchen zeigte Wirkung; unter meinem Bauchnabel begann es zu kribbeln und ich dachte darüber nach, was er mit seiner Zunge noch so alles anstellen konnte.

Der Kerl war so viel Skandinavier wie ich Senegalesin war.

»Ich muss mich entschuldigen, Bjørn. Ich habe deine Klingel nur benutzt.« Ich stockte. »Eigentlich wollte ich zu Herrn Bäcker.«

»Da kommst du zu spät, Baby. Bei Bäcker gibt es nix mehr zu holen.«

Das Wort ›Baby‹ zauberte ein verlegenes Lächeln auf mein Gesicht. Als ich seinem Blick zur anderen Seite des Flures folgte, erstarb mein Grinsen sofort. Auf Höhe des Schließmechanismus war die Tür zu Bäckers Wohnung mit einem Polizeisiegel verklebt.

»Was ist da passiert?«, fragte ich.

»Ein Freibeuter.«

Ich starrte ihn an. »Ein Einbruch? Wann war das?«

Bjørn schürzte unzüchtig seine Lippen. »Letzte Woche von Freitag auf Samstag. Das sagen jedenfalls die Nachbarn.« Ein muskulöses Schulterkreisen begleitete seine Worte. »Ich hab keine Ahnung. Ich war in Urlaub.«

Ich glaubte ihm aufs Wort.

Schnell machte ich ein paar Schritte zur Seite und betrachtete das Siegel aus nächster Nähe, widerstand aber dem Drang, nach dem Schlüsseldienst zu rufen. Von Sascha, einem reinrassigen Dortmunder, wusste ich, dass die dortige Polizei wesentlich hemdsärmeliger arbeitete als die in Bochum. Aber es gab Dinge, bei der selbst die hemdsärmeligste Wache keinen Spaß verstand. Und dazu gehörte zweifelsohne, wenn Leute ihre Polizeisiegel von den Türen rissen.

Als ich Anstalten machte, die Treppen hinaufzulaufen, um die Nachbarn zu befragen, ließ der färöische Südländer seine Zunge gegen den Daumen schnacken. »Es ist niemand da. Alle zur Arbeit.«

Die Frage, die sich mir als Nächstes stellte, ließ ich im Raum hängen. Doch Herr Svenson schien meine Gedanken zu lesen.

Wieder bleckte er die Zähne. »Ich nicht. Ich habe Urlaub.«

Ich verabschiedete mich bündig und die gut gebaute Sünde verschwand so schnell, wie sie mir erschienen war. Vom Dopamin noch eingelullt, schwebte ich die Stufen hinunter. Der Sauerstoff vor dem Haus allerdings riss mich jäh in die Wirklichkeit zurück und das Wonnegefühl löste sich in Ärger auf. Ich klappte mein Handy auf und rief meinen Bruder an. Olaf brauchte fünf Freizeichen, ehe er endlich ranging.

»Wir müssen uns unterhalten.«

Sein Seufzen klang gekünstelt. »Das klingt nicht so, als ließe sich das vermeiden, oder?«

»Ich bin gerade in der Stadt. Ich kann zu dir ins Büro kommen.«

»Nein, bloß nicht!«, flüsterte er und ich sah bildlich vor mir, wie er sein paranoides Hirn vor den Augen der Kollegen hinter dem Monitor versteckte. »Treffen wir uns im Alex in der Stadt. Sagen wir in einer Stunde.«

6.

Das Alex war ein Beinahe-rund-um-die-Uhr-Bistro auf dem Ostenhellweg in der Dortmunder Innenstadt. Es lag einen Steinwurf von Bäckers und Olafs Arbeitsplatz, der Lokalredaktion der WAZ, entfernt und konkurrierte, sofern es um kantig geschnittene, frittierte Kartoffeln ging, mit der gegenüberliegenden Pommesbude sowie dem sich weiter aufwärts befindlichen Fast-Food-Restaurant mit dem goldenen M. In Sommern wie diesem versperrten astronomische Sonnenschirme und hoch wachsende Laubbäume die Sicht auf die Eingangstür des Alex. Ich fand Olaf auf der Terrasse in einem Rattanstuhl fläzend, die Füße gerade von sich gestreckt. Als er mich sah, klemmte er seine Beine zusammen.

»Ich war gerade bei Boris Bäcker zu Hause.« Ich setzte mich meinem Bruderherz gegenüber. Ein Kinderwagen wurde in meinem Rücken hin und her gerollt und die kleinen Reifen quietschten.

»Lass mich raten: Er war nicht da.«

Ich überhörte seinen blöden Scherz. »Warum hast du mir nicht gesagt, dass bei ihm am Wochenende eingebrochen wurde?«

Olaf riss die Augen auf. »Das wusste ich nicht.«

»Hattest du nicht gesagt, ihr habt zu Hause nach ihm gesucht?«

Das Baby im Kinderwagen muckte auf und die Mutter erhöhte den Druck auf die Schiebestange. Das Quietschen wurde lauter, was mich ganz kirre machte.

»Wir haben an der Haustür geschellt und es machte niemand auf.«

Skeptisch durchforschte ich seine Miene. Seine Lider waren gerötet, die Tränensäcke blutunterlaufen. »Was macht dein Heuschnupfen?«

»Geht so.«

»Warum willst du, dass ich Bäcker finde?«

Belanglos zuckte Olaf mit den Schultern. »Er ist ein Freund.«

»Und warum lässt du die Polizei nicht einfach ihren Job machen?«

Er atmete tief durch. »Die verfolgen die falschen Spuren.«

»Du meinst, die suchen nicht im Casino?«

Er nickte.

»Weihe die Schmier doch einfach ein.«

»Das geht nicht. Dann würden sie neugierig auf seine restlichen schäbigen Arbeiten werden.«

Da war es wieder, das Wort ›schäbig‹, und ich dachte darüber nach, ob in Olafs Hirn andere Filter vielleicht nicht mehr so gut funktionierten. Schizophrene beispielsweise neigen dazu, in manierierter Sprache zu reden oder die Realität falsch zu beurteilen. Immerhin kamen wir der Sache allmählich näher.

»Und wennschon!«, erwiderte ich unnachgiebig. »Warum sollte die Polizei nicht seine Arbeiten unter die Lupe nehmen dürfen? Hat er sich mit seiner Berichterstattung etwa irgendwelche Feinde gemacht, die besser nicht aufgescheucht werden sollten?«

»Nein«, kam es wie aus der Pistole geschossen.

»Für wen gilt die Antwort? Für Boris Bäcker oder auch für Christian Ponzo?«

Aus irgendeinem Grund gab sich Olaf Mühe, nicht allzu überrascht zu wirken. Doch sein stockender Atem und die auffliegenden Lider verrieten ihn. »Ponzo ist sein Pseudonym. Mit ihm hat er Fremdartikel signiert.«

»Was meinst du mit Fremdartikel?«

Er knirschte mit den Zähnen. »Artikel, die er nicht für die WAZ geschrieben hat.«

»Aber in dem Papierhaufen, den du mir gegeben hast, waren zwei Artikel mit chp signiert. Stammten diese also gar nicht aus dem Archiv der WAZ?«

Er verdrehte die blutunterlaufenen Augen, was wohl bedeuten sollte, dass ich recht hatte.

Ich zog eine Grimasse. »Und woher hast du sie dann?«

Seine Hände flogen in die Luft. »Ist doch völlig egal! Willst du mir etwa vorwerfen, dass ich dir einen Gefallen getan und Informationen verschafft habe?«

Im quietschenden Kinderwagen kam Leben auf. Das Baby meckerte ausgelassen und die Mutter warf uns einen warnenden Blick zu. Ich hatte das Gefühl, dass es Zeit für eine unheilschwangere Pause war. Also lehnte ich mich zurück und sah ihn lange an. Olaf ließ es schweigend über sich ergehen.

»Wo bleibt bloß mein Kaffee?«, fragte er schließlich die Hauswand hinter sich.

»Das Casino ist eine Sackgasse, Olaf«, begann ich meinen Appell. »Ich sehe keinen Grund, warum sich die Spielbank auch nur einen Dreck um ihn scheren sollte. Er hat dort keine Schulden mehr. Und noch nie habe ich davon gehört, dass Casinogorillas in die Wohnungen irgendwelcher Kunden einbrechen.« Ich beugte mich vor. »Und die Tatsache, dass mein Bruder mir etwas verschweigt, macht die ganze Sache nur noch dubioser.«

Olaf sagte nichts darauf und wich meinem Blick aus. Ich kannte diese Reaktion nur zu gut. Seine Argumentationskette war erschöpft und er begann zu trotzen. Vor 30 Jahren hätte er mit Bauklötzen geschmissen.

Ich stand auf.

»Wo gehst du hin?«, fragte er sofort.

»Zur Polizei.«

Panik flackerte in seinen Augen auf. »Das tust du nicht!«

Er erhob sich ebenfalls und wir lieferten uns Käse schmelzende Blicke. »Ich dachte, du bist Detektivin. Detektive arbeiten an der Polizei vorbei. Aber du willst dich immer gleich mit ihnen zusammentun.« Er schüttelte den Kopf. »Du machst deinen Job nicht gut, Esther.«

Von unserer gestenreichen Unterhaltung genervt, zog die Mutti mit dem plärrenden Kinderwagen ab. Zeitgleich rückte die Kellnerin mit einer Tasse Kaffee aus dem Hinterhalt an und wir setzten uns wieder.

»Ich möchte nur mit dem Verantwortlichen sprechen, der den Einbruch aufgenommen hat«, beschwichtigte ich. »Ich will wissen, was geklaut wurde.«

Er schnaubte. »Und du glaubst, die erzählen dir das so einfach.«

Ich schnalzte mit der Zunge. »Vielleicht kenne ich

jemanden, der mir bei der Kontaktaufnahme helfen kann.«

Mutlos schnipste Olaf mit zwei Fingern gegen den Tassengriff, sodass die braune Brühe hin und her schwappte. »Was ist, wenn sie nach deinem Auftraggeber fragen?«

Ich verdrehte die Augen. »Ich unterliege einer beruflichen Schweigepflicht.«

Er nickte, was aber nicht bedeutete, dass er sich damit abgefunden hatte. Daher hielt ich es für das Beste, ihn mit einem anderen Thema bei Laune zu halten. »Seine Artikel über den Pankowiak-Prozess sind sehr detailliert«, lobte ich Bäcker. »Ein Glücksfall, dass er so nah am Geschehen die Berichterstattung machen konnte.«

Olaf stimmte mir ausgelassen zu. »Boris hat zum Zeitpunkt des G8-Gipfels noch in Köln gelebt und gearbeitet. Er hatte also Glück, zur richtigen Zeit am richtigen Ort gewesen zu sein. Zwar hat er den Angriff auf die Polizistin nicht persönlich gesehen, aber die Geschichte schien ihn nie richtig loslassen zu wollen. Wenn es dazu etwas zu erzählen gab, tanzte er immer in der ersten Reihe.« Er nippte vorsichtig an seinem Kaffee.

»Das hat er dir alles erzählt?«

Erneut machte sein Kopf einen Knicks.

»Hat er dir auch erzählt, warum er von dieser Sache so angetan war?«

Etwas ungeschickt ließ Olaf seine Schultern kreisen, aber er machte nicht den Eindruck, dass er keine Antwort auf meine Frage hatte.

»Kannte er Gregor? Kannte er seine Frau?«

»Nicht dass ich wüsste.«

»Was ist mit Karim, dem Türken? Kannte er ihn?«

Überzogen rümpfte Olaf die Nase. »Das würde mich wundern.«

Ich beobachtete seine Reaktion, die vor allem Belustigung widerspiegelte. Belustigung über meine Mutmaßung, Bäcker könne Karim kennen. Bäcker könne einen Türken kennen. Auf einmal fiel es mir wie Schuppen von den Augen. »Sieht so aus, als hätte Boris Bäcker ein kleines Integrationsproblem.«

Mein Bruder blies die Backen auf. Hilfe suchend schaute er in den Kaffee und riss ein paar Zuckertüten auf, die er aber doch nicht in die Tasse schüttete. Ich bäumte mich auf und breitete meine Arme über den Tisch aus, bis sie die Hälfte des Möbels bedeckten. Mit meinem Blick versuchte ich ihn zu hypnotisieren, aber er sah an mir vorbei.

»Erzähle es mir, Bruder. Erkläre mir, was so unfassbar faul an diesem Typen ist.«

Olaf schüttete den Zucker in die Tasse und rührte eine geschlagene Minute darin herum, ehe er endlich den Mund aufmachte. »Seit geraumer Zeit schreibt Boris unter dem Namen Christian Ponzo für ein Blatt, das sich der ›Westfälische Beobachter‹ schimpft. Der Name ist abgeleitet von dem ›Westdeutschen Beobachter‹, einer Zeitung aus den 30ern.« Er schüttelte die Kaffeereste vom Löffel. »Der ›Westfälische Beobachter‹ erscheint monatlich und wird sozusagen unter der Ladentheke verkauft.«

»Ein Insiderblatt? Für wen?«

Als wäre sein Heißgetränk noch nicht süß genug, schüttete er eine weitere Zuckertüte über der Tasse aus.

Dann flüsterte er: »Für die westfälische rechtsradikale Szene.«

Ich riss die Augen auf und Olafs Oberkörper schnellte ruckartig nach vorn, sodass er beinahe die Tasse umstieß.

»Das ist kein Kavaliersdelikt, Esther. Wenn die WAZ das rauskriegt, ist er nicht nur gefeuert, sondern auch ein Fall für den Staatsanwalt.« Mein Bruder drückte den Zeigefinger auf seine Brust. »Und ich wäre als Mitwisser dran.«

Ich schüttelte den Kopf. »Und das nimmst du einfach hin?«

»Man kann sich seine Kollegen nicht aussuchen.«

Ich erinnerte mich daran, dass er ihn einen Freund nannte, wollte ihn jedoch nicht damit konfrontieren.

»Aber im Internet ist Christian Ponzo alles andere als eine geheime und radikale Figur. Unter dem Namen gibt es einen ordentlichen Lebenslauf. Außerdem habe ich unter dem Kürzel chp ein paar liberale Beiträge gefunden. Genauso wie die Artikel über die Pankowiaks, welche du mir durchgereicht hast.«

»Das ist nichts Ungewöhnliches. Viele bei der WAZ scheinen zweigleisig zu schreiben.«

»Aber geht das den Leuten dieses Naziblattes nicht gegen den Strich?«

Er grunzte verächtlich. »Ganz im Gegenteil. Wer Reporter für den ›Westfälischen Beobachter‹ werden will, muss über gute Referenzen verfügen. Und wer aktiv werden darf, muss das gleiche Pseudonym benutzen. Das verschafft den Redakteuren eine Art Kontrolle. Viele dieser Leute dienen auch als Propagandamittel, um neue Mitglieder heranzuschaffen.«

Ich runzelte die Stirn. »Was ist mit dir? Schreibst du auch für dieses Blatt?«

»Um Gottes willen!«

Mit angespannten Muskeln lehnte ich mich zurück. Das Rattan knirschte. Ein Gedanke drängte sich mir auf. »Ich werde das Gefühl nicht los, dass Bäcker und Gregor aus dem gleichen nationalsozialistischen Sumpf ausgegraben wurden.«

»Eine hübsche Metapher, Schwester.« Er starrte durch mich durch. »Aber ich habe keine Ahnung, wovon du redest.«

Ich war äußerst unkonzentriert, als ich mich an jenem frühen Donnerstagnachmittag vor der Waldorfschule auf die Lauer legte. Mein Bruder war mit einem Nazi-Sympathisanten befreundet und ich brauchte keine irrsinnigen Gedankensprünge zu machen, um zu kapieren, dass ihm dieser Umstand äußerst unangenehm war. Es erklärte, warum ich seiner Ansicht nach nicht mit der Polizei sprechen durfte, aber es brachte auch das ideologische Bild, das ich mir von meinen älteren Bruder in all den Jahren seiner Abwesenheit gemalt hatte, gnadenlos zu Fall: Er war immer der Klügere von uns beiden gewesen. Er war Akademiker. Und bislang hatte ich immer geglaubt, dass sich gebildete Leute wie Olaf niemals mit ethischem Abschaum wie Bäcker und Gregor abgeben würden.

Der lilafarbene Corsa kam die Höntroper Straße hinuntergefahren und parkte auf der gegenüberliegenden Straßenseite auf einer Bürgersteigsenke. Ich schenkte der Karre kaum Beachtung und sah auf die Uhr. Noch zehn Minuten bis zum Schlussgong.

Ich rief Sascha an. »Wir sollten uns bei Gelegenheit zum Essen verabreden«, schlug ich vor.

»Wieso? Brauchst du mal wieder eine Stütze aus der Exekutiven?«

Ich schmollte. »Was ist, wenn ich sagen würde, dass dies nicht der Fall ist?«

»Dann würde ich es dir nicht abkaufen.«

Beleidigt brummte ich durch den Hörer, was Sascha mit einem kurz angebundenen Lachen quittierte. »Also, was willst du?«

»Ich brauche deine Kontakte.«

Er scherzte: »Tut mir leid, aber mit der Mafia mache ich schon seit Jahren keine Geschäfte mehr.«

»Ich möchte gern mit einem deiner Exkollegen in Dortmund plaudern.«

Sascha Richter war ein Dortmunder im Exil, hatte jahrelang als Sachbearbeiter im dortigen polizeilichen Innendienst gearbeitet, ehe er nach Bochum kam. In Dortmund lernten wir uns kennen, als er eine Tätlichkeit meines Vaters gegen einen Nachbarn aufnehmen musste. Das ist schon mehr als zwei Jahre her, aber weil wir keine einschlägigen Hobbys teilten, hielt sich unser privater Kontakt in Grenzen. Stattdessen rief ich ihn für kleinere polizeiliche Dienstbarkeiten an, welchen er sich mehr störrisch als hingebungsvoll annahm. Seine Motivation, sich überhaupt mit mir abzugeben, verstand ich bis heute nicht, denn die Gefallen, die ich ihm als Gegenleistung versprach, löste er selten bis gar nicht ein.

»Plaudern«, wiederholte er. »Möchtest du verkuppelt werden? In der Anzeigenverwaltung gäbe es einen Halbitaliener in deiner Kragengröße.«

»Quatsch!«, protestierte ich, hakte aber nach. »Was meinst du denn mit Kragengröße?«

»1,90.«

Ich pfiff durch die Zähne. »Vielleicht komme ich ein anderes Mal darauf zurück.« Dann erläuterte ich ihm die Sachlage und ich hörte, wie er parallel fleißig in die Tasten haute.

»Bevor ich nach Bochum übergelaufen bin, hat Götz immer die Einbruchsachen bearbeitet«, sagte er. »Ich werde mich mal umhören.«

Ein paar Minuten später schellte die Schulglocke und ich ließ den Motor an. Alles, was danach passierte, war vorhersehbar: Tarek verließ allein den Schulhof und flanierte die Straße hinunter bis zu dem fraglichen Motorroller, dessen Fahrer er mit einem Handschlag begrüßte. Anschließend zog er sich den Helm über und schwang ein Bein über die Rückbank. Als der Roller schließlich in die Puschen kam, scherte der Corsa aus der Senke aus und heftete sich an das kleine Nummernschild, ohne auch nur einen Meter Abstand zu vergeuden. Gelangweilt folgte ich dem Tross bis in die Graf-Adolf-Straße und wartete mit dem Corsa zusammen in sicherer Entfernung in einer Parkbucht. Ich hatte einen guten Ausblick auf den alten, gelb gestrichenen Ziegelbau, in dem Metin mit seiner Familie hauste. Die Bude war klassisch für diese Straße, hatte eine Einfahrt und einen ebenerdigen Hauseingang. Efeu wuchs wie Schimmel die Wände hoch und verdeckte ein Seitenfenster. Als

Yusuf und seine Chauffeurin der Warterei überdrüssig wurden, folgte ich ihnen den Weg zurück in die Alleestraße, was an Vorausschau kaum noch zu überbieten war. Was zum Teufel wollte Opa Yusuf damit nur bezwecken?

Mein Magen knurrte. Also verließ ich über den Westring die Gegend und nahm Kurs auf Hamme. Als ich den Nordring hinter mir gelassen hatte, kreuzte eine babyblau leuchtende Full-Service-Tankstelle meinen Weg und ich setzte den Blinker. Auf dem Gelände steuerte ich den Wagen an den Tanksäulen vorbei direkt vor die vollautomatische Waschstraße. Mein Magen rebellierte, aber es musste sein.

Ich stieg aus und drehte die Antenne aus dem Gewinde. Ein Tankstellenangestellter mit Mittelklassebart und zeitsparender Frisur kam mir bereits entgegen. Ich holte mein Portemonnaie aus der Handtasche, gab ihm fünf Euro und bestellte den Klassikerwaschgang für Anspruchslose. Servicebewusst manövrierte der Angestellte den Wagen in die Waschkabine, die kaum größer als eine Privatgarage war, und aktivierte mit einem vielversprechenden Lächeln das Bürstenkommando. Von Angst und Machtlosigkeit geplagt, zog ich mich in den Tankstellensupermarkt zurück und klapperte die Regale nach brauchbaren Hungertötern ab, nicht ohne hin und wieder über den Regalrand hinweg nach draußen zu schielen. Wasser spritzte aus der Kabine und die Motoren der Bürsten grollten wie eine hydraulische Kirmesanlage. Ich kaufte ein paar luftverpackte Salamibrötchen und riss schon die erste Packung auf, als ich aus dem Laden ging. Zwar verfolgte der Angestellte immer noch fasziniert den Waschgang, aber das Lächeln war ihm mittlerweile aus dem Gesicht gewichen. Als er mich kommen sah, gesellte sich eine Prise Schrecken hinzu.

»Ich hole den Chef«, sagte er nur und flitzte mit leisen Sohlen an mir vorbei.

Kein gutes Zeichen.

Ich ließ die Salami sacken und blieb an Ort und Stelle stehen. Die Bürstenmotoren verstummten und ein paar letzte Wassertropfen segelten aus der Waschgarage. Ich hörte Schritte, die sich eilig näherten. Arbeitshosen raschelten. Der Chef ging zielstrebig an mir vorbei, stellte sich breitbeinig vor die Waschgarage, starrte in die tropfnasse Höhle und fasste sich an den Kopf. Ein, zwei Minuten lang. Erst dann winkte er den leichenblassen Angestellten her, er möge bitte den Wagen aus der Garage fahren. Der Chef rückte zur Seite und kehrte mir den Rücken. Und mit jedem Zentimeter, mit dem sich der Wagen aus der Kabine bewegte, fühlte ich das Blut nach und nach aus meinem Kopf fließen.

Ich ging auf meinen Twingo zu. Der flatterige Lack war fortgebürstet und auf den Kotflügeln und der Motorhaube kam das althergebrachte Hustenbonbonblau wieder zum Vorschein. An den übrigen Stellen, an denen die Bürsten den blasigen Lack quasi abrasiert hatten, stach die Farbe wie Nadelstiche durch und es sah aus, als hätte man an dem Wagen seine Pickel ausgedrückt.

Ein pubertierender Twingo. Unfassbar.

Ich starrte auf die Windschutzscheibe und bekam nur einen Satz heraus: »Wenigstens haben Sie die toten Fliegen herunterbekommen.«

Das Polizeipräsidium auf der Markgrafenstraße in Dortmund war ein roter, beige gerasteter Klinkerbau mit einer von Kopf bis Fuß verglasten Vorderfront. Faustgroße Pflastersteine waren am Fuße der Eingangstür zu Halbkreisen arrangiert, ihre Fugen akkurat ausgekratzt. Als ich die Tür öffnete, stieß ich mit einer Jugendlichen zusammen, einem Mädchen mit schulterfreiem Oberteil, knielanger Hose und rot verquollenen, wund geheulten Augen. Ich strauchelte, doch das Mädchen stand wie eine Eins und kehrte mir den Rücken zu, um der weiträumigen Präsidiumslobby einen allgemein gültigen Stinkefinger zu zeigen.

Willkommen in Dortmund.

Der Empfang des Präsidiums war ein räumlich nicht abgetrennter Bereich vor einem konfus ausgeklügelten Großraumbüro und lediglich durch ein an Drahtseilen aufgehängtes Hinweisschild zu erkennen. Tageslicht fiel durch die Scheiben gegen die fenstergroßen Aquarelle. Fasern des anspruchslosen rattengrauen Teppichs blieben an meinen Absätzen kleben und ich hatte das Gefühl, ich würde Löcher in den Boden reißen. Telefone dudelten in allen Ecken, das Geplapper hatte die Ausmaße einer Wartehalle am Flughafen. Ich stellte mich vor den Schreibtisch unter dem Drahtseilschild und blickte auf den Scheitel einer leger gekämmten Blondine. Sie sah hoch und lächelte mir zu. Auf ihrem Tisch stand ein aluminiumfarbenes Namensschildchen. Ich stand Frau Ruth Rosenheim gegenüber.

»Hallo«, begrüßte sie mich. »Welches Verbrechen ist Ihnen über die Leber gelaufen?«

Sascha hatte nicht übertrieben, was die Hemdsärmeligkeit der Dortmunder Polizei betraf.

»Mein Name ist Esther Roloff und ich möchte mit Götz Reichert sprechen.«

Sie lächelte duldsam und nahm den Hörer in die Hand. Währenddessen fiel ihr eine Locke in die Stirn. Sie begrüßte Götz Reichert mit dem Vornamen, meldete mich an und legte auf.

»Er ist auf dem Weg«, sagte sie und widmete sich gleich wieder ihrem Papierkram.

Götz Reichert war ein schnurgerader Typ ohne Kurven und Kanten und seine Hosenbeine flatterten, als er auf mich zugaloppierte. Sein blondes Haar flog im Fahrtwind eines unsichtbaren Cabrios, seine Augen schimmerten durch eine unsichtbare Sonnenbrille. Schon auf halbem Wege winkte er mir zu.

»Hallo, Frau Roloff. Der Kollege aus Bochum, Richter, hat Sie bereits angekündigt. Kommen Sie.«

Ich folgte ihm zu seinem Schreibtisch ins hinterste Eck des Großraumbüros. Die Möbel waren weiß, die Tischplatte sauber und aufgeräumt. Es gab keinerlei Blümchen, Bilderrahmen oder sonstige Accessoires. In der Kunststoffablage stapelte sich ein überschaubarer Haufen Papier.

»Also, was kann ich für Sie tun?«

»Ich bin an dem Einbruch auf dem Kleyer Feld interessiert. Bei Boris Bäcker.«

»Boris Bäcker. Soso.«

Ich nickte. »Ich möchte wissen, was gestohlen wurde.«

Misstrauisch hob Reichert seine Brauen. »Warum interessiert Sie das?«

Ich hatte befürchtet, dass er das fragen würde. »Ich hatte Sachen in der Wohnung.«

»Ach ja? Was denn?«

»Allerlei technischer Kram«, log ich.

»Nun«, sagte er und überkreuzte seine Unterarme auf der Tischplatte. »Ich mache Ihnen einen Vorschlag. Ich sage Ihnen, was Sie wissen möchten. Aber nur, wenn Sie mir auch die Wahrheit erzählen.«

Lachfalten umschmeichelten seine grauen Augen. Er war irgendwo in seinen 40ern und dem ersten Anschein nach bereits bestens über mich informiert. Sascha sei Dank.

Ich zupfte an meinem Ohrläppchen. »Ich bin Privatdetektivin.«

Seine flache Hand klatschte auf den Tisch. »Jetzt kommen wir der Sache schon näher!« Er zog seine Augenbrauen zusammen und lehnte sich vor, als wolle er mir etwas ins Ohr flüstern. Intuitiv kam ich ihm mit dem Oberkörper entgegen.

»Detektive haben hier keinen guten Ruf«, informierte er mich.

Ich nickte. Als ob ich das nicht schon wüsste.

»Sie sind auf der Suche nach ihm, oder?«

Ich nickte wieder.

»Also«, ließ er sich vernehmen und zog ein einzelnes Papier vom Stapel. »Außer der Tür wurde nichts kaputtgemacht oder umgeräumt. Die wertvollen Gegenstände haben die Täter liegen lassen. Das Einzige, was fehlt, ist der Laptop aus dem Nachtschränkchen.«

»Dem Nachtschränkchen?«, wiederholte ich.

»Laut seiner Freundin bewahrte er das Gerät dort immer auf. Und genau dieser Schrank stand sperrangelweit offen.«

»Danke«, sagte ich und machte Anstalten, aufzustehen.

»Sie sollten mit Alexander Schalkowski vom Dezernat 11 reden.«

»Dezernat 11?«

Er nickte. »Er kümmert sich um die Vermisstensache von Bäcker und hat sich auch den Einbruch unter den Nagel gerissen. Wenn das so weitergeht, macht er noch eine SoKo auf. SoKo Wimbledon oder so.« Reichert stieß ein hämisches Lachen aus. »Boris Becker, Sie verstehen.«

Ich verstand. »Denken Sie denn, Herr Schalkowski würde mit mir sprechen?«

Eifrig wackelte der auskunftsfreudige Polizist mit dem Kopf. »Bestimmt. Sie sind ganz sein Typ. Kommen Sie.« Er stand auf und flanierte in Richtung Treppenhaus. Ich folgte ihm mit einer gewissen Bestürzung. Derart kooperativ war die Polizei mir gegenüber noch nie gewesen.

Die erste Etage war gesetzter gestaltet als der Eingangsbereich. Büros mit Türen und Hinweisschildern mündeten in einen langen Flur, der durchweg mit Obacht- und Bauernfängerwarnplakaten behangen war. Reichert machte vor den Toren des zweiten

Zimmers Halt und grinste in den Hohlraum hinein. Ich blieb hinter ihm an der Wand stehen.

»Ey, Schalke, hier ist Besuch für dich.« Er winkte mich heran und ich steckte den Kopf durch die Tür.

Alexander Schalkowski saß an seinem Schreibtisch. Sein mahagonibraunes Haar war kurz geschnitten und für sein Alter und seinen Körperbau untypisch, fast jugendlich nach vorn gekämmt. Das knitterige Hemd hatte er bis zu den Ellenbeugen hochgekrempelt und die Turnschuhe, die unter der hellen Leinenhose hervorragten, waren mit Straßendreck besudelt. Auf den ersten Blick hatte man den Eindruck, er wollte sich jünger machen. Doch seine Hände und seine weiche Haut unter den rehbraunen Augen verrieten, dass er die Zielgerade zum 30. noch nicht überschritten hatte.

»Hallo«, begrüßte ich ihn.

»Wer sind Sie?«, fragte er karg.

»Esther Roloff«, antwortete ich und glitt mit Seitenschritten in den Raum.

Seine Schultern richteten sich auf. »Sind Sie wegen dem Job hier?«

»Welchem Job?«

»Sie ist Privatdetektivin«, mischte sich Reichert ein und ich sah ihn gerade noch rechtzeitig an, um mitzubekommen, dass er Schalke zuzwinkerte.

»Sie ist wegen Boris Bäcker hier«, erzählte er weiter. Dann drehte er sich um und ging. »Schönen Tag noch, Frau Roloff.«

Ich schloss die Tür hinter ihm. Schalkowski machte einen Schmollmund, was in Anbetracht seiner fülligen Lippen nicht schwierig war. Der Schrank zu seiner Rechten war mit Standordnern mit wirren Buchstabenkombinationen zugestellt. Auf der Fensterbank streckte ein karg beblätterter Ficus durstig seine Zweige aus, der feine Dreck auf den Fensterscheiben unterbrach die einfallenden Sonnenstrahlen wie ein engmaschiges Fliegengitter.

»Wildern Sie in meinem Revier, Frau Roloff?«

»Nur ein bisschen. Macht es Ihnen etwas aus?«

Er grinste und winzige Lachfältchen bildeten sich entlang seiner Augen. So klein haben meine Fältchen auch mal ausgesehen. »Nein.« Der Spruch des Jahrhunderts kroch über seine Lippen: »Es ist wichtig, seine Feinde zu kennen.«

Herrlich. Ich verkniff mir eine Grimasse.

Er stand auf und präsentierte den Körperbau eines Schwimmers: Breite Schultern, schmale Taille. »Wenn Sie mich jetzt bitte entschuldigen würden.« Er kam auf mich zu und sah mir ein paar Sekunden in die Augen, was meinem Empfinden nach auch Stunden gedauert haben könnte. Er war meiner Körpermaße würdig, vielleicht einen Fingerbreit höher. Sein Blick wanderte hinunter und blieb einen Tick zu lang an meinen Brüsten hängen. »Ich habe noch zu arbeiten. Und Sie wahrscheinlich auch.«

Er öffnete mir die Tür und komplimentierte mich mit einem Kinnzucken hinaus, was ich mehr konsterniert als gefasst hinnahm. Dabei hatte es mit Reichert einen so guten Anfang genommen.

*

Tamino war ein gesetzter runder Typ mit abgeklärten dunklen Augen und einem Haufen typischer griechischer Locken auf dem Kopf. Er lebte in Unna und pendelte nur ins Adolfo's, wenn ihn die Lust auf Chefallüren überkam. Dann mokierte er sich über die Karos auf den Tischdecken und schasste die Kellnerinnen, die nach seiner Abreise von Anastasios wieder besänftigt werden mussten. Er war jünger, als er aussah, was ihm schwer zu schaffen machte, und überschminkte seine tiefen Gesichtskrater mit Kompaktpuder.

Olaf und ich saßen am kleinsten Tisch hinter der Eingangstür und rührten in unseren Tassen. Olaf hatte mich ohne vorherige Aufforderung aufgesucht und begann nun, mich systematisch zu löchern. In seinem Gesicht las ich wie in einem offenen Buch. Er hatte Schiss. Und er wollte nicht, dass ich mit der Erkenntnis, dass mein Bruder der Freund eines Nazi-Sympathisanten war, hausieren ging.

»Und die Polizei wollte wirklich nicht wissen, für wen du arbeitest?«

Ich verdrehte die Augen. »Ich habe dir bereits gesagt, dass ich einer beruflichen Schweigepflicht unterliege. Sie wussten, dass ich es sowieso nicht gesagt hätte.«

Er putzte seine Nase. Ich sah über seine Schulter und beobachtete Tamino an der Bar. Kopfschüttelnd machte er an den Zapfhähnen herum.

»Hat das Gespräch denn irgendetwas ergeben?«

»Boris' Laptop wurde geklaut«, antwortete ich, ohne meinen Blick von Tamino zu wenden, der gerade fluchend seinen Kopf unter die Theke drückte. Anscheinend bekam er keinen Tropfen aus den Fässern heraus.

»Kennst du seine Wohnung?«, fragte ich.

»Klar.«

»Was hättest du als Erstes mitgehen lassen?«

Mit seinen immer noch blutunterlaufenen Augen glotzte er mich an. »Ich verstehe nicht ganz, worauf du hinauswillst.«

»Die Typen brechen ein, lassen den Schickimicki-kram liegen: Geld, Fernseher, Musikanlage, nichts davon wurde geklaut. Stattdessen nehmen sie direkten Kurs auf das Nachtschränkchen und nehmen nur den Laptop mit.«

Olaf schaute durch mich durch. Ich kannte diesen nachdenklichen Blick von meinem Vater. Und wenn Olaf ihn aufsetzte, ähnelte er Paps mehr als zu keiner anderen Gelegenheit.

»Jemand hat gezielt nach dem PC gesucht«, sagte ich.

»Wer?«

Ich zuckte mit den Schultern. »Wer immer es war, er wusste, wo er suchen musste. Entweder kannte er sich dort aus oder er hat einen entscheidenden Tipp bekommen.«

»Du meinst von Boris?«

Ich ließ die Frage unbeantwortet. »Was ist auf dem Laptop? Woran hat er zuletzt gearbeitet?«

Olaf wimmelte ab. »Woher zum Teufel soll ich das wissen? Ich bin nicht mit ihm verheiratet und habe keine Ahnung, was er in seiner Freizeit so alles treibt.«

»Komisch«, stichelte ich weiter. »Heute Morgen hat sich das noch ganz anders angehört.«

Bockig rührte Olaf in seiner Tasse herum. »Alles, was

ich dir sagen kann, ist, dass wir in der Redaktion mit einem Server arbeiten. Sämtliche Artikel, die wir schreiben, werden dort gespeichert, weiterverarbeitet und freigegeben. Wenn also etwas Interessantes auf Boris' Laptop war, kann es unmöglich aus dem Brutkasten der WAZ stammen.«

»Woher willst du das wissen? Was ist, wenn der Einbrecher gar nichts von diesem Server wusste?« Ich nippte an meiner Tasse. »Ich hatte bis jetzt ja auch keine Ahnung.«

Olaf winkte ab. »Wenn der Einbrecher klug genug war, den richtigen Schrank aufzumachen, wird er auch von dem Server gewusst haben.«

An der Theorie konnte etwas dran sein.

»Hat jemand Zugriff auf Bäckers Daten?«

Er schüttelte den Kopf. »Noch nicht. Aber die können seine Arbeiten nicht ewig auf Eis legen. Irgendwann wird es eine Entscheidung geben.« Er machte eine unheilschwangere Pause. »Irgendwann.«

»Wie funktioniert dieser Server überhaupt?«

Olaf schüttete Zucker nach. »Du verbindest dich mit dem Internet, rufst die Redaktionsseite auf und loggst dich ein.«

»Kannst du mir das mal zeigen?«

»Klar. Und was hast du davon?«

»Mal sehen«, sagte ich. »Vielleicht fällt mir was ein, wie sich Bäckers Konto doch irgendwie öffnen lässt.«

Die Sonne schleuderte ihre UV-Strahlen durchs Dach und überflutete meine Wohnung mit stehender, sämiger Hitze. Ich hatte vergessen, die Rollläden herunterzulassen und dementsprechend stand mir der Schweiß millimeterdick in den Knickfalten meiner altersbedingt strapazierten Haut. Ich saß auf dem Sofa, Olaf mir im Nacken, und starrte auf eine schmucklose weiße Internetseite. Der Cursor blinkte im Eingabefeld und ich hatte keinen Schimmer, was ich eintippen sollte. Drei Versuche hatte ich; danach würde das System den Zugang sperren. Für mich persönlich waren das 100 Versuche zu wenig. Mindestens.

»Und jetzt?«, fragte mich Olaf und rotzte derart laut in seine Serviette, dass ich zusammenschreckte.

»Ich habe keine Ahnung«, sagte ich.

»Der Benutzername ist bei jedem gleich. Es ist der erste Buchstabe des Vornamens und der Nachname.«

Ich tippte Bäckers Benutzernamen ein.

»Nein, nicht mit ä. Mit ae.«

Ich atmete durch. 50 Prozent der Arbeit waren getan.

Olaf wurde ungeduldig. »Willst du jetzt nicht irgendetwas eingeben?«

»Was denn?«, zischte ich.

»Was weiß ich. Du bist die Detektivin.«

Genervt nahm ich mein Handy aus der Tasche und rief Sascha an.

»Du fängst langsam an, mir gehörig auf den Zeiger zu gehen«, nölte er sofort.

»Vielleicht würde dich ein Hackerangriff ein wenig aufheitern.«

Es brauchte eine Weile, ehe er reagierte. »Ein was?«

Sascha Richter war ein verkannter Hacker. Das war es, was er sagte, als wir uns in Dortmund zum ersten Mal über den Weg liefen. Ein Jahr später ging er nach Bochum und lungerte im Dezernat 31 herum, um Anzeigen wegen Beleidigung, Bedrohung, Nachstellung oder falscher Verdächtigung aufzunehmen; Delikte, mit denen ich öfters in Berührung kam. Dass der Polizeiinnendienst ein Zuckerschlecken war, sah man ihm beileibe an, denn er bekam einen kleinen Wanst und ausgeprägtes Sitzfleisch. Doch wenn es darum ging, vermurkste Datensätze wieder zu sanieren oder einen Totalverlust zu verhindern, war seine unförmige Gestalt abteilungsübergreifend gefragt.

»Wie wäre es, wenn du für mich ein WAZ-Benutzerkonto knackst?«

»Sagtest du WAZ?« Er pfiff durch die Zähne.

»Es läuft über einen Webserver«, erläuterte ich.

»Vergiss es«, unterbrach er mich sofort.

»Was?«

»Ich mache das nicht. Vergiss es.«

Ich forderte ihn heraus. »Warum nicht? Weil du es nicht kannst?«

»Nein, sondern weil ich nicht nur befördert, sondern auch ins KK 22 versetzt wurde. Das ist das Dezernat für Computerkriminalität und Sabotage und dort arbeiten jene Beamten, die Kriminelle wie dich zur Strecke bringen.« Dann legte er auf.

Verdutzt ließ ich den Arm sacken.

Olaf erhob sich. Er hatte es plötzlich sehr eilig.

»Wenn sich etwas Weltbewegendes tut, kannst du mir ja Bescheid sagen.« Damit ging er und ließ die Tür saftig ins Schloss fallen. Seine vollgerotzte Serviette ließ er auf dem Tisch liegen.

Ich blieb noch eine Weile sitzen und versackte im Pixelgeflimmer auf dem Bildschirm.

Was tat ich da eigentlich?

Seit ich für Metin arbeitete, war ich es gewohnt, mich am Rande der Legalität zu bewegen. Ich belog meine Gesprächspartner, fügte Details hinzu oder verschwieg sie einfach. Oder ich legte mich auf die Lauer und verletzte dabei das eine oder andere Persönlichkeitsrecht.

Doch was ich jetzt tat, war nicht nur illegal, sondern auch noch hochgradig kriminell. Und ich konnte von Glück reden, wenn Sascha, der verständlicherweise ziemlich sauer war, mir kein Einsatzkommando auf den Hals hetzte. Mittlerweile musste ich wirklich von allen guten Geistern verlassen sein.

Dabei wusste ich noch nicht einmal, ob dieses Benutzerkonto überhaupt zu irgendetwas taugte. Denn was auch immer das Interesse anderer geweckt haben sollte, es schien gemeinsam mit dem Laptop abhandengekommen zu sein.

Genauso, wie uns Boris Bäcker abhandengekommen war.

Ich starrte auf den Bildschirm.

Wenn jemand sich vom Erdboden verschlucken lässt, muss er Feinde haben. Und es war schon irgendwie irrsinnig sich einzugraben, obwohl man sich seiner gröbsten Schulden unlängst entledigt hatte. Dieses Verhalten ließ nur den Schluss zu, dass Bäcker noch andere Feinde fürchtete. Feinde, die auch nach seinem Laptop trachteten.

Ich dachte darüber nach, die Screenshots aus dem

Kontoabfragesystem noch einmal durchzusehen und nach anderen Gläubigern zu suchen, aber ich war mir sicher, dass ich alles Wichtige bereits entdeckt hatte. Und mir kam der Gedanke, dass es in diesem Fall vielleicht gar nicht mehr um Geld ging.

Nichtsdestotrotz stellte sich ein unbehagliches Magengrummeln ein, sobald ich an das Lütgen-Casino dachte. Irgendetwas stimmte dort nicht. Und irgendetwas stimmte mit Bäcker nicht. Nicht nur, dass er ein Xenophob war; er hatte Unmengen Geld in Plastik investiert. So etwas war kein Kontrollverlust, der mit seinen örtlichen Recherchen zwangsläufig einherging. Der Mann hatte 9.000 Euro verspielt und war demgemäß nichts anderes als ein Zocker. Ein Spielsüchtiger. Und das womöglich schon über Monate, wenn nicht sogar Jahre.

In meinem Hirn drängte sich die Frage auf, ob es somit wirklich nur ein Zufall war, dass ein Charakter wie er in einer Spielhölle wie dieser ausgerechnet wegen gewalttätiger Vorfälle gegenüber säumigen Schuldnern recherchierte.

Ich widerstand dem Reflex, mir die Hand gegen die Stirn zu pfeffern. Mit einem Mal fiel es mir wie Schuppen von den Augen.

Boris Bäcker recherchierte nicht für einen geprügelten Zeugen. Boris Bäcker war der Zeuge.

Ich war mir ganz sicher. Und es gab nur eine Möglichkeit, das herauszufinden. Ich musste wissen, wer dieser angebliche Zeuge war. Geschweige denn, ob er überhaupt existierte.

7.

Das Büro von Tozduman Securities war eine Lasagne. Die Eiseskälte, die das FCKW-Wundergerät aus den Lamellen spuckte, stand mir bis zu den Knien, während die Raumluft bis zum Hals immerhin erträglich war. Alles andere darüber war ein schwebender, unsichtbarer Backofen, mit welchem ich mehr gestraft wurde als Metin, der 20 Zentimeter kleiner war als ich. Und trotzdem schwitzte er. Seine Poren auf Nase und Stirn waren pickelartig angeschwollen und pressten ihren Schweiß in kompakten Kugeln heraus. Metin schob sich die Faust unters T-Shirt und rieb sich mit dem Stoff das nasse Gesicht ab. Ein Schmetterling aus Schweiß durchnässte die Stelle, die seine Faust bedeckte; doch noch schlimmer war der Anblick seines freigelegten Bauches, dem ich mich beim besten Willen nicht entziehen konnte. Er war einfach zu groß, zu haarig und zu gedrungen, und ihn umgab eine widerliche Faszination, wie ich sie bisher nur von Leichen kannte.

Es war halb sechs. Corinna hatte bereits Feierabend.

»Was denn, keinen Bock mehr auf Urlaub?«

»Ich bräuchte deine Hilfe.«

Er grunzte. »Was macht mein Papa?«

»Das erzähle ich dir, wenn du mir geholfen hast.«

»Schickse.«

»Saftsack!«

»Flentrine.«

Ich rollte mit den Augen. »Was ist, willst du mir nun helfen oder nicht?«

»Was willst du?«

»Deine Kontakte. Zu einem deiner Kameraden.« Bei dem Wort ›Kameraden‹ ließ ich meine Zeigefinger in der Luft zucken, um den Begriff in imaginäre Gänsefüßchen zu setzen.

Für einen Moment bekam er Glubschaugen. Dann lachte er auf. »Du willst dich mit einem meiner Kameraden zusammentun? Das gibt Sodom und Gomorrha, Baby.«

Seit wann nannte er mich ›Baby‹?

»Ich kann mich wehren. Ich habe eine Knarre«, konterte ich.

»Ja, aber die ist nicht geladen.«

»Noch nicht.«

Er sah auf die Uhr. »Musst du heute nicht zum Schießstand?«

»Ja. Gleich.«

Metin ließ sich auf seinen abgegriffenen weißen Ledersessel nieder und die Polster versanken unter seinem Hintern wie ein Furzkissen unter einem Bernhardiner. »Erzähl. Was für einen ›Kameraden‹?« Er wiederholte das Spiel mit den Gänsefüßchen, benutzte dabei aber seine kompletten Hände, sodass es aussah, als wolle er Männchen machen.

»Jemanden, der sich mit Computern auskennt. Einen Hacker.«

Wieder lachte er. »Willst du mich verscheißern? Einen Häcka?« Er ließ das Wort schelmisch auf seiner Zunge zergehen. »Wozu?«

»Das ist Privatsache.«

»Privatsache am Arsch, Esther. Nicht, wenn du mit mir redest.«

Ich setzte mich auf seinen Schreibtisch. »Ich bin auf der Suche nach jemandem. Einem Reporter. Womöglich kennst du ihn sogar.«

Metins Schweinsaugen wurden größer.

»Sein Name ist Boris Bäcker. Ich glaube, er war bei Karims Verfahren dabei, um Bericht zu erstatten.«

Seine Stirn zerfaltete sich zwischen den Brauen. »Das einzige Verfahren, das für Karim eröffnet wurde, war das Zollabwicklungsverfahren, damit wir seine Leiche nach Istanbul verschiffen konnten. Schon vergessen?« Er schüttelte den Kopf. »Außerdem kenne ich diese Type nicht. An so einen bescheuerten Namen würde ich mich erinnern.« Er streckte sein Bein aus, um mich vom Tisch zu stoßen, doch es war zu kurz. »Warum suchst du ihn?«

»Mein Bruder hat mich darum gebeten.«

Er stand auf. »Du arbeitest also schwarz?«

»Er bezahlt mich nicht.«

»Dann mach hinne, dass er es tut!«, pöbelte er. »Und die Rechnung dort hinflattert.« Er zeigte auf Corinnas Schreibtisch.

»Was soll das? Ich habe Urlaub und darf mit meiner Freizeit anfangen, was ich will!«

»Indem du meine Arbeitszeit hier vergeudest?« Er stemmte seine fleischigen Hände in die Hüften. Ein Grinsen krabbelte über seine Lippen. »Also. Fragst du mich als deinen Chef oder einen Freund?«

Ich biss mir auf die Unterlippe. Das war eine verdammte Fangfrage. »Einen Freund«, antwortete ich schließlich.

»Gut«, sagte er und ließ die Hände sacken. »Denn der Freund sagt: nein.«

Ich sprang auf die Füße. »Ach komm schon, Metin!«

»Lass dir von Corinna eine Vorschussrechnung ausstellen und sieh zu, dass die Kohle fließt. Kann ja nicht angehen, dass du unter der Hand für lau arbeitest. Wenn das Krethi und Plethi da draußen mitbekommen, will gar keiner mehr zahlen!«

Verdutzt guckte ich ihn an. »Krethi und Plethi?«

»Hinz und Kunz auf Hebräisch, du Dösbaddel!«

Ich ließ die Arme flattern. »Ist ja gut. Meinetwegen. Ich werde es ihm sagen.« Zugegebenermaßen hatte ich gegen ein kleines Zubrot nichts einzuwenden. Ich hatte schon genug Nerven an diese Sache verschwendet. So etwas sollte entlohnt werden.

»Dann ist ja alles klar.« Er drückte seine Nasenflügel zusammen. »Geh du erst mal ein wenig rumballern. Ich werd sehen, was ich für dich arrangieren kann.« Er sah aus dem Fenster. »Und für dein Auto.«

Bochum-Querenburg war kein Stimmungsheber, was nicht unbedingt an dem Stadtteil lag. Immer wenn ich nach Querenburg fuhr, war etwas im Argen. Und diesmal rumorte es nach Metins Ansprache, er würde meine längs gestreifte Eierkitsche wieder flott machen, in meiner Magengegend. Ich hatte nicht vor, ihn an meinem Twingo noch einmal Hand anlegen zu lassen. Eher würde die Hölle zufrieren. Und daran hätte selbst seine FCKW-Schleuder lange zu knabbern.

Das Vereinshaus der Schießsportanlage meines Vertrauens war abgeriegelt wie eine zweite Area 51. Die Metallzäune wuchsen bis in die Wolken hinein und kratzten mit ihren Spitzen an der watteartigen Oberfläche. Nur langjährige Mitglieder sowie solche, die den Verein in ihrem Testament bedachten, bekamen einen Schlüssel für das Eingangstor. Auf mich traf keine der beiden Optionen zu. Also musste ich auf die Klingel drücken und darauf hoffen, dass mich zwischen dem ganzen Rumgeballer irgendjemand hörte.

Tatsächlich kam mir Michael nach dem zweiten Klingeln entgegen. Sein dünnes braunes Haar hatte er zu einem Pinselschwanz gebunden, was im Hinblick auf seine Akne nicht gerade vorteilhaft war. Er trug seine grüne Vereinskluft. Aus dem V-Ausschnitt ragten zwei dünne Brusthärchen heraus. Er bedachte mich mit einem herzhaften Lächeln, während er den Schlüssel im Schloss drehte.

»Du bist in zivil«, sagte er.

Ich spitzte entschuldigend meine Lippen. »Ich kam noch nicht dazu, mir ein grünes Outfit zuzulegen.«

Er nickte. »Heute ist es eh leer. Außer mir sind nur die beiden Rüdigers da.«

Ich verdrehte die Augen. Die beiden Rüdigers waren weder miteinander verwandt noch waren sie eng miteinander befreundet. Dennoch traten sie ausschließlich als Duo auf und brachten mich mit ihren Lebensweisheiten, die sie mir zwischen den Kabinenplatten zuriefen, ständig zur Weißglut.

Ich folgte Michael über das Gelände ins Vereinshaus. Von außen betrachtet war es kaum mehr als eine Blockhütte mit brachliegender Wiese. Unter der Erde jedoch entpuppte sich das Gelände als tapezierter Bunker mit einer ganzen Artillerie kleinkalibriger Kurzwaffen. Als wir die Treppe hinuntergingen, drückte ich mich die Wand entlang. Unten wiederum gab ich meine beste Vorstellung einer platten Bettwanze, indem ich meine 1,84 geschickt hinter einem Wandvorsprung versteckte. Ich wollte den Rüdigers so lange wie möglich aus dem Weg gehen.

Michael tat so, als würde er mein Versteckspiel nicht bemerken. »Welche Waffe nimmst du heute? Wie immer die 9 Millimeter?«, fragte er. »Oder doch lieber mal einen Revolver?«

Ich öffnete meine Handtasche und holte meine Glock 38 Kaliber .45 heraus. Michaels Gesicht antwortete darauf mit einer unnatürlichen Farbe.

»Woher hast du die?«

»Die habe ich geschenkt bekommen«, sagte ich mit einer angemessenen Portion Stolz.

Michael war außer sich. »Du schleppst eine Pistole in der Handtasche herum?«

Ich beschwichtigte. »Keine Sorge. Sie ist nicht geladen.«

Er sah mich an, als hätte ich einen Sprung in der Schüssel. »Und wennschon! Ohne Waffenschein bist du zum Führen einer Waffe nicht berechtigt. Auch nicht in deiner Handtasche. Oder gehörst du zu denen, die sich ihren eigenen Rechtsstaat in der Tasche halten?« Er schüttelte den Kopf. »Mann. Das ist so was von strafbar.«

Ich schluckte mühsam.

»Und wo ist die Waffenbesitzkarte für die Glock? Hast du den Schein beim Ralle beantragt?«, fragte er.

Ich zuckte mit den Schultern, dann schüttelte ich den Kopf. Ich brachte keinen Ton mehr heraus.

Sein Gesicht glühte. »Soll das etwa heißen, du hast keine WBK für das Teil? Hast du hier denn gar nichts gelernt? Von wem hast du die Knarre?«

»Von meinem Chef«, gab ich kleinlaut zurück.

»Du meinst Tozduman, diesen durchgeknallten Türken?«, schnaubte er verächtlich. »Sein halbes Arsenal stammt aus einer Ladung, die irgendwann unglücklich vom Lkw gefallen ist. Wusstest du das?«

Stumm verneinte ich.

»Du bist lebensmüde, dass du dich mit dem zusammentust, Esther. Du hast was Besseres verdient.«

Ich nickte zustimmend. Ich hatte ein ›Abi '94‹-T-Shirt verdient sowie eine weitere Chance beim physischen Einstellungstest der Polizei, aber das Leben war kein Ponyhof, wie eine Schulfreundin immer zu sagen pflegte.

»Gib sie her.«

Ich gab ihm die Glock ohne zu zögern und er legte sie unter die Theke. »Du kriegst sie nachher wieder. Und bis dahin kein Sterbenswörtchen zu den Rüdigers, klar?«

Ich stimmte schwach zu. Dabei hatte ich mich schon darauf gefreut, endlich mit meiner eigenen Knarre rumzuballern.

Michael kehrte mir den Rücken zu und begann, den angerosteten Waffensafe nach etwas Brauchbarem abzusuchen. Er kam mit einer Halbautomatik zurück, die meiner beschlagnahmten Pistole verblüffend ähnelte.

»Hier. Nimm meine. Das ist eine Glock 19C. Eine Halbautomatik mit Kompensator. Das sollte dir helfen, besser zu treffen. Sie hat einen leichten Rechtsdrall.«

Er legte sie in meine Hand. Sie war gesichert. Magazin herausgezogen, Schlitten geöffnet, mit roter Fahne markiert. Sie war so leicht wie meine 38. Sie fühlte sich lediglich ein wenig abgetragener an. Die pickelartigen Griffschalen waren abgenutzt, der Lauf verkratzt. Ein Lächeln umschmeichelte meine Lippen und als Michael dies sah, legte er nach, um ja keinen Zweifel aufkommen zu lassen.

»Wenn du noch einmal mit einer Knarre ohne WBK kommst, fliegst du raus, klar?«

Mein Lächeln erstarb sofort. Michael reichte mir ein Schächtelchen voll Munition. »Und außerdem bist du mit 20 Euro Munitionskosten im Rückstand«, monierte er.

Ich nickte eifrig, griff nach den Patronen, fischte einen adäquaten Lärmschutz aus dem Regal und stülpte mir die Gummimuscheln über. Mit einem Gefühl vakuumverpackter Ohren schlurfte ich den Gang hinunter. Den Hintern des kleinen Rüdiger sah ich bereits aus der ersten Kabine ragen. Cowboy-Rüdiger dagegen machte seinem Spitznamen alle Ehre und beschallte mit seinem Geballere den halben Hustädter Untergrund. Ich bezog zwischen den beiden Stellung, friemelte eine Zielscheibe an die Arretierung und betätigte die Bedienung. Mit einem monotonen Surren fuhr das Papier winkend in die Ferne. Ich zelebrierte das Protokoll hinunter, popelte das Fähnchen raus, füllte das Magazin und lud die Knarre durch.

»Da schau her. Unser hoch gewachsener süßer Hintern ist wieder da.«

Der kleine Rüdiger bemerkte mich zuerst. Ich tat so, als würde ich ihn nicht hören, streckte den Arm durch und feuerte planlos auf die Papierscheibe. Der Rückstoß der Waffe war wesentlich geschmeidiger zu verkraften als jener der Browning, die mir Gregor seinerzeit unbemerkt in die Tasche geschoben hatte. Ob die Pistole allerdings tatsächlich einen Rechtsdrall hatte, vermochte ich nicht zu beurteilen, denn die Kugeln flogen querbeet über das Zielfeld. Als das Magazin leer geschossen war, schlurfte Cowboy-Rüdiger mit scheppernden Schritten an mich heran.

»Babe«, sagte er mit bäriger Stimme. »Die von der Post stellen wieder neu ein. Kein schlechter Job. Man ist viel an der Luft, man hat Bewegung.« Er schniefte. »Überleg es dir.«

Ich legte die Knarre mit offenem Schlitten auf das Ablagebrett und drehte mich zu ihm um. Seine blonden Petrylocken zwirbelten wie dünn geschälte Mandarinenschalen, sein stoischer Stierblick drang in die Tiefen meines Ausschnittes.

»Was soll ich mir überlegen?«

»Du schießt scheiße, Babe«, sagte er sanft. »Immer noch. Warum quälst du dich so?«

Empört sah ich ihn an. »Mich quälen? Das hier ist ein Sachkundelehrgang.«

Er schüttelte seinen Schopf. »Der Gedanke, dass du eines Tages eine Waffe in deiner Schublade liegen haben könntest, bedeckt mich mit Angstschweiß. Jede Nacht.« Er legte eine Hand auf meine Schulter. »Sei ein guter Mensch. Erlöse mich von meinen Ängsten.«

Dann streckte er die andere Hand aus, nahm die Glock an sich und ging. Ein paar Zentimeter weiter unter mir hörte ich den kleinen Rüdiger kichern. Ich ging Cowboy-Rüdiger nicht nach. An diesem Tag war mir ohnehin nicht nach schießen.

Die Sonne dämmerte über Querenburg und ich gurkte die Universitätsstraße entlang. Als die Motorhaube den Südring küsste, rief ich Metin an. Wir hatten noch ein paar Dinge zu klären.

»Also, hau rein, du Faxenheini«, begann er sofort. »Was ist mit meinem Papa los?«

»Er ist hinter deinem Sohn her.«

Ich hatte Schimpfe und Häme erwartet, doch Metin gab sich überraschend gefasst. »Welchem?«

»Tarek.«

»Okay«, sagte er, als würde das alles erklären.

»Ich bin also fertig damit?«

»Nickes! Ich will wissen, warum.«

»Aber ich weiß nicht, warum! Er verfolgt ihn auf seinem Schulweg bis nach Hause. Anschließend zischt er wieder ab. So lief das bis jetzt jeden Tag.«

»Mach weiter«, wies er mich nur an.

»Morgen ist Freitag, Metin. Mein Urlaub ist vorbei und unser Opa-Beschattungsdeal Geschichte.«

»Glaubst du etwa, dass ich deswegen deinen Urlaub verlängere? Nix da!«, schimpfte er und legte auf.

Ich wählte noch einmal seine Nummer.

»Was ist denn?«, pöbelte er.

»Da ist noch die Sache mit dem Kameraden. Konntest du einen Computerkenner aus der Deckung locken?«

Die Leitung knisterte und ich glaubte, ihn denken zu hören.

»Ja, konnte ich. Viktor ist vielleicht nicht der Zuverlässigste, aber er ist ein helles Kerlchen.«

»Viktor?«

»Viktor Medwedew. Du kannst ihn morgen früh anrufen. Um Punkt neun, hörst du? Nicht früher und nicht später. Ich schick dir die Nummer.«

»Warum kann ich mich nicht mit ihm treffen? Was ist, wenn ich es vergeige?«

»Mach dir nicht ins Hemd, Mann!«, blökte er. »Viktor ist gegenwärtig verhindert. Nicht mobil. Unflexibel.«

»Okay«, sagte ich karg. »Danke.«

»Ich hab außerdem was mit Ragip klargemacht.«

Mir fiel beinahe das Handy aus der Hand. Denn Ragip hatte seinerzeit meinen Wagen gestrichen.

»Er wird deine Eierkitsche morgen früh nachbessern. Kostenlos«, fügte er stolz hinzu.

»Auf gar keinen Fall!«

Das wiederum verärgerte Metin. »Hast du dir deine Scheißkarre mal angesehen?«, grummelte er.

»Ja, und das alles hab ich dir und diesem Ragip zu verdanken!«

»Treib es nicht zu weit, Perle«, schimpfte er. »Ragip nimmt die Karre morgen früh mit. Steht sie nicht da, fährt dein Arsch Kirmes. Dann werde ich den gefleckten Blechhaufen finden und höchstpersönlich in die Schrottpresse schubsen. Haben wir uns verstanden?«

»Ich versteh dich nicht«, gab ich zurück. »Warum bewegt dich dieses Auto so?«

»Warum? Die Leute lachen schon. Die lachen über mich! Und für was halten die uns? Für den Wattenscheider Lokalzirkus! Mit Mikado-Sven, Eierkitschen-Esther und Corinna, der Vampirette mit Dornröschensyndrom. Das hab ich von meinem Bruder. Langsam hab ich die Faxen dicke.«

Mein Versuch, ein Kichern zu unterdrücken, scheiterte kläglich und ich fuhr mit zitternden Armen in die Dorstener Straße ein.

»Haben wir also einen Deal?«, hakte er nach.

Ich überkreuzte die Finger auf dem Lenkrad. »Ja.«

»Und Finger überkreuzen gilt nicht!«

»Ist ja gut!«, fauchte ich in den Hörer und legte auf. Meine Amüsiertheit war mittlerweile wieder weggeweht. Metin, dieser Kameltreiber, versuchte mal wieder, an meinem Twingo ein Exempel zu statuieren. Warum setzte er nicht einfach Mikado-Sven vor die Tür oder zwang Corinna, ihre Haare zu blondieren und unter die Sonnenbank zu gehen? Warum zum Teufel musste immer mein Auto herhalten?

Weil du es mit dir machen lässt, dachte ich sofort.

Angegiftet stellte ich den Twingo auf dem Park-and-ride-Parkplatz der Glückauf-Bahn ab. Dies bedeutete zwar einen zehnminütigen Fußmarsch bis zu meiner

Wohnung, doch für das Wohlergehen meines Autos nahm ich das gern in Kauf. Nicht noch einmal würde ich Ragip mein Auto überlassen.

Ich schloss die Haustür auf und das Fiepen meines Handys echote gegen die Wände. Als ich das Telefon aufklappte, las ich eine Kurznachricht des Kameltreibers. Zwischen ein paar wüsten Beschimpfungen und einer hämischen Bemerkung konnte ich eine unvollständige Telefonnummer ausfindig machen, die offensichtlich zu Viktor Medwedew gehörte. Den Rest der Nummer gäbe es allerdings erst morgen früh, nachdem Ragip die Mistkarre abgeholt hatte.

Metin, du Penner!

Wenn Ragip feststellte, dass mein Auto nicht dort war, wo er es vermutete, würde er Metin Bericht erstatten und die Sache mit dem dubiosen IT-Russen wäre gestorben. Angepisst lehnte ich gegen meine Wohnungstür und klopfte mit dem Hinterkopf gegen das Holz. Ich konnte jetzt einfach keinen Rückzieher mehr machen.

Leise fluchend stakste ich wieder die Treppen hinunter und nahm mir vor, schon ab sechs Uhr morgens am Fenster Wache zu halten. Sollte Ragip tatsächlich auftauchen, würde ich mich ihm in den Weg stellen und ein ordentliches Wörtchen mitreden.

Eine Viertelstunde später saß ich auf dem Bett und schälte mich aus den Klamotten. Ich knipste das Licht aus, legte mich auf den Rücken und starrte gegen die Decke, blind von der Lichtempfindlichkeit, um mir mit Grübeleien kleine Löcher ins Hirn zu brennen. Diese Telefonnummer kam mir doch irgendwie bekannt vor. Keine zehn

Minuten später stand ich auf, schaltete das Licht ein und las noch einmal Metins Kurznachricht. Mit aufgeblasenen Backen klappte ich das Telefon wieder zu.

Kein Wunder, dass Viktor Medwedew gerade unpässlich war.

Die Nummer war die Zentrale der Bochumer Justizvollzugsanstalt.

Am nächsten Morgen um Viertel nach acht sprang ich aus dem Bett und schleuderte mein Handy immer und immer wieder auf die Matratze. Die war weich genug, damit ich es nicht kaputt machte, befriedigte aber trotzdem meinen Wunsch nach Bestrafung, weil mich der kleine elektrische Koreaner nicht geweckt hatte.

Schmachtend schaute ich aus dem Fenster. Natürlich war der Twingo längst weg und seine Parklücke neu besetzt. Ich ballte meine Hände zu Fäusten, wusste aber nicht, wohin mit ihnen.

Das werde ich ihm heimzahlen.

Irgendwann, wenn ich ihm und seiner Klitsche mit gekehrtem Rücken zum Abschied winkte, bekommt er alles zurück.

Vielleicht sollte ich ein ernsthaftes Gespräch mit Alexander Schalkowski führen. Bei dem war ja noch eine Stelle frei.

Um Viertel vor neun plärrte mein Handy und Metin schickte mir die Durchwahl der Häftlingstelefonzelle aufs Display. Ich wollte keine weitere Minute warten, aber mir war klar, dass ich Viktor nicht früher ans Telefon bekäme. Die Telefontermine der Sträflinge wurden akribisch aufgesetzt. Also wartete ich am Fenster und glotzte weiter auf die Straße. Eine junge Frau mit riesigen Füßen schlurfte den Bürgersteig entlang und trug eine pralle Brötchentüte vor sich her. Bei dem Anblick überkam mich das große Magenknurren und ich beschloss, mir beim Bäcker im Nachbarhaus etwas Nervennahrung zu holen. Ich zog über, was nötig war, um nicht wegen Erregung öffentlichen Ärgernisses der Bäckertheke verwiesen zu werden und hetzte die Stufen hinunter.

Mit einer Puddingschnecke unter dem Arm kraxelte ich die Etagen hinauf und schaltete hechelnd meinen Laptop ein, ehe ich endlich die Nummer wählte. Von einer Frau mit penetranter, alternder Stimme ließ ich mich zu einem Telefon durchstellen, an welchem Viktor Medwedew angehalten wurde, auf mich zu warten. Mein Herz hämmerte vor Aufregung. Noch nie hatte ich mit einem Russen gesprochen. Schon gar nicht mit jemandem im Knast.

»Privjet. Ich bin Viktor«, sprach er hinein und das ch scharrte an seinem Gaumen wie ein Tennisball auf dem Schotterplatz. Aus einem mir unerfindlichen Grund dachte ich sofort an U-Boote.

»Hallo«, sagte ich.

»Wie ch-heißt du?«

»Esther.«

»Ästar. Wie alt bist du? Siebzik?«

»34«, antwortete ich korrekt.

»Ästar. Gefällt mir nicht. Welche Farbe ch-haben deine ch-Haare?«

Ich wüsste nicht, was ihn das angehen sollte, aber ich spielte mit.

»Blond.«

»Wie lang?«

»Bis zum Kinn.«

Er schwieg einen Augenblick.

»Was ch-hast du an?«

Langsam reichte es. »Warum sollte das für unser Gespräch von Bedeutung sein?«

»Ästar«, sagte er nur und ließ das r genüsslich über seinen Gaumen rollen. »Mach.«

Ich knirschte. »Jeansrock und T-Shirt. Ein rotes T-Shirt mit einer Schlange drauf.«

»Eine Schlange«, wiederholte er und schwieg erneut für einen Moment. »Gut. Ich nenne dich Oksana. Starker Name. Kluger Name.«

»Soll das heißen, mein Name ist nicht klug?«

»Njet. Dein Name ist für Bábuschki. Omas.«

»Niemand kommt als Oma zur Welt«, konterte ich. »Bábuschkas waren auch mal jung.«

»Manche werden geboren, nur um Bábuschka zu sein. Zu sitzen, zu jammern und auf Tod zu warten.«

Er belegte das Wort ›Tod‹ mit viel Luft und Spucke und ich machte mir im Hinterstübchen ein Kreuzchen, dass ich Metin dringend fragen musste, wofür der Russe eigentlich einsaß.

»Und du jammerst«, fügte er hinzu.

»Gar nicht!«

Er lachte auf. Es klang eiskalt. So musste sich also der Eiserne Vorhang angefühlt haben.

»Also. Oksana. Was willst du?«

Ich erläuterte ihm das Nötigste und es kam, wie ich es befürchtet hatte: Er stellte noch mehr blöde Fragen.

»Was willst du, Bábuschka? Propaganda machen in der Zeitung für deine Sache?«

»Ich habe keine Sache«, meckerte ich. »Ich will jemanden finden.«

»Oh«, raunte er. »Deinen Musch?«

»Meinen was?«

»Deinen Kameraden, Macker, Stecher, Mann.«

»Nein, nicht meinen Freund. Ich suche nur einen Kollegen.«

Er schwieg kurz. »Wie lang ist er weg?«

»Genau eine Woche.«

»Nada«, sagte er sofort. »Brauchst nicht suchen. Ist schon tot.«

»Vielen Dank für deine Einschätzung«, entgegnete ich sofort. »Können wir jetzt anfangen?«

Er lachte wieder.

»Charascho. Mach ein Fenster auf.«

Ich öffnete ein Browserfenster und Viktor diktierte mir einen zwölfstelligen Zahlenwirrwarr in den Hörer. Eine Internetseite mit schwarzem Hintergrund und allerlei rechteckigen Kästchen öffnete sich.

»Was ist das?«, fragte ich.

»Kyrilliza.«

»Ich sehe nur Kästchen«, jammerte ich.

»Du ch-hast keine russische Spracherkennung installiert.«

Natürlich hatte ich das nicht. Wozu auch?

»Tipp ein.«

Wieder diktierte er mir etwas. Diesmal waren es die Zugangsdaten für die kyrillische Hackerseite.

»Was für ein ch-Hersteller ist das CMS?«

»Ich weiß nicht.«

»Bábuschka!«, fluchte er. »Lies!«

»Da unten steht Maestro Systems.«

»Gut«, sagte er besänftigt.

»Ja?«

»Da.«

Ich war still und Viktor ließ ebenfalls keinen Mucks hören.

»Ich muss warten«, erklärte er nach gefühlten fünf Minuten. »Milizyja.«

»Was? Miliz?«

»Ein Wärter.«

»Aha.«

»Da. Mach jetzt alles, was ich sage.«

Eigentlich war es ganz simpel. Meine Aufgabe war es, die kyrillische Hackerseite mit der Internetadresse der WAZ-Benutzeroberfläche zu versorgen, die Eingabetaste zu drücken und darauf zu warten, dass der Server auf Lauschangriff umschaltete. Dann bat ich das WAZ-Benutzertool um ein neues Passwort, klickte auf den Link ›Passwort vergessen?‹ und gab mich als Boris Bäcker aus, indem ich mich mit seinem Benutzernamen identifizierte. Und tatsächlich schaffte es die Hackersoftware, Fragmente jener E-Mail von der Datenautobahn zu lotsen, die sich auf dem Weg zu Bäckers Mailserver befand, um ihn dort mit neuen Log-in-Informationen zu versorgen. Ich starrte auf den dunklen Bildschirm und staunte meterhohe Bauklötze.

Ich hatte die Website eines Zeitungsverlages gehackt. »Danke.«

»Njesaschta«, sagte er. »Rashdisstwo. Bis Weihnachten.« Damit legte er auf.

Und was immer er mir damit sagen wollte, es interessierte mich nicht. Ich notierte mir die neuen Kontodaten und öffnete mit schwitzigen Händen Bäckers Benutzeroberfläche. Optisch machte es nicht viel her, aber die Bedienung war intuitiv und von den Bildchen des Betriebssystems inspiriert, die die Handhabung erleichterten. Bäcker arbeitete mit vielen Ordnern, die teilweise dubiose, eher aus der Luft gegriffene Namen trugen. Erst beim zweiten Anlauf schaffte ich es, den Ordner mit seinen Casino-Recherchen ausfindig zu machen. Darin war ein zusammengewürfelter Haufen von Dokumenten und Dateischnipseln, unübersichtlich und ohne aussagekräftige Bezeichnungen. Die Texte waren ungenau, die Quellen schlampig recherchiert. Alles in allem hatte ich nicht den Eindruck, dass sich Bäcker leidenschaftlich in seine Arbeit stürzte. Im Gegenteil. Er machte einen unverlässlichen Eindruck.

Der Name des Zeugen und eigentlichen Antriebsmotors für den Job war mit einem Sternchen markiert, was selbst mir als unsolidem Zeitungsleser erklärte, dass der Name geändert wurde. Ich versuchte mich an Bäckers internem Adressverzeichnis und zu meinem Bedauern wurde ich schnell fündig. Der fingierte Name verwies auf einen gewissen Alfred Kwiatkowski, einem Datensatz ohne Adresse, sondern lediglich mit einer Telefonnummer mit Dortmunder Vorwahl. Das zerstörte meine Theorie, dass nicht irgendein Dritter, sondern Bäcker selbst der Zeuge war. Rein interessehalber tippte ich die Nummer in mein Handy ein, löschte sie aber wieder und schaltete stattdessen die Nummernunterdrückung in der Telefoneinstellung ein. Dann wählte ich. Und tatsächlich meldete sich jemand.

»Hallo?«, sagte die männliche Stimme am anderen Ende der Leitung.

»Herr Alfred Kwiatkowski?«, fragte ich.

»Wer will das wissen?« Er röhrte wie ein Graupapagei.

»Mein Name ist Esther Roloff und ich bin auf der Suche nach jemandem.«

»Nach wem?«

»Boris Bäcker.«

Der Mann schwieg.

»Herr Kwiatkowski?«, wiederholte ich.

Er legte auf.

Ich starrte noch eine Weile den Hörer an. Zugegebenermaßen war das Telefonat nicht ganz so verlaufen, wie ich es mir vorgestellt hatte, und es machte auch nicht den Eindruck, als würde ein persönliches Gespräch mit ihm ein Zuckerschlecken werden. Aber trotzdem gab mir der Anruf einen wichtigen Hinweis: Es gab diesen Zeugen wirklich und Boris Bäcker war, was meine Theorien betraf, aus dem Schneider.

Ich war enttäuscht. Es hätte alles so wunderbar zusammengepasst: Boris, der alte Haudegen, haute hunderte von Euros auf den Kopf und lieh sich Geld von der Casinobank. Doch Ganesha, der Glücksgott, wollte ihn nicht segnen und er fiel in ein noch tieferes Schuldenloch. Das Casino wurde dem Pleitegeier überdrüssig und wollte mit Nachdruck die Schulden eintreiben. Daraufhin stand Bäcker entweder der Sinn nach Rache oder nach Flucht. Demzufolge beseitigten entweder die Spielhöllengorillas den Reporter, um den Rufmord zu verhindern. Oder Bäcker suchte selbst das Weite und floh vor seinen Schulden.

Es wäre ein rundum geschnürtes Paket, wären da nicht der Zeuge und der geklaute Laptop gewesen. Ganz zu schweigen von dem ausgeglichenen Schuldenkonto. Den Zeugen hätte ich in meiner Theorie noch ohne Weiteres verschmerzen können, aber das Null-Euro-Casino-Konto bereitete mir Kopfschmerzen. Genauso wie mir der Computerklau als absolut sinnlos erschien. Wer wollte was damit bezwecken? Gab es vielleicht doch keinen Zusammenhang? Ich bezweifelte dies. Das Gerät wurde unmittelbar nach Bäckers Verschwinden entwendet, und zwar noch ehe er von seiner Freundin vermisst gemeldet wurde. Ganz gleich, wer den Computer geklaut hat; er wusste, dass Bäcker nicht mehr zu Hause war. Also musste es irgendeinen Zusammenhang geben.

Ich verließ das Adressbuch und kehrte in die Ordnerstruktur zurück. Oberflächlich klickte ich mich durch die bunten Bildchen, aber mir wollte einfach kein Licht aufgehen.

Stattdessen verhedderte ich mich in den tiefen Ebenen seiner Unterunterunterordner und verlor die Lust an der Spionage. Plötzlich stach mir der Titel einer einzelnen Datei ins Auge. Umrandet von Zahlengewirr und Bindestrichen las ich den Namen ›Panko‹ und musste erst einmal schlucken. Ich klickte auf die Datei und der Browser öffnete ein neues Fenster. Meine Nervenbahnen begannen zu knistern.

In der Datei verbarg sich ein alter Artikel aus dem

Westfälischen Beobachter. Es war ein Titelblatt aus 2004, der Schriftsatz der Titelei klischeehaft in altdeutscher Form gehalten. In dem Artikel beklagten die Kameraden den Verlust eines Mannes, der den Tod auf beziehungsweise unter der Erzbahnschwinge am Westpark gefunden hatte. Ich kannte den toten Mann nicht und verstand nicht, wie man von einer Hängebrücke mit einem mannshohen Seilnetzgeländer fallen konnte. Genau dieser Frage waren auch die trauernden Neonazis nachgegangen, doch es schien keine Antworten darauf gegeben zu haben. Die Polizei legte den Vorfall als Suizid ab.

Ich las den Artikel ein weiteres Mal, aber es schien keine Verbindung zu Gregor zu geben. Ein unbefriedigender Umstand, der mir ganz und gar nicht in den Kram passte. Ich begann zu wühlen, öffnete jede Datei in diesem Ordner und klickte mich durch ein Gewusel blinkender Browserfenster, bis meine Augen eckig wurden und ich Kopfschmerzen bekam. Am Rande der Schmerzgrenze stieß ich schließlich auf den Entwurf einer kleinen Novelle, in welcher chp die mangelnde Aufklärungsbereitschaft der Polizei in Bezug auf den toten Nazi anprangerte. Als Ursache der ermittlungsmüden Schmier gab Bäcker Panko zu Protokoll, einen enttarnten Expolizisten, der sich mit der Kameradschaft Westfalenfront im westlichen Dortmund alles andere als befriedet hatte und ich sah die Kuh weiter und weiter über das Eis galoppieren, je mehr ich verstand, worauf Bäcker eigentlich hinauswollte.

8.

Ich kam mir wie ein Affe im Dschungel vor, als ich mich von Straßenbahn zu Straßenbahn hangelte, um zur Voedestraße nach Wattenscheid zu gelangen, und ich war schon ordentlich durchgeschüttelt, als die Linie 302 am August-Bebel-Platz Halt machte. Von Jugendlichen mit einem 120 Dezibel lauten Entfaltungsrecht geflankt, kraxelte ich die Stufen hinunter und überquerte die Fußgängerampel. Einige hundert Meter später stieß ich schwungvoll die Bürotür der Detektei auf, und zwar mit einer derartigen Wucht, dass ich sie auf ihrem Rückflug wieder abfangen musste. Corinna saß an ihrem Schreibtisch und schob mit der Maus ein paar Solitärkarten herum, Metin hockte in seinem Sessel und spielte mit seinem Handy. Er blickte auf und gab sich von der zutraulichen Seite, doch noch ehe er etwas sagen konnte, knallte ich ihm die Glock auf den Tisch.

»Auf wen ist die registriert?«, fragte ich.

»Was weiß ich. Hab ich vom Flohmarkt.«

»Vom Flohmarkt?«

»Nicht so einem Flohmarkt.« Er zwinkerte. »Einem von der anderen Sorte.«

»Machst du das mit Absicht?«, zeterte ich. »Willst du mich in den Knast bringen?«

Er zog eine Schnute. »Wieso denkst du immer nur Schlechtes von mir?«

Corinna stöhnte auf und wir sahen zu ihr herüber. Als sie merkte, dass wir sie beobachteten, wackelte sie eifrig mit dem Kopf. »Scheißkarten. Nichts weiter.«

Metin nahm die Glock vom Tisch. »Willst du sie nicht mehr?« Er klang fast beleidigt. Aber ich hatte kein Interesse, mit ihm die Paragrafen des deutschen Waffengesetzes auseinanderzuklamüsern. Es gab ganz andere Dinge, die mir Kopfschmerzen bereiteten.

»Wo ist Gregor?«, fragte ich.

»In Holland.«

»Was macht der da?«

»Was weiß ich.« Er legte die Glock zurück auf die Tischplatte.

»Hat er einen Nazi getötet?«

Augenblicklich war es mucksmäuschenstill. Nichts bewegte sich außer Corinna, die ihre Lauscher auf Empfang drehte.

Metin sah sie an. »Blacky. Süße. Geh ein bisschen draußen spielen.«

Blacky? Süße? Corinna verdrehte ihre Augen bis zur Decke. »Das ist doch nicht dein Ernst.«

Er öffnete seine Schublade und warf ihr einen Schlüssel zu. »Fahr ein bisschen Auto.«

»Welches Auto?«, fragte sie.

Metins Blick huschte über meine Stirn. »Den Twingo«, sagte er dann. »Auf der alten Tankstelle gegenüber.«

Feixend flitzte Corinna aus dem Büro.

»Du gibst ihr meinen Twingo?«, polterte ich los.

»Nur eine Probefahrt.«

»Hast du sie schon mal fahren sehen?«

Er ging nicht darauf ein, sondern stand auf und

setzte sich vor mich auf die Tischplatte, die unter seinem Gewicht aufstöhnte. »Also. Was ist los?«

»Ein halbes Jahr nach Gregors Haftentlassung fiel ein Nazi von der Erzbahnschwinge. Einer von der Westfalenfront. Was davon gehört?«

»Nein. Aber an der Chinafront ist letztens ein Sack Reis umgefallen.«

Ich glotzte ihn an.

»Was willst du?«, pöbelte er. »Soll ich jetzt trauern, oder was?«

»Es gibt Leute, die glauben, Gregor wäre es gewesen.«

»Leute erzählen viel, wenn der Tag lang ist.«

»Du kennst also das Gerücht?«

Ich sah, wie er nachdachte. Seine Schweineaugen ruckelten hin und her und sein Atem wurde flach.

»Mir will nicht in den Kopf, warum er jemanden seinesgleichen zur Strecke bringen sollte«, grübelte ich.

»Seinesgleichen?« Metin krächzte verächtlich.

»Er hat einen beschissenen NS-Reichsadler auf dem Rücken!«, erinnerte ich ihn.

»Ja, ich habe davon gehört«, sagte er.

»Davon gehört? Metin, du solltest das Monstrum mal sehen. Bei dem Anblick wird einem ganz anders.«

Er schwieg mir eine Weile ins Gesicht. Eine allgemeine Unruhe machte sich breit und er begann sich die Hände zu reiben. »Also, was willst du hören?«, fing er schließlich an. »Ich weiß nichts von einem toten Nazi. Und wenn es einen gegeben hat, dann bin ich der Letzte, dem Panko so etwas erzählen würde. Also lass mich gefälligst damit in Ruhe!«

Ich gab mich unnachgiebig. »Warum wärst du der Letzte gewesen?«

»Weil er fünf Jahre für meinen Bruder gekriegt hat!«, brach es aus ihm heraus. »Fünf Jahre! In der Türkei hätte es so etwas nicht gegeben.«

Ich las aus seinem Stirnrunzeln das Unausgesprochene. Er hätte Gregor angeschissen und wieder vor Gericht gebracht. Für einen toten Nazi. Ich runzelte die Stirn. »Ach, jetzt ist die Türkei wieder gut genug für dich?«

Er stemmte die Fäuste in die Hüften. »Was meinst du?«

»Letztes Mal wolltest du dich nicht einmal dort begraben lassen.«

Ich beobachtete Metins Geheimratsecken, wie sie langsam erröteten. Ich wusste sofort, der Ofen war aus. Er hatte keinen Bock mehr. »Gut. Das hätten wir geklärt. Was gibt's sonst noch? Wie lief es mit Viktor?«

Ich gab auf. »Er wollte meine Konfektionsgröße wissen.«

Metin lachte wissend.

»Danke«, sagte ich kleinlaut. »Dafür schulde ich dir was.«

»Njet. Dafür schuldest du Viktor was.«

»Wie bitte?«

»Wir dachten, das wäre nur fair.«

Ich rümpfte die Nase. »Und wie soll dieser Gefallen aussehen?«

Er zuckte mit den Schultern. »Keine Ahnung. Aber du wirst es als Erste erfahren, wenn er wieder rauskommt.«

»Lass mich raten«, mutmaßte ich. »Weihnachten?«

Er nickte.

»Wofür sitzt er eigentlich ein?«

»Gewerbsmäßige Hehlerei.«

»Und wie viel kriegt man dafür aufgebrummt?«

»Kommt drauf an. Viktor hat drei Jahre gekriegt.«

»Was genau hat er getan?«

»Er hatte einen kleinen Flohmarkt in der Dortmunder Nordstadt.«

Mir fiel die Kinnlade runter. »Sprich es nicht aus.«

»Hab dich nicht so«, sagte er. »Die Glock war ein echtes Schnäppchen.«

Ich ging vor die Tür. Dort glühte die Sonne bereits in vollen Zügen und ihre Strahlen laserten mir ins Gesicht. Ich schützte meine Augen und hielt Ausschau nach Corinna, die mit quietschenden Reifen 50 Meter weiter unten zum Stehen kam. Sie parkte vorwärts auf dem Seitenstreifen mit mehr als drei Autolängen Platz und ließ den Twingo unzählige Male auf und ab gleiten, das Lenkrad immer eine Handbreite eingeschlagen. Als ich auf ihrer Höhe war, stellte sie den Motor ab. Ich inspizierte den Lack, während sie ausstieg.

»Das war wohl ein Satz mit x«, witzelte sie, gab mir den Schlüssel und ging.

Wie recht sie hatte.

Ragip hatte die frei gescheuerten Stellen Pi mal Daumen nachlackiert. Immerhin hatte er dafür einen farbechten Autolack benutzt. Dies führte allerdings dazu, dass der Wagen plötzlich zwei unterschiedliche Schwarztöne trug. Am Schlimmsten sahen die von den

Waschbürsten blau rasierten Pickelchen aus, die Ragip mit etwas Lackstift saniert hatte. Mittlerweile erinnerte der punktuelle Farbunterschied an irgendeinen Ausschlag.

Ein Gutes hatte jedoch das Ganze. Nun hatte ich Ragips Ersatzschlüssel.

Gegen elf Uhr morgens war ich bereits auf dem Weg zu Kwiatkowski. Er lebte in Dortmund-Lanstrop, was mir der einzige Eintrag im Dortmunder Telefonbuch verraten hatte. Es war nicht auszuschließen, dass ich an den falschen Kwiatkowski geriet, aber bei dem exotischen Namen rechnete ich nicht damit.

Dortmund-Lanstrop war ein Dorf mit Anschluss zu Lünen. Trotz oder gerade wegen der magischen Idylle zwischen Rehen und Radfahrern zog es die Leute zu anderen Orten; viele Häuser standen in Lanstrop leer. Daran konnten selbst die geflutete Bergsenke noch die Vorfahren Otto Graf von Lambsdorffs etwas ändern, die den Einwohnern ein 700 Jahre altes Backsteinhaus hinterlassen hatten. Ein echtes Kulturgut also. Aber mit Kultur hatten die Lanstroper nichts am Hut. Nur für ihr Ei hatten sie was übrig, einen rostenden eiförmigen Wasserturm, der sich aber, wenn man es ganz genau nahm, auf dem Gebiet von Grevel befand.

Kwiatkowski lebte in einem 60er-Jahre-Bau mit hautfarbener Fassade und einem Haufen Glasbausteinen über dem Hauseingang. Die Fensterrahmen aus Kunststoff waren dunkelbraun, im Erdgeschoss waren die Rollläden heruntergelassen. Hinter dem Haus befand sich freies Feld. Lediglich zwei Obstbäume vermittelten den Eindruck, dass die Grünfläche zu dem alten Kasten gehörte.

In dem Haus wohnten vier Parteien und ich drückte auf Kwiatkowskis Klingel. Nur wenige Sekunden später steckte ein älterer Mann seinen Kopf aus dem oberen Fenster.

»Wer sind Sie? Was wollen Sie?«, schoss er sofort los.

Spontan entschied ich mich für den direkten Weg. »Ich möchte mit Ihnen über Boris Bäcker sprechen. Wir haben kürzlich miteinander telefoniert.«

»Ich kann Ihnen nicht weiterhelfen.«

»Ich möchte nur kurz mit Ihnen sprechen. Fünf Minuten. Bitte.«

Sein Argwohn schien sich bedächtig aus den Falten zu lösen. Er zog seinen Kopf wieder hinein. Wenig später röhrte der Summer an der Haustür und ich trat ein. Das ging einfacher, als ich dachte.

Der Flur im Haus war erstklassig gesäubert, die Innenwände erst kürzlich gestrichen; es roch noch nach Farbe. Das Haus war zweigeschossig, daher war der Weg ins Dachgeschoss ausnahmsweise mal ein Kinderspiel. Kwiatkowski empfing mich im Pyjama und stand barfuß auf der Fußmatte. Er registrierte meine Verwunderung.

»Haben Sie mal auf die Uhr gesehen?«, kläffte er sofort. »Ist keine elf Uhr.«

Er geleitete mich durch seine Wohnung. Sie hatte einen ähnlichen Grundriss wie meine mit der Ausnahme, dass seine Bude durchweg mit Linoleum ausgelegt war. Lediglich in seinem Wohnzimmer lag ein grauschwarzer dünner

Teppich, der laut an meinen Absätzen kratzte. In sämtlichen Zimmern waren die Fenster aufgerissen und die Türen mit Holzpflöcken verkeilt. Es roch nach Chlor.

»Das ist das Antischimmelzeug«, sagte Kwiatkowski, als er meine gerümpfte Nase sah. »Ich sprühe jeden Freitag.«

»Sie haben Schimmel in der Wohnung?«

»Nein. Noch nicht.«

Er setzte sich in einen barocken Ohrensessel mit Blumendekor und Messingnieten. Er war hässlich, aber er sah sagenhaft bequem aus. Ich nahm gegenüber auf dem abgehalfterten Ledersofa Platz.

»Also. Warum ist er weg?«, fragte Kwiatkowski gleich.

»Das wollte ich eigentlich von Ihnen wissen.«

Mit einem kränkelnden Lachen schlug er sich die flache Hand aufs Knie. »Woher zum Teufel soll ich das wissen? Sie sind hier doch die Detektivin.«

Seine Augen waren fast schwarz, sein ergrautes Haar zu einem strengen Pferdeschwanz gebunden.

»Sie wissen, wer ich bin?«

»Ich kenne Sie aus der Zeitung. Sie haben den toten Anzugmann aus der Ruhr gefischt.«

»Genau genommen lag der Anzugmann in einem Audi und ich habe nur dabei zugesehen.«

»Nur keine falsche Bescheidenheit. Ich weiß, Sie sind eine ganz Gerissene.«

Endlich mal jemand, der nicht mein wahres Talent verkannte. Mit geschwollener Brust setzte ich mich auf. »Wann sind Sie Boris Bäcker zum ersten Mal begegnet?«

Er überlegte kurz. »Das war vor vier Monaten.«

»Und worüber haben Sie miteinander gesprochen?«

Er hob seine dünn besiedelte Augenbraue. »Das wissen Sie nicht?«

»Doch. Aber ich möchte es von Ihnen hören.«

Kwiatkowski stützte seine Ellenbogen auf die Knie. »Eine ganz Gerissene«, wiederholte er und wedelte mit dem Zeigefinger. »Letzten Herbst habe ich in der Spielhölle am Black-Jack-Tisch gesessen. Ich hatte eine Glückssträhne. In zwei Stunden 500 Euro gemacht. Dabei bin ich nur mit einem Zwanni gekommen. Das tue sich einer mal rein.« Er grinste. »Aber dann ging es bergab und mir rutschte das Geld in nur einer halben Stunde durch die Lappen. Ich war fuchsteufelswild und brauchte noch mehr Kohle, hatte aber keinen Cent mehr auf der Bank. Also bin ich zu den Leuten am Ticketschalter gegangen. Die, die das Geld tauschen. Ich wollte einen Schuldschein aufmachen. Ich habe ja schon Leute gesehen, die einen Schuldschein machten. Aber die Casino-Fatzken wollten mir erzählen, bei denen gäbe es so was nicht.« Kwiatkowski lachte gequält auf. »Ich habe einen Affentanz gemacht. Da haben sie mich rausgebracht, mir die Dritten kaputt geschlagen, eine Rippe gebrochen und ein Taxi gerufen. Netterweise ging das Taxi aufs Haus.«

»Sie haben sie verklagt«, setzte ich an.

»Das wollte ich. Aber es gab keine Zeugen. Der Taxifahrer wollte nicht aussagen und die Schlägertypen standen wie eine Mauer. Denen konnte ich nichts anhaben.«

»Also wurde die Anklage fallen gelassen.«

Er nickte.

»Also sind Sie zu Boris Bäcker gegangen.«

Vehement schüttelte er den Kopf. »Nein, nein, Fräulein Roloff. So war es nicht gewesen. Herr Bäcker ist zu mir gekommen.«

»Wie bitte? Sagen Sie das noch mal.«

»Er wollte mit der Story richtig dick Kohle machen und mir mit den 500 Euro aushelfen, die ich wieder verzockt hatte.«

Ich starrte ihn wie ein Ufo an.

»Das wussten Sie nicht, was?«

Als ich den Kopf schüttelte, lachte er. »Doch nicht so gerissen.«

Er war kurz davor, mir gehörig auf die Nerven zu gehen damit. »Woher kannte Bäcker Sie überhaupt?«

Er räusperte sich. »Aus dem Casino.«

»Hatte er dort selbst nicht ein paar Rechnungen offen?«

»So einige«, bestätigte er.

Langsam ging mir ein Licht auf. »Lassen Sie mich raten: Bäcker hat sich Schuldscheine ausstellen lassen. Und durch ihn wussten Sie, dass diese Scheine überhaupt existierten.«

Er lächelte.

»Wieso wollte man Ihnen wohl keine Schuldscheine ausstellen?«

Er zog die Mundwinkel nach unten. »Vielleicht war ich zu alt. Hätte ja sein können, dass ich sterbe, bevor ich meine Schulden zurückzahle.«

»Vielleicht.«

»Können die denn einfach so nein sagen?«

»Ich habe keine Ahnung«, sagte ich. »Darlehensgeber machen in der Regel eine Bonitätsprüfung.«

»Bei mir gab es keine Bonitätsprüfung!«, empörte er sich. »Warum also sollten die mir kein Geld geben wollen?«

Ich zuckte mit den Schultern. Ich hätte Kwiatkowski auch kein Geld geliehen. Er sah nicht sonderlich liquide aus und alle Tassen schien er auch nicht mehr im Schrank zu haben.

»Haben die beim Bäcker eine Bonitätsprüfung gemacht?«, fragte er weiter. Sein Gesicht verzerrte sich zunehmend und ich zuckte wieder mit den Schultern.

»Hätten Sie mir denn Geld gegeben?«

Jetzt stand ich auf und verabschiedete mich entschuldigend, dass ich noch andere Termine wahrzunehmen hätte. Ich hatte genug gehört und wollte ihn nicht auf den Trichter bringen, mich anzupumpen.

Eilig ging ich vor die Haustür. Sonnenschwaden flimmerten über den Gehweg und es hatte den Anschein, als würde der schwarze Lack meines Twingos in der Hitze brutzeln. Ich stieg in den rollenden Backofen und versuchte, einen riesigen Flatschen Taubendreck, der sich während meiner Abwesenheit auf meiner Windschutzscheibe niedergelassen hatte, mit dem Scheibenreiniger wegzuwischen, doch es half nichts. Mit halber Sicht voraus ließ ich den Motor an und tuckerte nach Hause.

Eine Dreiviertelstunde später lag ich flach auf dem Holzboden meines Wohnzimmers und starrte an die

Zimmerdecke. Der kleine Ventilator, den ich aus dem Schrank gekramt und neben mir aufgestellt hatte, blies mir von Rotoren zerhackte Luft ins Gesicht. Meine Haare flogen in alle Richtungen, kitzelten mich an den Wangen oder verhedderten sich in den Wimpern. Und mein Hirn dachte so vor sich hin.

Irgendwann dachte es an Gregor.

Warum beschäftigte er mich so? Warum gab ich mich überhaupt mit ihm ab? Ich verstand mich selbst nicht mehr. Gregor war ein Säufer, der in seinen Klamotten wohnte. Haare und Bart waren eine einzige Keimzelle. Und sein Auto, dieser 20 Jahre alte Heizöl-Ferrari, war eine rollende Skurrilität: Waffen, Schlagstöcke, Brecheisen. Wenn er trank, behandelte er mich und andere wie Dreck, schlug um sich. Und er hatte auch überhaupt keine Ambitionen, sein Leben in den Griff zu kriegen. Ganz im Gegenteil. Er war wie ein Schwein, das sich aus Überzeugung im Dreck suhlte.

Aber dann war da noch die andere Seite, die kaum ein anderer an ihm sah: Die nahbare, verletzbare Seite. Außerdem war er scharfsinnig. Ich konnte mir gut vorstellen, dass er als Polizist einen sehr guten Job gemacht hatte. Immerhin war er einige Jahre Mitglied des Mobilen Einsatzkommandos gewesen. Für den Job muss man nicht nur körperlich, sondern auch geistig fit sein. Und nur wenige schafften den Weg dorthin.

Trotzdem verstand ich nicht, warum ihm die Polizisten aus dem KK 1 Bochum immer noch die Treue hielten. Als hätte es diese fünf Jahre Knast nie gegeben; als hätte er sich nie dem Neonazismus zugewandt. Sie blieben loyal und schwiegen eisern, was ich am eigenen Leib erfahren musste, als ich sie über ihn ausfragen wollte. Da gab es kein Durchkommen.

Gleichzeitig machte Gregor in meiner Gegenwart keinen Hehl darum, welchen Einfluss er auf die Polizisten ausüben konnte. Wozu? Prahlerei? Wohl kaum. Da steckte mehr dahinter.

Ich rollte mich auf den Bauch und schmachtete das Sofa an, welches in schier unerreichbarer Ferne an der Wand stand. Ich hatte keine Lust, aufzustehen. Ich war schlaff von der Mittagshitze und hätte am liebsten gleich die Augen zugemacht. Aber ich hatte mir für heute noch einiges vorgenommen. Beispielsweise wollte ich unbedingt herausfinden, wie Bäcker aus dem Stegreif 9.000 Euro aus seiner Tasche ziehen konnte, ohne dass es mir möglich war, etwas darüber herauszufinden. Denn woher auch immer das Geld kam: Sein Konto, welches ich ausgiebig durchleuchtet hatte, hatte keinen Cent davon gesehen. Ich spielte mit dem Szenario, dass die Kohle womöglich auf illegalem Weg zu ihm gefunden hatte. Und ich war mir ziemlich sicher, dass jener Kontakt, der ihn mit diesem Geld versorgt hatte, im Casino stattgefunden hatte.

Diesen Kontakt musste ich nur noch finden.

Nichts leichter als das.

Mittlerweile war es ein Uhr mittags und ich schleppte mich in meinem Twingo am Wittekindshof auf dem Westfalendamm vorbei, als mein Handy klingelte.

»Wo bist du? In Stahlhausen? Vor der Widarschule?« Es war Metin. Er klang ein wenig aufgedreht.

»Weder noch. Ich habe Urlaub und Wichtigeres zu

tun, als einem Roller die Hauptstraße zwischen Höntrop und Wattenscheid rauf und runter zu folgen.«

Er grunzte in den Hörer.

»Alles in Ordnung?«, fragte ich.

»Ja, ja. Pass auf. Ich werde Papa nachher etwas ablenken.«

»Ablenken womit?«

»Mit Kahlköpfen.«

»Wie bitte?«

»Pilze.«

Ich hatte keine Ahnung, wovon er sprach. »Und was soll das bringen?«

»Stell dich nicht so blöd an. Solange Tarek seinen Opa im Nacken hat, führt der Junge dich nirgendwo hin.«

»Ich fürchte allerdings, dass Tarek mir schon längst auf die Schliche gekommen ist.«

»Überschätze meinen Sohn nicht«, spottete er.

»Du willst also, dass ich jetzt nicht mehr deinen Vater, sondern deinen Sohn beschatte. Was für eine verkorkste Familie seid ihr überhaupt?«

»Das sagt die Richtige«, konterte er und legte auf.

Eine Viertelstunde später parkte ich meine fleckige Möhre vor dem Polizeipräsidium und rutschte vom Sitz. Da ich bereits wusste, wo Alexander Schalkowski vor sich hin polizierte, verzichtete ich auf einen Eingangssmalltalk mit der Lobbyistin und marschierte direkt die Treppen hinauf. Als ich mich seinem Büro näherte, hörte ich schon, dass er in ein Gespräch verwickelt war. Es war laut und lebhaft und da keine Stimme auf seine Fragen antwortete, ging ich davon aus, dass er am Telefon saß.

Ich steckte meinen Kopf durch die Tür und klopfte an. Schalkowski saß hinter seinem Tisch, den Telefonhörer fest in seine Faust geklemmt. Ich starrte auf seinen Unterarmmuskel, der sich unter der Anstrengung spannte. Sein Haar war in Gel gelegt und zu einem flachen Hahnenkamm gekämmt. Kleine Zornesfalten bildeten sich zwischen seinen Augenbrauen und unter den Lidern. Als er zu mir hinübersah, unterbrach er sein Gespräch.

»Frau Rolf«, stellte er fest, noch während er den Hörer auflegte. »Ich wusste, Sie können mich nicht vergessen.«

»Roloff«, korrigierte ich ihn schnippisch und merkte, wie ich errötete. Ich starrte auf seinen Aktenschrank.

»Weiß ich doch. Ich wollte nur sehen, wie Sie reagieren, wenn ein Mann einmal Ihren Namen vergisst.« Er grinste wie ein Honigkuchenpferd. »Und Sie sind not amused, wie ich feststelle.«

Ich kniff argwöhnisch die Augen zusammen. »Flirten Sie etwa mit mir?«

»Warum sollte ich? So wie es aussieht, sind Sie es doch, die mir hinterherläuft, oder nicht?« Sein Sonnyboy-Lächeln verschwand und seine Brauen sackten etwas tiefer ins Gesicht. »Also, was wollen Sie?«

»Kennen Sie den Film ›Casino Royale‹?«

Seine Brauen hoben sich vor Überraschung wieder. »Ja.«

»In dem Film überlässt der Geheimdienst James Bond ein wenig Geld, damit er sich unter die Kriminellen mischen kann.«

»Und?«

»Kann die Dortmunder Polizei so was auch?« Ich wusste nicht, warum ich mich bei ihm Derartiges zu fragen traute. Wahrscheinlich, weil er gut aussehend war. Ich neigte dazu anzunehmen, gut aussehende Männer wären die vertrauenswürdigeren Testosteroniden. Vielleicht tat ich mich deswegen bei Gregor so schwer. Ich wusste, er würde besser aussehen, würde er sich etwas mehr Mühe geben.

Es dauerte eine Weile, bis Schalkowski meine Frage verdaut hatte. Mit einem Mal begann er, aus seinem Bauch heraus zu lachen. Vielleicht war es doch keine gute Idee gewesen. Aber es war ein ansteckendes Lachen und ich musste unweigerlich lächeln.

»Sie wollen Geld von uns?«

»Ich will Ihre Hilfe. Es geht um Boris Bäcker.«

Er wurde hellhörig. »Das dachte ich mir. Was ist mit dem?«

»Er war Stammkunde beim neuen Fummelbunker in Lütgendortmund.«

»Fummelbunker?«

»Casino. Spielhölle. Zockerbude.«

»Ich weiß, was ein Fummelbunker ist«, zickte er. »Lassen Sie mich raten: Sie denken, die Spielbank hat etwas mit seinem Verschwinden zu tun. Und nun wollen Sie sich wie James Bond unter die Kriminellen mischen?«

»Das ist zwar extrem kurz formuliert, aber ja.«

Er kratzte sich am Kopf.

»Am Ende hatte er 9.000 Euro Schulden bei der Bank.«

»Wow.« Er pfiff durch die Zähne. »Diese verdammten Schuldscheine.«

»Sie kennen die Prozedur?«

Er bot mir einen Stuhl an, schloss die Tür und setzte sich an seinen Schreibtisch. Vor Aufregung begannen meine Eingeweide zu tanzen. Als Schalkowski sich vorbeugte, um seinen Stuhl näher heranzurücken, roch ich sein Aftershave. Ich kannte den Duft. Ich hatte ihn kürzlich in einer Parfümerieabteilung Probe geschnuppert. Auch an mir ging das ewige Alleinsein nicht spurlos vorbei.

Schalkowski lehnte sich mit Schwung zurück und schickte sich an, die Füße auf den Tisch zu legen, unterließ es aber. »Die Schuldverschreibungen, die dieser Fummelbunker ausstellt, sind uns schon seit Längerem ein Dorn im Auge. Aber es ist alles legal. Wir können nichts machen, außer die Leute zu warnen.«

Ich biss mir auf die Lippe. Warum erzählte er mir das? Konnte er dafür nicht in Teufels Küche kommen? »Kommt so etwas öfter vor?«

Er schüttelte den Kopf und ein paar seiner gezupften Strähnen zappelten. »Uns ist nichts Konkretes zu Ohren gekommen. Anscheinend sind die Leute vernünftig genug, nur ihr eigenes Geld zu verplempern. Oder sie halten sich sehr bedeckt. Vor einiger Zeit gab es einen Vorfall in dem Casino, aber der bezog sich nicht direkt auf die Schuldscheine.«

»Alfred Kwiatkowski?«

Überrascht hob er sein Kinn und ich klopfte mir im Geiste triumphierend auf die Schulter.

»Sie kennen die Sache?«

»Ich habe mit ihm vorhin gesprochen. Wussten Sie, dass er und Boris Bäcker sich zusammengetan haben, um den Ruf des Casinos öffentlich anzukratzen und Profit daraus zu schlagen?«

Jetzt hatte ich ihn in der Tasche. Schalkowski lehnte sich in seinen Stuhl zurück und guckte mich mit aufgerissenen Augen an. Als er wieder diesen Schmollmund machte, lächelte ich beseelt.

»Bei uns ist noch ein Job frei«, sagte er.

»Machen Sie Witze?«

»Haben Sie Abitur?«

Ich schüttelte den Kopf.

»Schade.«

Ich lenkte von dem Thema ab, ehe er auf den Trichter kam, noch mehr Fragen zu meiner Karriere zu stellen. »Aber da ist noch etwas.«

»Und zwar?«

»Bäcker hat all seine Schulden bei dem Casino getilgt, kurz bevor er verschwand.«

»9.000 Euro?«

Ich nickte. »Wie kommt man so schnell an so viel Geld?«, fragte ich ihn in der Hoffnung, ihn noch etwas mehr einwickeln zu können.

Schalkowski tat ratlos. »Ich habe keine Ahnung. Aber sein Auto wird er dafür nicht verkauft haben.«

»Wie kommen Sie denn darauf?«

»Weil wir es gefunden haben. Gut verschlossen und geparkt.«

»Was? Wo?«

»In Holland.«

9.

Das war ganz bestimmt nur ein Zufall. Gregor machte wahrscheinlich gerade Urlaub am Strand. In Zeeland, Plastikeimer im Sand stapeln.

Bitte, lass es nur ein Zufall sein.

»Alles in Ordnung?« Seine Stimme klang weit entfernt, ein Grauschleier fiel über mein Gesicht und ließ meinen Teint erblassen.

»Ja«, sagte ich und starrte auf die Tischkante.

»Sie lügen«, widersprach er ruppig. »Was ist los?«

Ich sah auf und schlackerte mit dem Kopf. Jetzt bloß nicht die Fassung verlieren. »Nichts. Gar nichts.«

Schalkowski stand auf, lehnte sich über die Tischplatte und breitete seine großen Hände vor mir aus. Wieder roch ich sein Aftershave.

Er gab sich einfach nicht damit zufrieden. »Irgendetwas stimmt da nicht.«

Er sprach mir aus der Seele. »Ich muss gehen«, kündigte ich an und erhob mich ebenfalls.

»Oh nein. So leicht kommen Sie mir nicht davon!« Er stellte sich mir in den Weg. »Wenn das, was Sie beschäftigt, etwas mit dem Fall zu tun hat, muss ich es wissen.« Zwischen seinen Augenbrauen wuchs eine unschöne Beule und ich guckte verlegen auf seine Brust, die sich beim Atmen auf und ab bewegte. »Hat es etwas mit dem Fall zu tun?«

Es war komisch, aber ich konnte ihn nicht anlügen.

Ich wollte ihn nicht anlügen. Er war der erste Polizist, der mich und meine Mission ernst nahm. Der mich nicht hochkant aus dem Büro warf oder auslachte. Zum größten Teil jedenfalls. Außerdem mochte ich ihn. Ich mochte den witzigen Hahnenkamm auf seinem Kopf und die markanten Augenbrauen, die er nun ernst zueinander schob. Also sprach ich die Wahrheit. »Ich verspreche Ihnen, Herr Schalkowski, wenn ich herausfinde, dass es etwas mit dem Fall zu tun hat, werde ich es Ihnen sagen.«

Damit ließ er mich gehen.

Das Spannungsmoment hielt sich in Grenzen, als Corinna und ich uns hinter dem Gebüsch, das die Schule umsäumte, auf die Lauer legten. So unauffällig wie zwei Bordsteinschwalben auf einem Kindergeburtstag lehnten wir gegen den debilen Twingo und starrten durch die Fenster der Waldorfschule. Metins Anliegen war mir scheißegal und Corinna merkte, dass noch etwas anderes in mir rumorte. Aber ich ließ mich nicht von ihr weich klopfen.

»Was ist los mit deinem Bruder?«, fragte sie.

Ich hörte sie kaum. »Was meinst du?«

»Chef erzählt, du hast dir wegen deines Bruders freigenommen. Ist der tot?«

Ich rümpfte die Nase. »Wie kommst du denn darauf?«

»Nur so. Cheffe erzählt immer, bei ihm gibt's nur Urlaub bei Todesfällen und Knast. Und da du nicht im Knast sitzt, dachte ich an Tote.«

Gereizt sah ich sie an. Wahrscheinlich dachte sie ständig an Tote. »Lass ihn erzählen. Du kriegst doch auch Urlaub, ohne dass jemand gestorben ist, oder?«

»Ich hab ja auch einen Ausbildungsvertrag. Der muss mir Urlaub geben. Wegen der IHK.«

Ich nickte desinteressiert.

»Also, was ist mit deinem Bruder?«

Mit Erleichterung nahm ich die Schulglocke wahr und wir stiegen ins Auto. Wie von Metin versprochen, ließ sich der Corsa nicht blicken und Corinna war gespannt wie ein Flitzebogen, während sie sich ein paar transdermale Pflaster auf die Handrücken klebte. Bald würde es mit ihrer Spannung vorbei sein.

»Nur vier Stück«, beteuerte sie entschuldigend.

»Von mir aus kannst du dir mit diesem Scheißzeug einen Druckverband um den Kopf machen.«

Zugegebenermaßen war ich etwas zickig. Aber ich hatte weder Bock darauf, in Metins Privatangelegenheiten rumzuschnüffeln noch mir Corinnas Querelen anzuhören.

Tarek Tozduman ging vom Schulhof. Er trug lange schwarze Jeans und ein Camouflage-T-Shirt und ich fragte mich, wie man in solchen Klamotten diese Hitze aushalten konnte. Auf halbem Wege zum Motorroller wurde Tarek langsamer, bis er schließlich ganz stehen blieb. Aufmerksam klapperte sein Blick die Gegend ab.

»Er sucht seinen Opa«, analysierte ich blitzschnell.

Einige Sekunden später flitzte Tarek die Straße hinunter, sprang von hinten auf den Roller und zog sich den Helm über, ohne den Kinngurt anzulegen.

»Der hat es aber verdammt eilig«, sagte Corinna.

»Der will abhauen, bevor Opa kommt.«

Der Fahrer drehte den Gasgriff bis zum Anschlag und die beiden ließen eine hellgraue Abgaswolke hinter sich. Schnell ließ ich den Twingo an und hatte Mühe, ihnen zu folgen, denn der Roller rutschte wie ein geschmeidiges Silberfischchen durch die Lücken. Endlich kam etwas Fahrt in die Sache.

Wir folgten ihnen auf die Westenfelder Straße und mein Optimismus ging rapide in den Keller. Doch kurz vor der Abbiegerstraße in die Graf-Adolf-Straße ging der Roller in die Knie und bog in die Grünstraße ein.

Volltreffer.

Ich ging vom Gas und Corinna sank tiefer in den Sitz, um von Tarek nicht erkannt zu werden. Als sie vor einem kleinen Garagenpark Halt machten, fuhr ich mit 30 Sachen an ihnen vorbei.

»Scheiße«, fluchte ich und Corinna nickte.

Hier war nichts. Kein Haus, keine Parkfläche, nicht einmal ein Auto, das auf dem nicht vorhandenen Gehweg parkte. Jeder verkehrswidrige Schlenker, den ich jetzt wagte, würde die Jungs aufschrecken. Ich fuhr geradeaus. Und geradeaus. Bis in ein Industriegebiet hinein.

»Dreh um«, empfahl Corinna.

Ich bog in die Einfahrt eines Betonblocks, der nicht mehr als ein haushoher Schuhkarton war, und drehte zurück auf den Garagenkurs. Es waren gute drei Minuten vergangen, aber trotzdem drückte ich nicht auf die Tube, sondern blickte gekonnt in alle Einfahrten, als würde ich eine Straße suchen; nur für den Fall, dass Tarek mir über den Weg lief. Corinna fläzte derweil flach auf dem Beifahrersitz und stopfte sich das Haar in den Kragen.

Als wir den Garagenpark erreichten, war nichts mehr zu sehen. Kein Roller, keine Jungs. Gar nichts.

»Scheiße«, zischte Corinna. »Wo sind die hin?«

»Die können nicht weit sein. Sie haben hier gehalten. Und es gibt keine Wohnhäuser.«

»Meinst du, die sind in irgendeiner Garage?«

Ich ging vom Gas und drehte noch im Ausrollen den Zündschlüssel um. Behutsam zog ich an dem Türgriff, glitt aus dem Wagen und sah mich zehn Garagen mit mausgrauen Toren gegenübergestellt. Und sie glichen sich wie ein Karton voll sauber geputzter Frühstückseier. Keine Feder, kein Flecken Hühnerdreck. Ich klapperte Tor für Tor ab und legte mein Ohr gegen die Wellblechtüren. Und tatsächlich. Aus der dritten Tür von links drang leises Getuschel. Ich ging zurück zum Auto.

»Sie sind da drin«, flüsterte ich.

»Und jetzt? Sollen wir das Tor aufmachen?«

Ich schüttelte den Kopf. »Ich wette mit dir, dass sie es von innen abgeschlossen haben.«

»Geht das denn?«

»Bestimmt. Und wenn die hören, dass da draußen jemand wartet, bleiben die bis zum Sankt-Nimmerleins-Tag da drin.«

Corinna gähnte. »Dann müssen wir halt warten, bis sie rauskommen.«

»Ich hab aber keinen Bock zu warten«, nölte ich. »Und ich hab Hunger.«

»Hol dir doch was von McDonald's«, bot sie an und

sah hinter sich auf die Einbiegerstraße zur Autobahn. »Ist gleich da vorn links. Ich pass hier solange auf.«

Corinna wollte auf gar keinen Fall den Posten aufgeben, was mich einigermaßen verwunderte. Und sie schien zu ahnen, dass ich viel lieber die Biege machen wollte.

»Meinetwegen«, seufzte ich. »Aber ich werde auf keinen Fall zu Fuß gehen.«

Wortlos stieg Corinna aus. »Ich verdrück mich in die Büsche. Bringst du einen Milchshake für mich mit?«

Die Strecke zum McDonald's war keine 500 Meter weit, doch zu Fuß wäre ich mir ziemlich unprofessionell vorgekommen. Der kleine Parkplatz vor dem Haus mit dem roten Ziegeldach war fast ausgebucht und ich musste mich ins hinterste Eck quetschen. Drinnen waren die Kassen entsprechend belagert und es war nicht auszumachen, wo welche Schlange endete. Also stellte ich mich mittig hintenan und studierte die beleuchtete Kunststoffspeisekarte über dem Tresen. Knapp zehn Minuten später konnte ich schon die Augenfarbe der Bedienung erkennen. Lediglich ein debiler Penner mit einer Wildlederjacke, die er sich offensichtlich nicht durch körperliche Arbeit verdient hatte, stand vor mir und zählte seine Kupfermünzen in der Hand. Ich neigte bereits dazu, dem guten Mann einen Euro zwischen die Finger zu schieben, als ich zur Seite blickte und eine Schattengestalt registrierte. Sie war schmächtig, tätowiert und trug ein ärmelloses T-Shirt. Er beäugte mich und sein Gehirn schaltete auf Erinnerungsmodus. Ich sah in seinen Augen, wie es ratterte. Dann machte es klick und er legte seine zwei längsten Finger über die Lippen, machte ein Victory-Zeichen und ließ seine spitze Zunge zwischen ihnen zappeln.

Mein Blick flog über die Menge hinter ihm und ich machte schnell den Rest seiner Buffalo-Gang aus. Wie Dominosteine, die in Reihe fielen, kam ihnen nacheinander die Erleuchtung und sie erkannten mich wieder. Der Oberste schenkte mir nur kurz Beachtung und suchte stattdessen den Laden nach einer anderen Person ab. Ich starrte ihn an und rührte mich nicht. Wie ein Reh im Scheinwerferlicht war ich augenblicklich in Schreckstarre verfallen, denn vor nicht allzu langer Zeit hatte mir derselbe Junge seinen Arm um die Kehle geschnürt und mir die Luft abgedrückt. Zwar hatte ihm Gregor diese Handlung mit einem saftigen Faustschlag ins Gesicht quittiert und ihm das nicht ganz billige Messer abgenommen. Aber heute war Gregor nicht da. Und der Typ da vorn wusste das mittlerweile auch. Überlegen grinste er mich an. Die Knallschote war auf Rache aus.

Ich hatte die Wahl. Entweder suchte ich sofort das Weite und hoffte, dass mir meine bis zum Anschlag aufgedrehten Adrenalinreserven zu Flügeln verhalfen. Oder ich bestellte mein Essen, setzte mich an den Tisch, genoss den Schutz der Masse und wartete so lange, bis die Halbstarken freiwillig wieder ihrer Wege gingen. Doch ich glaubte nicht, dass es dazu kommen würde. Sie würden auf mich warten, und zwar so lange, bis über unseren Köpfen die Sonne verglüht und alles Leben auf dem Planeten ausgelöscht war. Das dürfte in ein paar Milliarden Jahren der Fall sein.

Alternativ könnte ich mich zur Wehr setzen. Aber meine hübsche Glock, die auch ohne Patronen sehr eindrucksvoll sein konnte, hatte ich bereits an Metin abgetreten. Und allein mit Fäusten erreichte ich bei denen gar nichts. Zumal ich nicht wusste, wie ich mit Fäusten umzugehen hatte. Hatten diese Heigeigen kein Zuhause?

»Hallo!« Die Bedienung wedelte mit ihrer Hand vor meinem Gesicht herum. »Was möchten Sie bestellen?«

Ich zückte mein Portemonnaie und flüsterte: »Hören Sie mir zu. Ich gebe Ihnen 20 Euro, wenn Sie mich in 15 Minuten, wenn ich den Anschein mache, aufs Klo gehen zu wollen, ins Personalbüro lassen. Ich möchte gar nichts dort. Ich möchte nur durch das Fenster verschwinden. Sie können mir gerne dabei zusehen.«

Sie starrte mich an, als redete gerade ein Mensch gewordener Big Mac auf sie ein. »Wozu?«

Ich zögerte. »Weil ich ungesehen verschwinden möchte.«

Ihre Stirn legte sich missmutig in Falten. »Ungesehen von wem?«

Ich verdrehte die Augen und bekam einen Eindruck von den hungrigen Massen hinter mir, deren Zeit ich vergeudete. »Das ist doch egal.«

»Nix da«, zischte sie. »Hier in unserem Restaurant soll niemand ungesehen verschwinden wollen! Rudi!« Kopfnickend winkte sie mich beiseite und ich legte all meinen Widerstand in ein genervtes Augenrollen, weil mir Gefuchtel und Geschimpfe in diesem Moment zu auffällig erschien. Doch sie sah gar nicht mehr hin, sondern bediente den nächsten Gast. Ich tat, was von mir verlangt wurde, und wartete, die Blicke des aggressiven Pulks im Nacken spürend. Kurz darauf erschien eine runde, von der Sonne rot gebrannte Gestalt hinter den Fleischregalen und ich war mir nicht schlüssig, ob Rudi ein Mann oder eine Frau war, weil es trotz Brüsten und Rock einen unübersehbaren Kinnbart hatte. Das Kopfhaar war kurz, silbrig und seitlich gekämmt. An beiden Ohrläppchen glitzerten winzige Strasssteinchen.

»Was ist los?«, fragte mich Rudi. Die Stimme war brüchig und in der Tonlage unentschlossen.

»Ich brauche Ihren Hinterausgang«, sagte ich knapp.

Rudi rümpfte die Nase. »So was haben wir nicht.«

»Das Personalbüro?«, fragte ich.

»Haben wir auch nicht.«

Ich hob eine Augenbraue. Wieder mischte sich die Verkäuferin ein. »Sie will ungesehen verschwinden.« Ihre Stimme röchelte unheilschwanger.

Rudi drückte das Kreuz durch, was seine Brüste zur Geltung brachte. »Gibt es irgendwelche Probleme?«

»Noch nicht.«

»Ich dulde hier keine Probleme«, informierte mich Rudi.

»Davon habe ich gehört«, erwiderte ich.

»Also. Haben Sie ein Problem mit uns?« Es klang wie eine Drohung. Ich schüttelte den Kopf. »Haben Sie ein Problem mit ihm?« Rudi zeigte auf einen Gast Ende 40 hinter mir. Wieder schüttelte ich den Kopf. »Oder mit ihr?« Er wies auf eine Schülerin, die prompt ein paar Schritte zurückwich und die Hände in die Hosentaschen schob.

»Nein«, sagte ich.

»Und womit, bitte schön, haben Sie ein Problem?« Rudi wurde lauter und ich maß mir an zu glauben, dass er ein Mann auf Östrogen war, was immerhin seine feminine Hysterie begründete.

Der Diskussion überdrüssig atmete ich durch. »Schon in Ordnung.« Ich winkte ab und schickte mich an, kehrtzumachen. Doch ich machte den entscheidenden Fehler, einen Blick an die Buffalo-Gang zu schicken, welcher Rudi nicht verborgen blieb. Er stemmte seine Hände gegen die Theke. »Haben Sie ein Problem mit denen?« Er wartete nicht auf eine Antwort, sondern setzte seinen roten wuchtigen Körper sofort in Bewegung. Dicke Knubbelknie steuerten auf die Jungs zu. »Ich dulde hier keine Probleme!«, dröhnte Rudi zu ihnen herüber. Die Knallschoten schienen von Rudi einigermaßen fasziniert. Urplötzlich pappten sämtliche Blicke an ihm und seinen Strasssteinchen. Ich sah, wie der Chef der Truppe ungläubig den Kopf schüttelte. Doch die Diskussion zwischen ihnen und Rudi nahm ich nur verschwommen wahr. Bis Rudi seinen Oberkörper in meine Richtung drehte und mir sofort klar wurde, dass er mich in die Argumentationskette einbringen wollte. Geistesgegenwärtig wandte ich mich ab, suchte nach Deckung und fand sie hinter dem massigen Rucksack eines vollständig dekorierten Bundeswehrsoldaten im hintersten Drittel der Schlange. Ich musste ein wenig in die Knie gehen, um meinen Scheitel hinter seinen Schultern zu verstecken, doch mein klägliches Manöver blieb nicht unbemerkt.

»Ey!«, schimpfte der Soldat. »Alles klar?« Er grinste.

Ich grinste intuitiv zurück. Dann machte ich einen Satz zur Tür hinaus. Ohne mich umzusehen, wetzte ich über den Parkplatz zum Auto, schloss die Tür auf, sprang auf den Sitz, warf den Motor an und trat mit saftigem Schwung aufs Gaspedal, bis es in den Ohren knirschte. Im Rückwärtsgang herunterrollend, fuhr ich einem Kugelcorsa beinahe vor die Stoßstange. Der Fahrer hupte, ich winkte in den Spiegel und schlug das Lenkrad ein. Ich gab ordentlich Fersengeld, nicht ohne ein bisschen Botanik mitgehen zu lassen. Mit grünen Blättern unter dem Wischer sowie einer bis unters Kinn wummernden Pumpe fuhr ich an der Eingangstür des Ladens vorbei. Ich sah Rudi fuchteln. Die Gesichter der Jungs waren teilweise hinter seinen Armen und Schultern verschwunden.

Mann. Ich brauchte dringend Abwehrmittel, die in die Handtasche passten. Und einen Waffenschein.

Als ich meinen Wagen vor der Garage parkte, empfing mich eine schmollende Corinna. Seit meinem Abflug war eine halbe Stunde vergangen.

»Was ist los?«, fragte ich.

»Sie sind weg.«

»Was? Jetzt schon?«

Sie stieg ins Auto und guckte mich verdutzt an. »Wo ist mein Milchshake?«

Ich versuchte mich an dem Rehblick. »Tut mir leid.«

Knorrig zog sie sich den Gurt über die Brust.

»Haben sie dich gesehen?«, fragte ich.

Sie schüttelte den Kopf.

»Hast du was von der Garage gesehen?«

»Nein. Sie haben den Roller wieder hinausgerollt und sind abgedüst.«

»Mist.«

»Und jetzt?«

Ich dachte eine Weile nach. »Versuch im Büro herauszufinden, wem die Garagen gehören. Ob sie vermietet oder verkauft sind. Vielleicht kriegen wir dadurch ja mehr raus. Würde mich schwer wundern, wenn Tarek auf dem Papier steht.«

Sie nickte eifrig. »Und wenn Cheffe mich fragt?«

»Sag ihm erst mal nichts. Wer weiß, was wir rauskriegen. Ich hab da so ein Gefühl, dass es Tareks Papa nicht gefallen wird.«

Sie grinste über alle vier Backen. »Und wer weiß, was wir mit diesem Wissen alles reißen können.«

Ich verdrehte die Augen. Für Gaunereien war die Frau immer zu haben.

Ich setzte Corinna vor der Detektei ab und ließ sie in einer Staubwolke zurück. Große Lust, mich mit Metin auseinanderzusetzen, hatte ich nicht. Ich war immer noch stinksauer auf ihn; nicht nur, dass er es schaffte, mein hässliches Auto noch hässlicher zu machen. Dank seiner Unterstützung konnte ich mich zu Weihnachten auf meine ganz persönliche Bolschewiki freuen. Ich hoffte für Metin, Viktor Medwedew hatte nicht auch wegen häuslicher Gewalt oder Vergleichbarem gesessen. Anderenfalls würde ich demnächst wegen ähnlicher Delikte einsitzen – nämlich, nachdem ich meinen Meisterbrief an Metins Schädel gemacht hatte.

Es war irgendetwas nach fünf Uhr am Nachmittag und auf der Rückfahrt nach Hamme überkamen mich erste Müdigkeitserscheinungen. Ich kurbelte die Scheiben hinunter und drehte das Radio auf. Warme Luft preschte waagerecht durch das halb offene Seitenfenster, wirbelte meine Haare auf und schlug gegen mein Ohr. In Gedanken beamte ich mich bereits aufs Sofa, die Fernbedienung in der einen, die Cola in der anderen Hand. Die Zeit reichte gerade noch, um mir einen Superheldinnenfilm in den DVD-Player zu schieben und mich für den kommenden Abend in Stimmung zu bringen. Und darüber nachzudenken, mit welchem entzückenden Nervenkostüm ich dieses Mal im Lütgen-Casino glänzen konnte, um die gewünschte Aufmerksamkeit zu erregen.

Um Viertel nach acht pöbelten sich zwei alte Streithähne gegenseitig ein paar Schimpfwörter ins Portemonnaie und der Bärtige an der Wechselkasse hatte Mühe, mein Anliegen durch die Scheibe zu verstehen. Daher schob ich wortlos meinen Zwanziger durch das Bullaugenfenster und bedeutete ihm mit vier ausgestreckten Fingern, mir vier Jetons à fünf Euro auszugeben. Genauso wortkarg nahm er den Schein entgegen und reichte mir die Jetons mit einer kalten Hand.

Ich war bereits eine Viertelstunde zu spät, da sich hinter dem Türsteher mit den glänzenden Schuhen eine unruhige Schlange gebildet hatte. Die Sicherheitschecks durch den Hobbyfahnder hinter dem Tresen dauerten eine Ewigkeit, doch ich hatte Glück, dass ich diesem virtuellen Striptease aufgrund der Häufigkeit meiner Besuche entgehen konnte. Der Zuständige ließ es sich aber nicht nehmen, mich darauf hinzuweisen, dass ich im kommenden Monat wieder »rangenommen« werden würde.

Alexander Schalkowski und ich waren für acht Uhr am Black-Jack-Tisch verabredet. Über diverse Ecken hatte er meine Handynummer herausgefunden und sich angeboten, sich für ein oder zwei Stündchen ein reelles Bild von meinen Hirngespinsten zu machen. Er machte deutlich, dass ihm die Theorie mit dem Casino missfiel. Doch allein die Tatsache, dass er sich dieser Sache annahm, widerlegte alles, was er mir zu erklären versuchte. Ich hatte ihn neugierig gemacht.

Es war Freitagabend und die Spielhölle war entsprechend überfüllt. Nüchterne mischten sich mit Angetrunkenen, Alte rempelten Junge an. Es roch abwechselnd nach Blumen, Zitronen und Moschus. Zwischendurch fand die eine oder andere beißende Schweißwolke ihren Weg in meine Nase. Doch noch hervorstechender war das Outfit, in welchem sich das Casino diesmal präsentierte: Im Erdgeschoss zelebrierte man einen Casual Friday, einen Freitag ganz leger, und ich erlag einer Reizüberflutung, verursacht durch bunte Hawaiihemden, AC/DC-T-Shirts, Brüsten in Tanktops und zahllosen Baseballcaps. Doch hin und wieder sah ich auch einen gut sitzenden Zweireiher durch das lässige Publikum gleiten, sodass ich schnell wieder das Gefühl verlor, völlig unangebracht gekleidet zu sein.

Die Black-Jack-Tische reihten sich im Erdgeschoss auf der anderen Seite des Treppengeländers auf, in entgegengesetzter Richtung zu den Roulettetischen. In diesen Gefilden hatte ich nur kurz gewildert und machte dementsprechend einen verlorenen Eindruck, als ich einen Tisch nach dem anderen nach einem gut aussehenden Hahnenkamm absuchte. Ich fand Schalkowski gegenüber einem Kartengeber mit einer violett glänzenden Fliege unter dem Kinn. Schalkes Oberkörper war angespannt über den samtenen billardgrünen Spieltisch gebeugt, die Augen konzentriert auf seine Karten gerichtet. Er trug ein schwarzes Jackett, der steife Kragen seines Hemdes war über die Jacke geschlagen. Seinen Hahnenkamm hatte er ausgekämmt, sodass das Haar flach und geordnet auf seinem Kopf lag. Zaghaft trat ich an ihn heran. Ich wollte ihn nicht stören. Erst als die Runde ihr Ende fand und er ausgelassen seinen Rücken lockerte, sprach ich ihn an.

»Vodka Martini?«, begann ich den Small Talk.

Er sah auf und seine haselnussbraunen Augen fingen das Licht der Deckenlampen ein. Er grinste. Lachfältchen bildeten sich in seinem Gesicht. »Ich bevorzuge Bacardi Cola.«

Als wäre es ein geheimes Stichwort gewesen, erhob er sich vom Tisch und sammelte seine Jetons ein. Es waren nicht wenige.

»Woher haben Sie das Geld?«, fragte ich.

»Spesen«, sagte er und legte beinahe seinen Kopf auf meine Schulter, als er flüsterte: »Ich ermittele doch verdeckt.« Er grinste albern.

Ich glotzte ihn an. »Hat man Ihnen tatsächlich Geld zur Verfügung gestellt?«

»130 Euro. Es ist nicht viel, aber ich hatte schon eine erste Glückssträhne.« Er legte seine Hand um mein Handgelenk und führte sie an seine Jackentasche heran. Seine Hand war ganz warm und die spontane Berührung irritierte mich ein wenig, sodass ich eine Gänsehaut bekam. Ich steckte die Hand in die Tasche und ließ die Jetons zwischen meinen Fingern klimpern. »Eine verdammt große Tasche haben Sie da.«

»Ich mag große Dinge«, ließ er mich bündig wissen und mir schoss prompt das Blut in den Kopf.

Er lachte auf. »Gehen wir was trinken.«

Wir flanierten an den Rand des Geschehens und bedienten uns der Marmortreppen, um uns in der oberen Etage an eine exklusive Bar zu setzen. Tischtennisballgroße Spots leuchteten auf den gläsernen Tresen mit Silberrand und ich konnte mein Spiegelbild auf der Tischplatte sehen. Als wir uns auf die Barhocker setzten, waren Schalkowski und ich wieder auf Augenhöhe. Eigentlich waren wir ungefähr gleich groß. Heute Abend trug ich allerdings Schuhe mit Pfennigabsätzen. Dies war mitunter der Grund, warum ich ausgesprochen froh war, als ich endlich wieder auf meinem Hintern saß. Ich war keine 100 Meter gelaufen, aber meine Fußballen waren bereits wund gescheuert.

Ich sah auf die Getränkekarte und mir wurde schwindelig bei den Preisen. Schalke erkannte den Ernst der Lage. »Keine Sorge. Ich bezahle«, sagte er sofort.

Er bestellte Bacardi Cola. Ich bevorzugte die alkoholfreie Variante eines Caipirinha.

»Müssen Sie nicht fahren?«, fragte ich.

»Ich bin mit dem Taxi hier.«

Siehe da. Ein vorausschauender Zeitgenosse. Schweigend beobachteten wir den Barmann, wie er eine Zutat nach der anderen in die Gläser schüttete. Der Kerl war wie für einen Film gemacht: Kugelrunder Bauch, spitzer Schnauzbart sowie eine quer gestreifte Weste über einem weißen, an den Ärmeln hochgekrempelten Hemd. Als er uns die Gläser vor die Nasen stellte, nahm ich als Erstes das Schirmchen aus der Limettenscheibe. Schüchtern nippte Schalkowski an seinem Glas. Das mir zugewandte Ohrläppchen war durchgestochen.

»Sie tragen einen Ohrring?«, fragte ich.

»Nicht mehr. Aber das Loch will einfach nicht zuwachsen.« Er betrachtete mich. »Sie haben keine Ohrlöcher«, stellte er fest.

»Ich hatte immer Angst vor den Schmerzen.«

Er grinste. »Immer noch?«

»Ich weiß nicht. Vielleicht.«

Er lachte. »Eine Privatdetektivin, die Angst vor dem Ohrlochstechen hat. Das ist komisch.«

Wie recht er hatte.

»Wo Sie doch so mutig sind.«

Ich sah ihn an. »Wie bitte?«

Er nahm einen Schluck. »Ich weiß jetzt, wer Sie sind. Schon beim ersten Mal kam mir Ihr Name bekannt vor. Später ist es mir wieder eingefallen.«

Wortlos schlürfte ich an dem Glas.

»Sie sind hartnäckig.«

»Wie kommen Sie denn darauf?«, fragte ich.

»Edgar hat es mir erzählt.«

Ich riss die Augen auf. »Doch nicht Edgar Ansmann?« Ich wurde leichenblass.

»Doch. Er hat Sie in den höchsten Tönen gelobt.«

»Sie wollen mich verarschen.«

Wieder lachte er und seine weißen Zähne wurden von der Tischplatte reflektiert. »Er sagt, Sie hätten ein Gespür dafür, das Unheil anzuziehen.«

»Und dann kommen Sie freiwillig hierhin?«, spottete ich.

Er trank einen Schluck. »Edgar riet mir, Sie im Auge zu behalten.«

Daher wehte also der Wind. »Damit ich keinen Mist baue oder Ihnen die Tour versaue?« Seine Antwort überrumpelte mich und ich fühlte mich wie ein Kaninchen, das mit einer Karotte aus der Deckung gelockt wurde, um es abzuschießen. Mein Magen zog sich bei der Erkenntnis zusammen. Vor allem, weil ich geglaubt hatte, mit Schalkowski einen Verbündeten gefunden zu haben. Aber das war ein Irrtum gewesen.

Ich trank mein Glas leer, was nicht schwierig war, weil es zu zwei Dritteln aus zerstoßenem Eis bestand. Das kalte Gesöff betäubte meine Kehle. Ruckartig stand ich auf und ging.

»Warten Sie!«, rief er mir hinterher. Ich wartete nicht, sah mich aber kurz nach ihm um. In der Hektik bemühte er sich, unsere Getränke zu bezahlen. Ich hätte es wissen müssen. Keiner von der Staatsmacht tat sich freiwillig mit mir zusammen. Es sei denn, es drohte Gefahr in Verzug. Und ganz offensichtlich fühlte sich Schalkowski von mir ans Bein gepinkelt.

Ich ging die Treppe hinunter und überlegte, ob ich einfach nach Hause fahren sollte. Ich hätte am Samstag noch ausreichend Zeit, mich am Roulettetisch vier umzusehen und den Glatzkopf auszuhorchen, ehe Fräulein Vu am Sonntag wieder die Schicht übernahm. Am Treppenansatz hörte ich Schalkowskis Schuhsohlen, wie sie schlitternd die Stufen hinunterklackerten. Ich beeilte mich, kam mit den Pfennigabsätzen aber nur langsam stöckelnd vorwärts, weshalb er mich einholte und am Arm festhielt.

»Ich habe es nicht so gemeint«, sagte er. Er war nicht einmal außer Atem. Daraus schlussfolgerte ich, dass er top in Form war. Was man von mir nicht behaupten konnte.

»Ich will Sie nicht im Auge behalten, damit Sie keinen Mist bauen. Sondern weil Sie einen guten Riecher haben.«

Argwöhnisch rümpfte ich die Nase. »Wirklich?«

»Edgar ist ein guter Ermittler, aber ein hoffnungsloser Egozentriker. Ich habe die Akten über den Pfeiffer-

Mord gelesen und aus sicheren Quellen weiß ich, welch großen Anteil Sie an der Auflösung hatten.«

Mit der sicheren Quelle war wohl Sascha Richter gemeint.

»Sie haben die Akten gelesen?« Ich war nach wie vor misstrauisch.

»Ja. Nachdem ich wusste, wer Sie sind.«

Mit flehenden Augen wickelte er mich ein, was mir gefiel. Also gab ich mich geschlagen in der Vorfreude, den restlichen Abend in seiner Gesellschaft zu verbringen. »In Ordnung«, sagte ich und sah, wie Erleichterung in ihm aufflackerte.

»Was haben Sie jetzt vor?«, fragte er.

»Ich will pleitegehen. Ich will diesen Schuldschein.«

Er gab sich unbeeindruckt. »Und dann?«

»Darauf hoffen, dass etwas Ungewöhnliches passiert.«

10.

Vor meinen Augen flimmerten schwarze und rote Punkte, als sich die Cuvette in Windeseile um ihre Achse drehte. Seit einer Dreiviertelstunde stand ich mir die Beine in den Bauch und setzte einen Jeton nach dem anderen an Tisch vier in den Sand. Vor 15 Minuten war mir ein Treffer mit einem Fünf-Euro-Jeton am Rande des Spielfeldes gelungen, mit dem ich auf die Wahrscheinlichkeit setzte, dass eine von insgesamt sechs markierten Zahlen fiel. Und ich gewann.

Das Spiel war ein einziges Trauerspiel, denn mit jedem Jeton, der mir, gerade erst gewonnen, wieder durch die Lappen ging, erreichte meine Laune einen neuen Tiefpunkt. Doch schlimmer war es, wenn ich gewann, da das Geld nicht dazu bestimmt war, mit mir nach Hause zu gehen. Mehr als einmal musste ich mich beherrschen, den einen oder anderen Gewinn nicht in der Tasche verschwinden zu lassen. ›Das ist unprofessionell‹, flüsterte das Engelchen auf der Schulter, das Teufelchen gegenüber hingegen knurrte: ›Das ist nur fair. Du hast dir für den Job eine Provision verdient.‹ Ich habe eine gute Erziehung genossen. Kompromissbereitschaft sei eine Tugend, hatte mein Vater mir eingebläut. Also ging ich einen Kompromiss ein und versenkte den letzten Fuffi in meiner Tasche, nachdem der vorletzte Zwanni für die rote Dreizehn bluten musste.

Ich räumte das Feld, um Schalkowski zu suchen, der

sich schon vor Ewigkeiten von mir entfernt hatte, was mir missfiel, ich aber nicht aussprach. Mit Gewissensbissen wegen des Fuffis stakste ich die Treppen hinauf.

Scheiß Kompromisse.

Offenbar wollte Schalke kurzen Prozess mit seinen Spesen machen und mit hohen Einsätzen zocken. Er saß am ersten Baccara-Tisch, mittig platziert zwischen zwei anderen Gestalten. Zu seiner Rechten saß ein gut gekleideter Mann jenseits von 50 sowie mental fernab jeder Realität, denn er besprach sich mit seinem roten runden Plastikgeld. Links von ihm fläzte ein junger Mann mit ähnlich lässig anliegendem Haar und einem stressgeplagten Button-Down-Hemd. Er hatte hohe Wangenknochen sowie Segelohren, die groß genug waren, um damit Signale aus dem Weltraum zu empfangen.

Mir waren die Spiegelregeln nur bedingt geläufig. Wie beim Black Jack lag das Ziel darin, mit seinen Karten eine gewisse Augenzahl zu erreichen oder mit seiner Summe zumindest näher an die Punktzahl neun zu kommen als der Banquier. Um den Tisch herum schwirrte ein unruhiger Schwarm von Gaffern, dem es jederzeit gestattet war, die Jetons auf den vermeintlich besten Gaul am Tisch zu setzen. Ich drückte mich an einer kleinen Dame mit aufgeplusterten Brüsten vorbei. Ihre fliegenden langen Haare kitzelten mich an der Oberlippe. Ihr auf den Leib genähtes Kleid mit roter Spitze floss wie ein Wasserfall von ihren Hüften herab und bedeckte ihre Knöchel und Fersen. Schwer verdauliches Parfum strahlte von ihrem Körper ab. Unter ihren Brüsten trug sie eine ovale, mit Samt ausgeschlagene

Schachtel vor sich her und der Haufen Jetons, der darin kuschelte, klimperte hell, wann immer sie ihr dunkles Haar in den Nacken warf.

Alexander Schalkowski saß wie eine Eins, seine Karten fair ins Publikum gerichtet. Offenbar hatte er ein gutes Blatt, da sich die Passivspieler beinahe darum prügelten, auf seinen Allerwertesten zu wetten. Schalke hatte mir den Rücken zugewandt. Der schüttere Banquier war wie eine Galionsfigur bauchnabelhoch in den runden Einlass des Tisches gepfercht, sein Croupier stand ihm bügelsteif zur Seite. Sein Handrücken berührte die Palette, einen Spatel, der Ähnlichkeit mit einem zu schmal geratenen Pizzaschieber hatte, und mit dem nach einem Ritus die Karten ausgegeben wurden.

Die Brünette in Rot tippelte einige Schritte vorwärts und stellte sich in Schalkowskis Schatten. Ich konnte an seiner nonverbalen Kommunikation erkennen, dass er ihr Parfum roch und ihre Körperwärme spürte. Der debile Rentner sprach sich wortreich mit seinem Einsatz ab und verlangte eine weitere Karte. Kurz bevor der Croupier den Pizzaschieber mit einem Blatt belegte, rückten die Brüste der Brünetten an Schalkowskis Ohren heran und sie legte einen Jeton mit hohem Wert auf das Achtel seines Spielbereiches.

Die Spieler waren bedient, die Karten wurden ausgezählt und die französische Zungenakrobatik des Banquiers verlieh dem Spiel, das nicht weniger als alle anderen Spiele dazu diente, den Leuten das Geld aus der Tasche zu ziehen, einen würdevollen Abgang. Alexander Schalkowski gewann. Und das nicht zu knapp.

Ich machte Anstalten, an seine Seite zu rücken, doch

das Rotkleid machte mir den Stehplatz streitig. Beinahe drückte sie mir ihren spitzen Absatz zwischen die Zehen und ich war einigermaßen angesäuert. Sie legte ihre Hand auf seine Schulter und ihre lackierten Fingernägel liebkosten mit streichelnden Bewegungen seinen Hemdkragen. Und als wäre das nicht schon genug, sah Schalkowski zu ihr auf und feixte mit ihr. Die Sprache, die er auf sie anwendete, hatte eine verblüffende Ähnlichkeit mit unserem Tête-à-Tête an der Bar. Ich konnte nicht glauben, was ich zu sehen bekam. Während ich herumstand, mir Schrunden an den Fersen holte und gegen die Buchhaltung ermittelte, saß er genügsam in einem gepolsterten Lederstuhl, gewann am laufenden Band und ließ sich auch noch vom Publikum feiern und betatschen. Entrüstet machte ich auf dem Absatz kehrt und setzte mich an die Bar. Ich bestellte ein Bier. Ich trank sonst nie Bier. Genau genommen hasste ich Bier. Aber ich war fest entschlossen, mir mit diesem widerlichen Schaumgetränk die Laune noch mehr zu verderben. Dabei musste ich ziemlich sauertöpfisch dreingeschaut haben, denn der Barmann fühlte sich veranlasst, mir mit tröstlichen Worten auszuhelfen.

»Sie waren nicht siegreich«, stellte er fest.

»Nein. Vielleicht später.«

»Ganz bestimmte, Madame«, sagte er.

»Mademoiselle«, korrigierte ich und er lächelte.

Ich drehte mich um und beobachtete den Baccara-Tisch. Schalke war verschwunden. Ebenso die rote Brünette.

Ein toller Ermittler war das.

»Frau Roloff?«

Schalkowski kam von hinten heran und ich erschrak dermaßen, dass eine kleine Welle des hoch wuchernden Bierschaums quer über meine Oberweite schwappte.

»Oh, entschuldigen Sie.«

»Ja«, sagte ich knapp und nahm die Serviette des Barmanns entgegen, der seinem Blick zufolge den Schaum am liebsten gleich eigenhändig abgewischt hätte.

»Was machen Sie da?«, fragte ich ihn.

»Ich gewinne«, verkündete er einfach und zuckte mit den Schultern.

»Das sehe ich!«

Er grinste. »Eifersüchtig?«

Ich stand auf, packte ihn am Oberarm und zog ihn einen guten Meter von der Bar weg. »Eifersüchtig? Wir sind zum Verlieren da. Schon vergessen?«

Er schüttelte den Kopf. »Nein, ich meinte nicht das Geld.«

Prompt tauchte hinter seinem Rücken die Brünette auf. Sie war jünger, als ich aufgrund ihrer Rückenansicht angenommen hatte. Mit viel Fantasie und Hang zu Spekulationen war sie gerade volljährig. Definitiv zu jung für ihn. Er bedeutete ihr, schon einmal an der Bar Platz zu nehmen, und sie zog artig wieder ab. Ich schaute ihr nach und ärgerte mich, dass ich nicht eher weggesehen hatte, bevor sie ihre unglaublichen Beine, die durch einen Seitenschlitz freigelegt wurden, übereinanderschlug. Ich sah zu dem Barmann, dem ganz offensichtlich der Sinn danach stand, ausgeschamt nach dem Rotkleid zu lechzen. Sabber sammelte sich in seinen Mundwinkeln.

»Hier.« Schalkowski reichte mir eine ovale Samtschachtel. Sie war randvoll mit Jetons gefüllt.

»Was soll ich damit?«, zischte ich ihn an.

»Verlieren. Das Geld, das ich hier gewinne, darf ich sowieso nicht behalten. Daher können Sie es genauso gut auf den Kopf hauen.«

Ich nahm die Schachtel an mich, aber es munterte mich nicht unbedingt auf. Wieder kam die gute Erziehung in mir hoch.

»Gehen Sie wieder runter? Zum Roulette?«, fragte er mich, was mich nur noch verdrießlicher machte. Der Kerl wollte mit seiner Brünetten allein gelassen werden.

»Ich weiß nicht«, sagte ich. »Vielleicht möchte ich mich ja auch an Baccara versuchen.«

Er lachte leise und belegte die Haut unter seinen Augen mit Lachfältchen. »Ich glaube, das Spiel ist nichts für Sie.«

Dann entließ er sich entschuldigend und nahm Kurs auf die Bar, ohne sich noch einmal nach mir umzudrehen. Das Mädchen lächelte. Ich konnte es ihr nicht verübeln.

Gegen Mitternacht hatte ich das Unmögliche möglich gemacht und knapp 1.000 Euro am Tisch vier verspielt. Mein Herz blutete, aber aus dem Solo meines Fuffis in der Tasche hatte ich ein Trio gemacht. 150 Euro netto. Meine Lider hingen träge herunter und ich fühlte, dass sich meine Tränensäcke nicht länger der Schwerkraft entziehen konnten. Schwermütig warf ich den letzten Jeton, einen Zwanziger, in die Hände des Croupiers aus der Freitagsschicht, welcher sich karg lächelnd für das Trinkgeld bedankte.

Seit unserer letzten Unterhaltung an der Bar hatte ich Schalkowski nicht mehr gesehen und ich gönnte mir den letzten Fetzen Würde, der mir nach dieser Pechsträhne geblieben war, und ging, ohne mich auf die Suche nach ihm zu begeben. Wahrscheinlich war er längst mit der Mutter aller Sabberanfälle abgezogen, ohne es für nötig zu halten, mich darüber zu informieren.

Mit leidiger Miene schlurfte ich durch das Casino und klapperte sämtliche Autoritäten ab: Die Chefcroupiers, die Sicherheitsleute, die Menschen hinter der Wechselkasse. Alle sollten sehen, wie ich litt. Selbst den Portier, der den Typen mit den glänzenden Schuhen irgendwann abgelöst haben musste, klärte ich über die missliche Lage auf. Dieser gab sich unbeeindruckt. Wahrscheinlich, weil er derartige Jammereien jede Nacht zu hören bekam. Erst als ich meine vierstelligen Verluste beklagte, richtete er seine Lauscher auf und drückte vergeblich eine Träne raus.

»Es ist schon ein Kreuz mit dem Glücksspiel«, sagte er und öffnete mir die Tür.

Ich lag noch lange wach. Die Reize des Abends überfluteten mich und ich machte mir Gedanken über Schalke und die rote Tussi. Wie konnte er sich anmaßen zu sagen, ich sei eifersüchtig? Sein Verhalten war unangemessen und unprofessionell gewesen. Das war alles, was mich ärgerte. Außerdem war die Frau im Vergleich zu mir eine ganz andere Hausnummer. Sie war aufdringlich, aufgetakelt und neckisch. Ich bin nicht neckisch. Ich brauche diesen ganzen Schweinkram wie Push-up-BHs oder Stringtangas nicht, um Männer zu beeindrucken. Und außerdem waren Kerle wie Schalke, die sich von Ärschen und Titten derart einwickeln ließen, sowieso nicht mein Typ.

Mit einem Pyjama bekleidet rollte ich mich in die kühle Bettdecke ein und legte das Handy auf den Nachttisch. Zwar glaubte ich nicht, dass sich Schalkowski bis zum Morgengrauen noch bei mir melden oder persönlich aufkreuzen würde. Aber bei Polizisten wusste man nie so genau.

Gegen sieben Uhr morgens wachte ich auf und fühlte mich gerädert, beinahe verkatert. Weiße Pünktchen schwirrten vor meinen Augen herum und mein Hirn fühlte sich doppelt so schwer an. Abgehalftert schlurfte ich zum Fenster und zog die Rollläden hoch. Das weiße Licht überflutete das Zimmer. Es war, als hätte der Tag ohne mich begonnen. Dabei war es beinahe noch nachtschlafende Zeit.

Ich trottete ins Bad und zog den Pyjama aus. Weder hatte Schalkowski angerufen noch angeklingelt noch sonst irgendeine Nachricht hinterlassen, und ich schätzte die Chancen als gut ein, dass er es in den kommenden vier Stunden nachholen würde. Ich stieg unter die Dusche und ließ mir das warme Wasser über meine Beine rieseln. Doch da es kaltes Wasser war, das munter machen soll, drehte ich am Einhandhebel, kniff die Augen zusammen, ballte die Hände zu Fäusten und hielt den Kopf unter den eisigen Strahl. Es dauerte keine zwei Sekunden und ich sprang beinahe kopfüber aus der Dusche. Wer immer mit dieser Erkenntnis hausieren gegangen war, gehörte meiner Meinung nach lebenslang eingekerkert.

Bis ungefähr zehn Uhr hielt ich es zu Hause aus. Ich hatte bereits aus der Schublade gefrühstückt und die Waschmaschine angeworfen. Danach zog ich mir endlich etwas über und verließ ohne ein konkretes Ziel die Wohnung.

Ich würde den Teufel tun und Alexander Schalkowski hinterherrennen.

Die Dortmunder Einkaufsstraße war am Samstagvormittag hoffnungslos überlaufen und auf Höhe der U-Bahn-Station konnte ich den bunt besprenkelten Ameisenhaufen auf dem Ostenhellweg betrachten. Am anderen Ende der Meile, dem Westenhellweg, lebte ein Geschäft von der Angst und Wehrlosigkeit anderer. Losgelöst von den aneinandergeklatschten Geschäften stand es vor einer schmalen Gasse und klotzte mit Bescheidenheit. Weder hing eine Lichtreklame über der Tür noch standen irgendwelche Auslagen vor dem Schaufenster. Dieses wiederum war auf der anderen Seite zugeklatscht mit Camouflage-Klamotten und Pistolenattrappen.

Die Eingangstür stieß gegen ein kleines Glöckchen und kündigte mich als vermutlich erste Kundin des Tages an. Sofort preschte eine braun gebrannte schmale Gestalt mit einer aufwändigen Hochsteckfrisur aus der Seitentür. Sie war über und über mit Tätowierungen asiatischer Couleur geschmückt. Ihren grünen Lidschatten hatte sie kreisrund um die Augen aufgetragen. Tiefe, sonnenbankbedingte Falten schnitten sich in ihren schmalen Hals.

»Guten Morgen«, sagte sie. »Kann ich Ihnen helfen?«

»Ich suche ein Mittel zur Selbstverteidigung«, erklärte ich. »Wenn man abends länger weggeht.«

Sie nickte ausladend und die Falten unter ihrem Kinn zogen sich bis zum Nacken hoch. »Ich verstehe.«

Ich trat an den Tresen heran.

Die Verkäuferin öffnete auf Kniehöhe eine Schublade. »Sind Sie mehr für etwas Bulliges oder Diskretes?«

»Kommt drauf an«, antwortete ich.

Sie holte eine Spraydose aus der Schublade, die problemlos in die hohle Hand passte. »Das ist Reizgas der Sorte ›Ladysafe‹. Es wird dem Scheißkerl in die Augen gesprüht. Danach kann er für mindestens zehn Minuten seine Mutter nicht mal von einem Laternenpfahl unterscheiden.«

»Es ist sehr leicht.«

»Ja. Und es ist witterungsempfindlich.« Sie hob den Zeigefinger. »Wenn der Wind dreht, gnade dir Gott.« Dann beugte sie sich noch einmal vornüber und holte eine Pistole aus dem Zauberschrank. »Das ist eine Schreckschusspistole.«

Ich glotzte auf die Wumme. Aus ein paar Metern Entfernung könnte ich sie von einer normalen Knarre nicht unterscheiden. »Braucht man dafür nicht einen Waffenschein?«

Sie schüttelte den Kopf und zeigte auf die Griffschale. »PTB-Siegel. Dafür brauchen Sie nur den kleinen Schein.«

»Aber soweit ich weiß, darf man sie im Außengelände nicht so ohne Weiteres abfeuern.«

Sie verdrehte die Augen. »Sie haben Ihre Hausaufgaben gemacht.« Ein Runzeln kroch über ihre Stirn. »Sind Sie von der Polizei?«

Ich schüttelte den Kopf.

Ihr Stirnrunzeln löste sich in Wohlgefallen auf. »Wenn Sie damit Ihr Leben retten, juckt es die ACABs nicht die Bohne. Und selbst wenn. Die kleine Geldstrafe zahlen Sie gerne, wenn Sie es dem Scheißkerl, der Ihnen seinen Riesenschwanz präsentieren wollte, mal so richtig gezeigt haben.« Sie zwinkerte.

Die Aussicht, so einen Ballermann in der Tasche zu tragen, war tatsächlich verlockend. Doch in Anbetracht der Tatsache, dass ich in naher Zukunft mit meiner Glock hausieren gehen durfte und es unter Umständen in der Handtasche eng werden würde, widerstand ich der Versuchung. »Ich nehme das Reizgas.«

Sie war ein wenig enttäuscht. »In welcher Farbe? Das gibt es in schwarz, weiß, blau und rosa.«

Zwei Stunden waren vergangen und das Polizeipräsidium in Dortmund wurde am Samstagmittag nicht unbedingt von der Sonne geküsst. Dunkle Schatten dichter Baumkronen legten sich quer über das Gebäude und bemalten die Fenster der Lobby grau und schwarz. Der Gedanke, dass ich kurz davor stand, die Abmachung, die ich mit mir selbst getroffen hatte, zu brechen und Schalkowski aufzusuchen, machte mich madig. Aber ich überlistete mein Gewissen mit der Ausrede, dass ich mich dazu verpflichtet fühlte, ihn über den Verbleib seiner Spesen zu unterrichten und versprach mir, nach der Ansage gleich wieder das Weite zu suchen.

In der Lobby war an einem Samstag nicht weniger Betrieb als an den Wochentagen. Eine junge Frau beklagte ihre gestohlene Tasche, ein Rentner mit schmutzigen Füßen in weißen Sandalen beschwerte sich über die nächtliche Ruhestörung, die von der streunenden Katze seines Nachbarn ausging. Routiniert ging ich die Treppe hinauf und folgte den Warnplakaten im Flur. Ich traf Schalkes Tür verschlossen an. Ich lauschte, klopfte und drückte die Klinke runter, aber die Tür war abgeschlossen. Ein Uniformierter kam aus dem Nebenbüro.

»Suchen Sie jemanden?«, fragte er.

»Alexander Schalkowski.«

»Der hat keine Samstagsschicht. Wenn es um Sachen aus seinem Dezernat geht, könnten Sie ins Zimmer 1.4 gehen.«

»Nein, danke«, sagte ich nur und trat übermäßig schnell den Rückzug an.

Eilig, aber vor allem sauer stieg ich wieder in mein Auto. Dieser Amateur sollte mir ja nicht mehr unter die Augen treten! Ich steckte den Schlüssel ins Zündschloss und drehte ihn bis zum Anschlag, bis der Motor knirschte. Als ich den Gang einlegte, klingelte mein Handy.

»Was?«, maulte ich hinein.

»Frau Roloff?« Es war Schalke. »Wo sind Sie?«

»Ich observiere gerade«, log ich.

»Ich stehe vor Ihrer Wohnung. Wie lange dauert das noch?«

So ein Flappmann. Glaubt wohl, ich würde für ihn alles stehen und liegen lassen. Ich ließ ihn zappeln. »Ich bin so in einer Stunde fertig.«

»In Ordnung. Ich komme dann noch einmal wieder.«

Ich legte auf. Was sollte ich nur so lange mit meiner Zeit anfangen?

Eine geschlagene Stunde lang kreiste ich zu Fuß den Ruhrpark ein. Der Ruhrpark ist das größte und beinahe älteste Einkaufszentrum Deutschlands sowie der geräumigste kostenlose Parkplatz im Ruhrgebiet. Auf seiner Fläche stehen über 100 Geschäfte, eine überteuerte Fressmeile und ein UCI-Kino mit reservierbaren Sitzplätzen. Im Sommer plärrten Kleinkinder über die Ufer diverser Wasserattraktionen, im Winter bekam man wegen beengter Wegeverhältnisse, verursacht durch tiefe Weihnachtsbuden und Karussells, zeitweise keinen Fuß mehr auf den Boden. Ich kaufte ein Paar schwarze Turnschuhe, eine Jeans und einen Schlüsselbundring, an dem sich neben meinen Schlüsseln auch das Reizgas befestigen ließ. Außerdem gab es in einer Auslage Handtücher zum halben Preis.

Zehn Minuten vor dem vereinbarten Termin kam ich zu Hause an. Mit drei Tüten in den Händen sowie meiner Handtasche über der Schulter eilte ich in den Hauseingang, wo ich beinahe einen Mann umrannte. Es war Schalke.

»Hallo«, sagte er und schaute an mir herunter. »Wo haben Sie observiert? Lassen Sie mich sehen.« Er guckte auf meine Tüten. »Bei Woolworth?«

Wortlos ließ ich ihn vor der Haustür stehen und fühlte, wie mir, peinlich berührt, das Blut in den Kopf schoss. Schalkowski folgte mir bereits auf dem Fuße und ich gab mir schon auf Höhe der ersten Etage redlich Mühe, nicht wieder vor Anstrengung zu hecheln. Vor meiner Wohnung ließ ich die Tüten zu Boden fallen und schloss mit baumelnder Reizgasdose die Tür auf. Schalkowski schickte sich an, meine Tüten aufzuheben, doch ich kam ihm mit eisigem Blick zuvor.

»Ist etwas?«, fragte er, als ich die Taschen ins Schlafzimmer pfefferte und die Tür schnell wieder schloss, damit er den Wäscheberg nicht sah.

»Wo waren Sie?«, fragte ich.

Abwehrend hob er die Hände. »Hey. Sie sind einfach abgehauen. Ich war die ganze Zeit oben.«

Klar war er das. Oben an der Bar.

»Hören Sie, Frau Roloff.« Seine besänftigenden Rehaugen suchten meinen Blick. »Darf ich Esther zu Ihnen sagen?«

Ich nickte schwach.

»Esther. Wir müssen uns unterhalten.«

»Schießen Sie los.«

»Ich halte die ganze Sache für keine gute Idee. Für einen Abend war es ganz lustig. Aber es bringt niemanden weiter.«

»Ganz lustig?«, äffte ich ihn nach.

Entschuldigend ließ er den Kopf wackeln. »Ja, okay. Das war falsch ausgedrückt. Aber Fakt ist, dass diese Spielerei zu keinem Ergebnis führt.«

»Sie steigen also aus?«

Er zog die Augenbrauen zusammen. »Ja. Aber ich meinte damit nicht nur mich.«

»Ich steige nicht aus!« Verbissen klemmte ich meine Hände unter die Achseln.

Er reichte mir einen kleinen Stoffbeutel. »Hier. Das ist noch übrig. Ich lasse Sie bis zum Ende der Woche im Casino herumschnüffeln.«

»Herumschnüffeln.« Ich rümpfte die Nase. »Und dann?«

»Werde ich dem Casino empfehlen, Ihnen Hausverbot zu erteilen.«

Mir fiel die Kinnlade herunter. »Sind Sie verrückt? Wenn Sie aussteigen wollen, meinetwegen. Aber halten Sie sich aus meinen Angelegenheiten raus!« Mit konzentrierter Schärfe sah ich ihn an. »Woher kommt überhaupt dieser Sinneswandel?«

Er zog eine Grimasse. »Es liegt an meinen Vorgesetzten.«

Ich glaubte ihm kein Wort. »Wenn Sie mir die Tour vermasseln, werden Sie mich kennenlernen«, drohte ich ihm.

Doch er grinste nur. »Versprechen Sie mir das?«

*

Das Tableau auf Tisch vier war leer und der Stuhl des Croupiers unbesetzt. Ich stand wie ein gut gekleideter Ochse vor dem Berg und war unschlüssig, in welche Windrichtung ich mich bewegen sollte. Ich ließ meinen Blick über die Menge gleiten und traf auf ein bekanntes Gesicht am Nebentisch, das sich augenblicklich in meine Richtung drehte. Er lächelte mich an, was ich als eine Einladung empfand. Also ging ich zu ihm herüber.

»Guten Abend«, sagte er und strich sich über die Glatze. »Ich heiße übrigens Theo.«

»Sie machen Witze«, erwiderte ich. »Theo wie Theo Kojak?«

Er zwinkerte. Ich legte meine Jetons auf dem Tischrand ab.

»Meine Güte«, konversierte er. »Sind Sie nun auch unter die Spieler gegangen?«

»Ich wurde einfach mitgerissen«, flunkerte ich.

»Und so wie es aussieht, liegt Ihnen das Spiel. Sie haben ja ordentlich Holz vor der Hütte liegen.«

Ich ignorierte seine zweideutige Bemerkung und setzte meinen ersten Jeton auf Rouge.

»Sind Sie noch an diesem Typen dran?«, fragte er beiläufig.

»Nein«, log ich weiter. »Es hat sich alles in Wohlgefallen aufgelöst. Er hat seine Schulden beglichen.«

»Wenn Sie das sagen.«

Ich glotzte ihn an. »Was soll das heißen?«

Er rieb sich noch einmal die Platte »Nun. An jenem Freitag sah der nicht wirklich schuldenfrei aus.«

Ich versuchte, ein paar mehr Hinweise aus ihm herauszukitzeln. »Wie sieht man denn aus, wenn man schuldenfrei ist?«

»Glücklicher«, sagte er nur.

Ich schürzte die Lippen. »Vielleicht hat er seine Schulden erst auf den letzten Drücker beglichen.«

»Auf den letzten Drücker. Wenn Sie meinen.« Er fixierte die Cuvette. Das Zahlenrad kreiste und die Kugel kullerte in entgegengesetzter Richtung auf den äußersten Rand. Ich war einigermaßen überrascht über Theos Redefreudigkeit in Anbetracht der Tatsache, dass er vor ein paar Tagen noch den großen Schweiger mimte. Vielleicht gab es einen Grund dafür. Vielleicht lag es auch nur daran, dass Fräulein Vu erst morgen wieder ihre Schicht antrat und ihn im Augenblick nicht mit bösen Blicken abstrafte.

Die Kugel landete auf einem schwarzen Feld und der riesige Rechen nahm meinen Jeton in Gewahrsam. Als alle Aufräumaktionen beendet waren, legte ich prompt einen neuen Chip auf das Spielfeld. Diesmal setzte ich auf das erste Dutzend. Ein weiterer Jeton landete auf der 18, meiner Lieblingszahl.

»Sie spielen ohne System«, läutete Theo ein. »Soll ich Ihnen zeigen, wie man mit System spielt?«

Nach einer dreiviertelstündigen Einweisung von Theo in die Künste des Systemspielens war ich Schalkowskis letzten Hunderter los. Es war ein trauriger Moment, doch die Tatsache, dass das Geld, das ich verprasste, nicht mein eigenes war, tröstete mich.

»Sie haben heute wohl eine Pechsträhne«, sagte Theo.

Ich nickte schweigend, schenkte ihm ein erbärmliches Lächeln und trottete an die Bar. Ein gut aussehender Barmann mit stahlblauen Augen, die zensiert werden sollten, servierte mir einen mit Kakao gepuderten Milchkaffee. Als ich den Löffel in die Suppe tauchte und das Schokoladenpulver unter den Milchschaum rührte, fühlte ich Theo bereits im Nacken.

»Seien Sie nicht traurig. Vielleicht haben Sie das nächste Mal mehr Glück.«

»Hoffentlich«, sagte ich, ohne ihn anzusehen. Ich wollte nicht den Eindruck schinden, ich würde seine

Gegenwart gutheißen. Doch er war der weiblichen Körpersprache nicht mächtig und plapperte munter weiter.

»Und? Was verdient man so als Detektivin?«

»Kommt drauf an.«

»Haben Sie eine Waffe?«

Ich sah ihn dunkel an. »Ja. Und zwar eine verdammt große.«

Der Barmann musste sich ein Grinsen verkneifen.

Ich schaute auf die Uhr. »Verdammt.«

»Was ist los?«

»Ich muss noch zu einer Observierung«, log ich.

»Ach ja? Welcher Art denn?«, fragte er ganz interessiert.

Ich überlegte kurz. »Irgendein Polizeibeamter verschachert beschlagnahmte Drogen in der Nordstadt.«

Beeindruckt spitzte er die Lippen. Ich hüpfte vom Barhocker und eilte die Treppen hinunter, nicht ohne beim Personal ein bedröppeltes Gesicht zu machen.

11.

Am Sonntagmittag stand die Uhr still und ich wurde ins Jahr 1994 zurückkatapultiert; jenem Jahr, in dem ich aus meinem Elternhaus auszog. Die Sonne hing gnädig über Eving und flackerte durch aufgequollene graue Wolken hindurch. Ich kam mit einem Tablett voller Sahneteilchen aus der Konditorei in die Küche. Mein Vater stand in seinen ausgelatschten Schlappen am Herd und rührte die gestrige Erbsensuppe auf.

Ich sah mich um.

»Wo ist Mutti?«

»Die guckt oben gerade einen ihrer Schockerfilme.« Normalsterbliche Hausfrauen lasen Rosamunde Pilcher, meine Mutter guckte Horrorfilme. Hin und wieder kam es vor, dass sie darüber grübelte, wie viel Blut in so einem einzigen Mensch stecken konnte. Doch diese Grübeleien waren absolute Ausnahmen, denn Mutti gehörte nicht zu jener Sorte Menschen, die ständig wissen wollten, wie Dinge funktionierten. Sie war schon immer ein praktisch veranlagter Typ gewesen, verwendete Strombetriebenes so nach Gefühl und kannte die Furcht nicht, die andere hatten, wenn sie Styroporblöcke in den Kohleofen schob. Womöglich ähnelte ich ihr darin, intellektuelle Barrieren zu beschreiten und auszureizen. Ich las zu diesem Zwecke viele Bücher und begeisterte mich für Dokumentarserien über Jeffrey Dahmer, Forensische Entomologie und das Wunder der

Selbstverbrennung, während meine Mutter sich wiederholt und entgegen aller Anweisungen immer dann an der herausgedrehten Sicherung zu schaffen machte, wenn mein Vater für Arbeiten an blanken Kabeln aus dem Blickfeld verschwand. Kein Wunder, dass Paps meiner Mutter fraglos jeden Schockerfilm aus der Videothek besorgte; zogen die blutigen Streifen sie immerhin für eineinhalb Stunden in den Bann und demzufolge auch aus dem Verkehr. Kostbare Zeit, um unbemerkt die hausinterne Stromversorgung zu warten, Wände zu fliesen oder eine Gartenlaube zu bauen.

Ich stellte eine mit Kuchenstücken belegte Pappplatte auf dem Küchentisch ab und steckte meine Nase in den Topf. Prompt trat Olaf durch die Tür. Wir sahen uns mit vielsagenden Blicken an.

Er nickte mir zu. »Gehen wir in den Garten.«

Ich griff mir die Pappplatte und wir setzten uns an den mit Taubendreck besudelten Kunststofftisch unter dem Küchenfenster. Ich teilte Kuchenstücke auf kleinen Porzellantellern aus. In einer von Tauben geplagten Region wie Dortmund-Eving lag die Hemmschwelle, auf Taubendreck zu essen, überdurchschnittlich niedrig.

Olaf stopfte sich ein Stück in den Rachen. Er machte insgesamt wieder einen etwas gesünderen Eindruck. »Wie geht es voran?«

»Sehr gut. Ich habe mit dem Typen gesprochen, dessen Klage gegen das Casino abgeschmettert wurde. Seinen Informationen zufolge scheint Boris ein notorischer Spieler zu sein.«

Mein Bruder gab sich skeptisch. »Und du meinst, dieser Typ ist glaubwürdig?«

»Er ist glaubwürdiger als du.«

Ihm rutschte etwas Sahne aus dem Mund. »Was soll das denn nun wieder heißen?«

Ich beugte mich vor und strafte ihn mit Schlitzaugen ab. »Ich habe eine Neuigkeit für dich, Olaf. Boris Bäcker ist ein Scheißkerl. Ein hinterhältiger Drecksack.«

Olaf schluckte und ich beobachtete seine Gurgel, wie sie angestrengt den Kuchen hinunterdrückte.

»Warum scherst du dich um ihn?«

Hastig stach er etwas Kuchen auf die Gabel. »Weil er ein Kollege ist.«

»Das reicht mir nicht.«

Er nickte, als hätte er mit dieser Reaktion gerechnet. »Er schuldet mir Geld.«

»Wie viel?«

»1.000.«

Mir blieb die Luft weg. »Du leihst ihm einfach so 1.000 Euro?«

Nervös rieb er sich mit Daumen und Zeigefinger die Augenlider ab. »Das Geld war an eine Dienstleistung gebunden, die er nicht erbracht hat.«

Allmählich kamen wir der Sache näher. »Welche Art von Dienstleistung?«

»Recherche.«

Die Erkenntnis baute sich wie Legosteine in meinen Kopf auf und setzte sich zu einem Gesamtbild zusammen. »Gregor«, sagte ich kurz. »Du hast ihn auf Gregor angesetzt.«

Überrascht glotzte er mich an. Er hatte wohl nicht damit gerechnet, dass ich so schnell schaltete.

»Ich habe es gesehen, Olaf. Ich habe sein WAZ-Profil geknackt. Und woher solltest du sonst von der Sache mit dem MEK wissen? Ich habe nirgendwo davon gelesen.«

Seine Zunge überschlug sich beinahe. »Hör zu, Esther. Nachdem du mir all die Sachen über diesen Gregor erzählt hast, hatte ich Angst, er könnte dich irgendwie in Gefahr bringen. Deswegen sollte Boris für mich recherchieren.«

»Warum Boris? Warum dieser Dreckskerl?«

»Ich wusste, dass er Beziehungen zu den lokalen Neonazis hat und dachte, er wäre der Richtige für den Job.«

Ich schnaubte verächtlich. »Und weil du wusstest, dass er bereits vor Jahren über die Pankowiak-Prozesse geschrieben hatte.«

Er schüttelte energisch den Kopf. »Nein. Das wusste ich damals noch nicht.«

»Was für ein seltsamer Zufall«, höhnte ich, während Olaf schweigend die Krümel auf seinem Teller zählte.

Ich stand auf.

»Wo willst du hin?«

»Ich fahr nach Hause. Die ganze Sache ist abgeblasen.«

Fassungslos sah er zu mir hoch. »Was? Warum?«

»Bäcker hat seinen Job gemacht, Olaf«, spottete ich. »Er hat sich dein Geld redlich verdient. Du brauchst also nicht länger nach ihm zu suchen. Alles, was du wissen musst, liegt auf dem Server der WAZ.«

Er hielt mich am Arm fest. »Du willst einfach aufhören? Willst du denn gar nicht wissen, was mit ihm passiert ist?«

Streng blickte ich zu ihm hinunter. »Du verstehst gar nichts, Olaf. Bäckers Recherchen sind zu einem Selbstläufer geworden. Das, was ich las, hatte nichts mehr mit Hilfe unter Kollegen zu tun, sondern war eine reine Hexenjagd. Eine Hexenjagd in den eigenen Reihen.«

Ungläubig schüttelte Olaf den Kopf. »Was meinst du damit?«

Ich antwortete nicht darauf, sondern riss mich los und sah zu, dass ich Land gewann. Ich hatte nicht vor, Teil dieser Hexenjagd zu werden. Ich sprang in den Twingo, startete den Motor und haute den ersten Gang rein.

Ich hatte dringend eine Sache zu erledigen.

Auf der Dorstener Straße trotzte ein warnblinkender Fiesta dem Hupkonzert auf der linken Spur und ich entsagte dem Rückstau, indem ich den Twingo viel zu früh auf dem Seitenstreifen abstellte. Ich stieg aus, stiefelte heim, kraxelte den Hausflur hoch und warf, kaum durch die Tür getreten, meine Schuhe in die Ecke. Auf dem Wohnzimmertisch klappte ich den Laptop auf und drückte auf den Startknopf. Mein Herz schlug mir bis zum Hals und meine Finger zitterten, als ich die Log-in-Daten auf der WAZ-Benutzerseite eintippte. Das Benutzerkonto von Boris Bäcker sah genauso unordentlich und undurchsichtig aus, wie ich es seit dem letzten Log-in verlassen hatte. Die Ordner stapelten sich und ich wusste nicht, wo ich mit meiner Aktion ansetzen sollte. Ich zog den Radikalschnitt vor und markierte sämtliche Ordner.

Was war mit Holland?

Ich bezweifelte, dass Gregor in Urlaub war. Menschen wie er machten keinen Urlaub. Schon gar nicht in Holland. Eher würden sie sich in Schützengräben im Hindukush eingraben, sofern ihnen nach Abwechslung war.

Ich rief Metin an. »Was hat Gregor in Holland zu tun?«, fragte ich ihn noch mal.

»Was keifst du so? Hast du eine Handgranate verschluckt?«

»Was hat er dir erzählt?«, löcherte ich weiter.

»Er wollte einen Deal abwickeln.«

»Einen Deal? Meinst du Waffen, oder was?« Ausnahmsweise wären mir Waffen lieber gewesen als Boris Bäcker.

»Esther«, seufzte er nur.

Ich legte auf, klickte auf den Ordner und gab den Löschbefehl. Das System fragte noch einmal, ob ich dies wirklich tun wollte und ich bejahte. Ich sah zu, wie Gregors Vergangenheit durch den Datenschredder ratterte und richtete insgeheim ein kleines Stoßgebet an ihn, dass er mich nicht enttäuschen würde.

Hoffentlich hatte ich keinen Fehler gemacht.

Ich wusste selbst nicht, warum ich am späten Abend im Casino aufkreuzte. Ich hatte meine Suche nach Boris Bäcker offiziell aufgegeben. Ich hasste Boris Bäcker. Und ich hasste das Glücksspiel. Ich war dem Geklimper der Elfenbeinkügelchen überdrüssig geworden und ging, ohne einen Euro in Plastik zu tauschen, direkt an die Bar. Ich musste eine wirklich traurige Gestalt abgegeben haben, denn der schöne Barmann nahm sich meiner sofort an.

»Geht es Ihnen nicht gut?«, fragte er mich.

»Um genau zu sein: Mir geht es außerordentlich schlecht.«

»Kann ich Ihnen einen Drink zubereiten?«

»Tut mir leid, aber ich habe kein Geld mehr.«

Er zwinkerte und das Lichtgeflimmer hinter meinem Rücken brachte seine Augen zum Funkeln. »Kein Problem. Der geht aufs Haus.«

Aufmunternd tätschelte er mich am Handgelenk und wandte sich postwendend seinen Flaschen zu. Ausgelassen mischte und schüttelte er, warf Eis in das Glas und ließ diesmal das Schirmchen weg. Er gab mir das Glas direkt in die Hand; es war eiskalt. Ich sog an dem Strohhalm und der Drink rann mir wie kalter Brennspiritus die Kehle hinunter. Ich schüttelte mich und er lachte auf.

»Was zum Teufel ist das?«

»Ein Spezialrezept. Ich nenne es den Muntermacher.«

Das Zeug wirkte. Ich war auf der Stelle munter.

»Es möchte Sie jemand sprechen«, sagte der Barmann gedämpft.

»Ach ja, wer denn?«

Prompt erschien ein Mann in einem schwarzen Zweireiher neben mir. Es war offensichtlich, dass er zum Casinopersonal gehörte. Mit einem kalten Ausdruck sah er an mir herunter.

»Hat Schalkowski Sie angerufen? Habe ich Hausverbot?«

Argwöhnisch neigte er seinen Kopf. »Herr Dübel bat mich, Ihnen auszurichten, dass wir Sie als treue Kundin zu schätzen wissen. Herr Dübel hält Sie für eine zuverlässige und liquide Person und wäre bereit, Ihnen mit einem Darlehen auszuhelfen.«

Augenblicklich war mein Eifer neu entfacht und meine Lauscher stellten sich auf. Nicht nur, dass ich Bäcker wieder einmal ein paar Zentimeter auf die Fersen gerückt war. Es roch außerdem nach einer guten Gelegenheit, Schalke von meinen Kompetenzen zu überzeugen.

»Ich bin Herrn Dübel sehr dankbar.«

Es machte den Anschein, als hätte er die Antwort bereits erwartet. »Wir dachten an 2.000 Euro. Wäre Ihnen dies angenehm?«

Ich war völlig perplex, nickte aber artig und der Mann winkte irgendjemanden heran. Kaum zehn Sekunden später trat ein schmalspuriger blonder Heini mit einer Holzkiste sowie Papier und Kugelschreiber aus dem Hintergrund.

»Unterschreiben Sie hier.«

Ich hatte Skrupel. Die Vorderseite war übersichtlich gestaltet, doch die Rückseite quoll vor Kleingedrucktem nur so über.

Bankgeschwafel, beruhigte ich mich und setzte meinen Otto drunter.

Der Schmalspurige überreichte mir die Holzkiste. Dann zogen beide getaner Dinge ab.

Der Barmann prostete mir zu. »Wohl bekomm's.«

Ich hob mein Glas und schlurfte vom gezuckerten Rand.

Schlagartig wurde mir klar, dass ich soeben 2.000 Euro Schulden gemacht hatte. Hoffentlich war das keine blöde Idee gewesen.

Wie ein Fremdkörper ruhte die Holzschachtel auf meinem Hüftknochen. Planlos streifte ich zwischen den Spieltischen umher und beobachtete die Leute.

2.000 Euro.

Es war nicht so, dass ich nicht mit der Summe umgehen konnte. Immerhin hatte ich bereits ähnliche Beträge verprasst. Aber diesmal handelte es sich um mein Geld. Und um echte Schulden.

Zaghaft legte ich einen Jeton auf das Tableau an jenen Tisch vier, den ich am Anfang des Abends rigoros gemieden hatte. Wider Erwarten saß Fräulein Vu nicht auf dem Croupierstuhl, sondern eine Korkenzieherlockenblondine mit glockenheller Stimme. Ihre Gestalt war filigran, beinahe zerbrechlich. Doch die Grobmotorik, die sie auf die Cuvette anwendete, verlieh ihr eine maskuline Note. Blondie ließ die Kugel senkrecht in die Schüssel plumpsen und konnte von Glück reden, dass sie den gleichen Weg nicht wieder nach draußen nahm. Mit hohen Sprüngen suchte sich die Murmel ihren Weg zwischen den Zahlenreihen und landete schlussendlich auf der Null. Die Blondine geriet in Alarmstimmung und machte einen Heckmeck, obwohl sich nur zwei

Spieler für ihren Tisch interessierten; mich eingeschlossen. Die Cuvette wurde noch einmal gedreht und ich verfolgte kaum noch das Geschehen. Das Einzige, was ich mitbekam, war der Jeton, der klammheimlich seiner Wege ging, ohne sich von mir zu verabschieden.

Der Barhocker rief erneut und ich ging, die Holzkiste sicher unter den Arm geklemmt, wieder an den Tresen. Mit Bedauern musste ich feststellen, dass der blauäugige Barmann von seinem Kollegen, einem kleinwüchsigen Braunhaarigen mit einem eigenartigen Bartschatten, abgelöst worden war. Ich bestellte den Muntermacher, doch er wusste nicht, wovon ich sprach. Also bat ich um ein Bier, warf ein paar Jetons aus der Schuldenkiste auf die Theke und starrte über die Schaumkrone hinweg ein paar Löcher in die Luft. Nach dem dritten Bier fiel mir ein, dass ich mit dem Auto hier war und bestellte zum Trost ein weiteres. Urplötzlich tauchte eine Frau neben mir auf. Sie war sehr klein und trug ihr dunkles Haar zu einem Dutt gebunden, doch das, was mir am meisten in Erinnerung blieb, war die quasi überhaupt nicht vorhandene Oberweite.

»Hallo«, sagte sie zu mir und lächelte sanft.

»Hallo«, gab ich karg zurück.

»Sie sehen nicht besonders glücklich aus.«

»Ja, das höre ich immer öfter.«

»Läuft es mit dem Spiel nicht so gut?«

Ich zuckte mit den Schultern. »Geht so.«

»Sie haben Schulden gemacht«, stellte sie fest.

Ich blickte ihr das erste Mal in die Augen. Sie waren grün. Wie Gregors. »Woher wissen Sie das?«

Sie sah auf meinen Arm. »Ihre Holzkiste. Die Holzkisten kommen aus der Buchhaltung. Es ist wie mit den Papptüten aus dem Pornoladen. Zwar steht nichts drauf, aber jeder weiß, wo Sie eingekauft haben.«

Ich blies Luft durch die Nase.

»Ich könnte Ihrem Konto ein wenig auf die Sprünge helfen«, sagte sie schließlich, und ich wurde hellhörig. Sie erkannte sofort, dass sie mein Interesse geweckt hatte und fuhr fort. »Sie sehen so aus, als wären Sie die Richtige für den Job. Kommen Sie morgen früh um neun dorthin.« Sie reichte mir eine Karte. Ich las den Namen Viktoria Bocholt.

»Sind Sie das?« Ich zeigte auf den Namen.

Sie nickte. »Seien Sie pünktlich.«

Damit zog sie einfach ab und ließ mich völlig perplex zurück. Ich guckte auf die Karte. Es war eine Adresse in Witten. Keine Telefonnummer, kein Logo, kein Hinweis darauf, was zum Teufel ich um neun Uhr bei ihr zu suchen hatte. Ich schlurfte die Schaumkrone vom Glas, steckte die Karte ein und fühlte, wie mein Herz ein paar Takte schneller tanzte. Vielleicht war es das. Vielleicht war Viktoria Bocholt das Unvorhergesehene, auf das ich die ganze Zeit gewartet hatte. Eine adrett gekleidete Fremde, die sich mit den Gepflogenheiten der Schuldverschreibungen auskannte und wusste, wie man Pechvögel wie mich und Boris Bäcker um den kleinen Finger wickelte. Aufgeregt kaute ich auf der Unterlippe. Welche Art Job war es, den sie mir anbot, und warum war ausgerechnet ich die Richtige dafür? War Boris Bäcker womöglich ebenfalls der Richtige gewesen? Ich ließ mir den Namen noch einmal durch den Kopf gehen: Viktoria

Bocholt. Er klang authentisch, nicht wie ein Deckname. Womöglich würde mir das Internet gute Dienste leisten und mir helfen, herauszufinden, was sich hinter diesem Namen verbarg. Was es mit dem Job auf sich hatte. Also nahm ich mir fest vor, gleich nach meiner Heimkehr den Laptop anzuwerfen und herumzustochern. Ich überlegte noch eine ganze Weile, doch irgendwann versperrte mir Theo, der Glatzkopf, die Sicht auf meine Luftlöcher.

»Esther, hallo!«, rief er feierlich aus und grinste bis über beide Ohrläppchen. Doch sein Lächeln erstarb, als er die Holzkiste sah. »Sie haben Schulden gemacht«, stellte er fest.

Ich verdrehte die Augen.

»Da müssen Sie ganz schön Eindruck hinterlassen haben. Den Schuldschein kriegt nicht jeder.«

»Sie auch nicht?«

Er rümpfte die Nase. »Ich brauche den Schein nicht. Ich hab genug Geld.« Er setzte sich neben mich auf den Barhocker. »Haben Sie dieses Bier schon bezahlt?«

Ich nickte.

»Dann bezahle ich das nächste.«

»Danke. Für heute hatte ich genug Bier.«

»Dann bestellen Sie sich halt etwas anderes.«

Ich trank mein Glas leer. Es war mehr als halb voll gewesen.

Theo pfiff durch die Zähne. »Sie haben einen ordentlichen Zug.«

»Ich komme nach meiner Mutter«, erwiderte ich und er schlug sich vor Lachen die Hand aufs Knie, als ob ich einen Scherz gemacht hatte. Ich bestellte einen Caipirinha und bemühte mich, kaum dass Theo bezahlt hatte, seine quirlige Hand von mir fernzuhalten.

»Ich mag Ihr Muttermal«, ließ er mich unvermittelt wissen.

»Welches? Ich habe zwei.« Ich verzichtete auf das Geplänkel mit dem Strohhalm und trank direkt aus dem Glas. Als ich den Kübel zurück auf den Tresen stellte und meinen Kopf drehte, merkte ich, dass ich bereits ordentlich einen im Tee hatte.

»Dieses«, präzisierte Theo und berührte mit seinem Finger das Muttermal auf meiner linken Wange. Reflexartig schlug ich seine Hand weg, wie eine lästige Fliege. Es stieß ihm sauer auf.

»Zeit, dass ich gehe«, sagte ich und stand auf. Der Boden bewegte sich. Ich ging ein paar Schritte vorwärts, aber der Laden arbeitete gegen mich.

Theo stand wieder neben mir. »Ich fahre Sie nach Hause.«

»Ich nehme ein Taxi«, erwiderte ich.

»Auf gar keinen Fall. Die Taxifahrer sind eine echte Katastrophe.«

Unweigerlich musste ich bei diesem Satz an Gregor denken und mich überfiel spontane Trübsal.

Ich ging durch die Eingangshalle und wartete nicht darauf, dass der Portier mir die Tür öffnete, sondern stieß sie mit der Schulter auf, die Holzkiste fest unter den Arm geklemmt.

Theo packte mich ruppig am Arm. »Sie sind betrunken.«

»Und Sie sind lästig«, giftete ich ihn an und stolperte die Marmortreppe hinunter. Die Treppenbeleuchtung flimmerte dabei wie Glühwürmchen vor meinen Augen. Unten angekommen zog Theo mich unwirsch zu sich heran und drückte mir seine Lippen auf den Mund. Seinen Versuch, die Zunge zwischen meine Lippen zu schieben, konnte ich im Keim ersticken. Ich stieß ihn weg und angelte mit einem Fuß in der Luft in der Hoffnung, sein Schienbein zu treffen, doch ich trat nur ins Leere. Schnellen Schrittes entfernte ich mich von ihm. Währenddessen wurde ich im Kopf klar genug, um in meiner Handtasche nach dem Reizgas am Schlüsselbund zu suchen. Mit einem Mal hörte ich eine zweite Stimme, die ich nur zu gut kannte.

»Wer sind Sie?«, pöbelte Theo ihn an.

»Kriminalpolizei«, sagte Schalke. Er war in Zivil gekleidet, relativ chic, aber ohne Jackett oder ähnlichen Firlefanz. Theo merkte, dass ich Schalkowski kannte. »Sind Sie der Beamte, der die beschlagnahmten Drogen verscheuert?«

Schalkowski war verblüfft und gab sich entsprechend wortkarg. Ich war allerdings wieder dem Rausch des Alkohols erlegen und begann, laut und schallend zu lachen. Ich hörte nicht mehr, was die beiden besprachen. Doch es dauerte nicht lange und Theo zog ab. Als Mr. Kripo auf mich zukam, schien er ziemlich verärgert.

»Sind Sie gekommen, um mir Hausverbot zu erteilen?«, teilte ich sofort aus.

Er wich aus. »Ist der Kerl da handgreiflich geworden?«

»Nein. Und dem hätte ich es schon gegeben«, nuschelte ich. »Kerle wie den esse ich zum Frühstück.«

Schalkowski nickte. »Sie wollten doch nicht etwa Auto fahren?«

»Quatsch«, winkte ich ab und verlor dabei beinahe die Holzkiste.

»Kommen Sie. Ich bringe Sie nach Hause.«

»Fahren wir mit Blaulicht?«, fragte ich sofort und trottete hinter ihm her.

»Ich bin doch nicht mit dem Streifenwagen hier.«

»Schade«, sagte ich traurig. »Ich steh auf Blaulicht.«

Schalke fuhr einen Renault Laguna und ich versank sofort in den weichen Veloursspolstern, als ich mich hineinsetzte. »Ich steh auf Renault«, gackste ich.

Er fuhr den Lütgendortmunder Hellweg hinunter. Das vorbeifliegende Licht der Laternen schlug wie Blitze gegen sein Gesicht und brachte seine Augen zum Funkeln. Bei mir funkelte gar nichts mehr. Er stierte konzentriert auf die Straße. Seine Züge waren durch das Lichtspiel im Dunkel markant in Szene gesetzt. Als er zu mir herübersah, lächelte er.

»Was wollten Sie im Casino?«, fragte ich ihn.

»Ich hatte eine Verabredung.«

Ich glotzte ihn an. »Etwa mit der minderjährigen Brünetten in Rot?«

»Nein. Und Annette ist nicht minderjährig«, verteidigte er sie sofort.

»Annette. So, so«, wiederholte ich schnippisch. »Wie alt ist sie denn?«

»22.«

»Ist sie nicht ein bisschen zu jung?«

»Zu jung für was?« Er guckte mich an. »Und für

wen? Ich bin 29. Und auch wenn es Sie nichts angeht: Annette und ich haben darauf angestoßen, dass sie nach meinem Spiel, auf das sie gesetzt hatte, quasi ihr Bafög verdoppeln konnte. Das war alles.«

»Bafög. Aha. Was studiert sie denn?«

»Kunstgeschichte.«

Ich stieß einen quäkenden Ton hervor.

»Glaubten Sie etwa, ich hätte was mit ihr?«

Ich zuckte mit den Schultern und sah aus den Augenwinkeln, dass er grinste.

»Also doch eifersüchtig«, sagte er triumphierend.

Schalke verließ die A 40 auf Höhe von Hamme und erwischte eine Grünphase, als er auf die Dorstener Straße bog. Mittlerweile hatten meine Lider ein Eigenleben entwickelt und machten unentwegt die Schotten dicht. Erst als die hypnotischen Geräusche des Motors erstarben, merkte ich, dass der Laguna bereits vor meinem Haus parkte. Schwerfällig setzte ich mich auf. Als Alexander mich ansah, gähnte ich.

»Kommen Sie«, sagte er und schnallte sich ab. »Ich helfe Ihnen hoch.«

»Ich kann das allein«, motzte ich und löste den Gurt.

»Genau«, tat er wissend und stieg aus dem Wagen. Als ich meine Tür öffnen wollte, rutschten meine Finger ab. Er erledigte den Job für mich.

»Mit der Tür stimmt was nicht.«

»Das ist die Kindersicherung«, log er und ich kicherte.

Vor der Haustür begann ich, eine Ewigkeit lang nach meinem Schlüssel zu suchen. Ich hatte Probleme, den

Boden unter mir zum Stehen zu bringen. Irgendwann wurde Schalkowski des Spiels überdrüssig und nahm mir die Tasche ab. Er fand den Bund und hielt es nicht für nötig, mich nach dem passenden Schlüssel zu fragen, sondern probierte einen nach dem anderen aus. Müde schleppte ich mich die Treppen hinauf und hielt ihn mit wildem Gewinke davon ab, mir zu helfen. Der Weg nach oben dauerte ungefähr dreimal so lange als sonst, aber ich schaffte ihn allein. Er überholte mich auf den letzten Stufen und schloss mir die Wohnungstür auf.

»Danke«, sagte ich und hielt ihm meine Hand hin. Artig legte er den Schlüssel hinein.

»Ich helfe gerne.« Ernst sah er mich an und ich fühlte, wie mir eine warme Gänsehaut über den Rücken flog. Ich hielt seinem Blick stand und beobachtete wie in Zeitlupe seine Lippen, die näher und näher kamen. Mein Herz pumpte eifrig den Alkohol durch die Blutbahnen und ein leichter Schwindel schwirrte mir über die Augen. Ich roch sein Aftershave und fühlte die Wärme, die sein Oberkörper abstrahlte, als er sich in meine Richtung neigte. Sein Mund öffnete sich zaghaft und ich spürte seinen sanften Atem auf meinen Lippen. Dann machte es klick, das Flurlicht erlosch und wir standen im vollendeten Dunkeln. Nervös drehte ich mich weg und schaltete die Beleuchtung wieder an. Schalkowski stand wie eine Eins und räusperte sich. Peinliche Stille kam über uns.

»Ich bin übrigens das ganze Geld losgeworden«, sagte ich schnell und er nickte verständig. Ich ging hinein und ließ die Tür hinter mir ins Schloss fallen, ohne mich von ihm zu verabschieden. Ich legte die Holzkiste in dem Korbsessel neben der Tür ab, drehte mich um meine eigene Achse und begann, meine Stirn sachte, aber bestimmt gegen den Türrahmen zu schlagen.

»Mist. Mist. Mist«, sagte ich immer wieder.

Als es an der Tür klingelte, rutschte mir das Herz bis unter die Kniescheibe. Ich machte auf und war wenig überrascht, dass Alexander Schalkowski auf der anderen Seite der Fußmatte stand.

»Möchtest du nicht auf einen Kaffee reinkommen?«, fragte ich ihn, ehe er etwas sagen konnte. Schalke trat durch die Tür, schloss sie leise hinter sich und legte seine Hände vorsichtig, aber entschlossen um meinen Nacken, der augenblicklich an Temperatur gewann. Sachte küsste er mich erst auf die Oberlippe, dann auf die Unterlippe. Anschließend öffnete er seinen Mund und ließ seine warme Zunge durch meine Lippen gleiten. Ein heißer Regen rieselte auf mich hernieder und verursachte tausend wohlige Stiche auf meiner Haut. Ich umarmte seinen Hals und erwiderte seine Küsse mit nicht weniger fordernden Schubsern. Plattfüßig schlich ich rückwärts durch den Flur, Alexander folgte mir mit kleinen Schritten. Der Alkohol kribbelte wie Riesling in meinem Kopf und ich torkelte, kaum wie ich die Augen wieder schloss. Er roch würzig nach Bergamotte, holzig nach Zeder. Ungeschickt drückten wir unsere Nasen aneinander und schnürten uns beinahe gegenseitig die Luft ab. Als wir durch die Schlafzimmertür taumelten, schob er seine Hände unter meine Bluse und fuhr mit den Fingern die knochige Straße meiner Wirbelsäule hinauf. Ich bekam eine Gänsehaut.

Im Schlafzimmer war es stockduster und ich stieg rückwärts über meinen Wäscheberg. Alexander gelang dieser Aufstieg nicht und er stolperte, noch während er sich sein Hemd über den Kopf zog. Er fiel beinahe vornüber, konnte sich aber noch am Fußende des Bettes aufstützen. Ich sabberte vor Lachen, stockte jedoch, als ich seine Finger fühlte, wie sie meine Blusenknöpfe bearbeiteten. Ich hörte mir beim Glucksen zu. Seine nackte Brust schmiegte sich an meine, was mich seltsamerweise ärgerte, weil ich sie gerne gesehen hätte. Ich stolperte über meine eigenen Füße und fiel mit einer drögen Ästhetik aufs Bett, die selbst die Herzogin von Cornwall und Rothesay, Camilla Parker Bowles, nicht hätte unterbieten können. Geschmeidig glitt Alexanders Körper über meinen und seine Brusthaare kitzelten auf meiner Haut. Sein schwerer Atem schlug gegen mein Ohr, als er sich zwischen meine Beine schmiegte und die Erkenntnis, dass er sich zu diesem Zeitpunkt bereits seiner Hose entledigt hatte, brachte mich irrsinnigerweise zum Lachen. Zum Glück ließ er mich mit einem Kuss verstummen, denn ich hatte nicht den Eindruck, dass ich ohne Weiteres damit aufgehört hätte.

12.

Die Nacht war lang und innig und der Morgen kam umso schneller; mit einem gleißenden Licht, unter welchem ich beinahe zu Staub zerfiel. Ein durchdringendes Fiepen stach in mein Ohr und brachte meine Synapsen zum Vibrieren. Erst glaubte ich, es wäre ein Tinnitus. Aber dann zog Alexander den Arm, den er um meinen Bauch geschlungen hatte, zurück und schaltete den Wecker seiner Armbanduhr aus. Ich drehte mich zu ihm, was meinen verkaterten Schädel bis aufs Äußerste forderte. Er lag auf dem Rücken, seine Augen konzentriert auf die Uhr gerichtet. Unter seiner Nase begrüßte ein sexy Bartschatten den Tag.

»Wie spät ist es?«, flüsterte ich.

Er drehte seinen Kopf zu mir und jeder Zentimeter seines Gesichtes lächelte mich an. Er strich mir eine Strähne aus dem Gesicht. »Sieben Uhr.« Er setzte sich auf.

»Was ist los?«

»Ich muss zur Arbeit«, sagte er. »Und heute habe ich einen längeren Weg vor mir.«

Ich stupste ihn mit dem Zeigefinger in die Hüfte. »Sehr unwahrscheinlich. Ich habe dein Bochumer Kennzeichen gesehen.«

Er grinste.

»Wo wohnst du?«, hakte ich trotzdem nach.

»In Langendreer. Das sind immerhin fünf Minuten mehr auf der A 40.« Nacheinander suchte er seine Klamotten auf. »Was ist mit dir? Musst du nicht zur Arbeit?«

»Ich habe Gleitzeit.«

Er ging ins Bad und wusch sich die Nacht aus dem Gesicht. Langsam richtete ich mich auf und musste einige Pausen einlegen, um zu vermeiden, dass mein Kopf von den Schultern rollte. Alexander kam angezogen zurück und ließ sich auf der Bettkante nieder.

»Ich bin heute bis abends in Münster in der DHP. Wollen wir anschließend Essen gehen?«

Ich schnurrte. »Das klingt außerordentlich hervorragend.«

»Ich rufe dich an«, versprach er, küsste mich und stand auf. Ernst sah er auf mich herab. »Ich gehe nicht gerne. Schon gar nicht so schnell. Aber ich muss wirklich los.«

Ich nickte ihm ermutigend zu und ließ mich, als er die Wohnungstür hinter sich schloss, zurück ins Bett fallen. Mein Schädel war eine Melone mit einem aggressiven Wespennest im Kern, meine Zehen waren von den Schuhen wund gescheuert, doch ich fühlte mich wunderbar. Ich rollte mich in die Kissen und schnüffelte in die Daunen. Es duftete nach seinem Aftershave, nach Bergamotte, Zedern und Sandelholz. In meinem Bauch begann es zu kribbeln, aber ich merkte rechtzeitig, dass dies nicht die gelobten Schmetterlinge waren. Schnell kam ich auf die Füße, hetzte ins Bad und hielt den Kopf über das Waschbecken. Die Bodenfliesen fuhren Karussell und das Tageslicht stach mir in die Augen, doch alles blieb dort, wo es hingehörte. Schwer atmend drückte ich meine Handflächen gegen die Stirn und suchte parallel nach den Schmerztabletten im Spiegelschrank. Ich ließ mir Badewasser ein, setzte mich auf den Rand und hielt für eine Weile meine Füße unter den Wasserstrahl.

Ich kannte ihn gerade mal drei Tage. Wie konnten wir nur so schnell im Bett landen? Zugegebenermaßen war er ein sehr attraktiver Typ: Dunkle Haare, dichte Brauen, rehbraune Augen. Sein Kinn hatte eine ausgeprägte Furche, seine Nase war einen Tick zu schmal, als dass sie als Zinken durchgehen würde. Und dann diese Schmollllippen, von denen ich nie geglaubt hätte, sie könnten bei einem Mann sexy aussehen. Außerdem war er groß, witzig und er musste auch mental einiges auf dem Kasten haben. Doch normalerweise ließ ich mir für intime Geplänkel etwas mehr Zeit. Und schon gar nicht ließ ich mich hinreißen, wenn ich bis zur Oberlippe bezecht war.

Was fand er überhaupt an einer Älteren wie mir?

Das Wasser stand mir mittlerweile bis zu den Knöcheln und nach und nach kamen einige andere Erinnerungen an den Vorabend zutage. Theos widerliche Zunge und das Darlehen der Hausbank stießen mir dabei besonders übel auf. Dieser Fall hatte mir fast nur Unglück gebracht. Er hatte mich in Schulden getrieben und zu einem handfesten Streit mit meinem Bruder geführt. Meine Beziehung zu Sascha Richter hatte dadurch ebenfalls einen absoluten Tiefpunkt erreicht. Ganz zu schweigen davon, dass mir die Arbeit keinen Cent Provision einbrachte, mit Ausnahme der geklauten Spesen. Der einzige Lichtblick in der Sache war Alexander.

Ich musste dringend mit Hans Dübel über meine Schulden reden. Irgendwie musste man die Sache doch rückgängig machen können.

Etwas später, um Viertel nach acht, rannte ich nackt und aufgedreht durch den Flur und sortierte die Wäsche aus. Ich hatte völlig vergessen, dass ich um neun Uhr in Witten bei Viktoria Bocholt sein musste! Meine Google-Session, die ich mir für den gestrigen Abend vorgenommen hatte, hatte ich total verpennt und mir gefiel der Gedanke nicht, völlig unvorbereitet nach Witten zu fahren. Doch nun hatte ich keine Wahl mehr. Schnellatmig hüpfte ich in meinen Jeansrock und zog mir ein Top über den Kopf. In Rekordgeschwindigkeit putzte ich mir die Zähne, tuschte meine Wimpern und föhnte mir die Haare. Eine Viertelstunde später hetzte ich die Treppen hinunter und stellte mit blankem Entsetzen fest, dass mein Twingo nicht am Bürgersteigrand parkte und es dauerte einige Sekunden, bis mir wieder einfiel, dass ich den Wagen vor der Zockerbude zurückgelassen hatte. Rein instinktiv griff ich zu meinem Handy, doch mir wollte partout niemand einfallen, der mich kurzfristig nach Witten hätte bringen können. Daher rannte ich zurück in den Hausflur und klingelte über dem Restaurant bei Familie Galanis an. Anastasios öffnete mit einer Zahnbürste im Mund die Tür. Weißer Schaum tropfte aus seinen Mundwinkeln.

»Du musst mir helfen.«

Seine Bürste wackelte wie eine kubanische Giftnudel. »Ich weiß nicht, ob ich das will.«

»Leihst du mir dein Auto?«

Er nahm die Zahnbürste aus dem Mund. »Auf gar keinen Fall.«

»Warum nicht?«

»Elena würde das nie erlauben.«

»Was? Warum nicht?«

Er ließ die Zunge über die belegten Zähne gleiten. »Es ist wegen dem Twingo. Wie er aussieht.«

Ich verdrehte die Augen. Gegen seine Frau Elena konnte ich unmöglich anstinken. »Komm, lass stecken. Kannst du mich wenigstens fahren?«

»Wohin?«

»Nach Witten.«

»Was willst du denn da?«

Ungeduldig zuckte ich mit dem Kopf. »Können wir das nicht während der Fahrt besprechen? Bitte! Es ist sehr wichtig.«

Er zögerte kurz. »Gib mir fünf Minuten.« Er schluckte Zahnpastaschaum herunter. »Und keine Waffen im Auto, capito?«

»Si, Signore.«

Knappe zehn Minuten später saßen wir in seinem gepflegten Nissan Micra, einer weißen Pizzapritsche, die nach Tomatensauce und Knoblauch roch. Elena war eine sehr kleine Frau und schien nach Vollendung ihres 45. Lebensjahres altersbedingt wieder einzuschrumpfen. Sie war eine Griechin mit Herzblut, laut und beleibt, und brauchte beim Einstieg ins Auto offensichtlich einen Fußhocker. Als ich mich hineinsetzte, musste ich meine Knie unter die Brust klemmen.

Anastasios las meine Gedanken. »Wehe, du verstellst den Sitz! Elena wird sonst fuchsteufelswild.«

Wir verließen die Autobahn in Richtung Witten-Zentrum und Anastasios folgte dem Schienennetz auf der Hauptstraße, ohne mit den Reifen die Rillenschienen zu berühren. Dass er dadurch hin und wieder mit der Gegenfahrbahn oder dem Bürgersteig kopulierte, schien ihn nicht zu stören. Ganz im Gegenteil. Wenn es sein musste, machte er einfach eine neue Spur auf oder bediente sich der Parkbuchten und eingesenkten Bushaltestellen.

Das Haus, entsprechend der Beschreibung auf Bocholts Visitenkarte, befand sich abschüssig in einer Hauptstraße. Trauerweiden mit tief hängenden Zweigen auf dem Gelände verbargen den Großteil des grauen Betonblockes. Die Zuwegung zum Hof war mit hellem Schotter aufgeschüttet und ich bat meinen Chauffeur, am Straßenrand zu warten.

»Wie lange wird das dauern?«, fragte er.

»Ich habe keine Ahnung.«

»Ich warte nicht länger als eine halbe Stunde.«

»Das ist nur fair«, sagte ich und stieg aus.

Unter meinen Schuhen knirschte der Schotter, die pochenden Kopfschmerzen drangen tiefer in mein Gehirn. Der Rasen war frisch gemäht und das duftende, feuchte Gras war unaufgeräumt über die gesamte Fläche verstreut. Ich schlängelte mich durch den Dschungel verwachsener Trauerzweige und staunte nicht schlecht, als sich der graue Betonblock als eine dreigeschossige Jugendstilvilla mit fünfeckigem Stubenerker entpuppte. Bei näherem Hinsehen fiel mir allerdings auf, dass das

Haus einer dringenden Sanierung bedurfte: Die Fassade blätterte ab, die Fensterrahmen waren verzogen, das Holz gesplittert. Selbst durch den Spalt der Haustür konnte man eine komplette Zeitschrift schieben. Da drinnen musste es wie Hechtsuppe ziehen. Ich hörte ein Stimmengewirr und wollte durch die Fenster sehen, doch sie waren allesamt verhangen oder mit Pappkartons zugestellt.

Das Ganze machte keinen vertrauenswürdigen Eindruck auf mich. Außerdem war es eine Schande, das Haus so verkommen zu lassen, und ich fragte mich, ob man daraus irgendwelche Rückschlüsse auf die Bewohner, insbesondere auf Viktoria Bocholt, ziehen konnte. Doch wie so oft war die Neugier stärker als der Verstand und ich sah meinem Zeigefinger dabei zu, wie er auf die glanzlose Messingklingel ohne Namensschild drückte. Der Klang der Glocke hallte in meinem geschundenen Gehirn wider.

Ein Mann öffnete die Tür. Er hatte dicke Wülste über den Augen, eine fliehende Stirn und eine flache Nase mit breiten Nüstern. Seine Ohrläppchen waren mit stählernen Fleischtunneln ausgeschlagen, der Wuchs seiner rechten Augenbraue war durch einen Rasurschnitt unterbrochen. Ich bekam das dringende Bedürfnis, mich vom Acker zu machen. Doch der Typ hielt mir seine fleischige Hand hin und lächelte so nett, wie es mit seinem Gesicht überhaupt möglich war.

»So wie du gucken alle. Ich bin Günther. Komm rein.«

Ich schlug nicht ein, sondern winkte nur zaghaft aus Angst, er könnte meine Hand zerquetschen. Ich folgte ihm durch den Flur. Der Zustand der Innenräume war um einiges besser. Die Wände waren weiß, der Boden mit Terrakotta gefliest. Eine Anrichte war mit Potpourrikörben jeder Couleur zugestellt und es duftete nach Lavendel, Vanille und Sandelholz. Daneben stapelten sich ähnliche Kartons, wie ich sie schon am Fenster gesehen hatte. Gelächter drang durch den Torbogen zum Wohnzimmer, Viktoria Bocholt kam mir bereits entgegen. Ihr Haar war wieder hochgesteckt, unter ihren Augen wirkte die Haut von grauen Tränensäcken aufgebläht. Sie trug eine fliegende weiße Stoffhose und ein schwarzes Top, was sie insgesamt nur noch filigraner und schmalbrüstiger machte.

»Ich dachte schon, Sie kommen nicht«, sagte sie mit zarter Stimme und gab mir die Hand.

»Ich habe verschlafen.«

Hinter Bocholt erschien eine geschmeidige, metrosexuelle und halb hohe Gestalt. Sie trug weiß, und zwar überall. Ihr Kopf schmückte eine braune Elvislocke.

»Das ist Toni«, stellte sie sie vor. Toni nickte eifrig. Er trug pfirsichfarbenen Lidschatten, ein schwarzer Kajalstrich umrandete seine Augen. Seine Wangen wirkten aufgespritzt.

»Toni ist unser Fotograf«, läutete Bocholt die erste Runde ein. »Wir möchten ein paar Fotos von Ihnen machen.«

Mir fiel die Kinnlade runter. »Fotos von mir? Warum? Wofür?«

»Sie sind mir aufgefallen. Sie passen in das Beuteschema unserer Zielgruppe. Und Sie sahen so aus, als würden Sie einen kleinen Nebenverdienst gut gebrauchen können.«

Ich dachte, ich hörte nicht richtig. Beuteschema der Zielgruppe?

»Normalerweise spreche ich keine Frauen an«, verkündete sie so verlegen, dass ich es ihr beinahe abkaufte. »Aber langsam gehen uns die Models aus.«

»Models wofür?«

Sie blickte an meiner Schulter vorbei. »Günther?«

Günther stand noch hinter mir und machte nach dem Kommando urplötzlich kehrt. Ich hörte ihn im Flur fuhrwerken, wenig später kam er mit einem Karton zurück. Bocholt nahm den Karton entgegen, öffnete ihn und hielt mir das Prachtstück hin.

»Dafür.«

Es war ein Vibrator. Er war lang, pink und widernatürlich gestaltet, denn er hatte stecknadelgroße Noppen auf der Spitze. Mit entzückten Lippen bot Viktoria ihn mir feil.

Ich verfiel in Schnappatmung. »Packen Sie das Ding weg!«

»Nur zwei oder drei Fotos. Man wird Ihr Gesicht auch nicht sehen.«

Meine Birne schwoll zu einem roten Ballon an. »Ja, aber dafür sieht man was anderes!«

Toni und Günther gaben sich wort- und gestenkarg. Offenbar waren sie mehr als einmal mit derartigen Reaktionen konfrontiert worden. Mit durchgestrecktem Arm machte Bocholt einen Schritt vorwärts und hielt mir den Vibrator vor die Brust. Aus reinem Selbstschutz sprang ich zur Seite. Bocholt lachte.

»Haben Sie Angst vor batteriebetriebenem Plastik?«

Günther grummelte, Toni kicherte. Das war psychologische Kriegsführung. Aber ich war weder verklemmt noch hatte ich Angst vor Plastikware. Daher hielt ich dieses Mal still und Bocholt tat einen Schritt zur Seite. Leidenschaftslos umfasste sie den Plastikschniedel am Schaft und bewegte ihn wieder bis vor meine Brüste. Mit der anderen Hand machte sie eine Bewegung, als wollte sie mir den Kopf abschneiden.

»Ein Foto von hier bis zum Bauchnabel.«

»Und der da?« Ich schielte auf den Vibrator.

»Kopfüber rein.«

»Wo rein?«

»In den Ausschnitt.«

Ich musste sie wie ein wildes Nashorn angeguckt haben, denn prompt trat sie wieder zur Seite.

»Nein.«

»Sie tragen einen qualitativ hochwertigen Push-up-BH dabei.«

Ich schüttelte mit dem Kopf.

»Den können Sie nach der Aufnahme behalten. Im Laden kostet der mindestens 40 Euro.«

»Nein, danke.«

»Ich kann Sie in einer Modelkartei eintragen. Für andere Aufnahmen dieser Art«, handelte sie weiter.

Mir blieb die Luft weg. »Auf gar keinen Fall.«

Ich schlängelte mich an ihrem Arm vorbei und drehte mich um. Auf dem Weg fielen mir wieder die zahllosen unbeschrifteten Kartons in den Regalen auf. Es mussten hunderte dieser Vibratoren sein.

»200 Euro?«, rief mir Bocholt hinterher. »Für fünf Aufnahmen.«

Ein Bein blieb in der Luft stehen, während ich mich umdrehte. Ich atmete durch. »Drei Aufnahmen. Und der da«, ich zeigte auf Günther, »verschwindet.«

Nach einer Dreiviertelstunde verließ ich mit sonnengepudertem Dekolleté, einer auf Prada machenden Tasche sowie einem Barscheck die Villa. Den Push-up-BH durfte ich wie versprochen ebenfalls behalten. Günther war nicht begeistert gewesen, dass er des Raumes verwiesen worden war, aber durch die Gegenwart von Homo-Elvis war ich nicht wesentlich entspannter – was mir allerdings nicht zu verübeln war; hatte die Bocholt ihren Dauerfreund aus Plastik alles andere als würdevoll zwischen meine Brüste gestopft. Sie gab mir einen Hinweis darauf, wo die Bilder zu sehen sein würden, doch ich war abgelenkt von der Plastikgurke, die sich gegen mein Brustbein quetschte, und hörte nicht richtig zu. Bocholt schien es mir nicht übel zu nehmen. Anscheinend hatte sie bereits ähnliche Erfahrungen mit anderen, von der Straße geholten Möchtegern-Models gemacht.

Äußerst dankbar stieg ich zu Anastasios in den Wagen. »Danke, dass du gewartet hast.«

Er rümpfte die Nase. »Du riechst komisch.«

»Das kommt von dem Potpourri.«

Er schüttelte den Kopf. »Nein. Das ist es nicht.«

Meine Wangen wurden heiß.

»Es riecht nach Gummi. Nach Latex«, spekulierte Anastasios.

»Gummi«, sagte ich sofort. »Das war Gummi. Die Weichmacher.«

»Was hast du da noch gleich gemacht?«

»Meine Miete verdient.« Oder zumindest einen Teil davon.

»Echt? Ein Nebenjob?« Er strahlte und vergaß den Gedanken an Latex sofort. »Kann ich da auch mitmachen?«

Das bezweifelte ich. Und ich ging sogar so weit zu glauben, dass Bäcker ebenfalls keinen Fuß in diese Villa gesetzt hatte. So lukrativ die kleine Aufgabe auch für mich war. In Bezug auf den Fall war der Job eine Sackgasse.

Von Anastasios erntete ich anrüchige Blicke, als er mich in Lütgendortmund vor dem Casino absetzte. Zwar löcherte er mich nicht deswegen – und das rechnete ich ihm hoch an –, aber er hatte nicht nur das Gedächtnis eines Elefanten, sondern er war auch sehr nachtragend. Ich konnte davon ausgehen, dass er mir in den kommenden 20 Jahren kein Geld mehr leihen würde aus Angst, ich könnte es in der Spielhölle verprassen.

Der Parkplatz des Lütgen-Casinos war wie leer gefegt. Lediglich drei Fahrzeuge, mein Twingo eingeschlossen, standen auf dem Gelände. Es war halb elf und die Sonne schien mir beharrlich auf die Schultern. Die Spielbank würde erst um sieben wieder die Tore öffnen und ihr Teufelswerk verrichten.

Mein Auto stand im Schatten der Buchshecke, sodass die Temperatur im Innenraum einigermaßen auszuhalten war. Mit halb offenen Fenstern fuhr ich auf den

Ruhrschnellweg und fühlte, kaum wie ich 100 Stundenkilometer auf dem Tacho hatte, ein leichtes Kribbeln in der Magengegend, als ich die Ausfahrt Bochum-Langendreer passierte. Gerne hätte ich Alexander angerufen, aber der turnte gerade in Münster in der Polizeihochschule herum und hätte kaum Zeit für einen Plausch gehabt. Trotzdem bekam ich Herzrasen, als zum gleichen Zeitpunkt mein Handy bimmelte. Das musste Telepathie sein.

Ich griff nach dem Telefon und überfuhr beinahe die Spurstreifen der Autobahn. Doch es war nur Corinna.

»Bist du nicht in der Berufsschule?«, fragte ich mit einem mütterlichen Unterton.

»Klar. Hab gerade Pause.« Sie gab sich lässig. »Ich habe übrigens den Mieter der Garage ausfindig gemacht.«

Tarek Tozduman! Die Sache hatte ich schon völlig vergessen. »Und?«

»Die Baracke ist eine von Papas Mietgaragen. Er hat insgesamt drei davon.«

»Was. Metin?«

»Jup. Meinst du, er weiß, was sein Sohnemann dort treibt?«, fragte Corinna.

»Wohl kaum. Ansonsten hätte Jüngelchen seinen Papa schon selbst darum gebeten, Opa von ihm fernzuhalten.«

»Auch wieder wahr. Also, was machen wir?«

»Was weiß ich«, nölte ich. Die Aufgabe reizte mich nicht im Geringsten. Ich hatte momentan andere Probleme, als mich einem pickeligen, rebellierenden Teenager an die Fersen zu heften. 2.000 Euro Schulden zum

Beispiel. »Wieso hängst du dich eigentlich so rein? Ich dachte, du wärst fertig mit der Familie.«

»Bin ich auch. Das hier ist eine rein geschäftliche Sache. Zwischen Metin und mir, sozusagen. Also, sollen wir es ihm erzählen?«

»Nein«, sagte ich sofort.

»Dachte ich es mir doch.« Ich konnte förmlich sehen, wie Corinna grinste.

»Erst will ich wissen, was in der Garage ist. Und wenn wir es ihm vorher erzählen, wird er den Job abblasen und wir stehen mit nichts da.« Vielleicht wäre es das Beste gewesen, denn in diesem Fall wäre ich den Job ein für allemal los gewesen. Aber ich hatte das Gefühl, dass in dieser Garage ein paar Insiderinformationen lauerten, mit denen ich Metin gehörig eins reinwürgen konnte. Und an so einer Chance konnte ich auf gar keinen Fall vorbeigehen.

»Ich werde den Jungs nachher vor der Garage auflauern und mir die Büchse von innen zeigen lassen.«

»Ich komme mit!«, schrie Corinna in den Hörer.

»Du hast Berufsschule.«

»Ich habe aber plötzlich ganz doll Bauchschmerzen«, jammerte sie. »Hol mich um zwei zu Hause ab. Ich will unbedingt dabei sein.«

Ich legte auf und rief direkt Metin an. »Ich kann nicht ins Büro kommen.«

»Warum nicht? Wer ist jetzt tot?«

»Niemand. Ich muss ein paar Dinge erledigen.«

Er grummelte etwas in den Hörer.

»Dein Sohn gehört auch dazu. Kannst du mir für heute noch einmal deinen Vater vom Leib halten?«

Es kam wie aus der Kanone geschossen: »Hab ich schon. Er bekommt Besuch von meiner Tante Esra«, ließ er mich wissen. »Bei der hilft auch kein ›Sesam öffne dich‹. Die lässt niemanden raus.«

»Von mir aus«, sagte ich nur.

»Aber hol dir vorher noch deine Glock ab.«

»Wozu?«

»Panko ist wieder im Lande.«

Die Nachricht ging runter wie ein Stapel trockener Toastbrote.

»Er war gerade hier und hat dich gesucht. Und er war ziemlich angepisst.«

Ich hielt es nicht für nötig, mir meine Glock 38 aus Metins Waffenschrank zu holen. Wie immer übertrieb er maßlos und ich wusste, dass ich von Gregor nichts zu befürchten hatte. Vorsichtshalber rollte ich trotzdem die Dorstener Straße rauf und runter und lugte in jede Gasse, um nach jenem vermaledeiten Taxi zu suchen, welches Gregor gerne spazieren gefahren war. Doch ich wurde nicht fündig. Ich stellte den Twingo in einer Seitenstraße ab und ging, den Schlüsselbund mit dem Reizgas in der Hand, die Straße hinunter. Es war helllichter Tag. Menschen flanierten den von Abgasschwaden getrübten Bürgersteig hinunter. Es gab eigentlich keinen Grund, sich so aufzuführen. Aber meine Fantasie spielte mir einen Streich und ich hatte fast die Befürchtung, dass ich, wenn ich so weitermachte, mal wieder mit Licht schlafen würde.

Ich schloss die Wohnungstür auf und inspizierte den Flur, achtete auf Ungereimtheiten, öffnete jede Zimmertür, warf sogar einen Blick in meinen Kleiderschrank. Doch der große Schreck blieb aus. Alles war wie immer: Die Wäsche türmte sich vor dem Bett, das Geschirr stapelte sich im Waschbecken und eine Banane bräunte sich auf dem Küchentisch in der Sonne. Doch kaum hatte ich meine Tasche in den Korbsessel geworfen, bimmelte die Klingel unter der Decke und ich zuckte zusammen. Ich öffnete die Wohnungstür und lauschte den beschwerlichen Schritten im Treppenhaus.

Es war Anastasios. »Das hier wurde gerade für dich abgegeben.« Er hielt mir eine Schachtel hin. Der Absender war aus Witten.

»Hast du bei deinem Nebenjob vergessen, etwas mitzunehmen?«, fragte er neugierig.

»Wahrscheinlich«, log ich, denn tatsächlich habe ich mich geweigert, etwas mitzunehmen.

»Netter Laden, dass die dir deine Sachen hinterhertragen.«

»Ja, wirklich nett.« Ich ging wieder in die Wohnung, machte die Tür zu und glotzte auf das Paket wie auf eine Schachtel toter Eintagsküken. Eigentlich wusste ich schon, was drin war. Es hatte das richtige Gewicht und es klang auch so, als ich den Karton schüttelte. Trotzdem öffnete ich das Paket und das Überraschungsmoment war immer noch mitreißend. Es war ein Vibrator, schwarz und hässlich wie die Nacht sowie größer als in jeder kühnsten Vorstellung. Und er stank nach Weichmachern. Ich las die beigefügte Karte: »Ein Dankeschön für Ihre Mitarbeit. Batterien sind inbegriffen. Viel Spaß! Viktoria.«

Angeekelt warf ich das Teil in die Schachtel zurück und ging sofort ins Bad, um mir die Hände zu waschen.

Prompt schellte es wieder. Noch mit dem Handtuch in der Hand drückte ich die Klinke herunter und betätigte den Summer, doch wider Erwarten stand mein Gast bereits auf der anderen Seite der Fußmatte.

Sein Bart war gestutzt, sein Lockenkopf verzottelt wie immer. Mir fiel ein kleines Brandloch im Ärmel seines tannengrünen T-Shirts auf. Er trug schwarze Motorradstiefel mit tiefen Profilsohlen, die ihn einige Zentimeter größer machten. Unter den Schatten seiner zusammengezogenen Brauen wurde das Grün seiner Augen zu einem Gemisch aus oliv und grau.

Ich spürte, wie mein Körper auf Abwehrhaltung schaltete. Mein Gehirn stieß Adrenalin und Stresshormone aus, die Herzfrequenz erhöhte sich und sämtliche Verdauungsorgane gingen auf Notstrom. Das Blut rauschte in den Ohren und sammelte sich unter meinem Kinn, und ich erwog in einer Kurzschlussreaktion, dass Angriff die beste Verteidigung sei.

»Warum klingelst du überhaupt? Du hast doch einen Schlüssel.«

»Du würdest nicht wollen, dass ich einfach so hereinplatze«, sagte er fast charmant, würde ich den unterschwelligen Zorn überhören.

Argwöhnisch fixierte ich ihn. Er sah anders aus. Sein Gesicht hatte etwas Farbe, doch er war dünner geworden. Seine Wangenknochen waren stärker ausgebildet und sein Hals wirkte schmal. Seine Augen waren klar und aufmerksam, sodass ich davon ausgehen konnte, dass er nüchtern war.

»Warum gibst du ihn mir dann nicht einfach zurück?«

Er kam herein, ohne auf meine Einladung zu warten. Ich machte ihm nicht Platz, aber er schob sich an mir vorbei und drückte mich dabei zur Seite. Aus den tiefen Fugen seiner Stiefel bröckelte trockene, dunkle Erde.

»Weil ich das nächste Mal nicht wieder die Tür eintreten will.«

»Das nächste Mal«, wiederholte ich spöttisch. Er war ziemlich von sich eingenommen.

Sein Blick fiel auf den offenen Karton mit dem Vibrator darin. »Hübsch«, sagte er und grinste.

Mein Gesicht implodierte vor Scham und ich lenkte sofort ab. »Wo warst du?«

»Geschäftlich unterwegs.« Sein Grinsen erstarb und er ging in die Küche. Unter der Haut seiner Unterarme traten dicke Adern hervor, seine Muskeln waren angespannt und mein geschultes Auge registrierte, dass er trotz des netten Geplänkels fuchsteufelswild war.

»In Holland?« Ich folgte ihm und sah dabei zu, wie er meinen Kühlschrank erforschte. Er nahm die Limo aus der Tür und trank aus der Flasche, ohne mir eine Antwort auf meine Frage zu geben.

»Also?«, fragte ich genervt. »Was gibt's?«

Gregor stellte die Limo zurück. Schlagartig pfefferte er die Tür zu, sodass die Flaschen im Seitenfach klapperten und ich zusammenzuckte.

»Ich habe einen Anruf bekommen.«

Ich schluckte. »Ach ja? Von wem?«

»Von Oskar von der Bochumer Wache. Es heißt, du stellst Fragen über mich.«

Nervös winkte ich ab. »Die haben mir sowieso nichts erzählt.«

Er ging zwei Schritte auf mich zu und sein Arm schoss nach vorn. Unbarmherzig packte er mich im Nacken, seine Finger übten einen unangenehmen Druck aus.

»Du tust mir weh!«, jammerte ich und krümmte mich.

»Hör auf damit«, knurrte er mir ins Ohr. »Untergrabe vor meinen Leuten nicht meine Autorität.«

Ich wand mich aus seinem Griff und zischte ihn an: »Deine Leute? Und welche Autorität denn? Du bist kein Polizist mehr! Deine Karriere ist gelaufen. Und du kannst von Glück reden, dass deine alten Kollegen überhaupt noch ein Wort mit dir wechseln!«

Diesmal streckte er seinen Arm nach meinem Handgelenk aus, aber ich war schneller und rannte in den Flur. »Was soll das werden?«, keifte ich, vom Adrenalin aufgeputscht. »Musst du deine Probleme immer mit Gewalt lösen?«

Er kam um die Ecke und hielt mich fest.

»So wie bei Karim und diesem Nazi auf der Erzbahnschwinge?«

Damit hatte er nicht gerechnet. Sofort ließ er mich los und wir tauschten Blicke, mit denen wir Wände hätten durchbrennen können. Ich sah die Adern, die sich auf seinem Hals abzeichneten. Er ballte die Hände zu Fäusten, aber er blieb einfach stehen.

Ich ging auf ihn zu. »Du wusstest doch von Anfang an, dass ich dich durchleuchten würde. Dass ich keine Ruhe geben würde, bis ich wüsste, wer du bist. Oder warum hast du mich sonst damals mit zum Tatort genommen? Warum haben wir gemeinsam im Verhörsaal gestanden? Wozu sollte ich bei dem Gespräch mit

Ansmann dabei sein, wo doch von vornherein klar war, dass er bei meinem Anblick an die Decke geht? Doch nicht etwa, um vor mir den großen Macker zu spielen. Du wolltest, dass ich dir auf die Schliche komme. Wie diese hirnrissigen Serientäter, die ihre Spuren hinterlassen, um endlich verknackt zu werden.«

Ich nahm seine Hand, doch er entzog sich sofort meiner Berührung. Ich forschte in seinem Gesicht und suchte irgendetwas, was mir eine Reaktion zeigte, doch er sah mir nur starr und beinahe verkrampft in die Augen. Ich atmete tief ein und das Odeur von Tabak und Nikotin trieb mir in die Nase.

»Das ist Psychokacke«, knurrte er.

»Du vertraust mir«, fuhr ich unbeirrt fort.

Hämisch lachend warf er den Kopf in den Nacken. »Dir vertrauen? Du hättest mich damals beinahe abgeknallt!«

Ein Kloß bildete sich in meinem Hals. »Wäre ich nicht gewesen, hätte er dich erschossen.«

Er kam langsam auf mich zu. »Eines wollen wir klarstellen: Ich habe deinen Arsch gerettet und nicht umgekehrt. Und wärst du nicht gewesen, wäre ich nie vor Bolkers Lauf geraten!«

»Ach ja?«, giftete ich zurück. »Und was willst du dann überhaupt hier?«

Er beugte sich vor und unsere Nasenspitzen berührten sich beinahe. »Ich will, dass du aufhörst, dich in meine Angelegenheiten einzumischen«, sagte er. »Du hast nichts damit zu schaffen.«

»Da irrst du dich.«

Er schaute mich ungläubig an.

»Sagt dir der Name Boris Bäcker etwas?«

»Nie von dem gehört«, blaffte er sofort, kehrte mir den Rücken zu und verließ mit einem saftigen Türknallen die Wohnung. Ich blieb mit einem unangenehmen Kribbeln zurück und wurde das Gefühl nicht los, dass er gelogen hatte.

Eine dünne Wolke zog über unseren Köpfen hinweg und vermied es dabei geflissentlich, vor die Sonne zu fliegen und uns damit etwas Schatten zu bescheren. Es war Viertel nach zwei und der Schattenplatz gegenüber der Garagengasse reichte gerade mal aus, um den rechten Außenspiegel zu benetzen. Ich beobachtete Corinna dabei, wie sie sich mit Kopf und Schultern aus dem Fenster lehnte und es sah so aus, als müsse sie sich übergeben. Vielleicht tat sie es ja auch. Von meinem Blickwinkel aus konnte ich das nicht so gut beurteilen.

»Glaubst du, Pankowiak könnte einen Menschen töten?«, fragte ich ihren Rücken.

»War er nicht genau deswegen im Knast?«, fragte der Rücken zurück.

»Nein, ich meine so richtig. Aus Rache oder Hass vielleicht.«

Sie setzte sich hin und guckte mich an. Ihr schwarzer Lidstrich bröckelte. »Glaubst du etwa, er will sich an dir rächen?«

»Ach Quatsch!«, sagte ich sofort. »Wofür sollte er sich denn an mir rächen?«

Sie zuckte mit den Schultern. »Vielleicht, weil du ihn bis nach Hause verfolgt hast oder seine Post aus dem Briefkasten fischen wolltest.«

Ich knirschte mit den Zähnen. Vor einiger Zeit hatte ich Gregors vermeintliche Wohnung ausspioniert. Er wohnte mitten in der Stadt, natürlich über einer Kneipe, und es war nicht auszuschließen, dass er mich aus den oberen Fenstern dabei hatte beobachten können, wie ich vor dem Haus verharrte wie eine ausgesperrte Katze. Dabei ist nicht wirklich etwas herausgekommen.

»Du bist von ihm besessen.« Das Biest machte Schlitzaugen.

»Bin ich nicht!«

»Metin sagt, du stehst auf ihn.«

»Was? Jetzt hör aber auf!« Ich verschränkte beleidigt die Arme vor der Brust und wurde gleichzeitig rot. »Ich glaube nur, dass er mir etwas verheimlicht.«

Sie schnaufte. »Hätte ich wegen Totschlag eingesessen, würde ich es auch nicht jedem auf die Nase binden. Von dem ganzen Nazischeiß mal abgesehen.«

Wo sie recht hatte, hatte sie recht.

»Du hast immer noch nicht meine Frage beantwortet«, sagte ich.

Corinna starrte aus der Frontscheibe. »Letztes Jahr kam so ein Exmandant ins Büro und hat Cheffe die Ohren vollgeheult. Der sah richtig schlimm aus. Geschwollenes Gesicht, gebrochene Nase, eine dicke Naht an der Schläfe und ein Gipsarm. Panko wäre das gewesen. Aber Cheffe schickte ihn raus. Damit hätte er nichts zu schaffen. Als ich nachfragte, erklärte er, Panko und dieser Invalide hätten mal ein Geschäft gemacht und der Typ hätte Panko um einige tausend Euro beschissen.«

»Was denn für ein Geschäft?«

»Keine Ahnung. Ich glaube, Metin wusste das auch nicht so genau.«

»Oder er wollte es gar nicht wissen«, schloss ich ab.

»Jedenfalls war der Heini einige Wochen später wie vom Erdboden verschluckt.«

»Du machst Witze!«, protestierte ich entsetzt.

Sie rollte mit den Augen. »Ja, ich mache Witze. Aber das mit dem vermöbelten Gesicht und dem Gipsarm ist wahr!«

Ich schüttelte den Kopf.

»Der Typ hat ganz schön viel auf dem Kerbholz«, sagte sie weiter. »Ich verstehe nicht, warum du dich mit dem abgibst. Wäre ich du, würde ich das Weite suchen. Der ist doch eine tickende Zeitbombe.«

»Geheimnisse reizen mich halt«, verteidigte ich mich.

»Du hast wirklich eine komische Art, um Schläge zu bitten.«

Mit einer Handbewegung deutete ich ihr, still zu sein, denn Tarek Tozduman rollte mit seinem Chauffeur an die Garagen-Gangway heran. Zugegebenermaßen stand mein Twingo an exponierter Stelle gegenüber den Autobuden, aber ich hatte gar nicht vor, mich vor den Jungs zu verstecken. Mein Plan war, aus dem Wagen auszusteigen und sie zur Rede zu stellen, sobald sie den kleinen Feuerstuhl zum Schweigen gebracht hatten. Doch so weit kam es gar nicht. Es dauerte nur eine halbe Sekunde und Tarek hatte mich durch sein halb verdunkeltes Plastikvisier erspäht. Hektisch klopfte er seinem Fahrer auf die Schulter und das Moped machte sich mit krächzendem Motor einfach wieder davon.

»Shit«, sagte Corinna.

»Er hat uns enttarnt«, sagte ich.

»Kein Wunder bei deiner Lutschkiste«, motzte Corinna.

»Das Auto ist schwarz!«, verteidigte ich.

»Das Auto hat Pickel!«

Ich stieg aus, ging zu der Garage und rüttelte verzweifelt an der Tür, die sich natürlich keinen Zentimeter rührte. Angezickt trat ich gegen das Wellblech.

»Die Sache ist wohl gestorben«, sagte Corinna und kam auf mich zu. »Oder kannst du vielleicht Schlösser knacken?«

»Nein! Der VHS-Frühjahrskurs zum Schlösserknacken war leider schon ausgebucht.«

»Kennst du denn jemanden, der das kann?«

Ich rümpfte die Nase und an Corinnas saftlosem Grinsen konnte ich erkennen, dass es eine rein obligatorische Frage war.

»Das meinst du nicht im Ernst.«

»Komm schon«, tönte sie und stupste mich an. »Du willst es doch auch.«

»Was will ich?«

»Du willst wissen, was da drin ist«, erinnerte sie mich und zeigte auf das Wellblechtor. »Und diesmal kannst du keinen von Metins Kameraden um Hilfe bitten.«

»Aber du hast doch gerade noch gesagt, ich soll mich nicht mit ihm abgeben!«

»Ich habe nur gesagt, ich an deiner Stelle würde mich

nicht mit ihm abgeben«, erläuterte sie. »Aber ich bin ja nicht du.«

»Ja, ja. Ich weiß!«, maulte ich sie an und atmete tief durch.

»Wenn er dir blöd kommt, kannst du ja endlich dein neues Nervengas ausprobieren.«

»Reizgas!«, korrigierte ich sie und nahm das Handy aus der Tasche. Akribisch schaute sie mir über die Finger, während ich wählte und ich hoffte, er würde nicht rangehen. Aber wider Erwarten nahm er bereits nach dem dritten Klingeln ab.

»Ich bräuchte kurz deine Hilfe«, informierte ich ihn knapp und biss die Zähne zusammen, während sich Corinna mit einem stummen Lachen hinter meinem Rücken krümmte.

Diesen Einbruchskram musste ich mir dringend aneignen, wenn ich selbstständig arbeiten wollte.

Eine halbe Stunde später tuckerte Gregors Taxi wie ein schwergängiges Oldsmobile in die tote Straße und hielt direkt hinter meinem Twingo. Als er ausstieg, warf er einen intensiven Blick auf meinen Wagen, sagte aber kein Wort, was meinen Reizpegel um weitere Striche höherschnellen ließ. Einige Sekunden lang starrten wir uns schweigend an und ich gab der wild herumfuchtelnden und meine Konzentration störenden Corinna die Schuld, dass ich zuerst wegsah.

»Es ist dieses Tor«, wies sie ihn ein.

Gregor ging auf die Garage zu und warf noch einmal einen seiner strafenden Blicke zu mir herüber. Er trug wieder seine schwarzen, abgelatschten Schnürschuhe aus dem Hause Converse, seine Jeans dürfte seit mehr als einer Woche keine Waschmaschine mehr von innen gesehen haben. Sie saß etwas lockerer an seiner Hüfte als früher und ich mutmaßte per Augenmaß, wie viel er tatsächlich abgenommen hatte. Gregor inspizierte den rostigen Türgriff, wackelte kurz daran und holte schließlich einen bulligen Schlüsselbund aus der Hosentasche. Ein Gehänge glich dem anderen. Gezielt fischte er einen Schlüssel aus dem ersten Drittel. Keine fünf Sekunden später war das Garagentor offen.

»Das ist unfair!«, sagte ich. »Wo hast du die Schlüssel her?«

»Betriebsgeheimnis.« Er zwinkerte. Seine Altersfältchen unter den Augen hatten über die letzten Wochen Nachwuchs bekommen und mir kam es auf einmal vor, als wäre er Jahre weg gewesen.

Mit Schwung ließ er das Tor hochfahren und Corinna und ich standen wie angewurzelt neben ihm.

»Heilige Scheiße«, stieß Corinna hervor.

»Was zum Teufel ist das?«, fragte ich.

Wir gingen hinein. Die Garage war möbliert. Es gab Bücherregale an den Seitenwänden, die bis unter die Decke reichten, restlos vollgestopft mit DVDs und Videokassetten. Das Ende der Hütte wurde von einem 0815-Farbfernseher mit doppelt so tiefer Bildröhre auf einem Tischchen mit Abspielgeräten ausstaffiert. Dahinter lümmelte ein durchgesessener bockwurstbrauner Sessel mit aufgerissenen Nähten, aus denen gelber Schaumstoff hervorquoll. Wir traten nacheinander an die Regale heran. Die Luft war abgegriffen und durch die einfallende Wärme der Sonne aufgeheizt. Die Garage war besenrein, doch die Möbel kündeten von einem erbärmlichen

Zustand. Ich las die Titel der Filme, die händisch auf den Rücken der DVD-Hüllen gekritzelt waren. Es war Metins Handschrift. Nach dem dritten Titel wuchs ein peinlicher Kloß in meinem Hals, Corinna kicherte. Gregor ging weiter in die Höhle hinein und inspizierte die Videokassetten, die sich ihrer bunten Bebilderung nach zu urteilen im Originalzustand befanden. Mit einem ernsten Blick, zu dem er sich zwingen musste, zog er eine Kassette nach der anderen heraus. Ich konnte gar nicht hinsehen. »Hast du nicht den Gleichen zu Hause?«, fragte er mich plötzlich und hielt mir eine Kassette hin. Auf dem Bild war eine Frau zu sehen, die lüstern an einem schwarzen Vibrator herumzüngelte.

»Nein. Meiner hat Noppen«, verbesserte ich ihn, kehrte ihm den Rücken zu und guckte mit einer knallroten Birne in das unterste Regal.

Nach einigen Minuten hatten wir uns an der Pornosammlung satt gesehen und versammelten uns zur Krisensitzung vor der Garage.

»Eine hübsche kleine Fluchtmöglichkeit«, stellte Gregor fest und betrachtete eingehend den Parkbau. Verwundert schaute ich ihn an, aber er erwiderte nicht meinen Blick.

»Mann«, sagte Corinna. »Meint ihr, Metin verdoppelt mein Gehalt, wenn ich es ihm erzähle?«

»Eher zeigt er dich wegen Einbruchs an«, wies ich sie in ihre Schranken.

»Metin und zur Polizei gehen? Das glaubst du ja wohl selber nicht!«

Sie hatte recht. Metin mied die Polizei wie andere Leute Feuerquallen.

»Dann würde ich dir raten, vorher den Schlüssel seiner Munitionskiste einzustecken. Denn wenn du ihn erpresst, ist das definitiv ein Fall für den Waffenschrank.«

Gregor grinste.

»Ich hab aber keine Ahnung, wo der Schlüssel ist.«

»Ich werde dir suchen helfen«, sagte ich. »Ich habe nämlich keinen Bock darauf, Metin zu verklickern, dass Sohnemann und Kollege in seine Pornogarage einsteigen, um sich gepflegt einen runterzuholen.«

Unvermittelt brach Gregor in schallendes Gelächter aus und wir Mädels fuhren zusammen. Noch nie habe ich ihn derart lachen gehört. Es war ein bauchiges Lachen, so wie man es sich beim Weihnachtsmann immer vorstellte. Und es war ansteckend. Ich musste mitlachen.

»Glaubst du, Opa Yusuf wusste davon?«

»Um Gottes willen!«, entsetzte sich Corinna und winkte ab. »Ich habe Tareks großen Bruder geküsst und weiß, wie die Familie tickt. Die sind frigider als eine Horde Kakteen. Bestimmt dachte Opa, Tarek hätte eine Freundin und wollte ihre Kaste ausspionieren.«

»Ihre Kaste?«

»Ihre Herkunft. Opa duldet nämlich nichts Westliches.«

Ich runzelte die Stirn. »Kann ich mir nicht vorstellen. Er kam mir ziemlich liberal vor.«

»Also bei mir war er nicht liberal«, sagte sie beleidigt und verschränkte die Arme vor der Brust.

Ich tätschelte ihre Schulter. »Corinna. Du bist eine Gothic-Sekretärin. Du schminkst dich mit weißer

Clownschminke, meidest die Sonne und klebst dir transdermale Pflaster auf die Stirn. Da brauchst du keinen Liberalen, sondern einen Anarchisten.«

»Das ist keine Clownschminke!«, fauchte Corinna.

Wieder lachte Gregor auf. Er hatte blendende Laune und ich fragte mich, ob er auf Droge war.

»Fahren wir. Ich bringe dich nach Hause.« Ich sah Gregor an. »Danke.«

Er nickte langsam, bevor er sich umdrehte und zu seinem Taxi zurückging.

13.

Abends um sieben befuhr ich in meinem einzigen Hosenanzug die Autobahn mit Kurs auf Lütgendortmund. Und diesmal reiste ich nicht allein. Von Alexander hatte ich seit unserer gemeinsamen Nacht nichts mehr gehört. Dennoch war der Beifahrersitz belegt, und zwar mit dem schmucken dunklen Holzkistchen, in welchem sich knapp 2.000 Euro Plastikgeld befand.

Auf dem Parkplatz nahm ich zum ersten Mal eine beleuchtete Lücke für Frauen in Anspruch und fühlte mich in guter Gesellschaft, als eine Horde enthusiastischer Damen mit mir die Sicherheitsschleuse passierte. Gewohnt abrupt überkam die Mädels das große Staunen hinter der Schwingtür und der Reißverschlussverkehr im Durchgangsbereich geriet ins Stocken. Ich stahl mich an ihren Rücken vorbei zur Wechselkasse und verlangte ein Zwei-Augen-Gespräch mit Herrn Dübel. Mein Gesprächspartner bat mich um etwas Geduld, da Herr Dübel normalerweise erst gegen acht ins Büro kam.

Daher zog ich mich unerledigter Dinge zur nächsten Sitzgruppe zurück und ließ mich in einem mit Leder bezogenen Quadratsessel nieder.

Eigentlich hatte ich überhaupt keine Lust, mich eine geschlagene Stunde lang in die stille Ecke zu setzen. Allerdings erschienen die Alternativen, mich an die Bar zu begeben oder mein Darlehen zu verzocken, nicht wirklich reizvoller. Nach einer Viertelstunde schon wurde mein Geduldsfaden spröde und ich stand auf. Mein Ellenbogen geriet in einen Senioren mit Schlapphut, welcher lautstark gegen die unsittliche Berührung seines Brustkorbes protestierte. Leute drehten sich nach uns um und Angestellte in Casino-Kluft klemmten sich den alten Herrn unter die Arme. Er hatte eine verblüffende Ähnlichkeit mit einem bekannten deutschen Rockmusiker.

»Entschuldigung!«, rief ich ihnen nach, aber ich glaubte nicht, dass er das noch hörte. Dann drehte ich meinen Kopf und sah zwei Männer durch die Eingangstür schreiten. Der erste war kompakt und rechteckig, Ende 30, mit kurzem Haar und geschorenen Koteletten, der zweite war Alexander. Er trug mittlerweile andere Klamotten, Khakihosen und ein weißes Hemd, die Ärmel hochgekrempelt. Er machte irgendwie einen coolen Eindruck. Sexy. Kurz vergaß ich vor Überraschung zu atmen. Als ich mich wieder gefangen hatte, ging ich mit einem breiten Lächeln auf ihn zu. Doch als er mich erblickte, wich ihm jede Freundlichkeit aus dem Gesicht und er wechselte die Spur, um mir auszuweichen; was irrsinnig war, denn ich ließ mich nicht so einfach abschütteln. Noch ehe ich etwas sagen konnte, kam er mir mit einer Handbewegung zuvor.

»Frau Roloff«, sagte er offiziell. »Ich bin dienstlich unterwegs. Ich spreche Sie später an.«

Mit diesen Worten ging er einfach weiter und ließ mich stehen. Sein halb geschorener Kollege würdigte mich keines Blickes. Fassungslos schaute ich ihnen nach.

Was sollte dieser ›dienstliche‹ Hinweis? Immerhin war ich mindestens genauso dienstlich vor Ort wie er und bestimmt nicht zum Vergnügen hier. Und dann dieses ›Sie‹; wollte er sich in Gegenwart seines Polizeikollegen etwa nicht die Blöße geben, dass er mit so einer wie mir, einer Privatdetektivin, kooperierte? Kopulierte? So oder so, das Ganze hatte etwas verdammt Entwürdigendes an sich und ich wurde ziemlich sauer. Sollte er sich doch mit seinem dienstlichen Gehabe zum Teufel scheren! Darauf sprang ich ganz bestimmt nicht an. Und wenn er glaubte, er könnte so mit mir umspringen, so hatte er sich gehörig geschnitten.

Eine knappe halbe Stunde später trat Hans Dübel in Erscheinung und empfing uns, das heißt mein gescholtenes Ich und meine Holzkiste, mit einer belanglosen Miene, die vor 20 Jahren vielleicht mal ein Lächeln gewesen war. Die Dunstwolke seines Eau de Toilette war dichter und fieser als der Smog hinter der Großbaustelle auf der Bochumer Landstraße und ich hielt Abstand. Dübel ging voraus, seine Schuhsohlen gruben Furchen der Größe 48 oder mehr in den Hochflor. In seinem Büro verzichtete er dieses Mal darauf, mir einen Stuhl anzubieten. Ich kam sofort zur Sache und schob ihm die Holzkiste unter die Nase.

»Ich möchte meine Schulden begleichen.«

Er öffnete sie und nahm einen Jeton heraus. Er hielt ihn mir hin. »Das ist ein Jeton mit goldener Prägung. Die Jetons, die gegen bar getauscht werden, sind silbern signiert. Das heißt, Sie haben die Jetons nicht gespielt.«

»Das ist richtig«, sagte ich. »Ich brauche sie nicht mehr.«

Dübels eckige Augenbrauen zogen sich zu einem einzigen Strich zusammen. »Tut mir leid. Aber Ihr Vertrag verlangt, dass Sie die Jetons spielen.«

Ungläubig schüttelte ich den Kopf und er öffnete seine Schublade, griff in ein Fach und nahm einen blanken Vertrag heraus. Mit seinem Zeigefinger deutete er auf eine klein gedruckte Stelle. Sein gelber, längsrilliger Fingernagel lenkte mich beim Lesen ab.

»Sie haben diesen Vertrag unterschrieben?«

Als ob er das nicht wüsste.

»Ja«, knirschte ich.

»Dann spielen Sie die Jetons.«

»Aber das kann doch nicht sein«, erwiderte ich. »Gibt es nicht irgendwelche anderen Lösungen?«

»Nein«, sagte er sofort.

Ich stemmte meine Hände auf den Tisch. Die Angst vor seiner baumigen Gestalt kam mir dabei völlig abhanden. »Hören Sie. Mir geht es gut. Ich habe eine Wohnung, ein geregeltes Einkommen und eine Menge Geld an Ihren Laden verloren. Ich brauche diese Schulden nicht. Und ich bin fertig mit diesem Casino!«

Dübels Pupillen weiteten sich und tasteten mein Gehirn ab. Zumindest hatte ich das Gefühl, dass sie es taten. »Frau Roloff«, fing er an. »Der Vertrag besagt, dass Sie das Darlehen ausschließlich über einen erzielten Gewinn im Lütgen-Casino begleichen können.« Sein Stirnlappen feixte mit mir. »So wie es aussieht, sind Sie also doch nicht fertig mit uns.«

»Das ist gequirlte Scheiße!«, fluchte ich.

Er schnellte hoch und Verärgerung schwellte seine Brust. »Gehen Sie jetzt.«

»Ich gehe nirgendwo hin«, widersprach ich und klappte mein Handy auf. »Nicht, bevor ich mit meinem Anwalt gesprochen habe.«

Ich wählte eine Telefonnummer. Irgendeine, wahrscheinlich in Südostasien. Weder kannte ich einen Anwalt noch jemand anderes, der mindestens ein Semester Jura studiert hatte. Eigentlich wollte ich Dübel zu einer Reaktion animieren, die in meinem Interesse war. Doch es dauerte viel zu lange; die Finger wurden feucht, die Tasten rutschig.

Endlich sagte er etwas: »Es gibt einen optionalen Ausstieg.«

Schnell klappte ich das Handy zu.

»Wir müssen uns allerdings Ihrer Zuverlässigkeit sicher sein.«

»Inwiefern?«

»Sagen wir es mal so«, fuhr er fort und setzte sich. »Stellen Sie sich vor, Sie können eine Restaurantrechnung nicht bezahlen und erklären sich bereit, dafür einige Teller zu waschen.«

»Sie meinen, Sie erwarten eine Dienstleistung?«

»Eine Option, um Ihre Schulden zugunsten des Casinos abzuarbeiten.«

Ich schürzte die Lippen. »Wie lange müsste ich diesen Job ausüben?«

Ernst runzelte er die Stirn.

»Ich meine, ich habe noch einen anderen Beruf«, fügte ich unsicher hinzu.

»Das dürfte kein Problem sein«, winkte er ab. »Hätten Sie Interesse?«

»Natürlich«, sagte ich. Mir war alles recht, damit ich das dicke Minus auf meinem Konto loswurde.

»Gut.« Er stand wieder auf und öffnete seine Hand. »Geben Sie mir als Erstes Ihr Handy.«

Dübel nahm den Telefonhörer ab und rief einen Angestellten zu sich.

»Ihr Auftrag beginnt morgen früh um fünf«, sagte er, als er auflegte. »Aus Sicherheitsgründen werden Sie diese Nacht in einem unserer Quartiere nächtigen und das Haus nicht mehr verlassen.« Er verstaute mein Handy in seiner Schublade. »Unser Dienstmädchen, Fräulein Santos, wird Sie für Ihre morgige Aufgabe einkleiden.«

Ich starrte ihn an. Aus Sicherheitsgründen? Einkleiden?

Die Tür öffnete sich und ein Kerl vom Typ Türsteher trat ein. Auf seinem Kopf wucherte steif gezwirbeltes Schnittlauchhaar, seine Ärmel schienen aufgeblasen, zwischen den Knopflöchern spannte das Hemd.

»Ich möchte Sie bitten, meinem Mitarbeiter in Ihr Zimmer zu folgen. Und ich rate Ihnen, sofort schlafen zu gehen. Sie sollten morgen wach und munter sein.«

Wach und munter. Dass ich nicht lachte.

»Sie werden morgen früh für Ihre Aufgabe instruiert.«

Schnittlauch-King-Kong griff mir grob unter die Achselhöhle und führte mich ab. Wir nahmen eine Abkürzung durch eine Hintertür und mieden den Spielsaal. Spätestens jetzt wusste ich, dass ich knietief in der Scheiße stand.

Wir durchquerten einen weißen Flur mit Spotbeleuchtung unter der Decke und mein Wachmann sah netterweise davon ab, mir weiterhin das Blut im Oberarm abzuquetschen, weil er auf den Fahrstuhlknopf drücken musste. Die Stahltüren des Fahrstuhls waren lupenrein poliert und unsere Gestalten spiegelten sich unförmig in ihnen wider. Dann öffneten sie sich mit einem Gong und wir fuhren in die dritte Etage; dem Penthouse.

Hinter der Aufzugtür war der Boden mit einem schwarzen Velourssteppich ausgelegt. Meine Absätze versanken darin und ich strauchelte. Kräuter-King-Kong wies mich mit grunzenden Lauten an, vor der Zimmertür mit der Nummer drei zu warten und ließ mich nicht aus den Augen, während er die Schlüsselkarte durch den Leser zog. Ich ging voraus. Es war ein Zimmer im klassischen Hotelflair: Das Doppelbett mit weißen Bezügen beherrschte den Raum, markant in Szene gesetzt durch eine punktuelle Beleuchtung über dem Kopfteil. Mit einem schmalen Durchgang abgesetzt, befand sich das reinweiße Bad zu meiner Linken. Dicke rote Vorhänge versperrten die Aussicht auf den Parkplatz.

Plötzlich huschte eine dickliche Frau mit kurz geschnittenem schwarzem Haar durch die Tür an uns vorbei und öffnete die schmale Garderobentür unmittelbar vor mir. Sie trug die für das Casino typische Arbeitskleidung: Weiße Bluse, dunkelrote Weste sowie eine ausladende Fliege unter dem Kinn. Ihre kräftigen

Beine waren schwarz bestrumpft, der Rock mit Kellnerschürze reichte ihr bis zu den Knien. Routiniert klassifizierte sie meine Statur und durchsuchte anschließend den Schrank, wofür sie sich auf die Zehenspitzen stellen musste.

»Das ist was in Ihrer Größe«, sagte sie mit einem spanischen Akzent. »Alles ungetragen. Lassen Sie Ihre Sachen einfach da liegen.« Sie zeigte auf den Stuhl. »Die bekommen Sie wieder.« Damit schloss sie die Garderobentür und ging auf direktem Wege wieder aus dem Zimmer.

»Ich nehme an, das war Frau Santos«, bemerkte ich zu meinem Begleiter, der meine Bemerkung allerdings völlig ignorierte und sich stattdessen mit einem Nicken ebenfalls aus dem Raum verdünnisierte. Kaum hatte er die Tür hinter sich geschlossen, drückte ich rein intuitiv die Klinke, doch die Tür ließ sich nicht mehr öffnen; sie war von außen verriegelt. Ich sah mich um. Neben dem Garderobenschrank und dem Bett befanden sich noch ein Tisch mit zwei Stühlen sowie ein Nachtschränkchen im Zimmer. Eine Flasche Wasser und ein Pappbecher standen konsumfertig auf dem Tisch. Von technischen Extras, wie sie in Hotelzimmern üblich waren, fehlte jede Spur. Weder gab es einen Fernseher noch eine Minibar oder ein Telefon. Steckdosen fehlten ebenfalls gänzlich. Ich ging ein Fenster nach dem anderen ab, doch keines ließ sich öffnen. So viel zum Thema Brandschutz.

Ich musste keinen Detektivlehrgang beim ZAD machen, um zu verstehen, dass dieses Zimmer dafür hergerichtet war, um seine Besucher abzuschotten.

Kommunikation war hier genauso unverwünscht wie ein Zimmerservice. Beklemmung machte sich in meinem Inneren breit und ich schaute auf die Uhr. Es war kurz nach halb neun.

Ich setzte mich aufs Bett und dachte an Alexander. Er hatte mich im Casino gesehen, doch ich bezweifelte, dass er irgendeinen Verdacht schöpfen würde, wenn er nach seiner Zeugenbefragung merkte, dass ich nicht mehr da war. Wahrscheinlich würde er glauben, ich wäre wegen seiner Frau-Roloff-Masche sauer und ignorierte deshalb seine Anrufe. Vorausgesetzt, er rief überhaupt an.

Gregor hatte noch weniger Ahnung von dem, was ich gerade trieb. Zwar war er nicht meine erste Wahl, wenn es darum ging, gerettet zu werden. Aber in der Not frisst der Teufel ja bekanntlich Fliegen.

Hatte Boris Bäcker einst in dem gleichen Zimmer gesessen und darauf gewartet, seinen Schuldenberg abzuarbeiten? Aber wo war er bis zuletzt geblieben? War etwas schiefgelaufen? Hatte er sich abgeseilt? In Anbetracht der übrigen Schulden wäre dies vielleicht sogar nachvollziehbar. Immerhin hatte er bereits das Land verlassen, was ein brauchbares Indiz dafür war, dass er vor etwas weglief.

Oder jemandem.

Ein sämiger Kloß aus Spucke und Luft kroch meinen Hals hinunter, als ich mal wieder über den himmelschreienden Zufall nachdachte: Gregor bereiste ebenfalls die Niederlande, und zwar zum gleichen Zeitpunkt, als Bäcker verschwand. Und er hatte ausreichend Motivation, sich an Bäckers Fersen zu heften: Immerhin wollte der Reporter seinen Kopf an die Neonazis verkaufen – für welchen Preis auch immer.

Es war eine Ironie des Schicksals: Sollte Gregor für Bäckers Verschwinden verantwortlich sein, würde das Casino demgemäß keine Schuld an Bäckers Verschwinden tragen. Doch die Puzzlespielerei half mir nur halbherzig dabei zu glauben, dass ich hier heil wieder herauskäme, denn die Möglichkeit, dass Gregor ein Meuchelmörder war, wollte ich einfach nicht wahrhaben.

Steif wie eine Planke legte ich mich aufs Bett. Die Decke war dünnes Daunenstepp und das Kissen spärlich gefüttert. So oder so musste ich die Sache morgen früh durchziehen. Nicht, weil ich so scharf darauf war. Mir kam der Gedanke, dass ich überhaupt keine andere Wahl hatte.

Gegen Mitternacht war ich immer noch nicht eingeschlafen.

Wie konnte ich auch? Immerhin war ich eingekerkert. Ganz zu schweigen davon, dass meine kommende Aufgabe mit mindestens einem Bundesgesetz kollidieren wird, was jedem Vollidioten aufgefallen wäre.

Außerdem ließ mich der Gedanke an den Toten unter der Erzbahnschwinge einfach nicht mehr los. Warum war Bäcker so erpicht darauf gewesen, Gregor die Sache anzuhängen? Vielleicht wurde er dazu angestiftet. Vielleicht wurde ihm viel Geld für den Job geboten. Vielleicht war es einfach die Wahrheit. Ein Schauer kroch mir über den Rücken. Was hinderte mich daran zu glauben, dass Gregor es gewesen war? Dass er den Nazi von der Hängebrücke gestoßen hatte?

Weibliche Intuition. Ermittlerisches Gespür. Ich biss mir auf die Lippe.

Wohl kaum.

Allem voran standen Stolz und Selbstschutz ganz oben auf der Liste. Kaum zwei Monate war es her, dass Gregor nach Tagen des Dauersuffs in meinen Armen zusammengeklappt war – unmittelbar nachdem er mir die Faust ins Gesicht gerammt hatte. Seither trieb mich der Eifer an, seine verlorene Seele retten zu wollen; ihn trockenzulegen, zu waschen und ihn in die sich legal bereichernde Gesellschaft zu integrieren. Meinen inneren Sigmund Freud an ihm zu erproben und mich durch seine gewalttätige Kruste zu bohren. Ein Exempel an ihm zu statuieren, nachdem ich mir anhören musste, wohl unter einem Hirnkasper zu leiden, weil ich mich mit ihm beschäftigte.

Dass Gregor sich als eine Gestalt entpuppen könnte, die aus niederen Beweggründen irgendwelche Menschen über den Jordan schickte, passte mir daher ganz und gar nicht in den Kram. Nicht zuletzt, weil dies bedeuten würde, dass ich wahrhaftig unter einem Hirnkasper litt.

Ich spielte Katz und Maus mit dem Sekundenzeiger meiner Uhr. Es war Viertel vor eins. Ich rollte mich auf die andere Seite und schloss vorsorglich die Augen. Nur für den Fall, dass ich vielleicht doch noch einschlafen konnte.

Ein lautes und dumpfes Hämmern riss mich aus meinem zähen Halbschlaf. Ich fuhr auf und schielte zuerst auf die Tür, doch niemand öffnete sie. Offensichtlich der Weckdienst, denn mittlerweile war es halb fünf.

Ich stand auf und torkelte zum Garderobenschrank. Mein Kopf fühlte sich breiig an, über meinen Linsen lag noch trüber Schleier. Ich nahm die akkurat gefalteten Klamotten, die von mir in Anspruch genommen werden wollten, vom Stuhl. Sie bestanden aus einer schwarzen Baumwollhose mit Gummizug und einem schwarzen kurzärmeligen Oberteil. Ich würde darin aussehen wie ein Jogger in Stöckelschuhen und war absolut nicht erpicht darauf, auch nur eines dieser Teile anzuziehen. Ganz im Gegenteil: Das Ganze stank hochgradig nach Schikane. Ich sah unter der Garderobe drei Paar bequeme Halbschuhe, eines von ihnen in meiner Größe. Ich hob es auf; es war ungetragen. Wozu brauchten die all dieses Zeug? Unentschlossen schürzte ich die Lippen. Zugegebenermaßen hatte ich in meinen Klamotten geschlafen. Die Bluse war durchgeschwitzt und ihr Polyesteranteil begann bereits auf meiner Haut zu jucken. Und mir taten die Füße von den Schuhen weh. Also nahm ich zähneknirschend die Sachen, stellte mich für ein paar Minuten unter die Dusche und schlüpfte in die Klamotten hinein. Erst als ich den Gummizug am Bund bearbeitete und selbstmitleidig in den Himmel seufzte, fielen mir die erhabenen Stellen unter der Decke auf. Sie waren kaum größer als halbierte Tennisbälle und spiegelten den weißen Boden auf ihrem Glas. Mit einer Vorahnung ging ich ins Bad, sah hoch und machte tatsächlich eine weitere Kamera ausfindig. Eine Mixtur aus Scham und Wut kochte in mir hoch. Was für ein Kinderkram! Ich zog mir flugs das Oberteil über, stellte mich ans Bettende unter die Kamera und hielt für ein paar Sekunden den Stinkefinger vor die Linse. Der vielleicht beste Weg, sich aus dem Kerker heraus ein wenig Respekt zu verschaffen.

Drei Sekunden später schloss mir der Kräuterkopf die Tür auf und führte mich wortlos zum Aufzug. Die Stahlkabine rutschte langsam die Etagen hinunter und die digitale Ziffer über der Tür zählte bis null. Dann schoben sich mit einem Bimmeln die Türen auseinander und Herr Dübel erwartete mich erfrischt und ausgeschlafen auf der anderen Seite. Er schien keinen Acht-Stunden-Schlaf zu brauchen. Oder er schlief überhaupt nicht.

Das Casino hatte geschlossen und es gab keinerlei Publikumsverkehr. Alles war mucksmäuschenstill, es roch nach Zitrusreinigern. Ich rieb mir Sandmännchens Schlafpulver aus den Augen. Es scheuerte auf meiner Haut.

»Ich habe Ihnen geraten, sich schlafen zu legen«, sagte Dübel leise und verzog seine Schnute, was wohl ein Lächeln darstellen sollte.

Giftig drückte ich meine ausufernden Tränensäcke hoch. »Wie kommen Sie darauf, dass ich nicht geschlafen habe, Sie Spanner?«

Er gab sich unbeeindruckt. »Die Kameras sind nur zu unserer Sicherheit installiert«, spielte er auf meine beleidigende Geste im Zimmer an. Er ging ein paar Schritte und ich latschte ihm mit steifen Armen hinterher. Die Halbschuhe waren eine echte Wohltat, was mich allerdings ziemlich nervte.

»Zu Ihrer Sicherheit?«, wiederholte ich. »Ich war eingesperrt. Was hätte ich schon anrichten können?«

»Wir mussten sichergehen, dass Sie auch wirklich allein sind.«

»Allein?«

Er sagte nichts darauf, aber wenige Sekunden später fiel es mir wie Schuppen von den Augen. Der Kleiderwechsel! Auf diese Weise konnten sie mich gemütlich dabei beobachten, ob ich mir beim Anziehen irgendwelche Wanzen in die Taschen steckte. Keine dumme Idee.

Wir gingen nach draußen auf den Parkplatz. Dünne Wolken verhüllten den dämmernden Himmel und verliehen dem ganzen Trara eine noch trübsinnigere Stimmung. Der Hellweg war karg befahren, sodass der nahe liegende Frühverkehr auf der Autobahn seicht an mein Ohr plätscherte. Auf dem Parkplatz stand eine Handvoll Autos. Dübel gab mir den Autoschlüssel eines VW.

»Sie fahren mit dem silbernen Golf.« Er drückte auf den Schlüssel und die Blinker eines blitzblank polierten Wagens blinkten auf.

»Warum kann ich nicht einfach mit meinem Auto fahren?«

Er überging meine Frage. »In dem Wagen ist ein Navigationsgerät installiert und betriebsbereit. Folgen Sie der Route und beachten Sie die Geschwindigkeitsbegrenzungen.«

»Und was mache ich, wenn ich angekommen bin?«

»Im Handschuhfach ist eine Bankkarte. Geben Sie sie Ihrem Ansprechpartner vor Ort. Sie werden dafür etwas bekommen, was Sie unberührt zu uns zurückbringen.«

»Und was ist das, was ich bekomme?«, löcherte ich weiter.

Wieder ignorierte er die Frage. »Sie werden von einem anderen Fahrzeug begleitet. Der Wagen ist vollgetankt.«

Ich rümpfte die Nase. »Warum werde ich begleitet?«

»Zu unserer Sicherheit.« Dübel breitete seine Schultern aus, sein Mund war zu einem schmalen Strich geworden. In dem schwachen Laternenlicht wirkte sein Gesicht bedrohlicher als bisher. »Nur damit wir uns richtig verstehen. Sie möchten Ihr Darlehen tilgen. Wir möchten, dass Sie den Transfer erledigen. Alles andere, was davor, dazwischen und danach passiert, hat Sie nicht zu interessieren.«

»Wenn mir das Gleiche ›danach‹ widerfährt wie Boris Bäcker, hat mich das sehr wohl zu interessieren.« Es platzte aus mir heraus; aus Verzweiflung und aus Neugier. Und im Nachhinein war es vielleicht ein Fehler gewesen, Bäcker überhaupt ins Spiel zu bringen.

Dübel lachte unterkühlt. »Wie ich sehe, verstehen wir uns.«

Mir drehte sich der Magen um und ich musste schlucken, damit mir die Säure nicht die Speiseröhre hochkam.

»Machen Sie den Transfer. Keine Zwischenfälle, keine Kontakte. Kommen Sie nicht von der Route ab.«

Ich nickte stumm.

»Steigen Sie ein. Sie haben einen langen Weg vor sich.«

Mit puddingartigen Beinen latschte ich zu dem Wagen und krabbelte auf den Fahrersitz. Ich spürte die Blicke der Männer, aber ich mied es, noch einmal zu ihnen hinüberzusehen. Im Rückspiegel bleckten die Scheinwerfer eines zweiten Wagens, ein Mercedes. Offenbar war dies meine Begleitung für diesen Morgen und ich bezweifelte nicht, dass der Fahrer bis an die Zähne bewaffnet war. Mit zittrigen Fingern ließ ich den Motor an und studierte die Angaben auf dem Navigationsgerät. Dübel hatte nicht gelogen, mir stand eine dreistündige Fahrt bevor.

Ich fuhr vom Parkplatz und bog wie angewiesen auf den Hellweg in Richtung Autobahn. Währenddessen vergewisserte ich mich, dass die geheimnisvolle Bankkarte wie versprochen im Handschuhfach war. Sie lag in einem Papierumschlag auf der Betriebsanleitung des Wagens. Ich nahm sie heraus, es war weder eine reguläre EC-Scheckkarte noch eine Visa- oder Mastercard, sondern lediglich eine popelige Karte für ein Sparkonto. Ich las die Daten ab und rammte beinahe den Wagen gegen eine Straßenlaterne, als ich auf ihr meinen Namen entdeckte.

Die Knalltüten wollten mir die Sache anhängen!

Ich unterdrückte den ersten Impuls, rechts ranzufahren und das Ganze abzublasen, denn ich wusste, dass ich nur auf eine Weise lebend aus der Sache kam, und zwar auf ihre. Mit hochrotem Kopf und klappernden Herzkammern fuhr ich auf die Autobahn, meinen Begleiter im Anschlag. Ich untersuchte die Route des Navigationsgerätes und war kaum überrascht, als ich entdeckte, wohin die Reise ging, und zwar direkt in die Niederlande.

Drei Stunden Zeit also, um mir zu überlegen, wie ich straffrei und unversehrt wieder aus der Sache herauskam.

14.

Über Oberhausen brach die Wolkendecke auf und die ersten Sonnenstrahlen des Tages schienen aufmunternd zu mir herunter. An meinen Augenlidern hingen Betonklötze und ich kämpfte unermüdlich gegen die Schwerkraft an. Einen Kilometer vor dem Kreuz Oberhausen-West wies die kräftige Frauenstimme aus dem Navi einen Spurwechsel an und ich wurde wieder einen Deut munterer. 100 Kilometer waren geschafft. Weitere 120 standen mir noch bevor.

Ich gähnte ausgelassen, schob meinen Hintern tiefer in den Sitz und rekelte mich, das Knie unter das Lenkrad geklemmt. Der Golf war gemütlich und groß genug für eine langbeinige Gestalt wie mich, aber ich fühlte mich nicht wohl in meiner Haut. Zu intensiv kreiste Dübels indirekte Bemerkung in Bezug auf Bäckers Schicksal in meinem Kopf. Niemand von uns hatte es ausgesprochen, aber für mich gab es mittlerweile keinen Zweifel mehr, dass Bäcker längst tot war.

Dübels Drohung, mich könnte ein ähnliches Schicksal ereilen, jagte mir nach wie vor eine Heidenangst ein und ich nahm diesen vermaledeiten Job mittlerweile verdammt ernst.

Kurz hinter Bocholt dachte ich an Viktoria und ihre Vibratoren und überlegte, ob es nicht ein Wink des Schicksals war, dass sich gerade hier meine Blase meldete. Ich fuhr die letzte deutsche Tankstelle vor der holländischen Grenze an. Als ich den Golf auf dem Serviceplatz für Luftpumpen und Wischwasser parkte, stellte sich mein Begleitfahrzeug unmittelbar neben mich. Der Fahrer, ein kräftig gebauter Jean-Claude–Van-Damme-Typ mit Pferdeschwanz, ließ per Knopfdruck das Beifahrerfenster seines Mercedes hinuntersegeln.

»Was tun Sie?«

»Ich muss aufs Klo«, sagte ich.

Er dachte kurz nach. »Eigentlich können Sie den Wagen auch gleich auftanken. Hier.« Er reichte mir einen 20-Euro-Schein und ich musste meinen Arm durch das offene Fenster zwängen, um ihn zu erreichen. Dabei registrierte ich die Knarre auf dem Beifahrersitz. Sein Grinsen ließ keinen Zweifel aufkommen, dass es ihm ein Anliegen war, mir die Wumme zu präsentieren.

»Den Rest können Sie behalten.«

»Sehr freundlich«, zischte ich, steckte das Geld in die Tasche und holte mir den Kloschlüssel von der Kassiererin.

Das Klo roch vornehmlich nach Chlor, aber Gottlob war es sauber. Als ich mit halb nassen Händen in den Wagen stieg und die Karre in Gang setzte, um die Tanksäule anzusteuern, verfing sich die Motorhaube beinahe an einem einfahrenden Motorrad. An der Tanksäule rüttelte ich an dem Tankdeckel und bemerkte den Hinweisaufkleber für Dieselfahrzeuge. Mein Instinkt riet mir, nach dem Zapfhahn für Superbenzin zu greifen.

»Diesel, du blöde Pute!«, brüllte mir Van Damme sofort zu und ich stieß leise Flüche aus.

Der Motorradfahrer fuhr die Zapfhähne auf der gegenüberliegenden Seite an. Er drehte den Zündschlüssel um, die Scheinwerfer erloschen und der Motor der Maschine kam gluckernd zum Erliegen. Das Gefährt war eine schwarze und voll verkleidete Triumph Daytona. Zwischen ihrer Sitzbank und dem Hinterrad klaffte eine Lücke, in welche mein Oberschenkel reingepasst hätte, und deren Anblick beherrschte das sportliche Gesamtbild. Nur im grellen Licht der Leuchtstoffröhren konnte man erkennen, dass die Karre von oben bis unten mit Dreck besudelt war. Neben dem Duft von Benzin, der allgegenwärtig war, roch sie außerdem nach angesengtem Motoröl. Der Fahrer trug eine schwarze matte Lederhose und eine Motorradjacke mit abgesetzten roten Ärmelstreifen. Locken kräuselten sich in seinem Nacken und als der Mann den Helm abnahm, sackte mir sämtliches Blut in die Füße.

Es war Gregor.

Der Blick, den wir tauschten, dauerte nicht länger als eine halbe Sekunde und dennoch schaffte er es, mir in dieser Zeit Anweisungen zu erteilen: Lass dir nichts anmerken! Mach weiter!

Gregor öffnete das Tankschloss und stülpte den Zapfhahn hinein. Währenddessen spähte er oberflächlich an mir vorbei. Zwei Minuten später ließ er den Hahn wieder an der Säule einrasten, verschloss den Tank und ging. Ich beobachtete ihn durch das Fenster, wie er seine Rechnung beglich, und war unentschlossen, ob ich ihm folgen sollte. Dann löste sich der eingerastete Hebel des Hahns und meldete bei 16,20 Euro einen vollen Tank. Ich sah wieder hoch. Gregor hatte sich mittlerweile einen Kaffee bestellt und lehnte mit dem Rücken zur Scheibe an der Wand.

Das war mein Zeichen.

Sofort hängte ich den Hahn zurück, verschloss den Tankdeckel und ging in den Laden. Die Kassiererin reckte aufmerksam ihr Kinn, als ich an die Kasse trat.

»Die Nummer vier und einen Kaffee bitte«, sagte ich und hielt ihr eilig den 20-Euro-Schein hin. Sie gab mir einen Haufen kupferner Münzen zurück, kehrte mir den Rücken und popelte einen Pappbecher vom Stapel, um ihn auf das Gitter des Kaffeevollautomaten zu stellen. Ungeduldig starrte ich aus dem Fenster und beobachtete den Spacko in seinem Mercedes, doch zum Glück rührte er sich nicht von der Stelle. Ich nahm den heißen Becher entgegen, zog ein paar Zuckertüten aus der Selbstbedienungsdose und stellte mich an den Tisch, Gregor direkt gegenüber. Seine Locken waren von dem Helm platt gedrückt und seine Wangenknochen von Druckstellen leicht gerötet. Er roch nach Leder und Schmiermittel, doch schon bald übertünchte das Aroma meines Kaffees diesen Geruch. Ich musste mich zwingen, ihn nicht anzustarren, denn fraglos bot er mir in seiner Motorradkluft einen befremdlichen, beinahe anzüglichen Anblick. Er sah in seinen Becher, während er sprach.

»30 Kilometer weiter befindet sich die Wache einer Autobahnpolizei. Ich möchte, dass du die Wache anfährst. Ich werde vorausfahren und dich dort empfangen.«

Mit Telleraugen starrte ich auf die Tischplatte. Das war mal wieder typisch Gregor. Eilt herbei, um die Situation zu retten und mir anschließend die Leviten zu lesen. Tief in meinem Inneren war ich froh, ihn zu sehen. Doch das wollte ich auf gar keinen Fall durchschimmern lassen.

»Und dann?«

»Dann werde ich das Steuer übernehmen. Du wartest dort und wirst den Leuten erklären, dass du während der Überführung des Autos einen Kreislaufzusammenbruch hattest. Dein Wachmann da draußen wird sich also mir zuwenden müssen.«

»Was fällt dir ein?«, zischte ich. »Misch dich nicht in meine Angelegenheiten ein. Das ist mein Fall!«

»Du verwechselst da etwas«, sagte er. »Du hast dich in meine Angelegenheit eingemischt.«

Ich biss mir auf die Lippe. »Du meinst Boris Bäcker?«

»Boris Bäcker ist Geschichte«, erwiderte er kalt.

Ich sah aus dem Fenster und bemerkte, dass Van Damme ein wenig ungeduldig wurde. »Hast du etwas damit zu tun?«

Er grinste seicht. »Du kannst es einfach nicht lassen. Fragen stellen, selbst wenn dein Arsch auf Grundeis geht.«

»Was willst du damit sagen?«

Er blickte hoch. »Hast du etwa geglaubt, die lassen dich gehen, wenn der Deal gelaufen ist?«

»Du weißt von dem Deal?«

»Ich bin ein Teil davon.«

Mir wich sämtliche Farbe aus dem Gesicht und ich merkte, wie mir der Kaffee meine Kehle wieder hochkroch.

Das konnte doch alles nicht wahr sein. »Was soll das heißen? Hast du mich in diese Scheiße geritten?«

»Jetzt mal langsam. Das warst du ganz allein.«

Ich bemerkte aus den Augenwinkeln, dass mein Begleiter aus dem Wagen stieg. Gregor bemerkte meine Unruhe.

»Fahr zur Wache«, befahl er. »Ich bringe den Deal zu Ende. Und gnade dir Gott, du erscheinst dort nicht.«

Dann drehte er sich um, warf den Becher in den Müll und ging hinaus. Mein Begleiter schritt an ihm vorbei, ohne einen Blick an ihn zu verschwenden, und stieß schwungvoll die Tür auf.

»Wie lange dauert das noch?«, kläffte er.

»Ich komme ja schon«, nörgelte ich, warf den halb vollen Pappbecher in die Tonne und sah Gregor dabei zu, wie er den Motor der Daytona anließ und wütend am Gasgriff drehte. Mit schreiendem Motor brauste er auf die Autobahn zurück.

Ich setzte mich in den Wagen und stellte fest, dass meine rechte Hand wieder zitterte, während ich die Karre anließ. Dann schipperte ich in Richtung Autobahnauffahrt und verschwendete keinen Blick in den Rückspiegel, um nach dem verhassten Mercedes zu sehen.

Ich fuhr die A 3 entlang und meine Birne war bis in die kleinsten Winkel durchblutet, vornehmlich vor Anstrengung. Mir wollte einfach nicht in den Kopf, warum Gregor etwas mit dieser Sache zu tun haben sollte und warum er so erpicht darauf war, mir das ungeniert aufs Butterbrot zu schmieren. War das wieder Teil dieser Psychokacke, die er letztens noch so vehement bestritten hatte? Warum wollte er genau darüber Bescheid wissen, was mir nach dem Transfer blühen würde? Eine Mischung aus Furcht und Wut machte sich breit, wobei die Wut nach 20 Kilometern die Oberhand gewann.

Ich hatte ihn längst aus dem Fall ausgeschlossen. Nach Dübels Bemerkung, an Bäckers Verschwinden wären sie und nicht Panko verantwortlich, hielt ich ihn für unschuldig – und mich für ernsthaft bedroht. Und jetzt kam er daher in seiner flotten Lederkluft, stellte sich quasi als Komplize hin und redete mir ins Gewissen. Mir!

Die Frau im Navigationsgerät hielt mich auf Kurs und ich drückte aufs Gaspedal. Drakonisch wechselte ich auf die linke Spur und überholte eine Reihe von Kleinwagen; der Mercedes klemmte sich an meine Stoßstange.

Gregor wollte mich raushalten. Für die Blondette wurde es mal wieder zu brenzlig. Oder er sah den Deal gefährdet, weil ich, sein Schoßhündchen, mich eingeschleust hatte. Ich rief mir noch einmal seine Bemerkung in Erinnerung: ›Fahr zur Wache. Und gnade dir Gott, du erscheinst dort nicht.‹

Angepisst schlug ich mit der flachen Hand gegen das Lenkrad. Ich habe mir die Abende um die Ohren geschlagen und bis in die Nachtstunden recherchiert, nur um es bis hierhin zu schaffen. Und plötzlich taucht der unglaubliche Panko auf und meint, mir mit ein paar Sätzen einen Strich durch die Rechnung machen zu können. Nicht mit mir, Freundchen!

Ich erreichte die Wache der Autobahnpolizei. Sie lag abschüssig in einer Senke und ich musste mich ein wenig vorbeugen, um Gregors Motorrad ausfindig zu machen. Und tatsächlich: Er wartete dort. Mit einem Rumoren in der Bauchgegend drückte ich auf die Tube und der Mercedes signalisierte mir mit der Lichthupe, ich solle mich an die Geschwindigkeitsbegrenzungen halten. Mir war das mittlerweile scheißegal. Wenn mich die Polizei wegen Raserei anhielt, konnte er mich wohl kaum über den Haufen schießen. Außerdem hatte ich Grund zur Annahme, dass Gregor am Zielort seine unergründliche Hand über mich halten und sichergehen würde, dass ich unbeschadet wieder herauskam. Dessen war ich mir sogar ziemlich sicher.

Ich fuhr einige 100 Meter. Die Wolken drückten sich enger aneinander und die Sonnenstrahlen stachen steif und spitz wie Schaschlikspieße durch mein Seitenfenster, als ich Gregors Motorrad im Außenspiegel ausmachte. Ich quittierte dies mit einem Haufen aufgestellter Nackenhaare, doch noch ehe ich mich an den Anblick gewöhnen konnte, schoss er bereits mit einer Wahnsinnsgeschwindigkeit an mir vorbei, seinen Oberkörper eng an den Tank gepresst. Ich wusste nicht, was ich davon halten sollte, aber ich nahm an, dass er vorausfuhr. Immerhin kannte er mein Ziel und ich bezweifelte, dass er die Missachtung seiner Anordnung einfach mit Resignation bestrafen würde.

Der Kaffee hatte mich ein wenig munterer gemacht und ich überfuhr die niederländische Grenze ohne irgendwelche Zwischenfälle. Die Durchrufe der Navigationsfrau kamen in immer kürzeren Abständen und lotsten mich schließlich von der Autobahn. Ich passierte die Stadtgrenze von Rotterdam. Prunkvolle Glasbauten, gespickt mit Baukränen und Brachlandschaften, untermalten meinen Weg entlang der Stadtgrenze. Von Gregor fehlte nach wie vor jede Spur und selbst mein Privat-Van-Damme im Mercedes hatte sich mit mehreren hundert Metern Abstand von mir abgesetzt. Der Navigator schickte mich auf eine Landstraße, die sich wie ein dahingeworfener Gartenschlauch durch wunderschöne grüne Felder und hügelige Wiesen schlängelte. Hin und wieder grasten ein paar zerzauste Schafe und Kühe, an einigen Stellen war die Straße mit allerlei Tierdreck besudelt. Man ahnte kaum, dass man sich am Rande einer Großstadt befand.

Nach einer weiteren Viertelstunde erreichte ich ein Dorf mit hölzern umzäunten Flachbauten. Laubbäume wuchsen karg aus Schotterinseln mitten auf dem Bürgersteig und Gras wucherte um die Gullydeckel auf der Straße. Das Dorf war wie ausgestorben. Lediglich ein paar alte Leute lehnten ihre Oberkörper über die Zäune. Mit einem Mal rief die Stimme aus dem Lautsprecher das Ende meiner Reise aus und ich bremste mitten auf einer Kreuzung. Ein bunter Terrier mit schütterem Fell tippelte über die Straße. Ich schaute mich um. Hier war gar nichts. Keine Kontaktperson, kein Mercedes, kein Gregor. Nur ich, und zwar in exponierter Stellung. Mit etwas Paranoia im Kopf ließ ich den Gang einrasten und parkte rückwärts in einen brachliegenden Hof ein in der Hoffnung, ein einheimischer Holländer würde mir aus Verärgerung nicht eins mit dem Besen überbraten. Ich sah auf die Uhr. Durch meine Raserei hinter der Tankstelle hatte ich trotz Kaffeepause ein paar

Minuten Luft gewonnen. Nervös zupfte ich an meinen Augenbrauen, meine Nerven lagen blank und ich konnte keine Minute mehr still sitzen. Daher stieg ich aus und nahm einen tiefen Atemzug frisch gedüngter Landluft, bis ich davon husten musste.

Wo zum Teufel war Gregor?

Ich ging zur Kreuzung und lugte in jede der übrigen drei Straßeneinmündungen hinein in der Hoffnung, auf menschliches Leben zu stoßen. Doch das Einzige, was lebte, war ein Rudel holländischer Tauben, das mit lauten Flügelschlägen über den Dächern kreiste. Scheißtauben.

Mein Kopf glühte vor Lampenfieber, als ein Wagen mit holländischem Kennzeichen auf mich zukam. Langsam machte ich ein paar Schritte zurück und drückte mich an eine Hauswand, doch der Wagen fuhr einfach an mir vorbei. Irgendwann hielt ein weiteres Fahrzeug unmittelbar neben mir und ich stieß ein lautes Quieken aus. Der Typ am Steuer schüttelte den Kopf.

»Bist du aus Dortmund?«, fragte er mit niederländischem Akzent.

Ich nickte stumm und wies ihm mit dem Kinn den Weg zu meinem Dienstwagen. Er nickte ebenfalls und drehte seine Karre, ein schwarzer flacher Japaner, mitten auf der Kreuzung. Er stellte den Wagen hinter den Golf und parkte mich ein, was mir ganz und gar nicht gefiel.

Er stieg aus und kam auf mich zu.

»Haben Sie, wofür ich gekommen bin?«, fragte ich überaus professionell.

»Später«, wies er mich sofort zurecht und setzte eine

schmale Sonnenbrille auf. Er war sonnengebräunt, seine dunklen Haare fielen ihm mehr faul als lässig in die Stirn. Ohne auf ein Zeichen zu warten, ging er zu dem Golf, öffnete die Beifahrertür und klappte das Handschuhfach auf. Dann nahm er die Karte aus dem Umschlag und inspizierte sie kurz.

»Esther Roloff«, sagte er mehr zu sich selbst als zu mir.

Prompt betrat eine weiße Vespa laut röhrend die Bühne und der Holländer streckte seinen Arm aus. Der Fahrer nahm die Karte entgegen.

»Eins, drei, null, eins«, brüllte der Erste in den Helm. Der Rollerfahrer nickte und die Vespa zog wieder ab.

Erneut herrschte Totenstille.

»Und jetzt?«, fragte ich.

»Jetzt warten wir.«

»Worauf? Dass Ihr Kollege das Geld vom Konto abhebt?«

Er lachte laut auf. »So viel Geld kann man am Automaten nicht abheben, Kleine.«

Ich mochte es nicht, dass er mich Kleine nannte.

»Wie viel ist denn auf dem Konto?«

Argwöhnisch zog er seine Brille von den Augen. »Du stellst zu viele Fragen.«

Angekratzt lehnte ich mich gegen die Hauswand und kickte eine Weile den Schotter vom Boden.

»Hör auf damit!«, schimpfte der Holländer und ich hielt die Füße still, auch wenn mir der Typ nicht sonderlich gefährlich vorkam. Einige Minuten später klingelte sein Handy den Soundtrack von James Bonds ›Casino Royale‹ herunter und ich musste mir wegen dieser

Lächerlichkeit ein Grinsen verkneifen. Er nahm das Gespräch entgegen. Es dauerte kaum eine Minute.

»Okay«, sagte er zu mir. »Es ist alles in Ordnung, Esther Roloff.« Er wählte eine Nummer auf seinem Handy und plapperte ein paar holländische Kommentare hinein und ich nahm an, dass er mein Paket herbeorderte. Dann setzte er sich die Sonnenbrille wieder auf die Nase und öffnete die Beifahrertür des Japaners.

»Steig ein«, befahl er mir aus heiterem Himmel.

Meine Kinnlade machte sich selbstständig. »Was? Wozu? Ich muss doch etwas zurückbringen!«

»Das macht jemand von uns. Komm.«

»Warum?«

Genervt atmete er durch. »Du stellst zu viele Fragen. Das müssen wir klären.«

»Was müssen wir klären?«, fragte ich und fühlte kalten Schweiß unter den Achseln. Mittlerweile hatte ich eine Scheißangst. »Ich steige nicht ein.«

Mit einer schnellen Bewegung legte der Holländer eine Pistole auf das Autodach. »Such es dir aus.«

Von der Angst überwältigt, stieg der Tränenwasserpegel bis zum Anschlag und ich musste mich zusammenreißen, nicht loszuheulen. Ich kompensierte es mit geballten Fäusten und Zähneknirschen, doch mein Kopf wollte nicht so, wie ich wollte, und schüttelte sich.

Nicht gut. Gar nicht gut.

Gregor hatte mich im Stich gelassen. Ich war fassungslos, dachte ich doch, ich hätte eine überirdische Verbindung zu ihm. Ich hatte Fotos von Julia Pankowiak in den alten Schlagzeiten der Tagesblätter gesehen und die Ähnlichkeiten waren verblüffend: Sie hatte schulterlanges blondes Haar, ein wenig länger als meines, ähnlich eng stehende blaue Augen und die gleiche kurze, mit Sommersprossen bemalte Nase. Julia wollte eine Superheldin sein und die ganz große Action erleben – genau wie ich. Sie wollte BePo-Zugführerin werden, ich wollte zur Mordkommission. Doch wir scheiterten beide. Ich schlug mich seit Längerem mit dem Gedanken herum, ich könnte mir dadurch einen Vertrauensvorteil bei Gregor verschaffen, doch so wie es aussah, hatte ich mich getäuscht und er überließ mich jener Gnade Gottes, die er mir vorhin noch so großspurig angepriesen hatte.

Der Holländer zeigte sich deutlich angenervt von meinem Widerstreben und kam mit der Knarre im Anschlag direkt auf mich zu. Wie ein Kaninchen in Schreckstarre blieb ich an der Wand stehen, glotzte ihn durch einen Tränenschleier an und ließ es unkommentiert, dass er sich an meinem Anblick offensichtlich ergötzte. Energisch winkte er mich zu sich heran und ich schaffte einen Schritt vorwärts. Er lachte.

»Denkst du, ich leg dich um?«

Eigentlich wollte ich es gar nicht, aber ich nickte trotzdem. Wieder lachte er. Dann streckte er den Arm aus, packte mich unterhalb des Ellenbogens und zog mich zu sich heran.

»Mal gucken«, sagte er leise und drückte mir einen Kuss auf die Stirn.

Meine Nerven begannen wie eine Hochspannungsleitung zu summen. Ich spürte die Stresshormone, wie sie das Blut in meinen Adern zum Lodern brachten und ich versuchte angestrengt, einen einzigen vernünftigen Gedanken zu fassen.

Die Knarre, dachte ich und verfolgte den Weg seines Armes bis zu seiner Hand. Er trug eine Halbautomatik bei sich, ein ähnliches Gerät, wie es mir Gregor vor Ewigkeiten in die Tasche gesteckt hatte. Wieder brannten ein paar Sicherungen durch. Warum hatte er mich damals überhaupt mit dieser Knarre bedacht? Er war um meine Sicherheit besorgt. Doch jetzt war ich einem irren und, seinen geröteten Augen nach zu urteilen, zugekifften Holländer schutzlos ausgeliefert. Ich hatte keine Waffe, kein Reizgas, nicht einmal ein Telefon, um Hilfe zu rufen. Die Tränen rannen mir mittlerweile über das ganze Gesicht und ich kniff die Augen zu. Plötzlich hörte ich den Gesang eines surrenden, hochtourigen Viertakters und ich begann, aus Erleichterung wie eine Henne zu gluckern.

Die Triumph Daytona kam nur wenige Meter vor uns zum Stehen. Der zugedröhnte Käskopp nahm sich glücklicherweise die Zeit, seinen unerwünschten Besucher in Augenschein zu nehmen und nicht gleich über den Haufen zu schießen. Gregor zog den Helm ab und strich sich ein paar Strähnen aus dem Gesicht. Die Züge waren scharfkantig. Er war offensichtlich sauer.

»Wer bist du? Was willst du hier?«, fragte der Holländer.

Gregor stellte sich breitbeinig auf, um die schwere Maschine im Gleichgewicht zu halten. Den Motor ließ er dabei laufen. Ich wusste nicht, ob dies ein gutes Omen war.

»Ich bin wegen der Frau hier.«

Der Holländer lachte. Dann umschlang er mit seiner Armbeuge meinen Hals. Das Gefühl kannte ich bereits, denn mir war schon öfter ein Arm um die Kehle gewickelt worden. Doch es wurde dadurch nicht angenehmer.

»Wieso? Ist das deine?«

Ich kam mir vor wie auf dem Viehmarkt.

Gregor überlegte. Viel zu lange. »Sie gehört zu mir.«

»Kommst du von Dübel?«, fragte der Holländer. »Dübel hat sie hierhergeschickt.«

»Ich weiß. Dübel wird zunehmend unsicher.«

»Dübel bringt uns nichts als Drecksarbeit!«, fluchte der Holländer und verlor dabei etwas Spucke auf meinem Hals. Ich dachte unweigerlich an Bäcker und fragte mich, ob er auch so eine Drecksarbeit war, die der Tulpenpflücker erledigen musste.

»Ich weiß. Ich kläre das mit ihm«, beschwichtigte Gregor.

Der Holländer lachte wieder und seine wackelnde Brust klopfte gegen meinen Rücken.

»Warum du?«, fragte er Gregor. »Wer bist du?«

»Ein Arrangeur.«

»Arrangeur am Arsch. Die kommt erst mal mit.«

Gregor zeigte sich verärgert. »Ich komme gerade von Ruben Minderhoud. Er und ich haben ein Geschäft. Und die Frau gehört dazu.«

»Gequirlte Scheiße!«, blökte der Holländer und mir wurden langsam die Knie weich, denn die Konversation schrie förmlich nach Handgreiflichkeiten. Stattdessen zupfte sich Gregor gemächlich die Handschuhe von den Fingern und holte in Zeitlupe sein Handy aus seiner kleinen Brusttasche. Offenbar wählte er eine Nummer, doch das schien den Niederländer kaum zu beeindrucken. Mit einem Mal sang Chris Cornell den James-Bond-Song in seiner Hosentasche.

»Entschuldigung. Falsche Nummer«, sagte Gregor und legte wieder auf. Doch die Entschuldigung war nur eine Farce und der Anruf nicht weniger als eine Demonstration, wie tief Pankos Griffel in der Sache steckten. Der Holländer war über die Erkenntnis augenscheinlich entsetzt. Der Typ mit dem Motorrad bluffte nicht.

Gregor wählte noch einmal und mein Despot lockerte seinen Griff, sodass ich mich ohne Anstrengung von ihm lösen konnte. Rein instinktiv rannte ich von ihm weg und auf Gregor zu, doch der schien von meinen Absichten absolut nicht begeistert. Ich sah die Abwehrhaltung in seinen Augen und wie er mit einer gespreizten Hand fuchtelte. Doch noch ehe ich seine Gestiken in die richtigen Schublade einordnen konnte, peitschte ein kurzer, beinahe fauchender Knall durch die schwülen Luftschichten und ich spürte unmittelbar ein Brennen in meiner linken Wade. Ein Schmerz ergoss sich wie heißes Öl über das ganze Bein bis in die Zehenspitzen und ich strauchelte.

Ich hätte weiterlaufen können. Ich war von Adrenalin und Angstschüben aufgepumpt, doch ich blieb stehen in der Erwartung, der Typ würde mir ansonsten eine Kugel in den Rücken jagen. Ich sah an mir herunter. Im Baumwollstoff über meiner Wade klaffte ein kleines Loch. Sofort wurde mir übel, derweil klopfte mein Unterschenkel wie ein Motorkolben. Hinzu kam der heiße, strahlende Schmerz. Ich erforschte Gregors Blick, der zu meiner Genugtuung ebenfalls von Schrecken gezeichnet war. Ich setzte mich auf den Boden, um den verletzten Muskel zu entspannen, damit die Schmerzen nachließen. Doch dies taten sie nur minimal.

Gemächlich schubste Gregor mit dem Fuß den Seitenständer nach vorn, stieg von der Maschine und drehte den Zündschlüssel um. Der Schrecken in seinem Gesicht wurde von Wut und Missbilligung abgelöst und er ging lange und breite Schritte auf den Holländer zu. In der Erwartung, dieser würde sogleich das Feuer auf ihn eröffnen, drückte ich meinen Kopf nach vorn und der Tränenschleier ergoss sich wie leichter Regen über meine Knie. Er ging an mir vorbei und ich kniff die Augen zusammen. Doch der erwartete Schuss blieb aus. Ich drehte mich zu den beiden um. Der Holländer stand an gleicher Stelle und Gregor hing wieder am Telefon. Dieser Mistkerl hatte wirklich eine Engelsgeduld.

»Ruben«, sprach er in den Hörer. »Deinem Mitarbeiter sitzt der Finger locker. So haben wir das nicht vereinbart.« Es entstand eine Pause. »Ich nehme die Kleine mit.«

Ich hörte Gebrumme und Getuschel, welches offenbar von seinem Telefon ausging. Dann unterbrach er die Stimme: »Nein. Klär du das mit ihm. Ich lasse ihn hier.«

Er ging auf den Holländer zu. »Hier«, sagte Panko und reichte ihm das Handy. »Er will dich sprechen.

Behaltet das Geld für die misslichen Umstände. Und behalt das Telefon. Es ist sowieso euers.«

Missliche Umstände?

Der Holländer nahm das Telefon und hielt es sich ans Ohr. Meine Sicht war von dem Schrecken und den Schmerzen ein wenig getrübt, doch ich sah, dass der Kerl kreidebleich war.

»Ja?«, sprach er kleinlaut hinein und lauschte.

Währenddessen kehrte Gregor ihm den Rücken und kam zu mir. Er kniete sich vor mich hin, griff den Saum an meinem Knöchel und rollte den Stoff seelenruhig auf. Jede seiner Bewegungen fühlte sich an, als würde er dabei meine Haut abziehen. Blutverklebte Härchen pappten an der Hose und er musste sie mit groben Bewegungen epilieren. Ich atmete scharf ein und erwischte eine Brise alten Zigarettenrauch gemischt mit Schmiermittel.

Wir begutachteten die Wunde. Ich war angewidert und fasziniert zugleich, aber jetzt, da ich das Blut und die Eintrittswunde begutachtete, schmerzte es noch mehr als vorher. Wie ein Schlosshund begann ich zu heulen.

»Keine Austrittswunde«, stellte Gregor fest. »Die Kugel steckt irgendwo fest.«

Er tastete mein Schienbein ab und jede Faser meines Oberkörpers zog sich zusammen.

»Der Knochen ist nicht gesplittert. Sie muss im Muskel sitzen.«

»Na so ein Glück«, keuchte ich fast sarkastisch.

Er blickte mich an. Lockige Strähnen fielen ihm vor die grünen Augen. Seine Haare waren über den letzten Monat um einiges gewachsen. Er sah ziemlich besorgt aus.

»Tut es sehr weh?«

»Geht schon«, log ich und biss mir auf die Unterlippe.

Hinter uns begann der Holländer sein Zeug zu räumen. Ich hörte ein Türenknallen. Dann ließ er seine Karre an.

»Du willst ihn einfach davonkommen lassen?«

»Alles andere wäre schlecht fürs Geschäft«, erklärte er trocken, zog seine Motorradjacke aus und fuhrwerkte in seiner Tasche herum. Währenddessen surrte der Wagen des Holländers an uns vorbei. Mit einem Schweizer Taschenmesser in der Hand streifte Gregor sich das T-Shirt über den Kopf und zeigte mir seine geschmälerte Brust. Rippen zeichneten sich nun deutlich durch seine Haut ab, seine Schlüsselbeine prägten wie Holzplanken die Schultern. Lediglich seine Bauchmuskeln zeugten noch von dem alten drahtigen und kräftigen Gregor.

»Dreh dich um«, sagte ich zu ihm.

Er glotzte mich verdutzt an.

»Ich möchte es sehen«, beharrte ich.

Gregor zögerte, dann kehrte er mir den Rücken.

Da sah ich es.

Insgeheim hatte ich gehofft, er hätte es sich in der Zwischenzeit entfernen oder übermalen lassen, doch ich bezweifelte, dass man ein Monstrum wie dieses, dessen Spannweite sich über beide Schulterblätter erstreckte und seine Klauen über den Lendenwirbeln ausbreitete, jemals wieder loswurde.

Nach einigen Sekunden der Beschauung ging er wortlos zu dem Motorrad zurück und schloss die Sitzbank auf.

»Wer war der Künstler?«, fragte ich ihn.

Er holte einen blechernen Flachmann aus der Sitzbank und schob ihn sich in die Arschtasche. Als er sich zu mir umdrehte, gab er sich lässig und lächelte. Doch in seinen Augen sah ich seine Anspannung.

»Wieso? Willst du dir auch eins machen lassen?«

Mit ein wenig Mühsal riss er sein T-Shirt an den Nähten auseinander. Auf seinen Unterarmen traten dicke Adern hervor.

»Vielleicht«, sagte ich.

Im Grunde war es mir scheißegal, wer ihm den Reichsadler auf den Rücken tätowiert hatte. Vornehmlich wollte ich mich mit der Konversation von den Schmerzen ablenken.

Gregor ging in die Hocke und drückte nervös den Stofffetzen in seinen Händen zusammen. Er machte einen ziemlich mitgenommenen Eindruck.

»Wir fahren zurück zur Autobahnpolizei. Die werden dir dort einen Notarzt kommen lassen. Hier in Holland würden die Behörden zu viele Fragen stellen und wir handeln uns Ärger ein.«

Ich nickte angestrengt.

»Ich kann nicht mit dir auf der Wache bleiben. Ich denke, das weißt du.«

Ich nickte wieder.

»Sag den Leuten dort nicht, dass du die Grenze überfahren hast. Oder dass du dir die Kugel in Holland eingefangen hast.«

»Nichts leichter als das«, giftete ich und sein Blick wurde grämlich. Ich gab mich nachsichtig. »Ich werde mir etwas einfallen lassen.«

Beschwerlich fuhr er sich mit der Hand durch die Haare. »Aber zuerst muss ich die Kugel entfernen.«

»Was?« Ich riss die Augen auf und zog mein Bein weg, was eine neue brennende Schmerzwelle verursachte. »Das kannst du nicht machen!«

Er kratzte sich im Nacken. »Die Kugel könnte die Ballistiker direkt zu Minderhoud und seinen Männern führen.«

»Was wäre so schlimm daran?«

Er sah mich an, als wäre ich nicht ganz bei Sinnen. Aber er ließ die Frage unbeantwortet. Stattdessen zog er den Flachmann aus der Tasche und schraubte den Verschluss auf. Zu meiner großen Verwunderung trank er allerdings keinen Schluck. Stattdessen bot er mir die Flasche an.

»Was ist da drin?« Ich schnupperte.

»Whiskey.«

Ich nahm ihm die Flasche ab und nippte daran. Vollmundig und bitter floss das Zeug durch meine Speiseröhre und ich schüttelte mich. In meinem Magen wurde es heiß. Behutsam nahm Gregor sein Schweizer Taschenmesser zwischen die Finger und drehte die kleine Pinzette heraus. Alles an mir, bis auf den Magen, fühlte sich plötzlich eiskalt an.

»Startklar?«

Ich versuchte zu nicken, doch mein Kopf bewegte sich kaum.

Er nahm die Flasche, stellte sie beiseite. »Dreh dich um.«

Platt wie ein Rochen legte ich mich auf den Bauch. Der Boden unter mir war ganz warm. Ich spürte, wie

Gregor mein Schienbein umfasste. Sein Atem schlug gegen die Wunde, seine Fingerspitzen fuhrwerkten an der Wunde herum. Ich zerbiss mir derweil beinahe die Lippe.

»Ich sehe das Projektil«, kündigte er feierlich an.

Mit einem Schlag stob eine Hitzewelle durch meine Wirbelsäule und ich fühlte, wie der spitze Fremdkörper in die Wunde eindrang. Wie ein sich immer weiter zuziehender Dornenkranz verschnürte der Schmerz meinen Wadenmuskel und ich schrie auf.

»Halt still!«, brüllte Gregor und ich biss mir in den Handballen. Die nächste Schmerzwelle übermannte mich und ich krümmte mich, sodass meine Wange gegen den Asphalt scheuerte. Sternengeflimmer versperrte mir die Sicht und ich hatte das Gefühl, als würde ich gleich ohnmächtig werden.

»Ich hab sie. Beweg dich nicht!« Gregor rückte sich auf den Knien zurecht und ich hörte, wie der metallene Boden der Whiskeyflasche über den Asphalt kratzte. Dann schüttete er ihren Inhalt über der Wunde aus, was in der einen Sekunde enorm kühlte, sich in der anderen jedoch in tausend Nadelstiche auflöste. Als ich mich umdrehte, begann Gregor sofort, die Wunde mit den Resten seines T-Shirts zu verbinden. Rotz lief mir aus der Nase. Gregors Hände waren flink, ich sah trotzdem, dass sie zitterten. Er richtete sich auf, beugte sich vor und drückte mir einen Kuss auf den Scheitel.

»Gut gemacht«, sagte er leise.

Von seiner Reaktion völlig überrumpelt, sprudelten die Worte nur so aus mir heraus: »Wohnt in dieser Stadt überhaupt jemand?«

»Die Leute hier mischen sich nicht ein.«

Ruckartig zog er den Knoten zusammen und ein Stechen schoss durch meinen Körper.

»Was war das überhaupt für ein Deal?«, fragte ich weiter.

Er antwortete nicht. Stattdessen stand er auf und half mir hoch. Er zog sich die Motorradjacke über den nackten Oberkörper, ging zum Motorrad und reichte mir den Helm.

»Setz du den auf.«

Ich stand auf einem Bein. »Warum nehmen wir nicht das Auto?«

»Mit der Maschine geht's schneller. Und außerdem will ich sie hier nicht zurücklassen.«

Ich humpelte zum Motorrad. »Trag du den Helm. Ich bin hinter dir windgeschützt.«

Wortlos setzte Gregor den Helm auf, zog den Reißverschluss seiner Jacke zu und setzte sich auf die Sitzbank. Mühselig krabbelte ich auf den Soziusplatz. Gregor klappte das Visier hoch.

»Schieb die Hände unter meine Jacke«, rief er mir zu. »Ich will sie am Bauch fühlen. So merke ich sofort, wenn bei dir etwas nicht in Ordnung ist. Du wirst doch nicht ohnmächtig, oder?«

»Nein.«

»Alles okay?«

»Mir ist etwas mulmig zumute.« Meine Finger krochen unter seine Jacke und berührten seine nackte Haut. Postwendend zogen sich seine Bauchmuskeln zusammen.

»Du hast ja kalte Hände!« Er schob den Seitenständer beiseite und ließ mit dem Fuß den ersten Gang einrasten. Dann drehte er den Gasgriff auf, ließ die Kupplung kommen und die Maschine schoss über die Kreuzung hinweg. Ich verschnürte mich noch enger an ihn, da ich sonst von der Sitzbank gefallen wäre.

Er nahm den gleichen Weg zurück über die Landstraße und ich drückte meinen Kopf gegen seinen Rücken. Meine Haare flogen in alle Richtungen und peitschten gegen meine Ohren. Die Landschaft raste wie ein Film im Vorspulmodus an uns vorbei und der Krach des Motors war ohrenbetäubend. Hin und wieder ließ Gregor das Motorrad in die Kurven gleiten und ich hatte Angst, wir würden gleich umkippen. Es war nicht das erste Mal, dass ich auf einem Motorrad saß, aber als Sozia fühlte sich die Fahrt wesentlich instabiler an. Meine kalten Hände unter seiner Jacke wurden allmählich warm, die Füße schwitzten am Rande des Motors und meine Knie kühlten im Fahrtwind allmählich aus. Gregor fuhr auf die Autobahn und wurde ruckartig langsamer.

»Alles okay?«, schrie er und ich kniff ihm als Antwort vorsichtig in den Bauch. Ich hörte, wie er mit dem Fuß in einen tieferen Gang einrastete. Die Schleuder bockte auf, er drehte an dem Gasgriff und wir schossen direkt auf den äußersten Fahrstreifen. Wie eine Langstreckenrakete flogen wir über den Asphalt und ich hatte das Gefühl, wir würden gleich abheben. Ich heftete mich an seinen Bauch. Der Motor unter uns dröhnte und die Vibrationen der Reifen jagten wie Stromschläge durch meinen Körper. Meine Wade schien derweil zu ihrer dreifachen Größe anzuschwellen, nicht zuletzt weil der Wind wie scharfkantige Gräser gegen meine Beine schlug.

Ich kniff meine Augen zu. Ich hörte die Autos, welche wir in Lichtgeschwindigkeit überholten und wagte es nach einer Weile, wieder ein Auge zu öffnen. Mit Erleichterung registrierte ich die deutschen Verkehrsschilder. Kurz darauf drosselte Gregor die Geschwindigkeit und fuhr von der Autobahn. Er legte die Maschine beinahe waagerecht in die Steilkurve und brachte uns durch eine Unterführung. Während er eine grüne Ampelkreuzung passierte, nutzte ich die Pause und lockerte meine Gelenke. Ich spürte meine Knie nicht mehr. Meine Ohren klingelten und meine Haare standen wahrscheinlich in alle Richtungen ab. Ich sah an meinem Bein herunter und stellte fest, dass die Wunde bereits durch den Druckverband durchblutete. Dann setzte Gregor noch einmal nach und fuhr auf die andere Seite der Autobahn auf, um zur Wache zu gelangen. Das Motorrad kam auf dem Seitenstreifen unmittelbar vor der Abfahrt zum Stehen und Gregor hielt es mit beiden Füßen auf dem Boden im Gleichgewicht. Er nahm den Helm ab.

»Du musst zur Wache laufen, sonst sehen sie mich. Schaffst du das?«

Schwerfällig krabbelte ich den Sitz hinunter. Meine Knie waren kalt und taub, der Kopf vibrierte noch und es dauerte eine Weile, bis ich wieder aufrecht stehen konnte. Ich fühlte mich träge und ausgelaugt. Doch kaum, als ich das kaputte Bein durchstreckte und den Schmerz spürte, war ich hellwach.

»Kein Wort«, sagte er nur und belegte mich mit einem bitterernsten Blick.

Ich schlug ein. »Aber eines will ich noch wissen«,

sagte ich mit ebenso ernstem Blick. »Was ist mit Boris Bäcker? Ist er tot?«

»Ja.«

»Warst du es?«

»Nein.« Er drehte den Helm um. »Wir reden darüber, wenn du wieder zu Hause bist.«

»Versprich mir das!«, fauchte ich. »Verschwinde nicht einfach wieder.«

Er nickte gutmütig, bevor er den Helm aufsetzte. Ich tat einen Schritt zur Seite und Gregor fuhr in ordnungsgemäßer Geschwindigkeit zurück auf die Autobahn.

15.

Erst hüpfte ich auf einem Bein, um die Abfahrt hinunterzugelangen, doch es war nicht nur mühselig, sondern sah auch noch unglaublich lächerlich aus. Irgendwann humpelte ich und ballte bei jedem Schritt, den ich mit dem verletzten Bein versuchte, die Hände zu Fäusten. Nach einigen Minuten war mir von meiner hechelnden Atmung schwindelig und ich knickte ein. Dabei fiel mir die Hand auf, in welche ich gebissen hatte, als Gregor mir das Projektil aus der Wade zog. Sie hatte immer noch eine deutliche und feuerrote Bissspur.

Die Wache kam mir ziemlich unbewohnt vor. Nur die beiden Polizeiwagen, die am Rande des Containers parkten, zeugten von Leben auf dieser Parzelle. Dann sah ich, wie jemand aus dem Nichts heraus in Richtung Autos schritt und ich brüllte wie von Sinnen den Abhang hinunter. Erst dachte ich, er würde mich wegen des lauten Verkehrs hinter mir nicht hören. Doch dann drehte er seinen Kopf in meine Richtung und ich ruderte mit beiden Armen. Endlich kam er auf mich zu. Ich humpelte ihm entgegen. Das T-Shirt am Bein war vom Blut durchtränkt, ich hatte den Eindruck, dass die Wunde seit der Not-OP noch mehr blutete als zuvor. Irgendwann, als der Typ sich näherte und meine Sicht zunehmend milchiger wurde, schien er die Verletzung an dem Bein zu erkennen und begann zu rennen. Als er unmittelbar vor mir stand, löste sich jeder

Druck und Ehrgeiz wie ein Fremdkörper von mir und ich sackte in seine Arme. Er legte meinen Arm um seinen Nacken und ich nahm nur peripher wahr, wie er mich den abschüssigen Weg hinunterschleppte. Ein paar Meter vor dem Eingang kamen uns zwei seiner Kollegen entgegen.

»Ruft den Notarzt!«, brüllte er. Einer der Kollegen ging in den Container zurück, der zweite klemmte sich meinen anderen Arm über die Schultern. Sie transportierten mich in einen kleinen Raum mit einer Liege und legten als Erstes das kaputte Bein hoch. Sofort begann einer von ihnen, an dem T-Shirt-Verband rumzupopeln.

»Das ist ja eine Schusswunde!«, stellte er empört fest.

Ich merkte, wie meine Kräfte schwanden und ich hatte keinen Bock auf große Diskussionen. »Ich spreche mit niemandem«, verkündete ich großspurig. »Nur mit Alexander Schalkowski vom Polizeipräsidium Dortmund.«

»Sind Sie noch ganz bei Trost?«, fragte mich der Kollege, der mich zuerst aufgegriffen hatte. Ich sah ihn an. Er war in meinem Alter, trug einen blonden Igelschnitt und einen Schnauzbart, der ihn älter machte.

»Holen Sie Schalkowski her«, murmelte ich leise.

»Ich hole niemanden außer den Krankenwagen«, sagte er. Ich schloss die Augen und der Beamte patschte mir mit seiner Hand gegen die Wange.

»Wach bleiben!«, befahl er.

Wenige Minuten später hörte ich bereits die Sirenen des Krankenwagens. »Wow«, flüsterte ich. »Das ging ja schnell. Letztes Mal hat das länger gedauert.«

Er räusperte sich. »Letztes Mal?«

Die Sanitäter stürmten in das kleine Zimmer und drängten die Polizisten in den Flur zurück. Ein Sanitäter leuchtete mit einem Lämpchen in meine Augen, der andere machte sich an meiner Wade zu schaffen.

»Warum spüre ich plötzlich keinen Schmerz mehr?«, fragte ich.

»Sie haben einen leichten Schock. Außerdem haben wir Ihnen ein Schmerzmittel gegeben.«

Ich schaute in seine Augen. Sie waren grau mit Ansätzen von blau. Den Rest seines Gesichtes nahm ich nur verschwommen wahr.

Der andere Sanitäter schnüffelte an dem T-Shirt. »Was ist das?«, fragte er. »Whiskey?«

Ich grinste. »Hilft gegen Gasbrand.«

»Na ja, Sie kennen sich wohl aus«, sagte er und lächelte sanftmütig. »Kommen Sie. Wir bringen Sie ins Krankenhaus.«

Die Versorgung der Wunde geschah auf dem Weg im Krankenwagen und setzte sich stationär bei örtlicher Betäubung fort. Ich hatte keine Ahnung, in was für einem Krankenhaus, geschweige denn in welchem Örtchen ich gelandet war, aber der Zimmerservice war außerordentlich freundlich und zuvorkommend. Ich lag mit einem mehrschichtigen Verband im Krankenbett und löffelte meinen Schokoladenpudding, als Alexander durch die Tür trat.

»Hallo, Esther.« Seine Stimme klang heiser, seine Augen waren grau schattiert. Die Frisur auf seinem Kopf war nicht seine übliche, denn ihr fehlte es an Trotz und Volumen. Sein Lächeln war vorsichtig.

»Hallo, Herr Schalkowski.« Ich stellte den Pudding beiseite und er verzog das Gesicht, als hätte ich ihm mit meiner Stichelei eine Ohrfeige gegeben. Dann schlenderte er an mein Bett heran. Er bekam kaum seine Füße hoch.

»Wie geht es dir?« Mit einer Hand griff er nach der meinigen, mit der anderen streichelte er mir die Strähnen aus der Stirn.

»Ich lebe noch«, dramatisierte ich.

»Ich habe mir Sorgen gemacht. Ich habe dich angerufen, bei dir und den Nachbarn Sturm geklingelt. Hab keine Sekunde geschlafen. Heute früh wollte ich schon eine Fahndung rausgeben.« Er fuhr mit seinem Zeigefinger über meinen Handrücken, was mir eine Gänsehaut verpasste. Schlagartig änderte sich etwas in seinem Gesicht und er schaltete auf Kommissarkanal. »Du wurdest angeschossen.«

»Halb so wild«, flunkerte ich. »Hat kaum wehgetan.«

Zwischen seinen Brauen bäumte sich die altbekannte Sorgenbeule auf. »Wer war das?«

»Keine Ahnung.«

»Lüg nicht.«

»Aber ich kenne den Mann nicht!«

Provokativ holte er einen Block, kaum größer als meine Hand, aus der Hosentasche und begann zu schreiben. »Es war also ein Mann. Wie sah er aus?«

»Was soll das werden? Ein Verhör?«

»Wozu hast du mich denn sonst gerufen?« Er musterte mich, doch ich drehte meinen Kopf weg. Missmutig warf er den Block aufs Bett.

»Warum willst du es mir nicht sagen? Wirst du bedroht? Versuchst du, jemanden zu schützen?«

Bei der letzten Frage kniff ich die Augen zusammen.

Er seufzte. »Ich krieg es noch raus.«

»Und wie willst du das anstellen?«, giftete ich.

»Für solche Fälle gibt es Beugehaft.«

Ich stieß ein höhnisches Lachen aus. »Damit kommst du nicht durch!«

Die Tür des Krankenzimmers wurde aufgedrückt und Gregor trat mit breiten Schritten in den Raum. Er trug noch immer seine Motorradkluft, zwischenzeitlich hatte er sich ein pergamentartiges T-Shirt übergezogen, durch dessen Stoff seine Brusthaare schimmerten. Alexander sah nur kurz zu ihm herüber und bemerkte daher nicht, dass Gregor ihn lange und eingehend musterte.

»Wir sprechen uns in Bochum«, drohte mir Schalke. Dann ging er zielgerichtet aus dem Zimmer, ohne Gregor auch nur eines Blickes zu würdigen.

»Polizei?«, fragte Gregor.

Ich nickte.

»Wie heißt er?«

»Warum ist das so wichtig?«

»Warum ist es dir so wichtig, mir den Namen nicht zu sagen?«

Ich schwieg, er grinste aufgeklärt und griff wieder nach der Türklinke.

»Wo willst du hin?«

»Ich wollte nur sehen, ob es dir gut geht.«

Ich setzte mich auf. »Was mache ich mit der Polizei?«

»Verweigere die Aussage«, sagte er knapp. »Dann können sie dir nichts anhaben.«

»Das sagst du so leicht. Dieser Polizist da weiß, womit ich meine letzten Tage verbracht habe. Er wird nicht lockerlassen.«

Gregor haderte mit der Türklinke und starrte zu Boden. Fraglos störte es ihn, dass sich ein fremder Kommissar in diese Angelegenheit einmischte. »Halt ihn hin«, schlug er schließlich vor. Er steckte eine Hand in die Tasche seiner Jacke und warf einen einzigen Schlüssel zu mir auf die Bettdecke. Es war der Hausschlüssel für meine Wohnung, den er seit einiger Zeit mit sich herumschleppte.

»Soweit ich weiß, hast du deinen ja nicht mehr«, sagte er.

Er hatte recht. Mein Schlüsselbund war immer noch in Dübels Gewahrsam.

»Du bist mir noch ein paar Antworten schuldig«, raunte ich, als er zu verduften drohte.

»Ich weiß«, sagte er und wiederholte: »Komm erst mal nach Hause.« Er war genauso schnell verschwunden, wie er gekommen war.

Nach einem weiteren Tag im Krankenhaus las mich Olaf in der Wartehalle auf. Eine Stunde zu spät. Er war vom Schrecken gezeichnet. Seine Haut war gräulicher als die Kalkwand hinter ihm und stand im völligen Kontrast zu seiner roten Nase; offenbar hatte der Heuschnupfen wieder Einzug gehalten. Ich kam ihm mit Krücken entgegen. Es war ein allzu bekannter Umstand für mich.

»Tut mir leid, ich habe mich verfahren«, entschuldigte

er sich karg und nahm mir den Beutel ab. Er hatte den Orientierungssinn einer Tanzmaus.

Die Fahrt erwies sich erwartungsgemäß als schwierig. Eine unausgesprochene Wahrheit stand wie eine Betonwand zwischen uns und keiner wollte ein Wort darüber verlieren. Mir kam dieser Umstand sehr gelegen, aber Olafs Mauerfassade bekam langsam Risse. Lange würde er nicht mehr schweigen. Immerhin war er Journalist. Deswegen beschloss ich, ihm zuvorzukommen.

»Also. Wie kam es, dass du dich mit jemandem wie Boris Bäcker angefreundet hast?«

Olaf nickte, nahm einen tiefen Atemzug und streckte seine Wirbelsäule durch. Es schien, als wolle er etwas loswerden.

»Ich habe Boris während meines Volontariats in Köln kennengelernt.« Er sah zu mir herüber. »Du weißt doch, der kleine Fachbuchverlag. Boris arbeitete dort als Lektor.«

»Volontariat?« Ich rümpfte die Nase. Schon von Kindesbeinen an waren Olaf und ich immer getrennte Wege gegangen. Während ich im Grävingholzer Dickicht willkürlich Giftpilze verkokelte und Frösche fing, verbarrikadierte er sich oft tagelang in seinem Zimmer, um zu lesen. Weder mochte ich seine Freunde noch schleppte ich irgendwelche Freundinnen heim, in die er sich vergucken konnte. Im Gegensatz zu mir ging Olaf gern zur Schule und brachte als Konsequenz die besseren Noten mit. Das spiegelte sich später auch in unserem Karrieredenken wider: Ich hatte Ambitionen. Olaf aber hatte Ehrgeiz. Noch im gleichen Jahr, in dem ich meine BKK-Ausbildung antrat, entschwand er für einige Jahre nach Düsseldorf, um Politikwissenschaften zu studieren. Ich besuchte ihn nie, er besuchte nur unsere Eltern und wir verloren uns für lange Zeit aus den Augen. Von dem Volontariat in Köln erfuhr ich nur aus zweiter Quelle. Schließlich bekam ich einen Anruf, er sei wieder im Pott und wir trafen uns. Daraufhin verbesserte sich unsere Beziehung schlagartig. Wir führten Gespräche, tranken viel Kaffee und er lud mich zu seiner Hochzeit und den Taufen ein. Doch die achtjährige Lücke blieb und vieles aus seiner Studienzeit ist mir bis heute ein Rätsel.

»Boris und ich verstanden uns auf Anhieb«, setzte Olaf fort. »Auch wenn er 20 Jahre älter ist als ich. Wir hingen zusammen rum, er zeigte mir das Kölsche Nachtleben.« Ein Grinsen umschmeichelte seine Lippen. »Und im Büro brachte er mir viele Dinge bei.« Seine Hände umklammerten das Lenkrad und seine Fingerknöchel wurden weiß. »Ein Jahr später, ein halbes Jahr nach dem G8-Gipfel, ging Boris zur Zeitung. Als Redakteur. Er wollte schon lange Politjournalismus machen. Und Vitamin B sei Dank bekam er bei der WAZ auch tatsächlich das Politikdossier. Damals wusste ich noch nicht, dass er ganz gezielt nach Dortmund wollte.«

Ich schielte zu ihm herüber, aber er erwiderte meinen Blick nicht.

»Als ich mit dem Volontariat fertig war, holte er mich auch zur WAZ. Ich habe ihm meinen Job zu verdanken.«

»Er war dein Chef?«

Olaf schüttelte den Kopf. »Er macht Politisches. Ich

schreibe über das Tagesgeschehen. Zwar hat er mir bei meinen Büchern geholfen, aber in der Redaktion haben wir nie direkt zusammengearbeitet.«

»Und was ist mit dem Westfälischen Beobachter?«

»Dafür muss ich ein wenig ausholen.« Olaf rieb sich angestrengt die Stirn. »Fangen wir mit dem Westdeutschen Beobachter an. Der WB wurde 1930 von der NSDAP in Köln herausgegeben. Die Zeitung war vom Sensationsjournalismus geprägt, es gab massenhaft Hetzkampagnen gegen jüdische Anwohner. Natürlich gibt es die Zeitung nicht mehr. Sie wurde nach Kriegsende eingestellt.« Er guckte mich an. »Kannst du mir so weit folgen?«

Ich nickte. »Woher zum Teufel weißt du das alles?«

Er zuckte mit den Schultern. »An der Uni wurden viele Vorträge zum NS-Journalismus gehalten. Das war zu meiner Zeit sehr populär. Heute wird das Thema an den Unis kaum noch behandelt, was wohl am mangelnden Interesse liegt. Ich halte das nicht unbedingt für schlecht. Meinetwegen können die Kanzlerin und der Außenminister noch in 50 Jahren ihre Kränze niederlegen, aber irgendwann muss mit der Aufarbeitung von NS-Spielzeug, NS-Gärten oder NS-Zeitungen Schluss sein.«

Ich winkte ab. So genau wollte ich es dann doch nicht wissen. »Okay. Meinetwegen. Erzähl weiter.«

»Vor ungefähr drei Jahren wurde der Westfälische Beobachter von einer Dortmunder Kameradschaft ins Leben gerufen. Boris sollte ihnen bei der Gründung unter die Arme greifen.«

Ich glotzte ihn an. »Warum gerade er?«

Olaf rammte den Schalthebel nach hinten und der Motor jaulte auf. »Ich hab mich mit ihm unterhalten, Esther. Und er hat mir alles erzählt. So, als würden wir über gute alte Zeiten reden, verstehst du?« Allmählich schien er aus der Fassung zu geraten. »Er vertraute mir. Er glaubte, ich würde es niemandem erzählen oder ihn anzeigen. Vielleicht dachte er sogar, ich würde ihm in diese Redaktion folgen.« Mein Bruder schüttelte den Kopf.

»Was hat er gesagt?«

»Er hat mir von früher erzählt.« Olaf ruderte den Wagen auf die linke Spur. »Von den guten alten Zeiten. Sein Vater ist Mitte 70, war in der Hitlerjugend. Sein Opa starb in den 80ern, hatte ihm viel erzählt. Vom Ersten Weltkrieg, als er noch ein Kind war. Und vom Zweiten Weltkrieg. Als Boris in der Pubertät war, gab es viel Streit um seinen Großvater. Sein Vater hatte sich von der NS-Zeit abgewandt und Boris rebellierte. Abends trug er Springerstiefel und Bomberjacke, hat sich aber niemals den Schädel rasiert. Nach dem Tod seines Opas hörte das nach und nach auf.«

»Aber er fing wieder damit an.«

»Er sagte, Schuld waren die Dotcom-Blase und seine Freundin. An der Spekulationsblase 2000 hatte er binnen drei Jahren sämtliche Ersparnisse verloren und seine Freundin war über Nacht mit seinen übrigen Kreditkarten abgehauen. Ich wusste, wovon er redete, denn ich habe es miterlebt. Er wurde depressiv, ernährte sich nur noch von Zigaretten und Alkohol. Seine Launen und Reizbarkeit waren eine Belastung für alle. Noch dazu begann er, Artikel gegen den Mainstream zu schreiben.

Irgendwann musste der Chefredakteur die Reißleine ziehen und ihm das Dossier wegnehmen.«

»Du meinst also, er ist aus Frust in die NS-Redaktion gegangen?«

Olaf zögerte. »Er sagte mir, es ist einfacher zu hassen, als diese Niedergeschlagenheit zu ertragen. Die Arbeit lenkte ihn ab. Irrsinnigerweise ging es ihm danach wirklich besser und die Lage in der Redaktion entspannte sich.«

Ich sackte in meinem Sitz zusammen. »Ich kann nicht fassen, was du mir da erzählst.« Ich sah zu ihm herüber. »Warum hast du mir das nicht schon viel früher gesagt?«

Olaf starrte eisern durch die Windschutzscheibe, seine Finger hatten das Lenkrad fest umklammert. »Wahrscheinlich hatte ich Schiss davor, was du von mir halten würdest. Ich habe Boris ja quasi gedeckt. Und du weißt nicht, wie er war. Wie er vorher war. Hättest du von seiner Denke gewusst, hättest du wahrscheinlich nicht nach ihm suchen wollen.« Er schluckte. »Ich möchte, dass seine Familie ihn so in Erinnerung behält, wie er vorher war. Insbesondere sein Vater.«

Ich blinzelte. Erst jetzt fiel mir auf, dass Olaf von Boris in der Vergangenheit redete. Er schien meine Gedanken zu lesen.

»Er ist tot, nicht wahr?«, fragte er.

»Ich bin mir nicht sicher.«

Er nickte, als wüsste er bereits die Antwort, was mich nervös machte. Ich wollte nicht, dass er anfing, darüber zu spekulieren, wie Boris wohl gestorben sei oder ob er lange leiden musste. Ganz zu schweigen davon, ob ich wusste, wer für seinen Tod verantwortlich war.

Ich schielte zu ihm herüber. Sein Gesicht sah alles andere als redefreudig aus. Seine Heuschnupfennase schimmerte rot, seine Mundwinkel waren nach unten gezogen. Er blinzelte einige Male und als ich feststellte, dass er weinte, drehte ich schnell meinen Kopf wieder weg. Mein Gesicht blähte sich auf. Damit hatte ich bei aller Liebe nicht gerechnet.

»Also«, fing Olaf schließlich an. Er schniefte. »Was zum Teufel hattest du in Isselburg verloren?«

Auf Höhe von Hünxe stellte ich mich schlafend. Olaf wollte mehr über mein Bein wissen, aber ich blockte ab. Damit wollte ich mir noch etwas Zeit lassen. Zu Hause angekommen bestand er darauf, mir beim Treppenaufstieg unter die Arme zu greifen, aber ich verwehrte ihm dies, indem ich ihn noch auf dem Bürgersteig in den Feierabend verabschiedete und mich für die aufschlussreiche Fahrt bedankte.

»Eine Frage noch, Olaf. Was war so besonders an Dortmund?«

Er seufzte. »Dortmund gilt bereits bundesweit als eine der Hochburgen des Rechtsextremismus. Viel ist dort in Bewegung. Viel Beunruhigendes. Leute kommen aus allen Bundesländern zu uns, um den sogenannten Autonomen beizutreten. Ich weiß nicht, wie das weitergehen soll.«

Der Weg nach oben dauerte ziemlich lange und ich war froh, dass ich keinem Nachbarn über den Weg humpelte. In der Wohnung ließ ich mich als Erstes auf dem

Sofa nieder; ein Möbelstück, das mein Schicksal teilte. Beide waren wir Opfer garstiger Verbrecher gewesen, beide hatten wir dem Tod ins Auge gesehen. Ich sogar mehr als einmal, doch das tat meiner Anschmiegsamkeit keinen Abbruch. Ich schaltete den Fernseher ein und zappte durch die Kanäle, doch ich konnte mich nicht auf die flackernden Bilder konzentrieren. Ich war müde und gleichzeitig aufgewühlt von Olafs Geschichten, hatte Durst sowie Hunger auf etwas Chinesisches. Doch selbst für den Gang zum Klo fehlte mir jede Muße.

Ich schloss die Augen und träumte von fliegenden Saté-Hühnchen in Erdnusssauce mit zu Hakenkreuzen geschnitzten Möhrenschnipseln. Kaum zwei Minuten später holte mich die Türklingel aus meiner Traumblase und ich saß kerzengerade im Polster. Knurrend stakste ich mit den Krücken durch den Flur. Meinem Gast dauerte das Ganze zu lange, denn der schellte mittlerweile Sturm. Als ich die Tür aufmachte, wartete Metin bereits auf der Matte, schwitzend und vom Aufstieg sichtlich erschöpft.

»Wo warst du, verdammt noch mal?«, hechelte er.

»Im Krankenhaus.«

»Ja, das weiß ich auch!« Er stampfte in den Flur und zog eine bissige Duftwolke nach sich. »Was ist das?« Er schaute auf mein Bein.

»Ein Verband.«

»Hör auf, mich zu foppen!«

»Ich wurde angeschossen.«

Seine Geheimratsecken liefen rot an. »Wer macht so etwas? Panko? Hast du ihm ans Bein gepisst? Hat er dich angeballert?«

»Nein. Das heißt: Nicht direkt.«

»Was heißt das? Hat er dich indirekt angeballert oder was? Ein Querschläger?«

Ich verdrehte die Augen. »Er hat mich nicht angeschossen!«

Metin blies seine runden Backen zu kleinen rosa Ballons auf. »Sei froh«, pustete er heraus. »Denn mit seiner 9 Millimeter hätte er dir garantiert das halbe Bein weggepustet.«

»Danke.«

»Also, was ist? Willst du mir die Sache nun erzählen oder nicht?«

»Eher nicht«, sagte ich knapp.

»Dachte ich es mir doch.«

Metin ging in die Küche und öffnete meinen Kühlschrank. Als er sich vorbeugte, verschlangen seine Bauchspeckfalten die Knöpfe seines Hemdes und Schweißperlen rannen über sein Kinn. Wieso musste sich jeder an meinem Kühlschrank bedienen?

»Da ist ja gar nichts drin«, maulte er und schloss die Tür. »Bist du jetzt krankgeschrieben oder was?«

»Natürlich bin ich das!«

»Ja, ja. Ist ja gut.« Er stemmte seine Wurstfinger in die fleischige Hüfte. »Also. Schieß los. Was hast du über Tarek rausbekommen?«

Seine Frage zauberte ein seichtes Grinsen auf mein Gesicht. »Was Frauen betrifft, habt ihr offenbar den gleichen Geschmack.«

»Hat er etwa eine Perle?«

»Nicht nur eine.«

Er verschränkte die Arme vor der Brust. »Hör auf,

mich zu foppen. Woher kennst du meinen Frauengeschmack?«

»Sagen wir es mal so: Ihr guckt euch die gleichen Filme an.«

Er schaute drein wie ein betäubtes Pferd. Dann endlich war der Groschen gefallen. Er ließ Arme und Kinnlade sacken, Hals und Wangen färbten sich schweinchenrosa.

»Ich gucke die Filme nicht«, verteidigte er sich.

»Ach.« Ich mimte die Überraschte.

Das spitzte Metin nur noch mehr an. »Ich vertreibe sie.«

»Du machst was?«

»Ich verscherbele die Filme.«

»Und wozu der Fernseher? Der Sessel?«

Er zwinkerte. »Ein Vorführraum.«

Ich nickte kurz. Dann prustete ich los. Metin wurde sauer.

»Das ist erstklassige Ware, Mann!«

»Ach ja? Und woher kommt die?«

Er schob sein Kinn vor. »Von hier und da.«

Damit wollte ich mich nicht abspeisen lassen. »Okay, das reicht«, drohte ich ihm und machte die Wohnungstür auf. »Raus.«

Er begann zu tippeln. »Was hast du jetzt vor?«

»Was soll ich schon vorhaben? Es herumerzählen natürlich!«

Schwungvoll drückte er sich gegen die Tür, sodass sie mit einem saftigen Knall wieder zufiel. »Das tust du nicht!«

»Dann erzähl mir, wo die Filme herkommen! Die

sahen nicht so aus, als stammten sie aus der Videothek.«

Metin schwieg eisern.

»Ich meine es ernst, Chef.«

»Wenn du es weitererzählst, feuere ich dich und hetze dir Viktor auf den Hals.«

Ich hob beide Hände. »Ich werde schweigen wie ein Grab.«

Mit der Antwort ließ er sich etwas Zeit. »Die Filme sind von mir.«

Ich riss die Augen auf. »Von dir?« Ohne Vorwarnung ging die Fantasie mit mir durch. »Das ist ja widerwärtig!«

»Ach Quatsch. Ich bin doch nicht vor der Kamera! Ich bin der Produzent. Und manchmal auch der Regisseur.«

»Du meinst, du bist hin und wieder dabei, wenn …«

»Ganz genau«, unterbrach er mich.

Ich runzelte die Stirn. »Kann man mit so etwas denn heutzutage noch Geld verdienen?«

»Mit dem, was wir zeigen? Aber hallo.«

Ich stutzte. »Was zeigt ihr denn?«

Metins Augen wurden kleiner, die Lippen schmaler. Schweißperlen funkelten wie silbrige Stecknadelköpfe auf seiner Stirn. Noch ehe er etwas sagen konnte, winkte ich ab.

»Lass mal. Ich will es gar nicht wissen.«

Er seufzte kaum hörbar.

»Und jetzt zisch ab und geh Corinna bestechen.«

Wie ein voll gefuttertes Backenhörnchen schälte er

sich durch den Türspalt. Ich hielt es für besser, ihm nicht zu erzählen, dass auch Gregor unsere Garagenexploration begleitet hatte.

Nach einer guten Stunde hinkte ich mit knurrendem Magen in die Küche und inspizierte die Küchenschränke, doch nirgendwo ließ sich etwas Essbares auftreiben. Ich schnappte mir den Wohnungsschlüssel, schob meine Füße in bequeme Outdoor-Schlappen und steckte etwas Kleingeld in die Hosentasche. Als ich durch die Tür trat und irgendwelche Luftschlösser in den Steinboden malte, rannte ich unmittelbar in Gregor hinein, dessen Finger sich bereits auf dem Weg zur Klingel befand. Er strauchelte zwar, hielt mich aber mit beiden Händen an den Schultern fest. Eine Zigarette lümmelte lässig zwischen seinen Lippen und ein Häufchen Asche rieselte an meiner Nase vorbei.

»Wo willst du hin?«, fragte Gregor sofort und die Kippe zappelte in seinem linken Mundwinkel.

»Ich habe Hunger.«

Kopfschüttelnd schob er mich zurück in die Wohnung und schloss die Tür hinter sich.

»Mach gefälligst die Kippe aus«, tadelte ich ihn sofort, doch er sah mich nur an, als hätte ich nicht mehr alle Tassen im Schrank. Er ließ seinen Rucksack von den Schultern rutschen und drückte mir ein geschnürtes weiches Päckchen in die Hände.

Es war ein Sammelsurium jener Dinge, die ich bei Dübel zurücklassen musste: Meine Klamotten, meine Schuhe, mein Handy und mein Schlüsselbund. Ich registrierte, wie Gregor mein Bein in Augenschein nahm, mich aber nicht nach meinem Wohlbefinden fragte. Stattdessen flanierte er ins Wohnzimmer und ließ sich auf dem Sofa nieder. Ich belauerte ihn; seine Haut war fahl und sein Körper abgezehrt.

Ich setzte mich zu ihm. »Wer ist Ruben Minderhoud?«

»Ein Geschäftspartner.«

»Geschäftspartner – wobei?«

»Das ist der Titel einer anderen Platte, Große.«

Gerade als er an dem Filter ziehen wollte, nahm ich ihm die Zigarette aus den Fingern und drückte sie auf der Fernsehzeitung aus. Ihre Glut brannte ein mehrseitiges Loch in die Zeitschrift.

»Bist du jetzt unter die Musiker gegangen? Wenn das alles ist, was du mir zu sagen hast, kannst du gleich wieder gehen!«

Prompt stand er auf.

»Wage es bloß nicht abzuhauen, ehe ich nicht weiß, was hier gespielt wird!«

Überheblich schaute er zu mir herunter und grinste durch seinen Bart, was mich nur noch fuchsiger machte.

»Tagelang habe ich mir mein Hirn zermartert. Abende an den Spieltischen totgeschlagen. Alles war in bester Ordnung. Und dann tauchst du auf und mir fliegen irgendwelche Kugeln um die Ohren!« Ich zerrte an seinem Hosenbund, bis er taumelte und zurück ins Sofa plumpste. »Und am Ende gibst du den Scheißkerlen auch noch Rückendeckung!«

Seine Barthaare bäumten sich auf, was signalisierte, dass er die Zähne zusammenbiss. »Und wäre ich nicht aufgetaucht, wäre die Kugel eine halbe Stunde später in deinem Kopf gelandet«, sagte er.

»Red nicht so einen Scheiß!«, brüllte ich ihn an, obwohl ich wusste, dass er recht hatte. Das hämische Lachen des Holländers hatte sich auf meiner Hirnrinde festgebrannt. Er wollte mich kaltmachen. Und jetzt, da es mir wieder vor Augen geführt wurde, trat das Tränenwasser über die Ufer.

»Mein Geschäft hatte nichts mit dir zu tun«, bekräftigte Gregor noch einmal.

»Und warum warst du dann überhaupt dort?«

»Wegen dir.«

Ich schnaubte. Wieder stand er auf, aber diesmal hielt ich ihn nicht zurück. Er ging zum Fenster, schaute eine Weile zur Straße hinunter und friemelte eine neue Kippe aus der Tasche. Er schob sich den zerknitterten Filter zwischen die Lippen und der Stängel zappelte wie ein Dirigierstock, während er mit mir sprach. »Ich habe Minderhoud den Kontakt zu Dübel verschafft. Nichts weiter.«

»Kontakt wofür?« Sehr schnell und sehr unaufhaltsam brandete Olafs Monolog gegen mein Erinnerungszentrum. »Ist das irgendein Nazi-Kram, den du da treibst?«

Funken schlugen aus seinem Feuerzeug und erzeugten eine lodernde Flamme. Das Hülsenpapier verglühte in dem Feuer und eine weißliche Rauchwolke stieg über seinem Gesicht auf. »Nein.«

»Was dann?«

»Geldwäsche«, sagte er.

Meine Lider flogen wie Rollläden hoch. »Sag das noch einmal.«

»Minderhoud schafft sein Drogen- und Schutzgeld karrenweise nach Deutschland, um es in diversen Spielbanken zu waschen. In Holland wurde es zunehmend schwerer, weil die Einheimischen traditionell lieber Klimpergeld verzocken. Größere Scheine wären da aufgefallen.« Er machte eine Pause. »Es war einfach zu ineffizient.«

Ineffizient. Ich konnte nicht glauben, was er da sagte.

»Und was war deine Aufgabe?«

»Das neue Casino war schon vor der Eröffnung in den Miesen. Von den Anwohnern wurde es nicht angenommen und die Konkurrenz in Hohensyburg war immens. Ein weiteres Jahr und der Laden hätte dichtmachen müssen. Es war einfach für mich, ihnen das Geschäft mit Minderhoud schmackhaft zu machen.«

Der Rauch der Zigarette umhüllte Pankos Körper wie eine giftige Aura. Ich merkte, wie meine rosarote Brille Sprünge bekam und seine Maske bröckelte. Ich atmete scharf ein und der Mief seiner Zigarette trieb durch meine Lungen.

»Du hast sie zu einer Straftat angestiftet.« Außerdem machte er keine Anstalten klarzustellen, wie sein Verhältnis zu den Dortmunder NS-Splittergruppen war. Er hätte es mit einem einzigen Satz tun können. Ich hatte ihn gefragt. Stattdessen ignorierte er es.

Seine Wülste warfen graue Schatten über seine Augen. »Dübel und seine Männer waren schon vor meiner Ankunft Kriminelle. Auf jemanden wie mich haben sie nur gewartet.«

Die Selbstgefälligkeit in seiner Stimme stieß mir übel

auf und ich musste schlucken. »Warum hat mich Dübel außer Landes geschickt? Sollte ich Minderhouds Geld über die Grenze schaffen?«

Er aschte in den Untersetzer einer verrotteten Grünpflanze. »So blöd ist er nicht. Er wollte dich loswerden, sich aber nicht die Hände schmutzig machen. Das sollten Minderhouds Männer erledigen.«

Meine Nerven verdrehten sich wie Sprungseile, und über meinem Scheitel wurde es heiß. Ich sprang auf. »Was soll das heißen, so blöd war er nicht? Glaubst du etwa, ich hätte nicht das Zeug dazu?«

»Das Zeug zu was? Zum Kurier? Nein.«

Ich ging auf ihn zu und er kehrte mir ansatzweise den Rücken. Wahrscheinlich, um seine Kippe zu schützen.

»Warum nicht?«

»Du bist trotzig und indiskret. Außerdem hat Minderhoud seine eigenen Leute und muss sich niemanden von der Straße holen.«

Trotzig. Indiskret. Dieser Heckenpenner.

»Woher kennst du ihn?«

»Minderhoud? Unwichtig.«

Ich wollte ihm widersprechen, doch er fiel mir ins Wort.

»Unwichtig!«, wiederholte er, diesmal lauter.

Ich stemmte die Hände in die Hüften. Ich hatte genug gehört. Mir reichte es bis zum Hals. Aber ich musste es unbedingt wissen. »Was ist mit dem Sparkonto? Die Karte lag in Dübels Golf. Sie war auf meinen Namen ausgestellt.«

Er überlegte kurz. »Sauberes Geld. Eine kleine Erkenntlichkeit, nehme ich an.«

»Wofür? Dass die mich erledigen?«

Er erwiderte nichts, sondern schaute aus dem Fenster über die Dächer. Mir drehte sich der Magen um. Es war ein sehr unangenehmes Gefühl, weil ich noch nichts gegessen hatte. »Du bist ein Arschloch«, brach es aus mir heraus.

Seine salbeifarbenen Augen verschwanden unter den Lidern. »Du bist in den Golf gestiegen.«

»Und du hättest diesen Spacko abknallen sollen! Aber jetzt läuft er frei herum und wartet auf eine günstige Gelegenheit, um mir doch noch das Leben rauszuschießen!« Tränen rannen mir über das ganze Gesicht und der Rotz lief mir aus der Nase. Ich war ängstlich, wütend und enttäuscht. Wütend auf mich, weil ich einem Menschen den Tod wünschte. Enttäuscht von Gregor, weil weder ein Rechtschaffender noch die Spur eines ehemaligen Polizisten aus seinem Allerwertesten schienen.

Aus seinem Arsch schien überhaupt nichts.

Es veränderte alles. Es veränderte ihn. Und es veränderte mich.

Alle anderen hatten recht behalten. Er war ein Krimineller, ein Verbrecher. Er war Anakin Skywalker.

Gregor öffnete seine Arme, um mich zu trösten, doch ich schubste ihn weg. Aber er blieb beharrlich, packte meine Handgelenke und zog mich zu sich heran. Ich nahm es hin und zitterte in seinen Armen, die er eng um meine Schultern schlang.

»Ich habe Schiss«, schniefte ich.

»Sie werden dich in Ruhe lassen, wenn du sie in Ruhe lässt.«

»Und warum sollte ich das glauben?«

Er zögerte. »Minderhoud schuldet mir etwas. Er wird sich an unsere Abmachungen halten.« Dann ließ er mich los. »Genauso wie ich mich an Abmachungen halten muss. Und dazu gehört, weder seine Leute abzuknallen noch ihn in die Bredouille zu bringen.«

Während er das sagte, schlug das Wetter in meinem Kopf um und ein Gedanke schob sich nach vorn. »Hättest du ihn denn erschossen, wenn es keine Abmachung gegeben hätte?«

Schnell schaltete er auf Durchzug. Seine Augen wurden glasig, unter den Schultern nahm er Haltung an. Er wusste, worauf ich hinaus wollte. »Diesen Scheiß muss ich mir nicht anhören.«

Er drehte sich um, doch ich hörte nicht auf. »Möglicherweise wollte mir Dübel nur Angst machen. Ich habe Bäcker mit ihm in Verbindung bringen wollen und es war leicht für ihn gewesen, sich einfach diesen Schuh anzuziehen, um seine Forderungen durchzusetzen.«

Er machte auf dem Absatz kehrt und kam im Marschschritt auf mich zu. Unsere Nasen berührten sich beinahe. Seine Pupillen waren geweitet, der Rand drum herum fast schwarz. Ich wich zurück, doch die Wand hinter meinem Rücken bremste mich.

»Und was, bitte schön, soll das bedeuten?«, knurrte er. Er bekam seine Zähne kaum auseinander.

»Dass ich es sehr eigenartig finde, dass Bäcker und du das gleiche Land bereist und nur einer lebend zurückkommt.«

Sein Stirnrunzeln löste sich in Erstaunen auf. Rückwärts gehend nahm er Abstand. Dann durchpflügte er mit der rechten Hand seine Locken, während die linke seine Unterlippe rieb. Er war verspannt und versuchte angestrengt, sich im Zaum zu halten. Mit einem Mal begann er, wie eine Stubenfliege zu kreiseln. »Und du willst mir damit sagen, dass ich etwas mit seinem Tod zu tun habe.«

Er klang wie ein Lehrer, der seinen Schülern eine schwierige Formel einbläuen wollte. Seiner Körpersprache jedoch haftete etwas Bedrohliches an und es gab eine Zeit, zu der ich geglaubt hatte, ich würde als Nächstes seine Faust in meinem Gesicht spüren. Doch diese Zeiten waren vorbei. Ich hatte keine Angst mehr vor ihm. Nicht mehr, seit er seinen Hals riskierte, um meinen zu retten.

»Sag du's mir.«

Sein Oberkörper schnellte nach vorn und er rammte seine Faust in die Wand; nur wenige Zentimeter von meiner Wange entfernt. Ich zog meinen Kopf ein.

Er brüllte los: »1.000 Menschen sterben täglich in Deutschland. Willst du mir deren Tod auch anhängen, weil ich mich zufällig im selben Land aufhalte?«

Ein Adrenalinstoß traf mein Nervensystem und trieb mich an. »Nur, wenn sie versuchen, dir einen Mord anzuhängen.«

Er ließ die Hand sacken. Damit hatte er nicht gerechnet. »Woher weißt du davon?«

»Ich habe es gelesen.«

Nervös flogen seine Hände übers Gesicht. Seine Barthaare raschelten. »Wo?«

»Auf dem Webserver des WAZ.«

Seine Pupillen jagten von einer Ecke in die andere,

als er darüber nachdachte. Mir erging es ähnlich, denn plötzlich ging in meinem Kürbis eine Lampe nach der anderen an. »Du hast die Daten nicht gefunden«, stellte ich schließlich fest. »Du bist bei Bäcker eingebrochen und hast den Laptop mitgenommen. Aber er hatte nichts darauf gespeichert, was für dich von Wert gewesen wäre. Nicht wahr?«

Als er mich anschaute, wusste ich, dass ich mit meiner Vermutung richtig lag. Aber er überging meine Frage.

»Wie komme ich an die Daten?«, fragte er herb, während seine Hände fortwährend durch seine Haare pflügten. Er wollte mich anfassen, irgendwo, um seiner Frage Nachdruck zu verleihen. Aber er hatte sich unter Kontrolle. Es war selbstredend, dass für ihn viel auf dem Spiel stand.

»Darüber brauchst du dir keine Sorgen mehr zu machen. Ich habe sie alle gelöscht.«

»Gelöscht von wo?«

»Dem Server der WAZ.«

Er nickte mit Grübchen an den Mundwinkeln, als hätte er es wissen müssen. »Wirst du mir die Zugangsdaten geben? Ich will es richtig machen«, fügte er hinzu.

Mein Kopf nickte von allein. Ich stellte nicht infrage, dass er noch professionellere Mittel kannte, sich des Bäcker-Dossiers zu entledigen. Und zwar endgültig. Er nickte. Dann schwiegen wir uns an. Seine Augen drangen durch mich durch. Vermutlich versuchte er, meine Gedanken zu lesen. Und wenn er das konnte, dann würde er wissen, dass ich trotz allem Zweifel hegte, ob es richtig von mir gewesen war, die Daten zu vernichten.

»Ich habe ihn nicht getötet«, sagte er.

Ich nickte, ohne zu wissen, welchen Toten er damit meinte. »Ich schätze, damit sind wir quitt«, bot ich ihm an.

Abrupt drehte er sich um.

»Du hättest es mir nicht erzählen sollen«, sagte ich.

Er sah nicht zurück. »Ich weiß. Schätze, du hast recht gehabt.«

Damit verschwand er durch die Tür.

In der folgenden Nacht schlief ich unruhig. Dichte Wolken glitten über die vernarbte Kruste des Vollmondes und verdunkelten mein Zimmer. Eine Mücke surrte unter der Decke und klatschte mit ihrem Körper gegen den Putz. Ich ruhte mit einem Kartoffelmesser unter dem Kissen und ich fragte mich, ob es nun immer so sein würde.

Ich war betrogen worden.

Ich wollte Martin Riggs aus ›Stahlharte Profis‹, doch ich bekam Detective Alonzo Harris aus ›Training Day‹, einen korrupten Bullen, der am Ende des Films von der Russenmafia erschossen wird.

Ganz egal, welche Abmachungen Gregor mit dem Käskoppmafioso getroffen hatte; ich war mir sicher, ich war kein Teil davon. Ganz zu schweigen davon, dass auch Abmachungen verjährten. Früher oder später würden sie seiner überdrüssig werden und ihre hiesige Abschussliste aus der Mafiaenklave holen, auf welcher mein Name hoffentlich ganz weit unten stand. Ich hatte keine Erfahrung mit den Ehrenkodizes organisierter Krimineller. Daher wollte mir partout nicht in den Kopf, warum ich den Versprechen ausländischer Drogenbarone, Schutzgelderpresser und Mörder trauen sollte.

Gregor hätte es mir nicht erzählen sollen.

Aber er vertraute mir. Weil ich recht hatte, wie er meinte. Weil er mir alles erzählen wollte, es aber nicht konnte. Warum auch immer. Die Situation erinnerte mich an das Kollegium Bäcker und Roloff. Boris hatte Olafs moralisches Gewissen herausgefordert und ihn zumindest für seine Sache zum Schweigen gebracht. Das half mir, meinen Bruder erst richtig zu verstehen. Auch Gregor war sicherlich mal anders gewesen. Und vielleicht hätte ich jetzt noch etwas mehr Verständnis für ihn übrig gehabt. Aber ich wollte mein moralisches Gewissen nicht zum Schweigen bringen lassen. Das, was er an mir probierte, war nichts anderes als ein Verrat an mein Vertrauen. Ein schmerzvoller Verrat. Aber ich würde diesen Schmerz nicht allein spüren, sondern ihn mit Gregor teilen. Und zwar sobald ich mit Alexander darüber gesprochen habe.

Immerhin hatte ich es ihm versprochen.

Das Café Ferdinand war ein Eckhaus ohne Straßenecke hinter dem Bochumer Hauptbahnhof, benannt nach seinem Standort, der Ferdinandstraße. Die Räume waren mit altweißen Kassettenpaneelen vertäfelt und in der 100. Version nachlackiert, in den Nischen unter den Decken bleckte hell gestrichener Stuck. Gesichter nostalgischer Email-Werbeschilder sahen den Gästen beim Fläzen und Tratschen zu, die ihre Tassen auf den Schößen parkten, weil auf den mit Zeitungen und

Büchern zugestellten Tischen kein Platz mehr für sie war. Es war ein Studentencafé. Außerhalb der Stoßzeiten war hier kaum etwas los.

Es war zehn nach und ich zu spät. Mein Bus war saumselig. Alexander saß in einer Nische hinter einer Yucca-Palme und war gerade dabei, sich über die frische Wurstetagere herzumachen. Er trug ausgeblichene Jeans und ein zerknittertes Hemd, eine Strickjacke hing über seiner Rückenlehne. Über Nacht war es kühler geworden. Sein Anblick verursachte ein wohliges Kribbeln in meiner Magengegend und ich war einen Augenblick später wütend darüber, weil ich eigentlich noch sauer auf ihn sein wollte.

Alexander registrierte mich in der Tür und stieß seinen Stuhl zurück, was die schwarz gestrichenen Stuhlbeine aufschreien ließ. Wir waren außerhalb der Stoßzeit und daher beinahe allein im Café, mit Ausnahme von ein paar Kellnerinnen und einem Pärchen am Tresen.

»Guten Morgen«, sagte er und breitete seine Schwimmerschultern aus. Als ich meine Achseln in die Krücken stemmte und auf ihn zukam, vergrößerte sich sein hübsches Lächeln zusehends und er legte seine makellosen Zahnreihen frei. Ich konnte es nicht erwidern. Zu groß war die Mühe, mich zwischen die Tischgruppen zu zwängen. Er kam mir zu Hilfe, räumte den Weg frei und legte seine warme Hand zwischen meine Schulterblätter, was an dieser Stelle ein paar Stromstöße in mir auslöste. Ich setzte mich an das andere Ende der Etagere.

»Ich habe mich sehr über deinen Anruf gefreut«, sagte er und lächelte über die Wurst hinweg in mein Gesicht.

Ich schürzte demonstrativ die Lippen. »Natürlich hast du das.«

Die Bedienung trat an den Tisch. Ihr Haar war schwarz und streng zur Seite gekämmt. Sie trug französische Schlaghosen aus leichtem Stoff, darunter schwarze Sportschuhe. Die weiße Ganzkörperschürze war in ihrem Nacken zusammengebunden. Als sie ihren Hals reckte, sah ich, dass das Zugband der Schürze bereits in ihren Hautfalten scheuerte. Ich bestellte ein französisches Frühstück mit Croissant und Marmelade, sie begrüßte meine Wahl mit einem herzhaften Lächeln.

»Wie geht es dir?«

»Ganz gut«, entgegnete ich und wich seinem Blick aus. Seit unserer letzten Unterhaltung war er offenbar auf Schmusekurs gepolt.

»Schön. Worüber wolltest du mit mir sprechen?« Seine Stimme verdunkelte sich ins Offizielle. Er schob sich den Fetzen einer Brötchenhälfte in den Rachen.

Ich verschränkte die Arme vor der Brust. »Warum warst du am Montagabend noch im Casino?«

»Ich bin einem Hinweis nachgegangen.« Er plapperte mit vollem Mund. Krümel rieselten auf seinen Teller.

»Was für einem Hinweis?«

Mit frisch gepresstem Orangensaft spülte er die Überbleibsel hinunter. »Es ging um Kwiatkowski. Du musst ihn auf den Trichter gebracht haben, für etwas mehr Gleichberechtigung bei den Schuldverschreibungen zu sorgen. Der alte Mann fühlte sich über den Tisch gezogen. Also hat er die Polizei in die Spielbank zitiert.«

Ich runzelte die Stirn. »Kwiatkowski hat dich angerufen?«

»Nicht mich. Die Sache landete bei dem Kollegen, den du in der Casinohalle gesehen hast. Er ist von der Direktion für Wirtschaftskriminalität.«

»Und du? Du bist doch beim K 11. Was hattest du da zu suchen?«

»Ich habe mich als Einsatzunterstützung gemeldet.« Seine Zungenspitze popelte zwischen den Backenzähnen herum. »Ich war viele Jahre im Dezernat für Wirtschaftskriminalität, ehe ich zum K 11 gewechselt bin.«

»Wirtschaftskriminalität.« Ich rümpfte die Nase. »Eine ziemlich große Hausnummer für so einen alten Mann.«

Er ließ meine Bemerkung in der Luft hängen. »Da ist aber noch etwas.«

Seine rehbraunen Augen suchten etwas in meinem Gesicht. Sie betrachteten meine Stirn, meine Nase, mein Kinn und schienen meine Sommersprossen zählen zu wollen. Schließlich durchbohrte ihr Blick meine Augen und ich spürte wieder dieses nervöse Kribbeln.

»Wir haben Bäckers Leiche gefunden«, sagte er.

Es war ein Schock, was mich überraschte. Ich wusste bereits, dass er tot war, aber die letzte Gewissheit riss mich dennoch ein wenig aus den Fugen.

»Wo? Wann?«, platzte es aus mir heraus.

»In Rotterdam. Ein paar Stunden nachdem wir seinen Wagen gefunden haben.«

»Was?« Ich schlug mit der flachen Hand auf den Tisch und Alexanders Buttermesser fiel mit einem Scheppern hinunter. »Aber von dem Auto hast du mir schon letzten Donnerstag erzählt!«

Er beugte sich vor, um das Messer aufzuheben. Sein Aftershave trieb mir in die Nase und mein Verstand reiste in die Zeit zurück zu dem Kissen, in welches ich mein Gesicht nach unserer gemeinsamen Nacht gedrückt hatte.

»Ich weiß.«

»Warum erfahre ich das erst jetzt?«

Mit seinen Brauen formte er ein charmantes Dach über den Augen und ich verdrehte die meinigen. »Ist schon klar. Ermittlungstaktische Gründe«, spottete ich.

»Dazu kommen wir später. Zuerst möchte ich ein paar Antworten von dir.«

»Sag mir zuerst, was mit Bäcker passiert ist.«

Er schüttelte den Kopf. »Wir haben einen Deal, Esther. Meine Antworten gegen deine. Also. Wer hat auf dich geschossen?«

Ich spürte meine Eingeweide, wie sie sich zusammenzogen. »Ein Holländer.«

Alexander schien nicht überrascht. Er zeigte auf mein Bein. »Und was ist schiefgelaufen?«

Meine Wangen wurden heiß. »Ich lebe noch.«

»Wie bitte?«

Ich flüsterte beinahe. »Ich sollte tot sein. Der wollte mich umbringen.«

Die Bedienung schlich von hinten an unseren Tisch heran und brachte mir den Milchkaffee und Besteck. Sie lächelte angestrengt. Ich nahm den Kaffeelöffel auf. Meine Hand zitterte.

»Und das erzählst du mir zwischen zwei Brötchenhälften?« Aufgebracht fuhr sich Alexander mit der

Hand durch die Haare und zugegebenermaßen gefiel es mir, dass er sich Sorgen um mich machte. Wenigstens einer, der die Gefährlichkeit der Lage erkannte.

»Du bist dran«, sagte ich. »Boris Bäcker.«

Er knirschte mit den Zähnen. »Bäcker ist in Rotterdam in ein Hafenbecken gefallen und ertrunken. Er hatte knappe zwei Promille Alkohol im Blut. Die Anwohner bestätigten, dass sie einen besoffenen Deutschen bei einem Spaziergang entlang der Reling gesehen haben. Singend.« Er pulte eine Salamischeibe von der Etagere. »Ein tragischer Unfall also.«

»Und damit ist die Sache erledigt?« Ich klang ein wenig pampig. Für mich bestand kein Zweifel, dass jene Anwohner von Minderhoud gekauft worden waren, um aus dem Mord einen Unfall zu machen.

»Die Sache war schon erledigt, bevor du das erste Mal in mein Büro hereinspaziert bist.«

»Ach ja? Und warum wusste da noch niemand über Bäckers Tod Bescheid?«

Die Kellnerin kam an den Tisch und stellte mir einen schnuckeligen Teller mit einem Croissant, einem Fingerhut voll Marmelade und einer Butterblume vor die Nase.

Alexander zischte: »Mach es dir nicht so einfach, Esther. Der Mann hat tagelang im Wasser gelegen. Ohne Papiere. Und dazu noch im Ausland. Wir können von Glück reden, dass die niederländische Polizei uns überhaupt den Obduktionsbericht überlassen hat.«

Mit einem fahlen Gesicht zog die Kellnerin wieder ab und ich durchstieß das Croissant mit dem Buttermesser. Flockige Krümel regneten auf den Teller. Alexanders

Gesichtszüge entspannten sich etwas. »Ich bin nicht blöd, Süße. Ich weiß, dass das kein Unfall war. Aber mir will einfach nicht in den Kopf, was diese Kugel in deinem Bein zu suchen hatte.« Wieder starrte er auf meine Wade hinunter und meine Wangen begannen zu kribbeln, als ich das Wort ›Süße‹ hörte. Seit wann war ich seine Süße?

»Rede keinen Tinnef«, versuchte ich zu fauchen. »Du wusstest von Anfang an, dass ich nur auf der Suche nach Bäcker war. Und dieser ganze Scheiß wäre mir erspart geblieben, wenn du mich gleich darüber aufgeklärt hättest, dass er längst tot ist!« Ich rupfte die Hälften des Croissants auseinander und zerhackte die Butter mit dem stumpfen Messer.

»Meine Güte, Esther. Nicht einmal seine Mutter wusste von seinem Tod. Glaubst du, ich würde es dann irgendeiner Detektivin erzählen?«

Ich schmollte.

»Einer ausgesprochen hübschen Detektivin«, fügte er hinzu und lächelte. »Außerdem konntest du ja nicht wissen, welche Welle du losgetreten hast.«

»Was meinst du damit?«

Alexander lehnte sich zurück. Er sah so aus, als müsste er wie Olaf erst mal ein wenig ausholen. Ich wusste nicht, ob ich Lust darauf hatte, noch eine lange Geschichte zu hören.

»Also. Als ich noch im Dezernat 23 gesessen habe, war mir die neue Spielbank von Anfang an ein Dorn im Auge. Vom Grundstein bis zur Dachrinne stank der Laden nach Betrug. Ich habe öfter versucht, ihre Bücher einzusehen, doch es gab nie genügend Indizien, um eine Durchsuchung durchzubringen.«

Ich versuchte mich in Scheinheiligkeit. »Und was glaubst du, läuft da ab?«

Er spielte den Ball an mich zurück. »Ich denke, du weißt, wovon ich rede.«

Natürlich wusste ich, wovon er redete. Vorausgesetzt, wir hatten den gleichen Gedanken. Doch genau das war das Problem unserer Unterhaltung: Wir wussten nicht, was der andere wusste, wollten aber auch nicht zu viel von dem eigenen Wissen preisgeben. Bei ihm war es ein klassisches Vertrauensproblem. Polizeigeheimkram halt. Ich aber hatte Schiss davor, Gregor in den Knast zu schicken und früher oder später die Quittung dafür zu bekommen. Gab es für solche Fälle nicht irgendein Zeugenschutzprogramm?

Alexanders Blicke durchbohrten mich. Er wartete auf eine Reaktion und ich wusste, er würde keine Silbe mehr sagen, solange ich mich nicht dazu äußerte. Es musste sein.

»Dübel hat mich mit einem Darlehen geknebelt. Ich wollte die Jetons zurückgeben, aber er weigerte sich eisern. Irgendwann hatte er den Streit über und mich eingesperrt. Am nächsten Tag schickte er mich über die Grenze.«

Langsam verlor Alexander die Beherrschung. Mit schwerem Atem rieb er sich die Stirn. »Du hast im Casino Schulden gemacht?«

Ich überging seine Frage. »Was hat es mit diesem Darlehen auf sich?«

Ungläubig schüttelte er seinen Kopf. Aber er begann zu reden. »Diese Masche ist aus den USA zu uns herübergeschwappt, obwohl ich mir nicht sicher bin, ob diese fixe Idee mit den Schuldscheinen eher aus dem amerikanischen Fernsehen oder dem Internet stammt. So oder so. Fakt ist: Deutsche Spielbanken gaben keine Kredite an Kunden heraus. Doch das Lütgen-Casino ist eines von mittlerweile fünf in Deutschland, die über eine kleine Hausbank ihre Spieler mit Geld versorgen. Das Budget dieser Banken ist sehr niedrig. Wir wissen nicht, warum. Womöglich soll damit das wache Auge der BaFin ferngehalten werden.«

»BaFin?«

»Bundesanstalt für Finanzdienstleistungsaufsicht. Sie hat sich vor allem der Bekämpfung von Geldwäsche verschrieben.«

»Ach so. Und du glaubst, dieser Fummelbunker betreibt Geldwäsche?«

Er setzte sich auf. Seine Augen funkelten vor Anspannung. »Sagen wir mal, es gäbe einen Verdachtsfall in Baden-Württemberg: Ein Kunde ist pleite und nimmt ein Darlehen bei der Hausbank des Casinos auf. Eine Klausel im Vertrag bindet den Spieler, seine geliehenen Jetons komplett auszuspielen. Und nur die Gewinne, die mit ihnen erzielt werden, können das Darlehen ablösen. Diese Masche dient hauptsächlich dazu, den Spieler an die Spielbank zu binden und ihn davon abzuhalten, seinen Saldo mit fremden Krediten zu mischen. Du kennst es sicher aus eigener Erfahrung: Wenn du um einen Ratenkredit bittest, wirst du fast immer darüber ausgefragt, wofür du das Geld brauchst. Würden die Schuldner die Wahrheit sagen, würde das unnötig Aufmerksamkeit auf die Hausbank lenken.« Alexander redete mit den Händen, haarscharf an der Etagere vorbei. »Jetzt kommt das Entscheidende: Mit dem Darlehensvertrag wird gleichzeitig ein Depot beantragt, über dessen Eröffnung der Schuldner aber nicht informiert wird. Diese Depots werden benutzt, um unbemerkt jenes schmutzige Geld, das auf traditionelle Weise am Spieltisch getauscht wurde, einzuzahlen. Von dort aus wird es auf ein legales Konto überwiesen, ohne dass der Besitzer des Depots überhaupt davon erfährt. Ich könnte mir vorstellen, dass die Depots auf diese Weise noch jahrelang verwaltet werden, selbst wenn der Spieler das Zocken schon längst aufgegeben hat. Erst so lohnt sich der Deal.«

Ich musste schlucken. Das Modell könnte sehr gut im Lütgen-Casino funktionieren. Und vielleicht tat es das auch. Auf jeden Fall machte es das Ganze sehr viel plastischer für mich.

»Ich sehe, es kommt dir bekannt vor«, sagte Alexander sofort und ich nickte.

»Es gab ein Sparkonto auf meinen Namen«, gab ich zu.

Er schüttelte den Kopf. »Süße.«

Da war wieder dieses Wort. Ich mochte es, wenn er es sagte. Und gleich darauf hasste ich es, weil ich es mochte. »Hast du gehofft, dass ich dir mit meinen Schnüffeleien eine Spur liefere?«, fragte ich.

»Zumindest so viel, dass es für eine Durchsuchung reicht.«

Mir dämmerte so einiges. »Deswegen also die Frau-Roloff-Masche.«

Er schürzte seine Schmolllippen. »Ich habe nie im Casino ermittelt, Esther. Nicht fürs K 11. Und nicht für dich. Die Sache mit dem Spesengeld war eine Notlüge. Du verstehst, dass es dem Kollegen seltsam vorgekommen wäre, wenn ich einer Frau während der Ermittlungen am Ohrläppchen gelutscht hätte.«

Ich wurde rot. »Du wolltest mir am Ohrläppchen lutschen?«

Er grinste und schwieg. Ein Klumpen löste sich in meinem Bauch. Dass er mich angelogen hatte, war für mich eher Nebensache. Vielmehr war ich froh darüber, dass er eine sinnige Ausrede hatte, warum er sich mir gegenüber so seltsam verhalten hatte. Ich griff nach seiner Hand. »Und? Hast du eine Spur?«

»Das wird sich noch herausstellen.«

In meiner Hose klingelte mein Handy. Ich fischte es heraus und sah auf das Display. Es war Metin. Ich wollte nicht rangehen, doch mein Chef ließ das Gerät beharrlich den Saal beschallen.

»Willst du nicht rangehen?«, fragte Alexander schließlich.

Ich schüttelte den Kopf und im gleichen Moment verstummte mein kleiner Koreaner, um sogleich wieder zu klingen. Knurrend drückte ich auf den Knopf.

»Metin, bitte nicht jetzt.«

»Esther, du musst herkommen. Sofort!«

»Ich bin krankgeschrieben.«

»Das ist egal. Komm in die Stadt.« Er keuchte, als würde er gerade einen Marathon laufen. »Bitte.«

Ich stellte meine Lauscher auf. Metin bat mich. Etwas Seltsames musste im Gange sein.

»Also gut. Was ist los?«

»Es ist was mit Gregor.«

Ich quengelte. »Was hat unser Kleinkrimineller denn wieder Schönes angestellt?«

»Ich bin mir nicht sicher, Esther.« Er wurde leiser. »Aber ich glaube, er ist tot.«

16.

Gregors Hauptverkehrsmittel war ein ausrangiertes Taxi mit funktionierendem Dachschild. Der eierschalenfarbene Der eierschalenfarbene Diesel stammte aus den 90ern, jener Ära, die noch von verbleitem Benzin und Zweitaktgemischen dominiert wurde. An der Spitze seiner ausladenden Motorhaube prangte der verchromte Stern wie eine Galionsfigur, die Tage der Ledersitze waren schon lange gezählt. Ich hasste den Wagen. Die Fugen des Innenraumes waren mit Asche und Nikotin verstopft, auf dem Boden und in den Türablagen verrotteten Zigarettenstummel. Die Rückbank war mit Schrott und ausgedienten Waffen übersät. Nach unserer Auseinandersetzung hatte ich nicht damit gerechnet, dem Mercedes jemals wieder näher unter die Scheinwerfer zu treten.

Und wenn doch, so hätte ich nicht erwartet, ihn in einem Käfig aus polizeilichem Absperrband vorzufinden. Geschweige denn mit Einschusslöchern in der Windschutzscheibe.

Feiner Nieselregen schneite auf die Stadt und bedeckte den Asphalt mit einer glänzenden Schmierschicht. Die Sonne war unter einer öligen Wolkenmasse verschwunden, die sämtliches Licht schluckte. Alles erinnerte an eine Sonnenfinsternis.

Alexander brachte mich mit seinem Laguna zur anderen Seite des Stadtrandes. Die Scheibenwischer schmierten den Regen von einer Seite zur anderen und zermahlten im Halbkreis die Pampe aus Wasser und Bochums Straßenstaub. Als wir Gregors Wohnhaus erreichten, riss ich noch bei rollenden Reifen die Beifahrertür auf und sprang hinaus. Alexander ging in die Eisen.

Das Taxi war akkurat in einer Parklücke vor dem Bumskopp abgestellt; einer Szenekneipe, die üblicherweise nicht vor acht Uhr abends ihre Türen öffnete. Gregor wohnte zwei Etagen darüber. Passanten wurden wie Motten vom Blaulicht der beiden Streifenwagen angezogen, die quer über der gesperrten Gasse fläzten. Sie umkreisten das Plastikband, schnatterten und gestikulierten und wurden von einem Polizisten immer wieder ihres Stehplatzes verwiesen. Mit den Krücken in den Fäusten warf ich die Arme nach vorn und schwang mich zu zwei Beamten am Fuße der Kneipe, die sich gerade die Belegschaft vorknöpften, doch ich konnte nicht verstehen, was sie sagten.

Dann fiel mein Blick wieder auf das Taxi.

Der Blechklotz war verdreckt und unversehrt, aber auf die Windschutzscheibe waren zwei Schüsse abgegeben worden. Die erste Kugel war in der Scheibe stecken geblieben, doch die zweite hatte das Glas durchschlagen und musste Gregor in den Oberkörper getroffen haben. Haarrisse strahlten von den Einschlaglöchern fort, die mit Klebestreifen bereits vermessen und dokumentiert wurden. Der Fahrersitz war mit Blut besudelt.

Meine Nackenhaare stellten sich auf.

»Wem gehört der Wagen?«, fragte mich Alexander.

Ich hörte meine Stimme kaum. »Einem Freund.«

Metin trat mit scharrenden Schritten an meine

Flanke heran. Ich sah zu ihm hinunter. Sein Gesicht war bleich, unter seinem Haaransatz sammelte sich der Regen. Sein vollgesogenes T-Shirt fiel schwer und müde von seinem gedrungenen Körper und krempelte sich oberhalb seines Nabels in den Bauchfalten ein. Er mied meinen Blick.

»Was ist hier passiert? Wo ist Gregor?«

Resigniert zuckte er mit den Schultern und die Baumwolle schlotterte. Seine Augen blieben dabei stoisch auf das Taxi gerichtet. Aus einem Impuls heraus suchte ich nach Alexanders Hand und drückte sie.

»Hey!« Alexander schälte sich aus meiner Berührung und ging auf die Uniformierten am Fuße der Kneipentreppe zu, ihnen seinen Dienstausweis unter die Nasen haltend. »Was ist hier los?«, fragte er sie.

Ich kannte die Polizisten nicht und nahm an, dass sie zur Einsatzunterstützung vor Ort waren, um den Tatort vor Unbefugten zu schützen und die Leute auszuhorchen. Für eine Weile sahen sie einander an und mir kam es so vor, als überlegten sie noch, ob sie auswärtigen Kollegen überhaupt Auskunft erteilen durften. Dann machte der Linke endlich den Mund auf. Sein blondes Haar war nach hinten gekämmt und vom Regen durchnässt. Beide trugen die Regencapes des ausrangierten grünen Lagers. Ihre Uniformen hingegen waren blau.

»Die Anwohner haben vor gut einer Stunde Schüsse gehört. Ein Augenzeuge bestätigt, dass aus einem fahrenden Auto auf das Taxi geschossen wurde, aus einem schwarzen BMW neuen Baujahrs. Ausländisches Kennzeichen. Gelb. Wahrscheinlich britisch, französisch oder holländisch.«

Alexander zuckte unter dem Schmerz zusammen, als ich ihm meine Fingernägel in den Oberarm rammte.

»Und die Person in dem Taxi?«

»Keine Ahnung«, sagte der Rechte. »Der hat sich aus dem Staub gemacht.«

»Aus dem Staub gemacht?«, quäkte ich. »Was soll das heißen? Auf ihn wurde geschossen! Der ganze Fahrersitz ist voller Blut!«

»Das sehen wir auch«, murrte der Nasshaarige. »Er muss in den Hinterhof gelaufen sein, denn dort haben wir noch ein paar Blutspuren gefunden. Danach will ihn keiner mehr gesehen haben.«

Alexander schlang seinen Arm um meinen Brustkorb und richtete mich wie eine Bauchrednerpuppe wieder auf. Mein Hemd war bereits durchgeweicht, feuchte und dicke Strähnen pappten an meinen Schläfen.

Er flüsterte in mein Ohr: »Ich gehe jede Wette ein, dass die Kugel, die auf deinen Freund abgefeuert wurde, aus der gleichen Waffe stammt, die auch dein Bein erwischt hat.«

Ich schwieg und Alexander verstärkte den Druck, sodass ich Mühe hatte, mich aus seinem Griff zu winden. Es war kein angenehmes Gefühl.

Metin sah zu mir auf. »Hier schwirren mir zu viele Grüne rum.« Dabei gab er einen despektierlichen Blick auf Alexander ab. »Ich verpiss mich lieber.«

Plötzlich stapfte Edgar Ansmann aus dem Hauseingang neben der Kneipe. Ansmann war der Kriminalhauptkommissar bei der Inspektion 1 in Bochum. Verletzungs-, Gefährdungs-, Tötungsdelikte. Alexander nannte ihn Eddie. Wir hatten schon einmal das Vergnügen gehabt, miteinander streiten zu dürfen und die Sympathien füreinander hielten sich extrem in Grenzen. Ansmann war in einen rindslederbraunen Trenchcoat mit riesigen Knöpfen gewickelt, daraus ragte ein schwarzes Hemd, dessen Kragen er aufgestellt und hinter seine Ohrläppchen geklemmt hatte. Seine rechte Hand war in die Tasche gestopft, in der anderen hielt er einen schwarzen Taschenschirm, doch die Schultern waren trotzdem dunkel geregnet. Als er mich erblickte, verkantete sich sein Kinn. »Klar, dass Sie hier auftauchen müssen!«

Alexander löste abrupt seine Umarmung und ich drückte meine Ellenbogen in die Krücken. Mit Schwung hangelte ich auf ihn zu.

»Was ist das?« Abschätzig musterte er mein Bein.

»Ein Sportunfall«, sagte ich und war überrascht, dass ihm noch nichts Gegenteiliges zu Ohren gekommen war.

»Sie können sich gleich da vorn in den Streifenwagen setzen. Wir sprechen uns auf der Wache.« Übergangslos zeigte er mit ausgestrecktem Arm auf Metin, der sich gerade verdünnisieren wollte. »Das gilt auch für dich, Metin!«

Meine Lauscher stellten sich auf und ich sah hinter mich, doch Metin gab sich unbeeindruckt und zeigte uns seinen fleischigen Rücken.

»Metin!«, brüllte Ansmann weiter. »Das gibt ein saftiges Ordnungsgeld!«

Ich dachte, ich hörte nicht richtig. Aber als ich annahm, es könnte nicht persönlicher werden, zeigte Metin ihm, immer noch gehend, seinen Mittelfinger.

Mir fiel die Kinnlade runter und ich bekam rote Wangen in der Erwartung, dass gleich etwas Unverhältnismäßiges passieren würde. Doch Ansmann, der schon längst wie Erdbeermarmelade kochte, unternahm nichts, um den Türken aufzuhalten. Stattdessen knöpfte er sich jetzt mich vor. »Was ist hier los?«, fragte er und kam im Stechschritt die Steintreppe hinunter. Der Stoff seines Trenchcoats knallte im Wind. »Wer war das?« Er zeigte auf das Taxi.

Ich sagte nichts. Nicht, weil ich es nicht wollte. Doch ich hatte Angst, ich könnte ihn zu sehr davon ablenken, dass Gregor nach wie vor verschwunden war. Mein Schweigen machte ihn nur noch wütender. Er drückte seinen nassen Zeigefinger auf mein Brustbein. »Ich schwöre Ihnen, wenn ich herausfinde, dass Sie da mit drinhängen, stecken Sie bis zum Hals in der Scheiße! Das war ein Anschlag. Am helllichten Tag! Und wenn Pankowiak tot ist, gibt es niemanden mehr, der Ihnen Rückendeckung gibt.«

Dann sah er Alexander an. Zwischen ihren Blicken schien es zu knistern. Noch etwas mehr Spannung und es würden kleine blaue Blitze aus ihren Haarspitzen funken.

»Und du?«, fragte Ansmann. »Weiß deine Frau, dass du hier bist?«

Ich wurde stocksteif. Seine Frau?

»Ich bin dienstlich hier«, erwiderte Alexander, ohne das Rätsel um seine Frau aufzuklären.

Ansmann schnaubte. »Das dachte ich mir schon. Hat sie dir nicht die Akte entzogen? Bist du nicht im 11er?«

»Es reicht jetzt!«, ging ich schließlich dazwischen und fuhr als Erstes Ansmann an. »Tun Sie gefälligst was! Finden Sie Gregor oder verhaften Sie irgendjemanden, der auf die Autos fremder Leute ballert. Und du«, ich drückte Alexander meine Krücken in die Hand und zog ihn hinkend von Ansmann fort, »du hältst mir gefälligst Eddie vom Leib.«

Wir sahen zu ihm herüber. Seine Zornesfalten querten mittlerweile senkrecht die Stirn. »Pack sie ein«, befahl er Alexander. »Ich will euch auf der Wache sehen. Alle beide!« Damit machte er kehrt und ging ins Haus zurück.

Ich wischte mir den Regen von der Stirn. Der Verband um meine Wade war mittlerweile vom Regen durchgeweicht, doch die heißen Nadelstiche hatten über Nacht etwas nachgelassen. Übrig geblieben war das dumpfe Klopfen eines Holzspatels und ich überlegte, ob ich Auto fahren konnte. Ich hinkte zu dem Laguna, riss die Fahrertür auf und ließ mich in den Veloursitz fallen. Der Schlüssel steckte.

»Was zum Teufel machst du da?«, zischte Alexander mir in den Nacken, die Krücken immer noch unter den Arm geklemmt.

»Ich muss Gregor finden.«

»Bist du noch ganz bei Trost? Du kannst kaum laufen. Und ganz bestimmt wirst du nicht mein Auto fahren.«

»Du verstehst das nicht!«, brüllte ich ihn an, von Ansmanns kleinem Ehe-Hinweis immer noch aufgeladen. »Das ist alles meine Schuld. Ich hätte niemals mit dir sprechen dürfen. Er hat mir vertraut. Er dachte, ich würde stillhalten.« Noch während ich das sagte, liefen mir Tränen die Wangen hinunter. Ich wischte sie mit dem Handrücken weg mit der Konsequenz, dass sich die Schminke quer über mein Gesicht verteilte.

»Sprechen worüber? Du hast mir doch gar nichts über ihn erzählt. Warte!«

Ich knallte die Tür zu und verriegelte sie. Alexander rüttelte am Türgriff und klopfte gegen die Scheibe, doch ich ignorierte es, ließ die Zündung an und fuhr mit einem schreienden Schmerz im Bein die Straße hinunter. Ich rief Metin auf dem Handy an. Die Venen in meinen Händen pulsierten und ich zitterte. »Wir müssen ihn finden!«, schrie ich in den Hörer.

»Willst du mich verscheißern? Sein Bruder ist bei der Luftwaffe. Mit viel Glück ist er schon längst in Algerien.«

Ich knurrte in den Hörer, aber er blieb beharrlich.

»Gegenüber dir hat er drei entscheidende Vorteile: Er kann nicht nur besser schießen als du, sondern er kann sich auch unsichtbar machen. Verstehst du? Unsichtbar.« Er seufzte. »Und er kann auf sich allein aufpassen. Mach dir keinen Kopf, der kommt schon ohne uns klar.«

Dann legte er auf und ließ mich hinter dem Planetarium im Laguna allein. Er hatte mich nur ansatzweise beruhigen können.

Nach einer halben Stunde blinder Fahrt waren meine Wangen vom Geheule so wundgescheuert wie ein feuchter Babypopo. Ich wusste, dass die Herumkurverei völlig sinnlos war, doch ich fühlte mich besser damit. Besser, als nichts zu tun.

Mein Handy klingelte Sturm und das Gebimmel zerrte nur noch mehr an meinen Nerven. Der Regen wollte einfach kein Ende nehmen.

Wieder klingelte das Handy. Es war Alexander. Ich nahm nicht ab.

Alexander war verheiratet.

Das Klingeln erstarb.

Ich dachte an Metin, mit welcher Ausgelassenheit er aus der Gasse geschlenzt war. Ohne jede Pietät. Wie kam Ansmann dazu, ihn beim Vornamen zu nennen?

Da klingelte es wieder. Diesmal war es Metin.

»Rollo. Estherlein«, schnalzte er durch den Hörer. »Mag sein, dass das ein schlechter Zeitpunkt ist, aber hast du einen Film aus der Garage mitgehen lassen?«

Mir rutschte beinahe das Telefon aus der Hand. »Wie bitte?«

»Ich hab heute Mittag mal dort reingeschaut. Um zu gucken, ob mein zweiter Thronfolger etwas kaputt gemacht hat. Er sagt, er hätte den Film nicht genommen.« Er zögerte. »Hast du ihn?«

»Leck mich!« Ich legte auf. Egozentrischer Kanake.

Ich überlegte, ob Gregor den Film vielleicht eingesteckt haben könnte und es machte mich krank, dass ich gerade jetzt darüber nachdachte.

Drakonisch drückte ich die Ziffern auf dem Display. Ich hatte Lust, Metin blutrünstige Worte an den Kopf zu werfen. Doch als er abhob, zerplatzte meine Wut in tausend silbrigviolett glitzernde Seifenblasen. Mir kam eine Idee.

»Du bist ein Genie«, flüsterte ich in den Hörer.

Dann legte ich auf und machte eine Kehrtwendung in Richtung Schlachthof, Carolinenglück und Wattenscheid.

Meine Nerven knisterten wie feuchte Stromleitungen, während ich die Garagen-Gangway hinunterfuhr. Die Region war tot. Nasser Asphalt und Schotter ragten tief bis in den Horizont hinein und lediglich ein paar Industrieschachteln aus Beton sowie Plattenbauten, die aus der Ferne kaum größer waren als meine Faust, unterbrachen die karge Landschaft. Gegenüber der Garagenreihe waren zig Jahre lang drei Gemeine Eschen in der Asche herangewachsen. Ihre Kronen beugten sich über die Straße und befreiten sich schüttelnd von den braun gewordenen, spitzen Blättern sowie jenen Propellerfrüchten, welche Olaf und ich als Kinder immer in die Luft geworfen haben und trudeln ließen.

Ich parkte unter der dritten Esche und stieg aus. Die Wade klopfte und der Regen nieselte geräuschlos auf mein Gesicht. Es roch nach feuchter Erde und morschem Holz und die geflügelten Früchte der Esche zerbarsten wie Holzsplitter unter meinen Schuhen, als ich die Gasse überquerte.

Adrenalin scheuerte gegen meine Blutkörperchen und stellte meine Körperhaare auf.

Da war die Triumph Daytona.

Sie lehnte gegen den winzigen Seitenständer, das Vorderrad war eingeschlagen. Der Zündschlüssel steckte noch im Schloss und unter der Sitzbank war eine rote Schicht aus Blut in den Innenraum geschmiert.

Ich blieb vor Metins Garage stehen.

Gregors hübsche kleine Fluchtmöglichkeit.

Ich hatte es nicht vergessen, als er das sagte.

Sie war verschlossen, das Tor um Millimeter angehoben. Ich verbrachte endlose Sekunden damit, den Spalt am Boden anzustarren. Dann betrachtete ich das Schloss. Es war angerostet und schmutzig und der Regen hatte die meisten Spuren bereits weggewischt. Dennoch entging mir die rote Schmierspur nicht, die sich dünn und wässrig die Wellblechlamelle hinunterschlich. Bis zum Boden. Mit einem Schlag wurde mir schwindelig, mein Herz raste durch die Schallmauer und presste das Blut gegen meine Lungen.

Krieg jetzt bloß keine Panikattacke.

Meine zittrige Hand bewegte sich auf den Griff zu, meine Fingernägel kratzten ohrenbetäubend am Stahl. Ich begann zu weinen. Ich wusste nicht, ob ich bereit war, Gregor auf dem Boden liegen zu sehen. Tot. Wie würde er aussehen? Würden mich seine leblosen, milchig gewordenen Augen anblicken? Hatte er leiden müssen?

Die Tränen vermischten sich mit dem Regen und rollten die Wangen hinunter über meine Lippen. Sie schmeckten salzig und waren kalt.

So kalt, wie Gregors Körper sein würde.

Ich biss mir auf die Unterlippe, bis es schmerzte. Ich wollte die Hirngespinste verdrängen. Schließlich packte ich fest zu und hob das Tor über meinen Kopf.

Dann sackte ich ein.

Gregors Körper schmiegte sich eng an den ausgemergelten braunen Sessel. Er sah so lässig und entspannt aus, dass es mich fast krank machte, weil ich überhaupt diesen Gedanken hatte.

Denn überall war Blut.

Der Schaumstoff, der aus den aufgeplatzten Nähten des Sessels quoll, hatte sein Blut wie ein Schwamm aufgesogen. Das Kunstleder war vom Blut verschmiert und sein Pullover, der weiß gewesen sein musste, weil er einen weißen Kragen und weiße Ärmel hatte, war nass und rot. Gregors Gesicht war zur Seite geneigt. Seine Gesichtszüge waren entspannt. Als würde er schlafen. Doch seine Haut war blutleer, fast bläulich und mit Schweiß benetzt. Seine Lippen waren blass, die Locken noch vom Regen feucht. Das Hakenkreuz hinter seinem Ohr blitzte mir wie etwas Spinnenartiges entgegen. Seine Handflächen, die auf den Seitenlehnen ruhten, zeigten zur Decke. Fast so, als würde er jemanden auf seinem Schoß halten.

Ich hyperventilierte. Ein imaginäres Seil schnürte sich um meine Kehle, meine Arme und Beine verkrampften sich, die Haut begann zu kribbeln. An den Händen, an den Beinen, im Gesicht. Überall waren die Ameisen und fast konnte ich sie hören, wie sie mit ihren Beinchen über meine Ohren krabbelten. Als ich auf ihn zuging, fiel ich fast vornüber in seine Arme. Ich nahm seine Hand und heulte vor Erleichterung auf, als ich fühlte, dass sie noch warm war.

Ich drückte sie. Keine Reaktion.

»Gregor«, sagte ich leise.

Keine Reaktion.

Ich blickte auf seine Brust und fand das verräterische Loch jener Kugel, die die Windschutzscheibe seines Taxis durchschlagen hatte.

Dieses Scheißloch.

Aber ich sah auch, dass sich seine Brust bewegte.

Schnell umfasste ich sein Kinn, packte fest zu und begann seinen Kopf zu schütteln. Seine Wimpern flimmerten. Dann tätschelte ich seine Wange. Immer fester, immer schneller. Es klang wie Applaus und ich wollte am liebsten meine Ohren zuhalten, weil das Geräusch so widerwärtig freundlich war.

Endlich öffnete er die Augen. Sehr zögerlich. Ein Schluchzen brach aus mir heraus.

»Ich rufe den Notarzt.« Ich war laut, als würde ich mit einem Schwerhörigen sprechen.

Seine Wimpern flackerten wieder und ich fühlte am Bauch, dass sich seine Finger bewegten. Ich sah an mir herunter und fand seine zwei Finger, die sich an meinem Pulli festhielten.

Das war wahrscheinlich das Schlimmste.

Seine körperliche Schwäche zu sehen und zu beobachten, wie er langsam zugrunde ging. Wie ein angefahrener Hund am Rande der Autobahn, für den niemand anhalten wollte.

Ich nahm mein Handy aus der Tasche und wählte den Notruf.

Gregor bewegte die Lippen. Er sagte etwas, doch es war zu leise. Oder mein Puls war zu laut. Dann wiederholte er es.

»Polizeifunk.«

Was wollte er damit sagen? Sollte ich den Polizeifunk abhören? Ich schaute mich um, aber es gab kein Gerät, mit welchem ich den Polizeifunk, geschweige denn einen Radiosender hätte hören können. Ich drückte das Handy ans Ohr, die kalte Kunststoffschale wurde allmählich warm. Als mich eine männliche Stimme in der Leitung darin unterwies, dass ich die Leitstelle des Notrufes gewählt und meinen genauen Standort zu erklären habe, wusste ich, was Gregor meinte.

Die Leitstelle würde über das Funkmeldesystem die Polizei unterrichten. Und Minderhouds Leute würden sicher den Polizeifunk abhören in der Erwartung, früher oder später die Nachricht über einen Mann mit einer Schusswunde abzufangen.

Dann würden sie uns finden.

Ich zauderte und brachte nur ein Krächzen heraus.

»Hallo?«, sagte der Mann von der Leitstelle.

»Hallo«, antwortete ich.

»Wo sind Sie?«

Ich gab ihm eine Anfahrtsbeschreibung. »Es ist die dritte Garagentür von links«, fügte ich hinzu.

»Was ist passiert?«

»Mein Bein«, sagte ich. »Es ist überall Blut. Überall!« Es musste dringend genug sein, damit sie schnell aufkreuzten. Daher fügte ich hinzu: »Ich glaube, ich habe die Hauptschlagader erwischt. Kommen Sie schnell, sonst verliere ich mein Bein!«

»Okay, okay«, erwiderte der Mann. Er schien schon schlimmere Dinge gehört zu haben. »Der Wagen ist bereits unterwegs. Und jetzt erzählen Sie ganz ruhig, was passiert ist.«

Ich erinnerte mich an einen Fall, bei dem ein junger Mann die Unfallversicherung bescheißen wollte und erzählte ihm etwas von einer Motorsäge. Der Typ hatte sich absichtlich in den Oberschenkel gesägt, die Macht der Kettensäge unterschätzt und das Bein verloren. Ich wusste nicht mehr, ob er noch lebte.

Als der Mann auflegte, steckte ich mit zittriger Hand das Handy in die Tasche und atmete durch. Mein Herz schlug längst noch nicht im normalen Tempo, doch der Schwindel hatte etwas nachgelassen.

»Sie sind bald da.« Ich sah zu Gregor auf, drückte seine Hand und setzte mein liebevollstes Lächeln auf.

Aber da öffnete er seine Augen schon nicht mehr.

Die Sirenen heulten aus der Ferne und die Muskeln in meinem Rücken kribbelten. Die ganze Zeit über hatte ich meine Wange an Gregors Gesicht gehalten, um seinen Atem zu spüren. Und der Rücken quittierte es mir mit einem Stechen, als ich mich aufrichtete, um dem Notarzt entgegenzulaufen. Als ich einen Fuß nach vorn setzte, stieß ich mit Gregors Ferse zusammen. Ich blickte hinunter. Wie so oft trug er die schwarzen Leinenschuhe mit weißen Schnürsenkeln, weißen Gummisohlen und weißen gummierten Schuhkappen. Die Schnürsenkel des linken Schuhs waren teilweise mit Blut besudelt und ich musste mich beherrschen, um nicht wieder zu weinen.

Unverhofft sah ich etwas Silbriges auf dem Boden unter dem Sessel hervorragen. Ich kannte den Anblick nur zu gut, weil ich sie selbst vor einiger Zeit unter mein Sofa geschoben hatte. Es war Gregors Beretta.

Schnell nahm ich die Waffe auf und steckte sie hinten in den Hosenbund. Dann rannte ich zum Garagentor und ließ das Blech über meinen Kopf hinweg hochfahren. Der Notarzt parkte quer über die Straße. Ein grau melierter Mann mit Knollennase und Buschbrauen fiel beinahe vornüber aus dem Wagen. Zwar lächelte er nicht, aber mir fiel sofort auf, dass er eine verblüffende Ähnlichkeit mit Rolf Zuckowski hatte.

»Wo ist die Frau, die den Notruf gewählt hat?«, fragte er und keuchte angestrengt, als hätte er den ganzen Weg zu Fuß zurückgelegt.

»Das war ich.«

Er sah an mir herunter. »Und Ihr Bein? Sie sagten, es wäre etwas mit Ihrem Bein!« Das rotierende Blaulicht hinter uns brachte seine grauen Strähnen zum Leuchten. Er war verärgert in der Erwartung, dass man ihm einen Streich gespielt und ihn umsonst hierher geschickt hatte. Ich packte ihn am Arm und zerrte ihn in die Garage. Mittlerweile waren weitere Sirenen im Anmarsch und aus irgendeinem Grund wurmte es mich, dass ich nicht einschätzen konnte, woher sie kamen.

Der Zuckowski-Verschnitt blieb hinter der Metallschiene am Boden der Garage stehen.

»Grundgütiger!«

Das Horn des nahenden Krankenwagens war mittlerweile so laut, dass ich schreien musste: »Er atmet noch!«

Ich lief voraus, der Arzt eilte hinterher und tastete als Erstes Gregors Brust ab. Es dauerte kaum eine Sekunde, bis er das Einschussloch bemerkte.

»Wir müssen den Pullover aufschneiden«, erklärte er mir und zog aus einer Innentasche seines Kittels eine winzige Schere heraus. Er durchschnitt den Saum über Gregors Bauchnabel, trat einen Schritt zurück und riss mit beiden Fäusten den Stoff auseinander. Gregors Arme flogen in die Luft und sein Kopf wackelte wie der einer Puppe. Es war ein schrecklicher Anblick und ich klammerte hilflos die Arme um meinen Körper.

Dann hörte ich die Schritte zweier Leute, als sie über den Schotter liefen. »Meine Fresse«, sagte einer von ihnen.

Die beiden jungen Sanitäter standen vor dem Parkbau. Auch sie mieden es, die Metallschiene zu überqueren. Der Rücken des Notarztes begann derweil Meldung zu machen. Seine Stimme war laut, beinahe militant.

»Einschuss im Lobus inferior.« Behutsam legte er seine Hand auf Gregors Schulter und tastete den Rücken ab. »Kein Austritt. Unterlappenbronchien wahrscheinlich unbeschädigt. Hypovolämie.« Mit dem Daumen schob er Gregors Lid nach oben und beleuchtete seine Pupille mit einer fingerdicken Taschenlampe. »Verdacht auf hypovolämischen Schock. Der Mann ist nicht bei Bewusstsein. Ich brauche zwei Zugänge und einen Druckverband.« Er drehte sich zu den Männern um und brüllte: »Sofort!«

Die beiden galoppierten im Gleichschritt davon und zogen ihre Trage aus dem Transporterraum des Krankenwagens. Einer von ihnen schubste sie laufend über die Straße, sodass sie beinahe zur Seite kippte. Der andere überholte ihn mit einer geschulterten Tasche und einem Koffer, der im Blaulicht silbrig glitzerte.

Zu dritt hievten sie Gregor auf die Trage. Seine Arme hingen schlapp herunter, sein Mund war durch die ruckartige Bewegung leicht geöffnet. Sie rupften ihm den zerrissenen Pullover vom Körper, wickelten ihn mumienhaft in einen Verband und stachen ihm in jeden Arm eine Infusionsnadel durch die Haut. Zwischendurch legte ein Sanitäter seine Hand über Gregors Kehle und suchte offenbar nach seinem Puls. Sein Blick war abgeklärt und ich glaubte zu bemerken, dass er das Hakenkreuz hinter Gregors Ohrläppchen mit einem Naserümpfen zur Kenntnis nahm.

Ich bestand darauf, im Krankenwagen mitzufahren, doch die Ärzte wollten es nicht. Daher beobachtete ich vom Fuße des Rettungswagens, wie sie die Trage über den gräulichen Boden schoben.

Der Fahrer schnappte sich das Funkgerät und begann, irgendwelche Menschen am anderen Ende der Stadt zu instruieren: »Steckschuss in der Lunge. Bluttransfusion vorbereiten. Das wird kein Zuckerschlecken, Freunde. Wir sind in zehn Minuten da.« Er starrte mich an. »Alles in Ordnung?«

Nichts war in Ordnung. Ich lauschte dem Funkgerät. Stimmen sprudelten wie geschüttelte Kohlensäure aus dem Lautsprecher und machten mich ganz kirre.

»Ich muss mitkommen«, sagte ich dann.

»Hier ist kein Platz für Sie«, antwortete der Arzt. »Tut mir leid.«

Wie von Geisterhand schob sich meine Hand unter mein T-Shirt und zog die Beretta aus dem Hosenbund. Sie hatte andere Pläne als mein Verstand, der es mit gutem Zureden versuchen wollte. Doch mir blieb weder Zeit noch hatte ich dafür Nerven übrig. Völlig fassungslos starrte der Trupp auf den Lauf.

»Ich muss mitkommen«, wiederholte ich und setzte einen Fuß auf den Boden des Transporters. Meine Pumpe pochte mir bis unter die Ohrläppchen. »Rufen Sie die Polizei. Sagen Sie, Sie werden mit einer Waffe bedroht. Sie sollen alle verfügbaren Leute zum Krankenhaus schicken. Und nun kümmern Sie sich um ihn!« Ich zeigte mit der Waffe auf Gregor. Meine Hand schlotterte.

Der Sanitäter zog die Türen zu, nicht ohne einen respektvollen Abstand zu mir zu halten. Ich hasste es, ihnen Angst einzujagen und vielleicht reagierte ich auch übertrieben, aber ich wusste mir nicht mehr anders zu helfen. Es war die effizienteste Lösung, an Polizeischutz zu gelangen, ohne mir weder von Alexander noch von

Ansmann am Telefon die Leviten lesen zu lassen. Dass dieser Zirkus Konsequenzen für mich haben würde, war mir egal. Die Hauptsache war, dass ich nicht die Einzige mit einer Waffe war, wenn Minderhouds Leute vor dem Krankenhaus tatsächlich auftauchten.

Der Krankenwagen setzte sich in Bewegung, die Sirenen jaulten über meinem Kopf, und Arzt und Sanitäter fuhren mit ihren Maßnahmen fort. Der Sani stöpselte einen farblosen Beutel an Gregors Infusionsnadel. Er reichte ihn mir.

»Halten Sie den hoch«, befahl er in harschem Ton und ich stopfte die Waffe wieder in die Hose, um den Beutel entgegenzunehmen. Die Flüssigkeit darin war milchig, fast farblos. Zaghaft tropfte sie durch die Kanüle und ich merkte, dass ich immer noch am ganzen Leib zitterte. Gregors Brusthaare waren von getrocknetem Blut verklebt, seine Wunde war von allerlei Verbandszeug zugedeckt. Es wurde bereits stellenweise durchgeblutet.

Der Wagen ruckelte; vermutlich fuhr er auf einer von Schlaglöchern geplagten Straße. Der Medizinkram über uns schepperte und Gregors Kopf bewegte sich hin und her, fast so, als wolle er das Ganze hier nicht. Ich legte die freie Hand auf seine Stirn. Sie war ganz nass.

»Entschuldigung«, sagte ich in den Raum. Ich wusste, dass die Mediziner es hörten. Aber sie reagierten nicht darauf.

Der Arzt beugte sich über Gregors Körper. Mit einem Stethoskop horchte er seinen Brustkorb aus. »Wie lange noch?«, schrie er in Richtung Fahrerkabine.

»Fünf Minuten!«, rief der Fahrer zurück.

Mit den Fingern tastete er Gregors Hals ab. Es sah

aus, als würde er winzige Fruchtfliegen jagen. Dann klemmte er sich Gregors Unterarm zwischen die Finger. Er seufzte pathetisch. »So geht das nicht.« Er klang frustriert. »Wie heißt der Mann?«

Verdutzt guckte ich ihn an. Als ob das irgendetwas helfen würde. »Gregor.«

Seine Stimme wurde sanfter. »Gregor ist ein robuster Typ. Er hat lange durchgehalten.«

Ich nickte.

»Aber ich weiß nicht, wie lange noch.«

Ich nickte wieder und Tränen rannen über mein Gesicht. Dann sah er den Sanitäter an. Der schien schon zu wissen, worauf er hinauswollte.

»Wiederbelebungsmaßnahmen vorbereiten.«

Vier Minuten später schoss der Krankenwagen unter das Krankenhaus in die Parkgarage. Am Fuße der abschüssigen Einfahrt setzte die Karre auf und die Stoßstange schepperte. Kleinkram hüpfte aus den Schubladen und wir bemühten uns, Gregors Körper auf der Trage zu halten. Als der Wagen zum Stehen kam, flogen die Flügeltüren auf und militantes Gebrüll durchschnitt die vom typischen Krankenhausgeruch durchsetzte Luft. Drei bewaffnete Polizisten standen stramm hinter dem Wagen, die Waffen ziellos in den Transporterraum gerichtet. Hinter ihnen wartete eine Traube von Weißkitteln. Instinktiv rissen der Arzt, der Sanitäter und der Fahrer die Arme hoch und man hätte mich nicht bemerkt, würde ich den Arzt nicht um einige Zentimeter überragen.

»Ich bin hier«, sagte ich mit schlaffer Stimme. »Bitte, lassen Sie die Ärzte mit dem Patienten durch.«

Ich hob die Hände und die gesamte Belegschaft verfiel in eine Art Schreckstarre. Keiner sprach ein Wort, niemand wagte es, auch nur mit den Wimpern zu klappern. Lediglich die Technik tat ihren Dienst und piepte, surrte oder schrillte, während Gregor halb tot auf der Trage lag. Es war unerträglich.

Unvermittelt hörte ich eine Stimme aus dem Hintergrund, die ich nur zu gut kannte.

»Lasst sie durch.«

Die Polizisten traten zur Seite und die Weißkittel hinter ihnen stürzten in die erste Reihe, um den Mann in Empfang zu nehmen. Nickend ließen sie sich von dem Notarzt einweisen, der seinem Patienten nicht von der Seite wich.

Irgendwann stand ich allein da, mit erhobenen Händen, und Edgar Ansmann trat an den Wagen. Sein Anblick half mir, sämtliche Lasten, Ängste und Arme einfach fallen zu lassen. Ich nahm die Beretta aus der Hose, ignorierte das alarmierende Klicken geladener Pistolen und drückte sie ihm zitternd in die Hand. Dann krabbelte ich die Schwelle des Wagens hinunter und fiel ihm schluchzend um den Hals. Seine Körperhaltung war steif und ich fühlte, dass er mit der Situation völlig überfordert war. Schließlich lockerten sich seine Gliedmaßen und er legte seine Arme um meine Hüften, die Beretta immer noch in der Hand haltend.

»Wie geht es ihm?«, fragte er leise.

Ich spürte, dass er eine Handbewegung machte und hörte in der nächsten Sekunde die Schritte der Polizisten, wie sie sich entfernten.

»Er war tot. Ich weiß es nicht. Vielleicht ist er es immer noch.« Ich krächzte und schlotterte am ganzen Leib und ich fühlte, wie Ansmanns warme Hand meinen Nacken berührte.

»Und was sollte der Dreck mit dem bewaffneten Krankentransport?«

Ich sah ihn an. Seine Augen waren ernst wie immer. Ich erklärte ihm die Situation; dass ich Angst vor den Killern hatte, die nach wie vor frei herumliefen und uns vor dem Krankenhaus auflauern und hätten töten können, Polizeifunk sei Dank. Er nickte emsig und seine Stirn bekam wieder diese Zornesfalten.

»Langsam werden Sie paranoid.«

Wie wild schüttelte ich den Kopf.

Er beschwichtigte. »Ich weiß, die Sache hat Sie mitgenommen. Sie sind im Moment nicht ganz bei Sinnen. Aber darüber reden wir später.«

17.

Ich hatte den Drang zu rennen, doch Ansmann hielt mich davon ab. Er war pragmatisch wie immer. »Sie können ihm nicht helfen, indem Sie schneller dort sind.«

Vielleicht wollte er mir auch nur den Anblick ersparen, wie sie ihn mit zugedecktem Gesicht in die Leichenhalle brachten.

Die Stationsbelegschaft zitierte uns in einen Warteraum und eine rothaarige Assistenzärztin bereitete uns auf lange Wartezeiten vor, ehe sie etwas Genaueres wüssten. Wir setzten uns auf weiße Plastikstühle. Der Raum war größer als meine ganze Wohnung und der Tisch in der Mitte, an dessen Gaben sich die Wartenden laben konnten, schien klein und verloren. Heute war kaum etwas los. Lediglich drei andere Personen hielten sich in der Wartehalle auf, zwei davon zogen es vor, abwechselnd den Saal auf und ab zu laufen und durch mich durchzustarren, was wohl daran lag, dass ich mit Blut beschmiert war. Der Dritte schlief. Hoffentlich dauerte es bei uns nicht auch so lange.

»Komme ich jetzt in den Knast?«, fragte ich Ansmann. Er hatte seine Ellenbogen auf die Knie gestützt und sah zu Boden. Unter seinen Hosenbeinen lugten die schwarzen Halbschuhe hervor, die er wahrscheinlich nur zum Schlafen und Baden auszog.

»Wollen wir doch mal sehen: Unerlaubter Waffenbesitz, unerlaubtes Führen einer Schusswaffe, Bedrohung durch eine Waffe, Kidnapping, Irreführung der Polizei ...«

»Moment mal!«, unterbrach ich ihn. »Ich habe niemanden in die Irre geführt. Nur hergelockt. Die Holländer sind irgendwo da draußen«, versuchte ich, in ihn einzudringen. »Das Einzige, was die wollen, ist, Gregor und mich tot zu sehen.«

»Ach, Sie auch? Wie verwunderlich.«

Seine Häme kotzte mich an. Ich stand auf und streckte meine Beine durch, was mein Wadenmuskel prompt mit einem Ziehen quittierte. Scharf sog ich die Luft ein. Dann herrschte Schweigen.

»Danke«, sagte er unvermittelt.

»Wofür?«

»Dass Sie ihn gefunden haben.« Er sah zu mir auf und die Deckenbeleuchtung verjagte die Schatten aus seinem Gesicht. »Ausnahmsweise haben Sie Ihren Job mal gut gemacht.«

Etwas an ihm hatte sich verändert. Es kam mir vor, als wäre sein Gesicht einem Weichzeichner zum Opfer gefallen. Seine Stirn war nicht länger zerknittert, die straffen Linien, die seinen ärgerlichen Mund umrahmten, waren verschwunden. Seine Augen sahen plötzlich sehr müde aus.

»Das muss Ihnen ziemlich schwergefallen sein«, stichelte ich.

Er runzelte die Stirn. »Sie haben ja keine Ahnung.« Er lächelte zögerlich, was seinem Aussehen gut tat.

Ich wagte einen Satz nach vorn. »Was verbindet Sie mit Metin Tozduman?«

Seine Lippen bäumten sich auf und es kam mir vor, als würde er sich mit der Zunge über die Zähne fahren. »Er hat es Ihnen nicht gesagt?«

Ich schüttelte den Kopf.

»Er war mein Schwager. Eine Zeit lang jedenfalls.«

Meine Augenlider flackerten. »Ihr was?«

Ansmanns Pupillen wanderten an mir vorbei und ich drehte mich um. Alexander stand direkt hinter mir; ich hatte ihn überhaupt nicht kommen hören. Er schien ein wenig außer Atem. Regentropfen perlten aus seinem Haaransatz über das Gesicht, seine Klamotten waren mit Wasser besprenkelt. Er sah erschrocken an mir herunter. Ich folgte seinem Blick und mir fiel einmal mehr wieder ein, dass mein T-Shirt voller Blut war.

Ansmann stand auf. Der Weichzeichner war aus seinem Gesicht gewichen, Groll und Bitterkeit hatten wieder Einzug gehalten. Außerdem schien er es auf einmal sehr eilig zu haben.

»Geben Sie mir Bescheid, wenn Sie Näheres über seinen Zustand wissen.« Er reichte mir eine Visitenkarte. Auf die Rückseite war seine Handynummer gekritzelt. Dann sah er zu Alexander und die beiden schienen eine Zeit lang auf telekinetischer Ebene zu kommunizieren. Schlussendlich zog Ansmann ab und Alexander wartete eine Weile, ehe er sich mir näherte. Seine Wangen waren vor Anstrengung gerötet, seine Haare vom Licht schluckenden Wasser fast schwarz. In meinem Magen begann etwas zu flattern.

»Tut mir leid, dass ich deinen Wagen genommen habe.«

Alexanders Hände umfassten meine Schultern. Sie

waren ganz kalt. Er zog mich zu sich und ich wünschte mir, ich wäre klein genug gewesen, um meinen Kopf unter sein Kinn zu schmiegen. Stattdessen glitt ich mit meinem Gesicht an seiner feuchten Wange entlang. Sie piekte ein wenig.

Schlagartig fiel es mir wieder ein und ich wich zurück. »Du bist verheiratet!«, fuhr ich ihn an.

Er schüttelte den Kopf. »Es ist nicht so, wie du denkst. Wir leben getrennt.«

Patzig verschränkte ich die Arme vor der Brust.

»Ich habe mir Sorgen gemacht«, sagte er.

»Ich bin okay«, sagte ich. »Es ist nicht mein Blut.«

»Ich meinte eigentlich mein Auto.« Selbstgefällig grinste er mich an. Dann näherte er sich, schloss die Augen und küsste mich. Es war ein langer und intensiver Kuss und ich fühlte, wie sich meine Härchen entlang des Rückens aufrichteten.

Ich drückte ihn fort. »Ich bin in den Krankenwagen gestiegen. Ich habe dein Auto dort einfach stehen lassen.«

Er nickte. »Ich weiß.«

Sanft nahm er meine Hand und legte einen Schlüssel hinein. Es war der Zündschlüssel der Triumph Daytona.

Konsterniert starrte ich ihn an.

»Nach dem Funkruf des Krankenwagens wurde der Garagenpark abgesperrt und gesichert.«

»Abgesperrt?« Der Boden unter meinen Füßen begann zu wanken. »Du warst dort? In Metins Garage?«

Er lachte leise. »Ich und zwei Leute von der Polizeidienststelle, sechs Kollegen von der Kripo, ein paar

Leute von der Spurensicherung und zwei junge Türken auf einem Roller, die ein reges Interesse an der Garage hatten. Sie haben sich eine kurze Verfolgungsjagd mit einem Streifenwagen geliefert und werden derzeit befragt.«

Ich musste mich setzen.

»Alles in Ordnung? Du siehst blass aus.«

Blass war gar keine Ausdruck. Ich war so gut wie tot.

Alexanders Stimme dröhnte blechern gegen mein Ohr.

»Metin. Ist das nicht der Besitzer der Detektei, in der du arbeitest? Gehört ihm die hübsche Sammlung in der Garage?«

Ich kniff die Augen zu. Sterne flimmerten über meine Pupillen. »Bitte, lass uns nicht mehr darüber sprechen.«

Er setzte sich zu mir und legte mir seine Hand in den Nacken. Seine Finger durchkämmten ein paar Haarsträhnen, was mich ein wenig beruhigte.

»Wie geht es ihm?«

»Sie haben mir noch nichts gesagt.«

Ich starrte auf meine Knie. Das Blut hatte sich tief in die Fasern gefressen und wirkte so braun wie Kaffeeflecken. Ich hatte damit gerechnet, dass Alexander sein Verhör fortsetzen würde. Dass er mich über meine Vorlieben für Holländer aushorchen würde. Doch er tat es nicht. Im Gegenteil. Diesmal war er es, der plauderte.

»Die Einsatzleute vor der Garage sahen sehr mitgenommen aus. Mehr als sonst.«

Ich nickte.

»Edgar erzählte mir, dass er mit Pankowiak zusammen die Polizeiausbildung gemacht hat.«

»Das ist lange her.« Ich klang schon wie Gregor.

»Offensichtlich nicht lang genug. Die Polizisten vor Ort waren sehr wütend und besorgt.«

Ich wusste nicht, warum, aber es freute mich zu hören, dass sich die Leute um Gregor scherten. Ich sah Alexander an und seine Pupillen fixierten mich, als wollten sie meine Gehirnwindungen durchforsten. »Du weißt, dass ich das nicht länger ignorieren kann«, sagte er. »Wir müssen darüber sprechen.«

Ich nahm es zur Kenntnis.

Die sperrige Tür hinter uns spuckte einen Mann mittleren Alters aus. Sein Ärztekittel umarmte ihn wie eine Engelsrobe, seine babyblauen weiten Hosen schlackerten wie Fahnen im Wind. Der Kopf war beinahe gänzlich geschoren, doch an den Stoppeln erkannte ich, dass seine Haare dunkel waren. Seine Haut hatte eine frische Bräune und stand im völligen Kontrast zu seinen alt und müde erscheinenden Augen. Abrupt stand ich auf und humpelte ihm entgegen. Ein Klemmbrett hatte er vor seiner Brust gestemmt und sein Blick senkte sich, als er vor mir zum Stehen kam. Er inspizierte mit einer kurzen Regung die Sauerei auf meiner Brust.

»Ist das Ihr Blut?«, fragte er. Ich schüttelte den Kopf.

»Frau …« Er stutzte. »Ich kenne gar nicht Ihren Namen.«

»Esther Roloff«, klärte ich ihn auf.

»Frau Roloff.« Er blickte auf. »Sind Sie eine Angehörige des Patienten?«

»Ich bin seine Verlobte«, kam es wie aus der Pistole geschossen.

Er runzelte die Stirn, nahm es aber so hin. Wahrscheinlich war er froh, überhaupt mit jemandem sprechen zu können. »Frau Roloff. Wir haben die Kugel entfernt. Aber der hohe Blutverlust macht uns nach wie vor Sorgen.«

»Was bedeutet das?«

»Das kann ich noch nicht sagen. Ein unzureichender Bluttransport verursacht einen Sauerstoffmangel im ganzen Organismus. Besonders treffen kann es das Gehirn. Dort kann es unter Umständen zu irreversiblen Schäden kommen.«

Irreversibel. Ich wollte nicken, doch es gelang mir nicht. Mein Hals war ganz steif.

»Hinzu kommt, dass sein Körper durch den kürzlich durchgeführten Entzug sehr beansprucht wurde. Das könnte seinen Heilungsprozess bremsen.«

Ich runzelte die Stirn. »Entzug?«

Er war sichtlich überrascht. »Ihr Verlobter trägt das Armband der ›Liberatio‹.«

»Der Liberatio?«, wiederholte ich hölzern. Ich kam mir vor wie ein Papagei.

»Eine Selbsthilfegruppe für Alkoholiker in Bochum-Linden. Trockene Mitglieder tragen das Armband zur Aufklärung der Wirte und Barleute, um einem Rückfall vorzubeugen. In der Gastronomiebranche kennt man die Bänder und viele halten sich daran.« Er schwellte seine Brust. »Sie sind ein mutiges Signal von trockenen Alkoholikern, weil sie ihr Suchtpotenzial quasi zur Schau stellen. Das ist nicht für jeden etwas. Hier.« Er streckte seinen Arm aus. Um sein Handgelenk gebunden war ein schwarzes Lederarmband mit dem Relief eines breiten L auf der Oberseite. Er drehte es um und zeigte mir ein eingekritzeltes Datum. »Ich habe es auch hinter mir. Seit sechs Monaten schon.«

»Meinen Glückwunsch.«

»Danke.« Sein stolzes Lächeln erstarb. »Wie dem auch sei. Es tut mir leid, dass ich Ihnen keine besseren Nachrichten überbringen konnte. Er ist noch nicht außer Lebensgefahr. Ich erlaube Ihnen, ihn kurz auf der Intensivstation zu sehen, aber er ist noch nicht bei Bewusstsein.«

Endlich schaffte ich ein Nicken. »Wann weiß man mehr?«

Er zögerte. »Warten wir ein paar Stunden.«

Dann ging er. Ich blieb noch eine Weile stehen. Schließlich spürte ich die Wärme von Alexanders Körper in meinem Rücken und ich drehte mich um. Seine Miene war ausdruckslos.

»Geh nur«, sagte er. »Ich warte hier auf dich.«

Die Intensivstation war auf der vierten Etage. Ich bevorzugte den Fahrstuhl, der seufzend die Stockwerke hinaufkraxelte. Nach einer halben Ewigkeit bimmelte das Glöckchen, die Tür öffnete sich und der synthetische Duft industriell gepanschter Betäubungsmittel vernebelte sofort meine Sinne. Ich starrte in den Flur. Die schwarzen Räder zahlloser Krankenbetten hatten ihre Spuren auf dem grauen Linoleum hinterlassen, die Tapeten waren von Kollisionen mit Betten angeraut. Die Belegschaft war zahlreich und flanierte durch die

Flure wie durch eine Fußgängerzone. Ich schritt durch die Brandschutztür. Durch die halb offenen Türen der Krankenzimmer drang allerlei Geklimper und Gepiepe lebenserhaltender Maschinen. Eine Frau schrie. Ihre Stimme klang sehr jung, jünger als meine. Ich erschauderte. Eine Krankenschwester stellte sich mir in den Weg. »Brauchen Sie Hilfe?«, fragte sie und schaute an mir herunter.

»Das ist nicht mein Blut.« Ich schlängelte mich an ihr vorbei und musste mein Wohlergehen noch zwei weitere Male gegenüber Assistenzärzten beteuern, ehe mir Gregors Zimmertür entgegenkam. Sie war einen Spaltbreit geöffnet und ich drückte meine Finger gegen die Tür. Sie war sehr schwer und ich musste mehr Kraft aufwenden. Als ich eintrat, wurden meine Knie weich.

Gregor schlief in einem flatterigen weißen Hemd. Die Decke war bis unter seinen Bauchnabel aufgeschlagen, aus seinen Armen ragten Infusionsschläuche. Sein Gesicht war fahl und eingefallen, unter seinen Augen schimmerte die Haut in Farbnuancen von blau bis rosa. Seine Nase war mit Beatmungsschläuchen versorgt, die auf der anderen Seite in einem viereckigen Gerät verschwanden, welches ununterbrochen seufzte. Ein Schrank voller Maschinen stand neben seinem Bett. Glücklicherweise piepte nichts davon.

Mein Brustkorb schnürte sich langsam zu und ich atmete schwer. Ich setzte mich auf den Hocker neben seinem Bett und umfasste seine Hand. Seine Nägel waren akkurat geschnitten. Unter ihnen klebte noch etwas Blut. Feine Haare kräuselten sich über die ersten Fingergelenke, sie waren ganz weich. Sein Handballen war teilweise verhornt, auf dem Hautlappen zwischen Daumen und Zeigefinger verheilte eine kleine Schnittwunde. Das Handgelenk seines anderen Armes zierten drei Armbänder, darunter das Lederband mit dem L der Liberatio. Ich beugte mich vor und warf einen Blick darauf. Auf der Rückseite stand ein Datum Ende Juni.

Ich betrachtete sein Gesicht. Die Züge waren entspannt, feine Krähenfüße verlängerten seine Lidfalten. Er hatte lange, dichte Wimpern, darüber schlugen seine Augenbrauen einen harten Bogen. Sein Oberlippenbart war ordentlich getrimmt, aber entlang des Kiefers überwuchsen die Barthaare nur wenig erfolgreich ein paar Lücken. Ich strich ihm eine Haarlocke aus der Stirn. Er hatte eine kleine Narbe am Haaransatz.

Zwei schäkernde Krankenpfleger schlenderten über den Flur. Ich hörte ihre quietschenden Gummisohlen und ihr Gelächter, das alles andere als ansteckend war, denn es war diffamierend. Sie näherten sich dem Zimmer.

»Glaubst du, Nazis sehen kleine Hakenkreuzchen, wenn sie eine cerebrovaskuläre Ohnmacht haben?«

Gelächter.

»Wenn ein Nazi den Löffel abgibt, muss man ihm erst mal den Arm brechen, um ihn in den Sarg zu kriegen.«

»Warum?«

»Wegen des Hitlergrußes.«

Lachend traten sie in das Krankenzimmer und ich musste ihnen mit einem derart abscheulichen Blick entgegengeblickt haben, dass sie umgehend kehrtmachten.

Einige Minuten später trat der Arzt aus dem Erdgeschoss an meine Seite.

»Sie sollten jetzt nach Hause gehen«, schlug er mir sanft vor. »Hinterlassen Sie uns auf der Station Ihre Handynummer und wir rufen Sie sofort an, wenn sich etwas tut.«

Ich wandte mich zu ihm um. »Darf ich noch etwas bleiben?«

»Es tut mir leid, aber die Besuchszeit für Intensivpatienten ist seit über einer halben Stunde vorbei. Eigentlich dürften Sie nicht mehr hier sein. Wir haben strikte Regeln.«

Ich stimmte ihm zu. Eigentlich dürften wir beide nicht hier sein.

Ich stand auf.

»Es gibt noch eine Sache, bei der Sie mir helfen können«, sagte er und durchblätterte die Papiere auf seinem Klemmbrett. »Herr Pankowiak trug einen Notfallausweis bei sich. Demnach sollte im Notfall eine Frau Julia Pankowiak benachrichtigt werden. Wir konnten sie nicht ausfindig machen. Kennen Sie diese Frau?«

Ich nickte schwach. »Gregor Pankowiak ist Witwer. Julia war seine Frau. Er hat niemanden mehr.«

Er schaute mich an. »Nun ja. Er hat ja immer noch Sie.«

Alexander saß mit überkreuzten Beinen im Wartesaal und las eine Frauenzeitschrift aus dem Lesezirkel. Als er mich sah, warf er das Heft auf den Stuhl neben sich und stand auf.

»Wie sieht es aus?«, fragte er.

»Er lebt noch.« Tränen schossen mir in die Augen und ein dicker Kloß setzte sich in meinem Hals fest. Alexander nahm mich in den Arm.

»Soll ich dich nach Hause fahren?«

Ich schüttelte den Kopf.

»Aber hier kannst du nichts für ihn tun.«

»Ich weiß«, sagte ich. »Aber ich kann einfach nicht nach Hause.«

»Warum nicht?« Voller Unverständnis musterte er mich. Irgendwann löste sich die Strenge und es dämmerte ihm.

»Du kannst die Nacht auch bei mir verbringen, wenn du möchtest.« Er schäkerte. »In der Wohnung eines Polizisten bist du in Sicherheit.«

Ich schmunzelte in Anbetracht der Tatsache, dass es erst vier Uhr am Nachmittag war, aber ich schwieg. Er küsste meine Stirn. »Ruf mich an, wenn du so weit bist. Ich hole dich ab.«

Die Krankenhauscafeteria war eine L-förmige Nische mit ausgedienten roten Stühlen auf einem abgenutzten roten Teppich. Es roch nach Kaffee und Gefrierbrand, das Halogenlicht über mir flackerte im kalten Weiß. Mittlerweile war es kurz nach sechs und die Bedienung hinter der Glastheke schmierte ihre 25. Brötchenhälfte. Belegte Brötchen gingen besonders gut über den Tisch; meistens die mit Käse.

Ich saß auf dem Platz neben dem Ausgang und zerdrückte das Sprühsahnehäubchen auf meinem kakaohaltigen Heißgetränk. Mit der anderen Hand hielt ich mein Handy ans Ohr. Ansmann hing am anderen Ende der Leitung und schwieg in den Hörer. Der Akku wurde schwach und ich mit der Zeit ungeduldig.

»KHK Ansmann. Sie blockieren die Leitung für die Ärzte.«

Er brummte. »Und Sie blockieren die Ermittlungen.«

»Wie bitte?«

»Ich brauche Informationen!«

»Dann gucken Sie den Discovery Channel.« Die Sahne versank wie ein Eisberg im Kakao.

Jetzt begann er zu toben. »Das ist nicht witzig! Ihr paranoider Hilferuf aus dem Krankenwagen reicht für mindestens drei Anklagepunkte. Und nach Erfurt und Winnenden sind die Richter nicht mehr so gnädig mit Leuten, die mit einer Knarre herumfuchteln!«

Ich musste nach Luft schnappen, was die Aufmerksamkeit einiger Kaffee trinkender Ärzte auf mich zog.

»Also. Was hat Pankowiak Ihnen erzählt?«

»Ich verstehe nicht recht.«

Er brüllte weiter. »Hören Sie, ich werde mir nicht die Tour vermasseln lassen. Nicht von Ihnen! Sie haben schon genug angerichtet. Etwas mehr Kooperation von Ihrer Seite wäre durchaus angebracht.«

»Was wollen Sie damit sagen? Was habe ich angerichtet?«

»Das wissen Sie nicht? Dann werfen Sie doch mal schleunigst einen Blick auf die Intensivstation.«

Mein Atem wurde schwerer.

»Also. Was hat Pankowiak ausgeplaudert, dass er eine Kugel verdient hat? Und was zum Teufel haben

Sie davon an den schmierigen Schalkowski weitergegeben, dass er unbedingt eine Durchsuchung im Casino beantragen will?«

Mir glitt das Handy aus der Hand und es fiel beinahe in meine heiße Schokolade.

»Hallo?«

»Sie kennen die Verbindung zu dem Casino?« Ich war völlig perplex.

Er grummelte etwas Unverständliches. »Halten Sie uns Schalkowski vom Leib, verstanden? Wir können hier keinen ambitionierten Sesselpupser gebrauchen. Das ist mein Fall!«

Mit einem leisen Piepsen gab der Akku auf und ich warf das Telefon auf den Tisch. Die Zahnräder in meinem Kopf liefen auf Hochtouren und verursachten klopfende Kopfschmerzen. Was wusste Ansmann über das Casino und wieso glaubte er, dass Gregor etwas ausgeplaudert haben könnte? Steckten die beiden etwa unter einer Decke? Bei dem Gedanken bekam ich Sodbrennen. Schlimm genug, dass Gregor ein Krimineller war. Schlimmer noch, wenn die Polizei mit drinsteckte.

Von Ungeduld getrieben suchte ich eine halbe Stunde später die Intensivstation auf. Der Fahrstuhl quälte sich in die vierte Etage, doch bereits an der Durchgangstür wurde ich von einer Krankenschwester aufgehalten. Sie sah auf mein blutverschmiertes T-Shirt.

»Brauchen Sie Hilfe?«

Genervt schüttelte ich den Kopf. »Ich bin zu Besuch hier.«

»Besuch ist hier nicht gestattet«, sagte sie sofort. »Wen suchen Sie?«

Ich nannte seinen Namen, doch sie wusste ihn nicht einzuordnen.

»Den Nazi«, präzisierte ich schließlich und biss mir auf die Lippe.

»Ach der«, tat sie ab. »Der ist vor einer Stunde verlegt worden. In die Innere, eine Etage tiefer.«

Ungeschickt mühte ich mich die Treppenstufen hinunter. Der Verband am Unterschenkel war durch den Regen stark beansprucht worden; er sah spröde aus und hatte eine gräuliche Farbe angenommen. Der Wadenmuskel hingegen fühlte sich wie ein tauber Klumpen Fleisch an und machte nicht den Anschein, als würde er sich aktiv am Heilungsprozess beteiligen wollen.

Die Station der Abteilung für Innere Medizin verwies mich auf ein Zimmer am Ende des Flures und machte Hinweise, in welcher Etage ich für einen Verbandswechsel vorstellig werden müsste. Ich schlurfte und zog das Bein wie ein lahmender Käfer hinter mir her. Mein Herzschlag beschleunigte sich, als ich mich dem Zimmer näherte. Die Tür war verschlossen. Ich klopfte, aber niemand antwortete. Ich trat trotzdem ein.

Gregor teilte sich sein Zimmer mit einem Teenager; ich schätzte ihn auf 17 bis 19. Er war sehr blass im Gesicht, seine Haut schimmerte blau. Er saß aufrecht im Bett, seine nackte Brust war verkabelt. In den Ohren steckten Kopfhörer, der Fernseher war eingeschaltet und stumm. Als er mich sah, grinste er wie ein anthropomorpher Breitmaulfrosch.

Gregor lag, wie ich ihn auf der Intensivstation verlassen hatte. Er schien zu schlafen, seine Haut hatte etwas mehr Farbe bekommen. Seine Beatmungshilfe war auf einen einzelnen transparenten Schlauch dezimiert worden. Ich setzte mich an sein Bett und erschrak, als er plötzlich die Lider nach oben klappte.

»Schön. Du bist noch da«, sagte Gregor mit dünner Stimme. Seine Augen funkelten, so gut sie konnten. Ich bemühte mich um Fassung. Ich wollte nicht heulen, während er bei Bewusstsein war. Ich schielte zu dem Jungen herüber. Er saß immer noch aufrecht, war aber mittlerweile wieder ganz auf das Fernsehprogramm konzentriert.

»Ja. Und du auch«, entgegnete ich und versuchte, den Heulkloß wieder runterzuschlucken. Dann spürte ich seinen Daumen, wie er über meinen Handrücken fuhr.

»Geht es dir gut?«, fragte er. »Du siehst ganz schön beschissen aus.«

Ich sah an mir herunter. Neben dem T-Shirt war auch meine Hose mit Blut besudelt und ich fühlte die Schminke auf meiner Haut, die wie eine getrocknete Schmierschicht bröckelte. Ein Unding, dass mich sein Bettnachbar trotzdem so freundlich begrüßt hatte.

»Ich bin, abgesehen von meinem Unterschenkel, unversehrt, falls du das meinst. Im Gegensatz zu Metins Garage«, neckte ich zurück. »Du hast sie ziemlich eingesaut.«

Schmunzelnd kniff er die Augen zusammen. Dann wurde sein Blick wieder ernst. »Wo hast du sie?«

»Wo habe ich was?«

»Die Zeitung.«

»Welche Zeitung?«

Er runzelte die Stirn. »Ich habe dir doch gesagt: ›Hol die Zeitung‹.«

»Was?« Ich glotzte ihn an. »Hast du mir nicht! Wann denn?«

»Doch.« Er machte ein schmerzverzerrtes Gesicht und nahm einen tiefen Atemzug. »In der Garage.«

Mir wich sämtliche Farbe aus dem Gesicht. »Ich dachte, du meintest ›Polizeifunk‹.«

»Was? Warum sollte ich Polizeifunk sagen?«

»Ich weiß auch nicht!«

Er überlegte kurz und sein Mund öffnete sich vor Erstaunen. »War das der Grund, warum du dem Notruf etwas von einem abgehackten Bein erzählt hast?«

Ich schwieg. Und ich schmollte. Er begann zu kichern, was mehr nach einem Husten klang und ihm nur Schmerzen bereitete. Aber er konnte nicht aufhören.

»Was ist das für eine Zeitung?«

Er winkte ab. »Nicht mehr so wichtig.«

»Was?«, giftete ich. »Als ich dich fand, warst du kurz davor, über den Jordan zu gehen und das Einzige, was du wolltest, war eine Zeitung. Und jetzt sagst du mir, es war nicht so wichtig?«

Die Bilder seines ausblutenden Körpers und seiner regungslosen Augen traten wieder in den Vordergrund und mir rannen die Tränen über das Gesicht.

Gregor tätschelte meine Hand. »Hey.«

Ich vergrub mein Gesicht in seinem Bettlaken. Er strich mir mit den Fingern durch die Haare. »Dich hat das alles ganz schön mitgenommen. Du solltest nach Hause fahren. Ruh dich aus. Und geh duschen. Du versaust mir die ganze Bettwäsche.«

Ich hob den Kopf und er lächelte sanft durch sein Gesichtsfell. Er war anders als sonst. So ausgelassen, beinahe fröhlich. Vielleicht war dies der irreversible Hirnschaden, von dem der Arzt sprach.

»Ansmann tritt mir auf die Füße«, fing ich an. »Er glaubt, ich würde seinen Fall sabotieren. Außerdem scheint er Schalkowski nicht besonders leiden zu können.«

»Schalkowski«, überlegte Gregor. »Ist das der, den ich an deinem Krankenbett erwischt habe?«

Ich nickte. »Schalkowski versucht Dübel wegen Geldwäsche dranzukriegen. Er plant eine Razzia.«

»Ich weiß«, sagte er. »Unter der Fuchtel vom LKA verfolgt Ansmann Minderhoud schon seit Monaten. Dortmund war nicht eingeweiht. Aber wenn Dübel wegen Geldwäsche ins Visier der Dortmunder Kollegen gerät, kappt Minderhoud alle Verbindungen und ist bald über alle Berge.«

Der Teenager nebenan zappte zu einem Sportkanal und blieb bei den Wiederholungen der Handball-WM hängen.

»Und welche Rolle spielst du in dem ganzen Spiel? Bist du Räuber oder Gendarm?«

Er grinste. »Ich habe niemandem irgendetwas geklaut.«

Damit wollte er mir wohl sagen, dass er sich definitiv nicht auf die Seite des Gendarmen schlug. Ein hässlicher Schatten fiel über sein Lächeln.

»Du hast Minderhoud verpfiffen«, stellte ich schließlich fest.

»Sagen wir es mal so.« Er richtete sich vorsichtig

auf. Sein Gesicht war schmerzverzerrt. »Es wurde ein wenig eng für mich.«

Ich biss mir auf die Unterlippe, denn ich hatte eine leise Ahnung, worauf er hinauswollte. Entweder hat ihm durch die Casino-Razzia und Dübels Aussagen der Strick gedroht oder er hat gewusst, dass ich ihn an Schalke und seine Kollegen ausliefern wollte. Deswegen steuerte er dagegen und vertraute sich Ansmann an, mit dem er einen Deal aushandeln konnte. Offenbar hatte Minderhoud davon Wind bekommen und ihm seine Männer auf den Hals gehetzt.

»Was hat dir Ansmann versprochen? Straffreiheit?«

Er zwinkerte. »Und mein Geld darf ich auch behalten.«

Ich nickte schwach und sah zu Boden. Ich wusste nicht, was mich davon abhielt, ihn anzusehen. Abscheu. Enttäuschung. Selbstmitleid.

Ich stand auf und machte Anstalten zu gehen. Gregor hielt mich an der Hand fest.

»Danke«, sagte er leise. Für was auch immer.

Ich nickte wieder, presste meine Lippen zusammen und ging aus dem Raum, ohne mich zu verabschieden.

Das war es also. Gregor ›Panko‹ Pankowiak war ein V-Mann. Ein Legionär. Ein Söldner, der sein erstklassiges Polizeiwissen an kriminelle Höhlenmenschen verscherbelte. Er war loyal zu niemandem, außer sich selbst, und verriet jene, die ihm seine Freiheit streitig machen konnten. Ein Steinhaufen überschlug sich in meinem Magen. Ich hatte schon unlängst das Gefühl, dass etwas anders war als sonst. Dass sich die Dinge gedreht hatten. Aber ich hatte keine Vorstellung davon, was es für uns alle bedeuten würde. Und was noch auf uns zukommen würde.

Danksagung:

Ich danke meinen lieben Ex-Kolleginnen und Ex-Kollegen in Monheim und Düsseldorf für ihre Euphorie und Neugier für meine Bücher sowie für die tollen Jahre in dieser (manchmal etwas schrulligen) Arbeitsgemeinschaft. Nicht an zweiter Stelle danke ich außerdem meinen neuen (alten) Kollegen in Oberhausen, Martina und Hans-Peter, sowie »Doc« (meinem ersten Fan) und »Rodsch« (meinem ersten Kritiker).

Des Weiteren danke ich EPHK Axel Pütter für die aufschlussreiche Führung durchs Polizeipräsidium Bochum sowie PHK Volker Aschoff (Polizeipräsidium Dortmund) für seine hilfreichen Tipps rund ums Türeneintreten (oder auch nicht).

Ein weiterer, nicht letzter Dank gilt dem klasse Lektoratsteam des Gmeiner-Verlages, insbesondere Katja Ernst, die tatkräftig dafür gesorgt hat, dass auch dieses Manuskript zu einem (wie ich finde) echt guten Buch geworden ist.

Weitere Krimis finden Sie auf den folgenden Seiten und im Internet:
www.gmeiner-verlag.de

SONJA ULLRICH
Teppichporsche

321 Seiten, Paperback.
ISBN 978-3-8392-1093-2.

FESTGEBISSEN Esther Roloff ist der jüngste Spross einer traditionellen Bergarbeiterfamilie sowie Versicherungsdetektivin auf Probe bei Tozduman Securities, einer dubiosen Detektivklitsche in Wattenscheid. Als sie einer Haftpflichtsache nachgehen soll – ein Terrier mit nur einem Zahn soll ein Wasserbett zerbissen und einen Wasserschaden verursacht haben –, stößt sie auf Blutreste in den Parkettfugen des »Tatorts« und wittert den ganz großen Mordfall. Als Esther auch noch erfährt, dass der Ehemann der Geschädigten vor wenigen Tagen das Weite gesucht hat, ist ihr Ehrgeiz endgültig geweckt …

MARGIT KRUSE
Eisaugen

321 Seiten, Paperback.
ISBN 978-3-8392-1116-8.

TIEF IM WESTEN Eine ehemalige Zechensiedlung, mitten im Ruhrgebiet. An einem kalten Aprilmorgen wird auf dem nahe gelegenen Friedhof eine tote Frau entdeckt.

Ausgerechnet Margareta Sommerfeld, frisch von ihrem untreuen Partner getrennte Verkäuferin bei Hertie in der Süßwarenabteilung und glühende Verehrerin von TATORT-Kommissarin Maria Furtwängler, fühlt sich dazu berufen, bei der Aufklärung des Mordes mitzumischen. Drei Tatverdächtige hat sie bereits im Visier, als eine weitere Leiche auftaucht …

SIGRID HUNOLD-REIME

Janssenhaus

277 Seiten, Paperback.
ISBN 978-3-8392-1123-6.

FAMILIENBANDE Emma von Odenwald, 31-jährige Köchin aus Hannover und immer noch Single, fühlt sich gegenüber ihren erfolgreichen, glücklich verheirateten Eltern als Versagerin. Auch äußerlich hat sie mit ihnen keinerlei Ähnlichkeit. »Manchmal denke ich, dass ich ihnen ins Nest gelegt worden bin!«

Wie Recht Emma mit ihrer Vermutung hat, bringt kurze Zeit später ein Gentest zu Tage. Als sie ihre Eltern damit konfrontiert, nennen diese ihr widerstrebend eine Adresse in Ostfriesland und gestehen, dass es keine legale Adoption war. Emma macht sich auf die Suche nach ihrer Herkunft und stößt dabei auf ein Meer aus Lügen und Verstrickungen …

GABRIELE KEISER

Engelskraut

274 Seiten, Paperback.
ISBN 978-3-8392-1117-5.

TÖDLICHES PARADIES Bundesgartenschau in Koblenz. Wie Leonardo da Vincis Vitruvmann liegt der Tote im Paradiesgarten – nackt, mit ausgestreckten Armen und Beinen, inmitten einer Kahlstelle, die von ätzenden Unkrautvernichtungsmitteln herrührt. Seine Identität steht schnell fest: Jürgen Klaussner ist Mitte vierzig, Inhaber einer Koblenzer Apotheke und junger Familienvater. Warum wurde er ausgerechnet auf dem BUGA-Gelände getötet? Oder war es am Ende ein inszenierter Selbstmord?

Immer tiefer wird Kommissarin Franca Mazzari in einen Fall hineingezogen, der sie auch ganz persönlich betrifft …

GMEINER

Wir machen's spannend

Alle Gmeiner-Autoren und ihre Romane auf einen Blick

ANTHOLOGIEN: Zürich: Ausfahrt Mord • Mörderischer Erfindergeist • Secret Service 2011 • Tod am Starnberger See • Mords-Sachsen 4 • Sterbenslust • Tödliche Wasser • Gefährliche Nachbarn • Mords-Sachsen 3 • Tatort Ammersee • Campusmord • Mords-Sachsen 2 • Tod am Bodensee • Mords-Sachsen 1 • Grenzfälle • Spekulatius **ABE, REBECCA**: Im Labyrinth der Fugger **ARTMEIER, HILDEGUNDE**: Feuerross • Drachenfrau **BAUER, HERMANN**: Verschwörungsmelange • Karambolage • Fernwehträume **BAUM, BEATE**: Weltverloren • Ruchlos • Häuserkampf **BAUMANN, MANFRED**: Jedermanntod **BECK, SINJE**: Totenklang • Duftspur • Einzelkämpfer **BECKER, OLIVER**: Das Geheimnis der Krähentochter **BECKMANN, HERBERT**: Mark Twain unter den Linden • Die indiskreten Briefe des Giacomo Casanova **BEINSSEN, JAN**: Goldfrauen • Feuerfrauen **BLATTER, ULRIKE**: Vogelfrau **BODE-HOFFMANN, GRIT / HOFFMANN, MATTHIAS**: Infantizid **BODENMANN, MONA**: Mondmilchgubel **BÖCKER, BÄRBEL**: Mit 50 hat man noch Träume • Henkersmahl **BOENKE, MICHAEL**: Riedripp • Gott'sacker **BOMM, MANFRED**: Blutsauger • Kurzschluss • Glasklar • Notbremse • Schattennetz • Beweislast • Schusslinie • Mordloch • Trugschluss • Irrflug • Himmelsfelsen **BONN, SUSANNE**: Die Schule der Spielleute • Der Jahrmarkt zu Jakobi **BOSETZKY, HORST (-KY)**: Promijagd • Unterm Kirschbaum **BRÖMME, BETTINA**: Weißwurst für Elfen **BUEHRIG, DIETER**: Schattengold **BÜRKL, ANNI**: Ausgetanzt • Schwarztee **BUTTLER, MONIKA**: Dunkelzeit • Abendfrieden • Herzraub **CLAUSEN, ANKE**: Dinnerparty • Ostseegrab **DANZ, ELLA**: Ballaststoff • Schatz, schmeckt's dir nicht? • Rosenwahn • Kochwut • Nebelschleier • Steilufer • Osterfeuer **DETERING, MONIKA**: Puppenmann • Herzfrauen **DIECHLER, GABRIELE**: Glutnester • Glaub mir, es muss Liebe sein • Engpass **DÜNSCHEDE, SANDRA**: Todeswatt • Friesenrache • Solomord • Nordmord • Deichgrab **EMME, PIERRE**: Diamantenschmaus • Pizza Letale • Pasta Mortale • Schneenockerleklat • Florentinerpakt • Ballsaison • Tortenkomplott • Killerspiele • Würstelmassaker • Heurigenpassion • Schnitzelfarce • Pastetenlust **ENDERLE, MANFRED**: Nachtwanderer **ERFMEYER, KLAUS**: Endstadium • Tribunal • Geldmarie • Todeserklärung • Karrieresprung **ERWIN, BIRGIT / BUCHHORN, ULRICH**: Die Reliquie von Buchhorn • Die Gauklerin von Buchhorn • Die Herren von Buchhorn **FOHL, DAGMAR**: Der Duft von Bittermandel • Die Insel der Witwen • Das Mädchen und sein Henker **FRANZINGER, BERND**: Zehnkampf • Leidenstour • Kindspech • Jammerhalde • Bombenstimmung • Wolfsfalle • Dinotod • Ohnmacht • Goldrausch • Pilzsaison **GARDEIN, UWE**: Das Mysterium des Himmels • Die Stunde des Königs **GARDENER, EVA B.**: Lebenshunger **GEISLER, KURT**: Bädersterben **GERWIEN, MICHAEL**: Alpengrollen **GIBERT, MATTHIAS P.**: Rechtsdruck • Schmuddelkinder • Bullenhitze • Eiszeit • Zirkusluft • Kammerflimmern • Nervenflattern **GORA, AXEL**: Das Duell der Astronomen **GRAF, EDI**: Bombenspiel • Leopardenjagd • Elefantengold • Löwenriss • Nashornfieber **GUDE, CHRISTIAN**: Kontrollverlust • Homunculus • Binärcode • Mosquito **HAENNI, STEFAN**: Brahmsrösi • Narrentod **HAUG, GUNTER**: Gössenjagd • Hüttenzauber • Tauberschwarz • Höllenfahrt • Sturmwarnung • Riffhaie • Tiefenrausch **HEIM, UTA-MARIA**: Totenkuss • Wespennest • Das Rattenprinzip • Totschweigen • Dreckskind **HERELD, PETER**: Das Geheimnis des Goldmachers **HOHLFELD, KERSTIN**: Glückskekssommer **HUNOLD-REIME, SIGRID**: Janssenhaus • Schattenmorellen • Frühstückspension **IMBSWEILER, MARCUS**: Butenschön • Altstadtfest • Schlussakt • Bergfriedhof **KARNANI, FRITJOF**: Notlandung • Turnaround • Takeover **KAST-RIEDLINGER, ANNETTE**: Liebling, ich kann auch anders **KEISER, GABRIELE**: Engelskraut • Gartenschläfer • Apollofalter **KEISER, GABRIELE / POLIFKA, WOLFGANG**: Puppenjäger **KELLER, STEFAN**: Kölner Kreuzigung